当代中国小说榜

# 佛眼

## （上）

承影落雪　著

中国文联出版社

图书在版编目（CIP）数据

佛眼（上下）／ 承影落雪著 . -- 北京：中国文联出版社，
2017. 8（2023. 3 重印）

ISBN 978 - 7 - 5190 - 3005 - 6

Ⅰ. ①佛… Ⅱ. ①承… Ⅲ. ①中篇小说—小说集—中
国—当代 Ⅳ. ①I247. 5

中国版本图书馆 CIP 数据核字（2017）第 214686 号

著　　者　承影落雪
责任编辑　刘　旭
责任校对　李海慧
装帧设计　中联华文

出版发行　中国文联出版社有限公司
地　　址　北京市朝阳区农展馆南里 10 号　　邮编　100125
电　　话　010 - 85923025（发行部）　　85923091（总编室）
经　　销　全国新华书店等
印　　刷　三河市华东印刷有限公司

开　　本　880 毫米×1230 毫米　　1/32
印　　张　13. 25
字　　数　368 千字
版　　次　2023 年 3 月第 1 版第 2 次印刷
定　　价　95. 00 元（全二册）

# 序　言

郁文姝

初闻承影落雪先生（以下简称先生）邀请我为他的"性灵体"小说《佛眼》一书作序，着实有些讶异。先生之文笔，我辈望尘莫及，得先生如此厚爱，为其书作序，当为文姝之幸。然窃喜之余，未免心生惶惶，犹恐糙笔辱及先生佳作。踟蹰数日，先生频繁敦促，终于还是落笔了。

关于"性灵"之说，先生有"万象皆真性，风物尽通灵"一语，此可用唐代张璪"外师造化，中得心源"之论来作别注——"造化"为师尊、为本体，即宇宙、自然之中的"象、数、理"及其中蕴藏的超自然、超现实的能量，乃为客观、外在之"灵"；然，宇宙万物，天赋神韵，虽有灵性，须得我们用"心"去触动与感悟，神思之，意念之，方知世间万物之灵性存在，以至狐鬼鱼虫、花石草木皆不例外，此为"性"。先生所创"灵之所至，心必感之，行必趋之；心有所感，行有所为，灵有所动；形与心合，心与灵通，三者合一"的36字"真言"可谓性灵体小说创作之大蠹，其间精义可见先生所作的《万象皆真性，风物尽通灵》一文。

与先生相识是2013年年初，春寒料峭，却也春意融融。文姝常言先生文字如得兰佩浸染，蘅芷润泽，有天然奇蕙，读来口齿留香。常言道"主雅客来勤"，因此不免常流连于先生文字间，又承蒙悉心指教，颇为受益，未免也沾染些氤氲香气，于是乎，自己也觉得脱俗风雅起来。

读先生"性灵体"小说，十分神往。《锦官》之空灵，《佛眼》之奇险，《涟漪》之神迷，《桃源梦》之诡艳，《黄叶村》之幽幻……更兼《碧魂知春》，史海钩沉，惊心动魄；《青帝的幺女》，众说纷纭，莫衷一是。文字雅致，表达飘逸，心境幽深，神意莫测，于行云流水间将"性灵"之意蕴挥毫泼墨，写就高格。于是乎，观者如仰高山，流连忘返，遐思顿悟，味同嚼蜡，共赴"性灵"之旅程。

早时曾读蒲留仙《聊斋志异》，已被其中妖狐鬼怪所惊异，今读先生"性灵体"小说，更在惊异之上。如何挖掘，才能进入人性最原始的心理层面？如何捕捉，才能定格灵魂深处一念忽闪的瞬间？先生必是感受到了天道变幻之神异，思考出了物我合一之真谛，解析着真实而细腻的人性。先生擅长心理分析，精于抽丝剥茧，加之功力深厚，妙笔生花，将一行行文字孕成灵秀的美文。在此，文姝不得不赞叹先生对于"性灵"的把握，信手拈来，水到渠成，如庖丁解牛，游刃有余，实为我辈学习之典范。

《佛眼》一书的出版，乃先生多年心血所集，精心选得力作数篇，编纂为册。得先生倚重，常与切磋相关事宜，私下思忖，应以一物相赠以谢，方不负我对先生一片敬慕之心。然先生之性高洁，寻常之物终是俗物，必不入先生之眼，忽念及今夜月色，该是将圆未圆之时，先生本也狂狷之人，必定欣赏得这残缺之美，便将一联奉与：

今宵月色迷人眼
裁下三分赠与君

想来唯此礼物方可匹配先生高洁之品性。

至于为其写序之事，亦不知是先生谢我，还是我谢先生，若理解为惺惺相惜，大概也不为过吧。

2016 年 6 月 15 日

（本文作者系"蓝岛文艺社"传统文学专刊总编辑）

# 性灵引航　沐浴佛光

## ——写在承影落雪《佛眼》出版之际

### 紫气微扬

与承影先生相识，缘于红袖论坛。

作为同坛编辑，交流渐多，彼此志趣相投，互敬有加。用屈原《橘颂》里的"愿岁并谢，与长友兮"作比，也是本心。

其实，在"亦师亦友"的文艺创作旅途中，我更多的是以承影为导师。

在我熟识的文艺圈内，承影先生的学识很广博，"博学"是他留给人们的首要印象。古诗词、新诗、散文、随笔、杂文、小说、剧本、文艺评论等文体在他的博客里随处可见，散文飘逸雅致，随笔幽默思辨，诗词骨格清奇，评论入木三分。

先生正直、正义，读文写字，植根现实，以反映时事为使命，崇尚白居易"文章合为时而著，歌诗合为事而作"的文学主张；也常怀"穷则独善其身，达则兼善天下"的情怀。

先生又是一个很虔诚的人，他的"思想内核"中有着"泛神论"的印记。

他深知，宇宙神妙；他笃信，万物有灵。一木一石，一花一草，莫不如此。于是，他以虔诚的情怀，敏感的心灵，与天地作能量交换；他用冥想与自我催眠，和万物进行互通感应——"万物静观皆自得，四时佳兴与人同"。

他将自己的心，融入天地自然，聆听着、洞观着、感受着、交流着、觉悟着——他，不断地寻求着、探索着、创造着——他要揭秘天地万物"形""心""灵"之间的逻辑辩证关系并作文艺审美观照，从而在创作中发现并推出另一种新的文学艺术。

终于,他发现了,找到了,也推出了一种新的文学体裁——"性灵体"小说。

他不敢说是自己"创造"了这种新文体。他说,任何一种艺术形式,本来就存在于天地万物之间,至多,算是我们发现了它——敬仰万物,探索神奇,这也是承影先生心中的创作本真。

他常用法国雕塑大师罗丹的话来启发我们:

有人问我,为什么能把一块石头雕刻得栩栩如生?我告诉他们,其实,"美"早就在生命里了,我只是把多余的部分敲掉。

"性灵体"小说的诞生,正是如此,先生如是说。

对于"性灵体"小说的创作,先生可谓苦心孤诣。

先生创作之前,总会有一些神启般的梦境和生活中的奇遇。然后,在心灵的指引下,作山川之旅,成林泉高致。这其中,先生必寻求物我互通的感应,成就天人合一的篇章。

先生曾三度探寻曹雪芹的故居"黄叶村",三度深入曹雪芹创作故地"退谷"——面对眼前的"元宝石"和"石上松",先生独自临风,神思飞扬……

为探究宝黛的创作原型,先生曾多次在梦中与曹公对话。冥冥之中,曹公的元神一直在召唤着先生,让他追随雪芹当年的足迹,一次次走进黄叶村,走进退谷,走进梦中的红楼。

曹公将自己与"石兄"融合为一,而承影先生又何尝不是如此?他将自己与雪芹,与主人公江离,三魂合一。

最难忘的是《黄叶村》最后一章:

天很黑了,江离才从退谷回到住处。

他觉得很累很累,身体仿佛不再是自己的,灵魂好像也离开了自己。

他沉沉睡去。

恍惚中，他再次去了黄叶村，这次去是参加曹公的葬礼——一个新年的除夕夜，年仅48岁……

不知道是谁喊了一声："黛玉不行了，大家快去看看……"

江离匆匆赶过去，只看到黛玉的灵牌供在桌案中间。

只有几个宾客前来吊唁，隐约听到一些人说话。

梅娘也来参加黛玉的葬礼了，梨花带雨，好不伤感。

一个叫石兄的人哭得最为伤心。

奇怪的是著名影星陈晓旭也在其中，捂着胸口，眼泪在飞。

最让江离吃惊的是，自己的红颜知己也白衣素裙赶过来了，那是：不寒。

不寒不知怎么来到自己身边的，她瑟瑟着，牵紧了江离的手。

（《黄叶村》第十二章）

这里的江离与雪芹，承影与石兄，梅娘与不寒，林黛玉与陈晓旭之间隐秘的关联，在先生"性灵体"的艺术表现中让人牵肠挂肚，隐隐心痛，夜不能寐。

或许，这就是先生所说的"心有所感，灵有所动"的创作理念吧。

除了《黄叶村》，还有《锦官》《桃源梦》《碧魂知春》《墨血》《青帝的幺女》《最后的相片》等系列性灵短篇也颇受读者的喜爱。

继"性灵"短篇之后，先生历时半年，完成了国内第一部"性灵体"长篇小说《佛眼》。

据先生自己所言，他曾夜梦，在梦中解开了乐山凌云大佛藏宝的千古之谜。"灵之所至，心必感之，行必趋之"——先生的心是善感的，是通灵的。为此，先生曾三次独自入川，考察乐山凌云大佛。结合自己若干年来北漂奋斗的历程，以苦行之情怀，得大佛之感应，终于写成《佛眼》一书，开"性灵长卷"之先河。

《佛眼》既有浓郁、质朴的生活气息，也有瑰丽神奇的幽幻色彩。全篇以金鼎集团旗下"SS项目"的兴衰为第一条线索，真实地展现了现代都市生活里"商战"中的世态炎凉。何图、竹君、柳亦剑、兰小馨、月华等成为《佛眼》中个性鲜明又带有时代烙印的艺术形象。小说的第二条线索则是主人公何图与婳婳探索乐山凌云大佛千年藏宝秘密的全过程——这其中，又分成一明一暗两条细线：

明线是何图与婳婳入川探寻大佛的宝藏，暗线是何图、婳婳与大佛"互通感应"中的"心灵之旅"，包括对凌云山、灵宝塔、乌尤寺的心灵探寻，也包括"神游"三江底，对洞庭湖、玉女房、青衣坛、佛幽宫等地的"造访"。小说中的人物，除了何图、婳婳两位现实主人公之外，还引出了两位与大佛藏宝密切相关的历史人物，即薛涛和韦皋。《佛眼》中曾提及许多与大佛关联的事件，如薛涛的《十离诗》，化城亭里古怪的碑铭，青衣江溺死的青衣女子，乌尤殿恐怖的鬼王以及竹君梦中出现的那对幽幽的母女……还有益母草、蛇床子、"卍"枢纽等具有象征和暗示意味的意象。此外，便是与一些幽幻人物的连接，如以嫘祖为原型的青衣女神，大禹治水的耒耟、昆仑镜以及魂归三江的方锦、菲儿的元神……所有这些人物关系以及暗示的内容，可谓纵横交织，虚实相生。现代与上古，陆地与水底，人物与器皿，幽冥与人间，探寻与神游，亲情与爱情，心性与佛性，绘出了一幅光怪陆离，波澜壮阔的心灵画卷……何图与婳婳入川沉船，魂归三江的结局，是宿命，也是回归。先生说，这是逻辑，只能是这样的结局，尽管，先生和许多读者不愿是这样。

何图在遇险之前，曾来兰小馨的梦里，用从未有过的温柔和眷念，将自己的灵魂附着在了那幅诗一般婉丽，血一般殷红的《桃花图》上——在《佛眼》"大团圆"的结局里，唯有兰小馨幸存着——这也是作者，也是何图对小馨无比钟爱的曲折笔法。

死亡只是表象，回归才是本真——解开了凌云大佛千年藏宝的秘密，心愿已了，灵魂已足，理当回归了。这与小说中反复出现的"黄河泱泱，洛水茫茫；书归青衣，图入幽江"呼应——现实之外，"河图""洛书"才是先生一直在暗示我们的"元神"。

《佛眼》一书即将交付出版社出版印刷了，受人之托，忠人之事，诚惶诚恐间，片言只语，无章法也无逻辑，仅仅是有感而发，算是解读承影先生《佛眼》一书的一点心得。

2016 年 6 月 28 日

（本文作者系"蓝岛文艺社"新文体专刊总编辑）

# 目　录

# 引子

坐观世邪正，佛眼转轮回。
人心无清白，纵横三江水。
麻浩凿崖墓，化城埋枯鬼。
佛财依旧在，乌尤变离堆。

## 第一章　赏佛楼

初秋。

天，稍阴而不郁，微沉而不重，间歇性地飘着发丝般的细雨，薄薄的雾气在江面升腾着，山水之间，一片空蒙。因为天气的缘故，快九点了，依然让人觉得是微凉的秋晨。

竹君披着轻柔、洁白的睡袍，恹恹地踱到窗前。她懒懒地将落地的窗幔撩起，轻轻地用挂钩挂好，然后将修长白皙的双臂优雅地扬起、交错，伸了一个懒腰。她将半自动的玻璃弹窗支开一半，任江风像水一样地涌进来。她喜欢全身心地被江风拥抱着，宠爱着——那白纱睡袍轻轻地扬起来，如烟；乱云飞渡般的青丝飘起来，像梦。

这是一片江中的沙洲，是个江心岛，在古语词里叫作"渚"。

竹君就住在这江心岛，住在"赏佛楼"的最高层——推开明亮的窗，下意识地，总是先看见脚下精致、美丽的沙洲被岷江的水簇拥着。四周的水浪鼓起来，仿佛是专为小洲装饰的花边。于是，她的脑海便浮现孟浩然的"移舟泊烟渚"，杜甫的"渚清沙白鸟飞回"的句子。

一种"遗世独立，羽化登仙"的美妙心境悠然而生。

看着看着，竹君便觉得有些晕眩——那小洲连同"赏佛楼"开始在江心漂移，仿佛在慢悠悠地乘风踏浪。而自己呢，俨然是屈原笔下的"湘夫人"，也在御风而行，踏浪而歌。

如果是开窗平视，第一眼看到的便是正襟危坐于两山之间的世界第一大佛——凌云大佛，距今已1200年的弥勒坐佛。

竹君居住的"赏佛楼"之称谓便缘于此。

自从发现了"临江赏佛"这一商机后，浙江某开发商，不远千里，奔赴四川乐山，重金拿下这片沙洲，建了系列的"赏佛楼"群落。其中，最高一栋楼，高80米，共28层，取"爱发"之意。

竹君便是"赏佛楼"楼群中最高那栋楼的住户,住在 28 层,岷江、凌云寺、乌尤山等自然美景一览无遗,凌云大佛自然也尽收眼底。

竹君每次开窗看佛,丝毫没有"赏"的心情,心里有一种说不出的沉重。

"赏佛楼"?这是谁的策划与构思?简直有些大逆不道。

赏,是对大佛老爷的一种亵渎。

面对大佛,唯有虔诚膜拜,方为本心。

站在窗前,略高于大佛的卧室总让竹君惴惴不安。

人高于佛,祸耶?福耶?

想起自己奋斗了整整三年的"SS 项目"已经摇摇欲坠,全军覆没的态势已露端倪——这是她一生都无法释怀的,尽管这并不是她的错。

江天,你在那边还好吗?

竹君忽然想起长眠于江底的丈夫。

他是一位年富力强的企业高管,白领阶层。在为妻子购得"赏佛楼"最高层之后,在一次乘船旅行中遭遇龙卷风……江天,便永远沉在水底,真正地"江天一色"了。

她泪光闪烁,任江风轻狂地"调戏"着自己——尽管,她也算得上一个外圆内方,绵里藏针的女强人。

竹君有些站不稳,脚下便是一条悬江——离自己 80 米高的岷江。

连续一周没有服药了。

药品都被竹君背着柳姨扔进了翻滚的岷江。

彻夜难眠,竹君的神经越绷越紧——她知道,这根弦很快就要断了。

断了,才能解脱。

她的恍惚感越来越强,她竟喜欢上了这种感觉。

站在阳台,头顶晾衣服的挂钩微笑着朝她飘移过来,逐渐逐渐,挂钩开始在她的瞳仁里放大、变形,直至成为一个偌大的光圈,闪闪烁烁的光圈,像中秋美丽的满月——她分明看见了里面的楼阁、山川、流云和桂树,她还看见了那只传说中的白兔,估计是从嫦娥的裙角下溜出的,可爱可怜地朝着自己跑过来……

竹君心里一阵难过，哀伤不已——不由自主地朝着光圈走过去……猛然，她觉得额头一阵疼痛——原来，一阵江风破窗而入，在用力吹打着晾衣的挂钩，竹君走近窗口的时候，那挂钩便击中了她的额头。

她心里一阵发冷，惊出一身冷汗——她已站在了阳台的边沿。

这阳台，在那"光圈"里不过是一级矮矮的"台阶"，刚才只要一抬脚，就可以踏上那级"台阶"——若不是那挂钩打过来，她一定已经轻轻地跨过了阳台的栏杆，进入到那美丽的光圈里——那样，她就可以闭着眼、拥抱着光圈里的一切美景——她会如一只轻盈的白蝴蝶，悠然地飘向浩渺的岷江。

## 第二章 "SS 项目"

人力资源部以公司邮件的方式通知竹君参加总裁室的班子会，主题是关于"SS 项目"战略发展研讨。

竹君有些吃惊，但更多的是激动。这是集团公司总部的高层会议，而自己充其量就算一个中层管理人员。

邮件的下方特别注明：

届时，公司销售部经理欧阳竹君女士列席会议。

落款是：

中国金鼎投资理财集团人力资源部

"'SS 项目'，就是由甲乙双方共同出资，在全国成立一系列的专业销售公司，由销售公司进行市场拓展和产品销售——专属销售金鼎集团（甲方）的投资理财产品，这是金鼎集团获得的利益；而乙方，则分享销售公司的经营利润，双方各取所需。金鼎集团将在项目预算中先划拨 2 个亿，分别与 10 家国内知名企业进行合作，成立 10 家新型的专业销售公司。新成立的专业销售公司将利用乙方的股东资源，'近水楼台先得月'，打开内部市场缺口之后，继而进军外围市场，这是初期计划。而在中后期，这样的销售公司将发展到 100 家至 300 家——销售公司的销售团队将由金鼎集团协助招募、培训、养成——最终成为金鼎集团忠诚的团队。这样的销售团队将在三年到五年内覆盖全国市场，到那时——群雄逐鹿之市场，将是金鼎之天下！……"

新任总裁柳亦剑履新之后第一件事便是力排众议，大刀阔斧，雷厉风行地推出了"SS 项目"。

年过半百，神采依旧。他剑眉上扬，言辞铿锵，继续发表着他的宏论：

"'SS 项目'的本质特征，就是将乙方的市场关系、客户资源和甲方的产品、技术有机结合，成为开拓市场的新渠道。这将成为我们公司新的业务增长点，它将被写入董事会五年战略规划之中……"

"柳总，这个项目如果要上马，应当借助全国工商联之力了。由它来带动地方工商联及会员企业，形成合作网络，迅速覆盖全国……"

主管渠道拓展的廖副总裁也看到了其中的商机和合作前景，兴奋之情溢于言表——对于一个规模宏大，有着 20 年运营经验的投资理财公司来说，利用新资源，开拓新渠道，以短平快的方式迅速启动，编织网络，着实让人兴奋和欣喜。

"是的，我们的董事长在全国工商联身居要职，这正是我们'SS 项目'的重要依托。国内的地方工商联近四千家，一旦联合成功，瞬间就会风起云涌，席卷全国，至少可以占领大半个中国的销售市场，这算是极好的'天时'和'地利'。接下来，我们只要做好'人和'的工作就可以了。"

柳亦剑新官上任，踌躇满志，信心满怀，胸中早有勾勒已久的蓝图。

"竹君经理，辛苦你了。听说，你也是公司的'老'销售了。在你主抓销售渠道的这几年，市场业绩一直都在稳健攀升，大家对你的评价很高。这次把你请过来，也是想听听你的意见。"

一番宏论之后，柳亦剑风格一变，语重心长起来，俨然一个慈眉善目的长者。

竹君是典型的完美型性格，无计划而不行。关于公司的"SS 项目"，虽然只略知一些，但在开会之前，她还是认真地准备了一番。

"柳总，各位领导，我个人觉得，在 20 年的市场竞争中，产品同质化已经无可避免，突破和创新难度很大。这次公司的'SS 项目'是一次渠道的创新，开辟了一片新的'蓝海'海域并要在这里领航，这是一次开先河的壮举。"

竹君在研读"SS 项目"的有关资料时就很受感染。此时，她有些激动，眼中有泪光闪烁。

她略顿了一下，接着说：

"不过，我个人建议，可以将合作主体进一步扩容，即除了工商联旗下的知名企业之外，还可以甄选、吸纳其他的行业组织和优秀个人作为股东，合作主体多元化，使股权结构更加合理，增强经营的合力，同时延伸市场开拓半径。"

"嗯，说得不错，继续……"

柳亦剑用笔轻轻地点着桌面，鼓励着竹君。

"客户，是企业生存与发展的第一生命指标。"

看起来有些柔弱也很显斯文的竹君，工作起来总是那样严肃认真，一丝不苟，极其职业化。她轻轻地扶了一下纤细、轻盈的琥珀色眼镜框，继续用清晰、圆润、温婉的风格表达着自己对于"SS 项目"的见解：

"市场有没有我们的客户？客户在哪里？如何迅速框定？如何迅速将其化为我们的客户，而且是忠诚的客户？'SS 项目'解决的首要问题正是客户源的问题，这也是我们建立'SS 项目'的出发点。在客户经营的过程中，除了利用股东的市场关系和客户资源外，我建议，采用'嵌入式'市场服务和'跃层式'技术支持的模式来支持新成立的销售公司。当然，这两种运作方式不是割裂的，而是同时深入市场，协助销售公司做好客户经营工作。"

总裁室领导班子一共 10 人，除了柳亦剑外，其余 9 位副总裁都频频点头。

工作中的女人最美丽，而体现专业水平的女人更美丽。况且，竹君本来就是极富气质美的成熟女人。

竹君"抛珠滚玉"般的表达，流利、优雅，柳亦剑听着听着，竟奇妙地生出一种无比欣慰的温情。他握紧铅笔，剑眉紧蹙，瞬间陷入了沉思——他蓦地想起一个人来，是的，方锦！尤其是竹君讲话时嘴角微微上扬的那个细节，还有说话的语气和节奏，都与方锦"神似"。

一种莫名的想念和隐隐的疼痛化作一丝温暖掠过心头，柳亦剑不由自主地重新打量起竹君来。

竹君皮肤白皙、柔嫩，典型的南方水土养育而成。她圆圆的苹果脸上架着一副极显文雅庄重的近视眼镜，脑后一束乌黑的"马尾巴"，用一方洁白的手帕系着。手帕的一角"绽放"着一株优雅的"空谷幽兰"。那兰花，芬芳馥郁，弥漫在会场，瞬间消融在柳亦剑的思绪之中。

"刚才柳总说了，工商联是我们要凭借的一条重要纽带，一旦与地方工商联旗下的知名企业'联姻'成功，股东的市场关系和客户资源便唾手可得……当然，股权结构和法人治理的问题首先要予以明确，这样便于'SS 项目'更好地展开工作。"

竹君思路清晰，表达流畅，与会者再次赞赏地朝着竹君频频点头。柳亦剑仿佛梦醒，不露痕迹地接过了竹君的话题：

"是的，竹君经理考虑的这一点很重要，我们的草案已经拟定完毕。我们会甄选符合条件的知名企业与之合作，由我方控股，并由我方派驻总经理等经营管理人员，对方甄选代表出任董事长。总经理是新成立的销售公司高管，受销售公司章程和相关制度节制。当然，他是我方公司的管理干部，也接受我们公司的监督与管理。总经理及主要管理人员的个人基本薪资由我方发放，同时可以享有销售公司的奖金和红利，具体内容由销售公司董事会决定。关于'SS项目'组则由我方设立,职能是对新成立的销售公司进行服务、辅导和关系协调,主要是提供关于市场服务和销售方面的技术扶持,协助销售公司开拓市场。"

柳亦剑言简意赅,算是对竹君思考的问题做了解答。

"SS项目"的组长一职究竟花落谁家?这是本次讨论会上的另一个重要议题。

无论从学识、经验还是从能力和魄力上评估,竹君都是最佳人选。最终,总裁室领导班子一致通过,由竹君出任金鼎集团"SS项目"的项目组组长。

第二天,人力资源部发出总裁签署的聘任通知书,同时挂网。

至此,项目组正式成立,竹君担任项目组组长,项目正式进入筹备阶段。

## 第三章　大佛印象

读小学的时候就看过电影《神秘的大佛》。

每到夜晚,眼前就会浮现大佛神秘的脸,像是忧郁,像是苦难,像是要对自己诉说什么惊天的秘密……然后,何图就恐惧到不敢入睡。

后来,何图听爸爸讲过爷爷的事,也与凌云大佛有关。

爷爷临死的时候,在冷铺上握紧拳头,右臂痉挛。他双目圆睁,几乎要睁裂眼眶,口中喃喃自语,念叨着,大约是请"大佛老爷"饶恕之类的一些疯话。

从那时起,大佛的影子就一直"悬"在何图的心里,生怕有一天大佛升空而去,让自己空欢喜一场;更怕大佛坠下来,跌疼了大佛也跌碎了自己的心——这样的心情,始终被一种"神秘"笼罩着,整整20年。

大佛的"神秘"成了何图今生膜拜的源头。

大佛的"神秘"成了何图今生探寻的支点。

这种"神秘"之中,除了大佛千年藏宝之谜,再就是何图对大佛灵性的猜想和感受——大佛周身泛出青幽之色,面露沧桑之态,还有那佛眼中蕴含的种种难以名状的复杂感情——这些，都让何图魂牵梦绕，挥之不去。

关于大佛，本以为今生只能在书本上、梦境中见到。或者，只能在自己的想象里存在。不承想，二十年后的今天，何图终于有机会踏上凌云山，前往朝拜神秘的大佛，一睹大佛的真容。

机会缘于公司的"SS 项目"，这是一次公干。

公司的"SS 项目"筹备阶段已经结束。首期项目中，金鼎集团已经与各地方工商联及旗下知名企业联合成立了 10 家新型销售公司，肩负"市场开拓先锋"使命的三家公司落在了四川的绵阳、广元和峨眉。

负责"SS 项目"市场前沿工作，自然非何图莫属了。

这次入川，何图的身份是甲方股东临时派驻的代表，也是金鼎集团"SS 项目"深入基层，负责工作指导的"特派员"。

何图的重点工作是要扶持新成立的销售公司的业务发展，包括职团开拓，产品推广、团队管理及市场客户的经营——而这些方面，何图是当仁不让的"八十万禁军教头"——这个"至尊"的称号则是"SS 项目"的"掌门人"竹君经理在一次会议上所"封"。

一同入川的还有项目组成员兰小馨——何图入川的助手，一个 25 岁的北方女孩子。

在兰小馨面前，何图都是长者的做派。工作中，何图经常板起面孔，对着兰小馨"谆谆教导"——在兰小馨看来，就是"老学究"在"训"学生。当然，这其中的语重心长，小馨还是很领情的。至于工作之外嘛，何图也很随和，经常拿兰小馨开玩笑，叫她"兰小香"——按他的解释，"馨"就是"香"，就叫"香"好了。但小馨偏偏不答应，她就是不喜欢这个"香"字，觉得很土。其实，小馨心里也明白，这是何图的"恶作剧"，故意"气"自己呢——她更知道，这也不是"气"，而是"逗"——何图是个善良敦厚的人，他是真心拿兰小馨当妹妹的，一路上也格外照顾小馨，但训她的语气丝毫不减。

这次出差的任务很艰巨。

他们两个要扶持三个新成立的销售公司，协助它们开拓市场一要在川西、川南、川北纵横两个月，可谓任重道远。

## 第四章　关于佛财

佛中有佛

佛在心中

佛心藏宝

这是流传了千百年的民谣，关于凌云大佛的民谣。

同样，也是冥冥之中的谶语，像是在暗示着它预知的秘事。

确实如此——

20 世纪 80 年代，有人偶然发现凌云大佛的栖息地实际是一尊三山相连（乌尤、凌云、龟城山）的"巨型睡佛"，而凌云大佛正处于这尊"巨型睡佛"的心脏部位一需要乘船临江，方可看到"睡佛"的全貌。

到了 20 世纪 90 年代，又有游客在大佛的心脏部位发现了一尊"小佛"的隐约身影，其头及眼、鼻、嘴等五官和身形清晰可见，这尊"小佛"刚好位于凌云大佛胸前的洞穴位置。

这些，与民谣中的"佛中有佛，佛在心中"的说法不谋而合，算是破译了关于凌云大佛的两大秘密。

那"佛心藏宝"呢？

看来，所谓"佛心藏宝"的"心"并非指大佛的心脏部位——20世纪 60 年代，乐山县政府组织了新中国成立以后第一次较大规模的维修大佛活动。在修补大佛前胸时，工人发现佛肚前有一个封闭的"藏脏洞"。它的发现似乎印证了大佛藏宝的千古传说，但洞内仅散乱地堆放着一些破旧的废铁和铅皮。

"藏脏洞"内一般会装入"五谷"及"五金"。

"五谷"象征菩萨保佑"五谷丰登"，"五金（金、银、铜、铁、锡）"

象征菩萨保佑"招财进宝"。当然，还有的佛身"藏脏洞"内装的是仿制五脏六腑的器皿或经书帛卷，以此象征"肝胆相照"或"真经永驻"。

显然，大佛的"藏脏洞"内，既无"五谷"，也无"五金"。佛心藏宝当另有深意。

那"佛心藏宝"这个秘密到底指什么呢？至今无人能解。

千百年来，觊觎大佛宝藏的盗匪、军阀猖獗，寻找、挖掘，甚至不惜破坏大佛，但总是空手而回。关于大佛的宝藏终成千古之谜，似乎彻底沉寂在历史的硝烟里了。

究竟有没有这笔宝藏？在何图的心中，答案是肯定的。

这笔宝藏到底藏在哪里？在何图的心中，答案若隐若现，若有若无，犹如海市蜃楼般迷离。

然而，一直让何图耿耿于怀的是爷爷生前曾对父亲说过的一番话，那是一番关于大佛藏宝的话题。

民国初年，军阀混战，爷爷曾是四川军阀杨森部队里的一名士兵。

杨森的部队里有一支"特别工兵营"，爷爷当兵不久就被编入了这支队伍。说是"特别工兵营"，其实就是掩人耳目，他们干的根本就不是什么工兵技术的活，而是民间那些"倒斗"的事一只不过部队的人多，工具齐备先进，盗墓的技术也相对高一些。

所以，这支"特别工兵营"的目标至少也是明清时期的王爷、公主的陵寝。当然，盗掘所得的金银珠宝、历史文物全部充作了部队的军饷。

在当地，爷爷也是远近闻名的"人物"。这"人物"可不是什么好词，这是指他游手好闲，吃喝嫖赌，鸡鸣狗盗等行径。爷爷经常仗着自己一身蛮力欺负弱者，强买强卖，占尽了村里人的便宜，大家在背地里都叫他"吃大户"。不仅如此，爷爷还是个挖坟盗墓的"业余倒斗手"。尽管爷爷盗掘的都是一些年代久远的无主坟，但仍为村里人所不齿，都说这是"断子绝孙"的勾当——但似乎也未必如此，爷爷28岁的时候便有了儿子，乳名富贵。儿子与老子真是一天一地，差别甚大。富贵从小到大，聪明伶俐，人见人爱，最受村里人赞赏的是他的善良、勤劳和热心助人的品行。那个年代，富贵手里难得会有一块玉米饼，看见乞丐，他总会掰下一半，递到乞丐的手心。村里很多人一边摸着富贵的脑袋，一边夸奖，一边疑惑地嘟囔着："这是'吃大户'的儿子？他能生出这样的儿子？"

这富贵当然就是后来何图的父亲了。

爷爷鸡鸣狗盗的"本领"很快被"特别工兵营"营长看好，被正式编入队列。

多年的"倒斗"经历，爷爷也算是见多识广的"老江湖"了。进入"特别工兵营"之后，爷爷的"技术"越发精湛，很快就成了"工兵营"里的主要骨干——1925年，他曾亲自组织并参与了盗掘大佛财宝的活动。

当然，盗掘的结果是一无所获。然而，在盗掘过程中，他们用炮炸陷了大佛的左眼——这也成了爷爷一生的忏悔。他知道，亵渎、冒犯佛祖，罪孽深重，罪不可赦。

人到了晚年总是笃信阴骘之事。

"善有善报，恶有恶报；不是不报，时候未到"——凡是没有现世报的恶行，一定就要殃及子孙了。

爷爷深信不疑，整个晚年都在忏悔中度过。富贵，是他生前死后唯一的寄托和希望，富贵一定要平安地继承何家的香火。

富贵终于平安地继承了何家的香火——富贵有了儿子：何图。

富贵的妻子分娩之前，曾梦见一条滔滔的大河里浮现一幅图，图上画着一些不认识的符号，有些像棋谱。因为富贵姓何，刚好取名叫何图。

父亲讲过很多关于爷爷的陈年旧事。

但最让人难以释怀的是爷爷的临终遗言——爷爷对大佛藏宝秘密的判断，像是一个神秘的预言。

爷爷说，大佛巨额财宝确实存在，但不在大佛的肚子里，也不在大佛的周围，根据爷爷多年盗掘的经验，佛财一定藏在两个地方：

要么，佛财就藏在深不可测的麻浩崖墓。

要么，佛财就藏在乌尤山上那个神秘的乌尤殿。

# 第五章　首度入川

"SS 项目"中，甲乙双方合资成立的第一批销售公司共有 10 家，而第一家则是由中国金鼎集团和四川巨力集团公司合资成立的金鼎巨力销售服务公司。

新成立的金鼎巨力销售服务公司位于四川绵阳，与科学城毗邻。

巨力集团的旗下有不少传统企业，涉及房地产、工业制造、劳务输出、物业管理等领域，这些企业拥有庞大的客户资源。此外，金鼎巨力销售服务公司之所以花落绵阳，也是瞅准了科学城这块宝地上很多白领阶层，他们是投资理财的优选对象。

何图和兰小馨毫不犹豫地将"营盘"扎在科学城半山腰的一个小区，租下了门对门的两个单元房。

这里的地理位置很有利。向下，步行三公里便是绵阳市区，是金鼎巨力销售服务公司的办公所在地，也是"SS 项目"试水工作的大本营；向上，不足两公里处，便可见鳞次栉比的科学城办公楼和居住的院落了。

刚安顿好住宿，来不及歇脚，何图和兰小馨便马不停蹄，召集金鼎巨力销售服务公司的负责人和主要骨干前来开会。

会议第一项内容便是成立金鼎巨力销售服务公司的"市场开拓顾问组"。顾问组由何图任组长，金鼎巨力销售服务公司负责人殷武洲任副组长，兰小馨任秘书长，金鼎巨力销售服务公司的许梅梅任副秘书长。顾问组下设四个市场开拓小组，每个开拓小组分别由一名组长、两名组员构成——于是，共有 16 人的顾问组宣告成立。具体的建章立制工作由兰小馨牵头，市场信息收集、整理、分析等工作由许梅梅负责。

在殷武洲的引荐下，何图与兰小馨顺利地与巨力集团的总裁赵天宇接洽上了。

听说是北京来人，而且是金鼎集团总部的，赵总很热情，亲自端茶递水，满面春风。一番寒暄之后，赵总时而幽默轻松，时而严谨凝重，如数家珍般地对巨力集团多年的发展作了宏观的介绍。何图只是用一贯的礼貌频频点头，兰小馨则听得热血沸腾起来，由尊重到敬佩，甚至有些仰慕、崇拜了。

何图耐着性子听完了赵天宇的"慷慨陈词"，不失时机地切入了正题。何图先是转达了柳亦剑总裁和竹君组长的问候；接着道明来意，言简意赅地向赵总介绍了"SS项目"的宗旨和意义，同时请求作为股东方的巨力集团给予大力支持。赵总就差"顿足捶胸"了，总之，是打包票式地保证，一定支持"SS项目"，支持两家公司共同成立的"金鼎巨力销售服务公司"的市场开拓工作。

赵总现场给他旗下的一个子公司打电话。先是关心询问，接着是正式要求，最后自然是行政命令。他故作平缓的语调中始终夹杂着一个企业主的霸气。何图在心里哑然失笑，笑赵总的矫情，有演戏的成分，还有一些浮华和虚荣。

总之，初次接洽很成功。

何图决定从市场开拓的第一步入手，也就是柳亦剑总裁所说的"人和"的经营——深入股东企业内部，加强联谊，找准客户资源，激发需求，适时地引入金鼎集团的投资理财产品。

首次联谊会在巨力集团旗下的一个外包企业举行。

前来参会的约有二百人。很明显，这些企业员工大多数是不明就里，糊里糊涂来到会场的，完全是领导意志的作用。

第一次获得这样的机会，何图丝毫不敢掉以轻心，尽管自己是转战市场多年，从未败北的专业讲师。

从破冰开始，兰小馨主持，何图主讲。

何图字正腔圆，抑扬顿挫。他先从"关系"讲起，将金鼎集团、巨力集团、金鼎巨力销售服务公司以及巨力集团旗下的各个子公司的"姻亲"关系都作了诙谐生动的说明，台下的人还是有所呼应的。

```
                        设立项目组
    ┌──────────────────┐              ┌──────────────────┐
    │   中国金鼎        │              │   中国金鼎集团    │
    │  投资理财集团     │              │   "SS项目"组     │
    └──────────────────┘              └──────────────────┘
                                              协调、支持
                                      ┌──────────────────┐
  双方股东  合作    成立              │   金鼎巨力        │
                        ─────────────→│  销售服务公司     │
                                      └──────────────────┘
    ┌──────────────────┐
    │   四川巨力集团    │
    └──────────────────┘
```

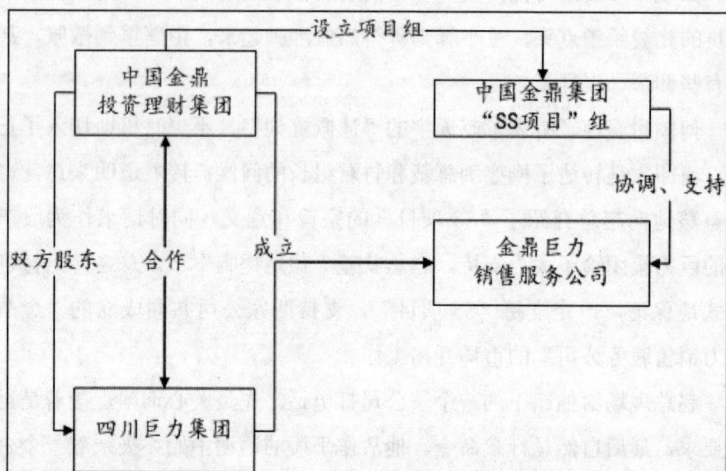

当何图讲到双方"联姻"的意义以及将来的服务内容时，台下开始出现不耐烦的气氛，甚至有人起哄：

"这些都是大道理，是公司领导的事，和我们这些老百姓有啥关系啊？"

"我们哪有钱理财啊，每个月的钱都不够花呢！"

"有点钱还是放在银行保险，存取也方便啊！"

······

负责召集这次活动的工会主席有些难堪，不断用手势示意大家安静并提请大家稍安勿躁，让何老师讲完。

这次联谊会上的"联谊"和"演讲"是否算是何图讲师生涯中的一次"滑铁卢"，他说不清。但是，关于"SS项目"的市场开拓难度之大已经初露端倪，这也在他的预料之中。

好在"SS项目"的初步目标是"人和"，是建立"冰雪融化"的人文氛围，并不是直接切入产品，进入销售端。况且，增进联谊，建立"人和"之后，才是对市场客户资源的挖掘和甄选。何图过滤了一下收上来的"调查问卷"，其中有20多份问卷是有投资理财意向的，这也算是"广种薄收"和"初见成效"了吧！

欲速则不达。

凡事都有流程，都有过程。

每次的活动都有不同目标。

想到这里，何图的失落感减轻了一些。


# 第六章 梦魇情缘

走出竹君的房间，何图习惯性地将雕刻着古典吉祥图案的木门半掩着，依依不舍地对半躺在床上的竹君挥挥手，说一声"自己多保重"，然后轻轻地关上防盗的铁门，走出了竹君的视野。

此时，何图不希望遇到任何一个人，哪怕是陌生人。

他的心里总是在"蹑手蹑脚"，算是一种本能吧。

走进电梯，心里依然有些紧张和慌乱，尽管他来竹君的单身公寓已经不是第一次了。在外人看来，他和往常一样，神态依旧，举止依旧，脚步依旧。但他知道，这只不过是自己善于伪装的结果。此时，自己内心的虚弱只有自己知道，就像阴郁之气怕见阳光，各类妖孽怕见"照妖镜"一样。

道貌岸然，他自嘲着。

他很矛盾，也很纠结。

对竹君，既是喜欢，也有爱意，尽管有些朦胧。

他最喜欢竹君在卧室时那双温柔的眼睛，那里漾起的是江南水乡的"小女子"才有的温柔。他更喜欢与竹君肌肤之亲时双方燃烧的激情——那是一种飞扬的青春在两个人血液中彰显的奔腾。那种"飞天"的感觉就像一味迷魂的毒药，定期发作的毒瘾，总能让何图产生妙不可言的幻觉，进入仙境一般，亢奋异常，欲罢不能。

何图总是准时赴约。

与工作中的竹君相比，何图更喜欢回到公寓，在卧室、在床上的竹君。在弥漫着淡淡幽香的床上，女人才是水做的骨肉，何图痴痴地想。

竹君的公寓里，卧室、床上，是两个人梦境开始的地方。

而工作中呢？

竹君是何图的上司，很纯粹的上下级关系，绝不会传递出一丝暧昧的信息。这时，竹君与何图都是纯粹的职业经理人。

何图一边工作一边"开小差"的时候，偶尔也会抛给竹君一个亲昵的眼神，但竹君决不会接住，只是冷冷地眨一下眼睛，将这个亲昵的眼神反弹回去，或者干脆闭一下眼睛，将这个亲昵的"信号"直接屏蔽，让何图抛出的眼神"咚"的一声摔在冷冰冰的地面上，发出破碎的声响。

就像个李莫愁，何图想，床上床下判若两人。

转念一想，竹君这样做并没有错，这是角色定位问题。

人的一生总会扮演各种角色，扮龙像龙，扮凤像凤，这没有什么不对。

这里是职场，不是闺房，她理应是一个不苟言笑的职业经理人，何况还是自己的上司。

沉思的瞬间，何图的内心敬意深深，暖意融融。

梦刚开始的时候，就是缘于这种敬意，由敬意上升到了喜欢，这是情感的升华，还是模糊了界限？他也说不清。

男人和女人——刚开始的时候，何图对竹君，由敬意到好感，只是在瞬间。随着好感的与日俱增，彼此的情感逐步升温，成为一种喜欢，两厢情愿，心有灵犀却心照不宣。

不知过去了多少日子，两个人的"喜欢"在内心暗涌、不断发酵——终于有一天，酿成了一杯红酒，殷红而纯粹。从此，两个人，心底无私，彼此沉醉，不知归路。

相依相伴的时间久了，缱绻缠绵的日子长了，何图竟有了一种奇怪的感受，敬意和爱意之间发生了很大的逆转。从前是敬意每进一步，爱意就进一步；现在却相反了，敬意每进一步，爱意就退一步。

这是什么心理？

何图自己都说不清。

这种敬意,就像是一盆温水,如果浇下来,足以让爱的火焰无法燃烧。

入川前的那个晚上,何图去竹君单身公寓的时候,明显有了一丝心理距离,但他说不出来,完全就是感觉上的距离。

竹君呢,依然是从前一样的情怀。

对何图,在梦里,深深地眷念着。

竹君的老公叫江天,是个企业高级白领。他在竹君30岁生日那一天,在乐山市买了全市最高的"江景房"——屹立在岷江中的"赏佛楼"最高层,第28层。

何图见过江天,敬佩也嫉妒。

那时,何图和竹君还没有梦。

像是谶语,一次飓风覆船的灾难让这个男人魂归江底。江天英年早逝,竹君的悲戚与怀念自不必说。

一年之后,竹君与何图开始有了一个美丽的梦。

每次和竹君相拥而眠,似睡非睡的时候,何图总是看见江天那张"国"字形冷峻的脸。他的表情依然不冷不热,不卑不亢,而且有礼有节,主动与何图握手,颇具白领的懿范……何图的心里疙疙瘩瘩的,说不出的一种滋味,尴尬着,纠结着。

是梦境吗?何图总有些怀疑。他的手臂和胳膊有些酸疼——何图轻轻地将自己的胳膊从竹君的脖子后面挪开,竹君依然睡梦香甜。

更奇怪的是,有好几次,还看见金鼎集团公司总裁柳亦剑的脸也在梦境中晃动,时而狰狞,时而慈祥。

梦见江天,何图倒是能找到一些合理的解释,心理上的。

柳亦剑呢,八竿子打不着啊。

何图只能用荒诞来解释。


## 第七章　第一个休息日

这是何图"驻扎"在绵阳的第一个休息日。

　　他早就规划好了，直接在绵阳的车站坐大巴去乐山，两个小时即到。去瞻仰凌云大佛，圆小时候那个神秘的梦——因为电影《神秘的大佛》而萦绕在何图心间的那个梦。

　　小时候从没想过有一天能去凌云山瞻仰大佛。在何图心中，凌云大佛只是一个梦，很遥远，远成了遥不可及的神话，只能心向往之，只能存在于心灵深处，从没奢望这样的向往有一天会变成现实。

　　还有就是，爷爷留下的那个关于大佛宝藏的遗言，何图一直记得很清晰，或者藏在麻浩崖墓，或者藏在乌尤寺的乌尤殿。

　　大佛藏宝的种种版本，对于何图来说，只是一种好奇，绝不是要去寻宝，更不是要去盗掘什么佛财。这种好奇心与日俱增，时至今日，终于化为一种探秘的行动。

　　当然，圆梦，瞻仰大佛，顶礼膜拜才是何图最大的心愿。

　　何图刚要出门，兰小馨从门外"闪"了进来。

　　"何教授，一身行装，这是要去哪里啊？"

　　小馨故意将何图的老师身份拔高，称之为"教授"，有景仰，也是逗趣。

　　"哦，小香啊……"

　　"啊，呸，不许你再这样叫我，是小馨，小馨，小馨……"

　　没等何图说完，兰小馨便有些暴跳如雷了。

　　"好好好，是'小馨'，是'小馨'……"

　　见兰小馨真的动了气，何图赶忙"补救"，一个女孩子耍小性子的时候，还是哄一哄方可相安无事。

　　"小馨啊，你这么早来我这里有事吗？我马上就要出门……"

　　"何老师，今天是不是要去乐山看大佛啊？"

　　兰小馨此时已经平静了很多，她没有正面回答何图的问话，反而开门见山，一语道破，语气里充满狡黠，更多的是与何图套近乎的意味。

　　在小馨的心里，何图是老师，也是兄长，有时候还像父亲。总之，是特亲的那种，甚至自己找男朋友都要以何图为参照。

"你怎么知道我要去乐山看大佛？"

"上次在首都国际机场的时候，你不是提到过吗，还说大佛什么的……"

"你还说过，等工作理出头绪之后，第一个休息日就要去的……"

何图想起来了，在入川之前，自己确实和小馨透露过想去乐山瞻仰大佛的想法。当时只是不经意地提了一下，都过去好多天了，她竟然记得那么清楚，而且居然能在今天作出这样准确的判断——女孩子真是心细如发。

"是啊，小馨，你说的没错，我是要去乐山，你来有什么事啊？"

何图不再搭理她，埋头整理行李。

"你带我一起去吧，我替你背着行李，我当你的小书童！"

兰小馨一脸"谄媚"，讨好地帮着何图整理行李。

"不行，你不能去，你在家好好休息，无聊时可以上上网。"

何图是真心不想带上兰小馨。

每次远游，何图习惯了一个人去，或悲或喜或感慨或沉思，无拘无束。在户外，自由是最大的精神享受，他可不想带上一个"小尾巴"，累赘得很，除了增加麻烦，什么也帮不了自己。当然，何图还有一个心结，就是不能让小馨过度地"黏"着自己，有些事还是需要界限的。在情爱方面，何图更成熟一些，何图只是把小馨当作自己的小妹妹。在这件事情上，男人同样很敏感，一些细节表明，小馨对自己是有些"依恋"的——是的，除了"依"，还有"恋"的成分。小馨最终还是与男朋友分手了，这样的结果与小馨对何图的"依恋"是有一些关系的，尽管这不是何图的错。记得那次分手之后，小馨把什么细节都告诉了何图，并且一下子扑进何图的怀抱里哭了好久……

"何老师，要是竹君姐来了，你会带她一起去吗？一定会的！你这就叫偏心！偏心！"

日常工作中，何图和竹君走得很近，何图钦佩竹君，竹君赏识何图。对于这些，小馨是颇有些醋意的，只是她有些怕竹君，确切地说，是又敬又怕，从不敢在竹君面前任性。她敬的是气质如兰、精明能干、恪守原则、敬业爱司的竹君姐；她怕的是那个不苟言笑、果敢善断、赏罚分明的女上司。

总之，她见了竹君就变得唯唯诺诺。

"又胡说……竹君经理没有来，来了也不会跟我去，我们之间除了工作还是工作……"

虽然，何图说得一本正经，但很心虚，连自己都听出了是在掩饰什么，更怕兰小馨听出了其中的"此地无银三百两"。

"可是，何老师，这里是科学城，是山上啊，我一个人在这里，人生地不熟的，我害怕，要是出了什么事情你负责啊！"

兰小馨这句话戳到了何图的痛处，这是何图最担心的。

自从和兰小馨来到四川，何图既是领导，又是兄长，兰小馨的安全责任已经完全落在了何图的身上。一个是"SS项目"工作，再一个就是兰小馨的人身安全了，这两件大事，一直让何图如履薄冰，战战兢兢。

"乌鸦嘴，不许再说了……"

何图思量再三，加上兰小馨软磨硬泡，他最终决定，还是带上兰小馨去乐山，也算是对兰小馨这么多天来努力工作的奖赏。

条件是到了乐山，一切行动听指挥。

兰小馨一脸灿烂，就差打躬作揖了。

她替何图背上包，转身到门外，做了个鬼脸，捡起了自己藏在门背后的背包——兰小馨是铁了心要做何图的"小尾巴"。

果然是"有备而来"。

何图彻底无语。


## 第八章　方锦

"SS项目"正式上马之后，金鼎集团柳亦剑总裁亲自分管该项目，这是今年"总裁新政"的重要组成部分，这个项目也被公司内部戏称为

"总裁试验田""总裁后花园"。

是的，从整个行业来看，"SS 项目"的战略规划也是极具前瞻性的，算是在激烈竞争的市场中找到的一片业务拓展的"蓝海"。

该项目计划缜密，筹备顺利，广告宣传产生了"莲花绽放"般的市场效应。只要点开百度搜索引擎，输入"金鼎"字样，便会拉出若干条爆炸性新闻，如"金鼎集团 SS 项目投入数亿资金'砸'向市场""金鼎集团欧阳竹君走马上任成为 SS 项目实际'掌门人'""国内 50 余家实力企业争做金鼎集团 SS 项目'姻亲'""金鼎集团 SS 项目被全国工商联点赞"等等。

初期运作可谓顺风顺水。

尤其是在项目管理的人才任用上，柳亦剑私下里是给自己加分的。

作为一个创新项目实际"掌门人"，"SS 项目"的具体管理与执行者，可谓举足轻重。欧阳竹君的履新，虽然是通过公司中高层力荐，人力资源部考察，但最后一关毕竟是要由总裁终审批复同意才可以的。

上次，欧阳竹君列席总裁办公会的时候就给柳亦剑留下了非常深刻的第一印象。除了她的气质、思维和表达之外，还有一种莫名的亲切感，她的言谈举止里有着方锦的"影子"。

想起方锦，柳亦剑一生愧疚。

他时常想起小说《春雪瓶》里的一个场景：

经年之后，须发已白，飘逸依旧的剑客李慕白独自来到一座荒冢，将自己钟爱之剑高悬古树作为怀念。他用沧桑的手指抹去墓碑上的尘土，露出碑铭：

侠女俞秀莲之墓

接着他从怀里掏出一枚金钗，黯然泪下，吟诗一首：

卅年同一梦，宝剑负金钗。

独立秋风里，死生两可哀。

这本书，还是方锦推荐给柳亦剑的。

此时，柳亦剑的心情与李慕白何其相似！

造化弄人，还是冥冥之中的宿命？

他与方锦之间，只剩下一个名字可以怀念，其他什么都没有了。

方寸藏万物

锦心走天涯

方锦出生的前一天，妈妈在梦中听到有个神秘的声音在念这两句诗，因为爸爸姓方，便坚信这是神灵赐给孩子的名字——况且，这名字大气、美丽，适合一个女孩子。至于这两句诗的真正含义，让人似懂非懂，总感觉其中隐藏着一个说不清楚的秘密，如梦里看花，亦悲亦欢，难以名状。

记得方锦说过，从小到大，就特别喜欢穿绿色的衣裳，读小学时被同学们戏称为"大青虫"——然而，绿色，始终是方锦的第一审美选择。

长大了的方锦，果然如绿衣天使一般，美丽曼妙，气质脱俗，一点都不像家乡土生土长的一个小村姑。

与柳亦剑相遇、相识，一切都如梦如幻。

往事如烟，不堪回首——每当某个细节勾起柳亦剑的回忆与沉思，他便一脸严峻，仿佛一尊木刻。

方锦离奇地失踪之后，生死未卜，连祭奠都无法实现。

电视里正播放着《神探狄仁杰》：

狄仁杰握着吉利可汗的手，动情地说：

"人老多情，你我匆匆相别，不知此去经年，能否再有相聚之日……"

狄阁老在送别旅途，极为伤怀，禁不住老泪纵横。

此时的柳亦剑松开两道剑眉，竟然也泪光闪烁起来。

真的是"人老多情"了吗？

眼看已是花甲之年，柳亦剑怀旧之情与日俱增。他经常在听一段音乐，或者看一段文字的时候热泪飘飞。

此后，竹君与方锦的影像便时常交错出现在柳亦剑的梦境里。

有时，竹君像个小学生，坐在她老家的小方桌边上写字，柳亦剑就在旁边慈祥地看着；有时，竹君坐在台下，像个小绵羊，眼里闪烁着激动的泪光，聆听着柳亦剑演讲……甚至，有一次在梦境里，不知为了何事，竹君竟公然指责柳亦剑，这让他忐忑不安，立刻梦醒。

这难道是心理学上的"移情效应"？

或许都是"SS 项目"的缘故吧。

这是一种最好的解释。

也是柳亦剑最无奈的一种解释。


# 第九章 三角梅


细雨蒙蒙，何图和兰小馨撑着雨伞，走在通往凌云山的途中。

走在江边的大道上，往下看去——那浑浊的岷江水流湍急，旋涡随处可见。浑浊的水面上漂浮着一道道绿色的浮萍，充满了生机。这绿萍，在兰小馨的眼里，宛若一条条游动的小青蛇，活泼、可爱；而在何图的审美意象中，却是一层层绿色的梯田，或者是一片绿色的茶园。

"这雨，真扫兴，准备这把伞，本来是用来遮阳的！"

兰小馨噘着嘴巴，咕囔着。

"把伞收起来吧，小馨，雨好像停了。"

何图收起雨伞，扭过头，看着发亮的西天。

"还真是哎，你怎么不早说啊，太阳好像也要出来了。"

兰小馨迅速将折叠伞装进背包，在何图面前任性依旧。

阳光就藏在那片云的背后，隐隐透出一些红意。

过了不久，阳光便将那片乌云染出一道金边并很快穿透了云层，洒向三江。

岷江，激流涌动，像一支雄浑的交响曲。水面上点点碎萍，随波逐流。本来，那绿萍是一大片，是没有分割的整体，就像是河床上铺着一块绿色的大毡子。因为水的流速太快，那片绿萍开始变得急躁起来，像迁徙的绿蚁，争先恐后，在水面上起伏着，相互之间很快就拉开了距离，一簇簇，一点点，随着流波跳跃。

靠近岸边的浅水滩，有几丛青青的苇子，立在水中央，留给何图的是一种"秋水伊人"的感受。何图用手机拍了一张风景图，信手写了一首小诗，挂在了自己的QQ空间：

万点漂萍融冷光，一行秋雁映暖阳。

青衣照水如乡梦，万叶千声满潇湘。

"赏佛楼"就矗立在江心岛上——竹君的家就在"赏佛楼"的最高层。由于工作的原因，竹君很少居住在这里。她常住的是北京的单身公寓，她也偶尔来乐山，只是在"赏佛楼"小住几天。

每次站在"赏佛楼"28层的阳台临江观景，竹君就会想起江天。江天的灵魂不远，应该就在凌云山的某处崖壁上张望。每次临江而立，竹君毫无"赏佛"的心情。那大佛面色凝重，弥漫着异样的阴郁，这让竹君的心里总是产生一种不祥的阴影，以至于每次在阳台做事都故意低眉回首，不去看那大佛。

每次在"赏佛楼"住两三天之后，竹君就会匆匆回京。

北京的单身公寓倒像是她真正的家。

她的家却成了一个过客偶尔歇脚的旅店。

何图听竹君说起过"赏佛楼"，说起过她的家。

何图无心地朝前走着，不时地回过头，盯着那"赏佛楼"。

江心岛上的"赏佛楼"算得上"鹤立鸡群"了——其实，这样的建筑，除了在展示一种无与伦比的"优越"之外，也隐隐折射出"高处不胜寒"的孤寂——这是"赏佛楼"留给何图的直观感受。

竹君仿佛就在顶层的阳台，只隔着一片玻璃与自己对视……竹君好像在招手，不，是挥手，像要离别的样子——蓦地，一股融融暖意袭来，夹着一丝难以名状的伤感——何图从没去过"赏佛楼"。

"何老师，你走得太慢了，你老了呀！"

兰小馨三步两回头，冲着何图叨叨着。

"是啊，真的老了！"

何图仿佛梦醒，应和着兰小馨。

"说你胖，你就喘啊，你才多大呀，30 岁就老了呀？人家都说'男人三十一枝花，女人三十豆腐渣'呢！你现在是花季少年啊，呵呵！"兰小馨自觉有些失言，下意识地用手捂住了嘴。

"又胡说了，你这孩子，没大没小的。"

"我不是孩子，我只比你小 5 岁！"

何图懒得再与她"理论"，紧走了几步，与兰小馨并齐。

"何老师，你看，那是什么花？好漂亮啊！"

顺着兰小馨手指的方向，何图紧走几步，来到了沿江大道石栏边一块"卧牛"形的巨石旁边。

笼罩在巨石上，点缀在江边大道石栏旁的那一团红云，一片灿烂，给生寒的江水以无尽的温暖，给丑陋的巉岩以无私的美丽。

"这是三角梅，好美！"

何图告诉兰小馨。

"我在网上看过三角梅，就是这个啊，比百度上的图片还要美！"

这一片三角梅是从沿江大道石栏下方的崖壁上长出来的。翠绿的枝条相互缠绕着，伸展着，像许多绿珊瑚的触角。它们从崖壁伸出，一直越过石栏，纷披在"卧牛石"的周围，真真如一块"花石"。

"何老师，我坐在卧牛石上，让三角梅围绕着我，给我拍张相片吧！"遇到三角梅，兰小馨的"臭美"又发作了，她坐在石头上，手指呈"V"字的造型，嘴里还咬着一支三角梅的花枝，眯着眼睛作沉醉状。拍完之后，她抢过相机，看到自己的"臭美之态"方才心满意足地把相机还给何图。

兰小馨得寸进尺，非要缠着何图一起在三角梅下拍一张合照。

"你想当我孙女啊，又不听指挥了，开路！"

何图狠狠地瞪了她一眼。

因为出门前的"约法三章"，兰小馨只能作罢，悻悻地跟在何图的身后，像个任性的小尾巴。

## 第十章　喜忧参半的"SS 项目"

金鼎集团的"SS 项目"初期运作之后，市场规模不断在扩大。作为项目骨干的何图具体负责川西、川南、川北等地，竹君组长则带着两个助手深入到浙江的杭州、舟山、衢州，转战福建的福州、厦门、三明以及上海的陆家嘴、徐家汇等二十余个城市和地区。

川西的"SS 项目"身先士卒，率先垂范。短短三个月，从奠基到起步，已突破一个亿的业务目标，在系统内部的市场竞赛中拔得头筹。

算是一种"鲶鱼效应"吧，其他几个城市的"SS 项目"相继挺进市场，复制着"嵌入式市场服务"和"跃层式技术支持"两大模式，应用于市场，同样取得了不菲的业绩。

柳亦剑悠然地看着报表，用铅笔有节奏地敲击着桌面，震得桌面的国旗一颤一颤的，像跳探戈。

柳总裁心情不错，怡然、陶然。

金鼎集团的"SS 项目"草创期只有三个月，便完成了与全国十个省二十余个城市三十多家实力企业的合作，并且在市场试运行初期，总业绩突破了五个亿。

自"SS 项目"立项之后，柳亦剑一直战战兢兢，如履薄冰，他期待着也担心着。为了这个项目，他搜索枯肠，绞尽脑汁，用"呕心沥血"

来形容也不为过。

这个项目是他的作品，不，是他的孩子。柳总裁要用自己的热血和生命去哺育它健康成长。面对董事会、股东和五万名金鼎员工，他伤不起，这个项目绝不能夭折。

今天，这个数字，应该算是没有让"总裁新政"蒙羞。

他可以向董事会交上第一期作业了。

柳亦剑舒展着两道剑眉，正在琢磨着如何向董事会汇报"SS 项目"的进展情况以及未来五年的发展规划。

成绩永远属于过去，月月归零，月月都要刷新纪录，这就是市场营销的残酷性。接下来的"SS 项目"会发展成什么样子，柳亦剑并没有更好的思路，也没有十足的把握一况且，阻力依然很大。

他是总裁，但他不是皇上。

总裁班子里的其他高管各怀心事，"骑墙"者不少。

一些副总裁都来自各个股东方，各代表一方势力，说白了，是权斗。毕竟，该项目的投入资金已经飙升到了十多亿元，这些都是股东们的肉。项目向好的方向发展，他们自然会推波助澜，随声附和，齐唱赞歌。

若是相反的结果呢，难保他们不向董事会提出"清君侧"的主张。到那时，恐怕各种发难会像曾经的贺信一样，雪片般地纷飞。


## 第十一章　大佛冥想

凌云大佛，留给何图最深刻的印象就是大佛满脸的伤痛。

一尊满面忧郁的大佛。

一尊心怀悲苦的大佛。

凝视大佛双眼的时候，何图顿觉心底无私，坦荡如砥。

在虔诚的仰望中，时光仿佛凝固了。何图的耳际缓缓地响起一支温暖而慰藉的曲子，如《出水莲》，弥漫着幽香，次第绽放。

心的美好，意的纯净，念的感动……何图忘记了一切。感觉中，灵魂像一片薄纸，随着凌云山的清风飘逸着，像风筝，更像白色的精灵。何图的身体仿佛是一座石雕，在凌云山岿然不动。

天灵盖是一扇石门。有一股来自天外的风，诡异地将石门撞开。接着，仿佛醍醐灌顶，何图石化般的身体顿时柔软温热起来，那张光洁的白纸再次回归石门——

"何老师，你怎么了，着魔了呀？"

兰小馨一声大喝，何图的灵魂瞬间回归。

何图记得有一副对联是这样写弥勒佛的：

大肚能容，容天下难容之事
开口便笑，笑天下可笑之人

这是弥勒佛留给世人的整体印象。

不承想，凌云山的弥勒大佛竟然如此悲戚。

或许这就是佛的本性吧。

这一天，把"何图"称为"糊涂"也未尝不可。

一整天，满脑子，都是凌云大佛悲天悯人的形象。

雾霭里，看着大佛的泪眼，何图不由自主地在心里呜咽起来。

波澜壮阔的三江汇流，清雅幽僻的深山美景，古老神秘的崖墓乌尤都不留什么印象了——甚至连身边"小尾巴"兰小馨一路的神神叨叨他都充耳不闻，视而不见。

从乐山回来，何图怏怏的，兰小馨倦倦的。


## 第十二章　总裁的辞呈

柳亦剑总裁决定辞职了。

昨日已经向董事会递交了辞呈。

关于这样一个辞职的举动，柳总裁说得轻描淡写，仿佛在说自己有事临时离开会场一般。

对于"SS 项目"组长竹君来说，这无疑是一声霹雳，震撼、惊愕、不安、疑惑等万千小虫纷纷扑面，让她躲闪不及，难以招架。她的脑袋里有万颗金星闪烁，像闪电，又如炸雷……她有些晕眩，几乎不能自持了。

首先，从职场伦理上讲，柳亦剑是总裁，是金鼎集团经营管理的总指挥，公司的兴衰与其有着密切联系。其次，柳亦剑是"SS 项目"的创造者和奠基人，更是掌舵人。而这个项目与竹君的职业生涯之间又密切关联着，可谓万缕千丝。

这是竹君职业生涯中最重要的一个项目，也是她最钟爱的一个项目。

柳亦剑的离开，意味着"SS 项目"这艘船舰将会迷失方向，在海上盲目漂流。竹君不是船长，只是一个大副。她了解自己，一木难撑大厦。今后，自己是否还能一如既往，豪情满怀地从事"SS 项目"的经营管理？她的脑海里瞬间飘过很多像音符一样的问号——尽管，她很热爱这个被同业誉为"金鼎新政"的标志性项目。

柳总裁去职之后，后来者对"SS 项目"的态度会如何？继续关注、支持，还是麻木、应付，任其自生自灭？

更糟糕的结局可能是，后来者不会继续保留这个项目，关、停、并、转，皆有可能，一种隐隐的结局像梦魇般地控制了竹君的神经，她有些窒息。

一朝天子一朝臣
一朝天子一朝政

这是古语，也是流传至今的"名言"。尽管，当今社会在批驳它，否定它，却丝毫不能消除它的存在，它只是换了一件现代的外衣，依旧存在着，兑现着，蔓延着，成为具有现代面目的一个魔鬼。即使在商业领域，同样成为任何一个管理者都难以摆脱的魔咒。

或许，柳总裁的辞职本身也与此有关吧。

竹君将董事长的卸任与柳亦剑的辞职联系在了一起。

竹君隐隐地感觉到了柳亦剑身边潜伏的危机。有一些人，平日里一动不动，现在突然出手，像蛰伏已久的章鱼终于等到了捕食的机会——在高管会议上唇枪舌剑，展开八只触手，面目狰狞地朝着柳亦剑卷地而来。

或许，存在真的就是合理，从古到今。

撇开公司、职场和工作，单从个人情感上讲，竹君也有些离不开柳亦剑了。那种依恋之情，犹如一粒坚韧的种子，在她的心田里执着地发芽了。继而，种子长成了茶叶，沏成了浓酽的香茶，那馥郁的芬芳在心灵的空间弥漫开来……这一切，都源于柳亦剑对她无私的"钟爱"——当然，这种"爱"不在男女风月之列，而是一个敦厚的长者，一个慈祥的父亲释放出来的情怀，是一种"疼爱"，是满满的"疼惜"和"爱护"。

他们彼此都有情感交织，心照不宣，互通感应。

她喜欢在出差回来的时候给柳亦剑带一瓶红酒。

在别致的雅间，柳亦剑启了瓶塞，信手给竹君倒上一杯，竹君也不推辞——在她温暖的心里，感觉就像爸爸往女儿的碗里夹菜一般，她的眼睛里闪闪烁烁，有很多小银鱼在湖面跳跃。

竹君感受得到，那酒里暖暖的温度是柳亦剑传递过来的。

她将精致的高脚玻璃杯揽在手里，举杯齐眉，欣赏着，杯中的红酒美得像天使殷红的泪。

竹君小啜一口，闭一下眼睛，品味着其中的酸涩与甘甜，脸上的惬意、满足，像个孩子。

在竹君的精神世界里，红酒是美丽的，摇曳着裙幅，与自己合影，然后与深秋红叶相映成趣；红酒是高贵的，典雅深沉，世事洞明，波澜不惊；红酒也是温暖的，像是一方暖阁，在严寒中拥抱着竹君——这种温暖，在往日，常常透过柳亦剑的眼睛，弥漫在自己的心间。

而今天，竹君，凝视着杯中的红酒，看到的竟是一片血光，还有祭品。

一个小生命，就在这血光里诞生。她躁动着、挣扎着，贪婪地享受着血光里的祭品——这殷红的血光，赋予了她的情感和灵性，也成了她生命的褵褓。

这个小生命，仿佛就是竹君自己。

凝视着这杯红酒，竹君百感交集。

隔着一杯红酒，像隔着一道血光，互相对坐着。

举着一杯红酒，像飘过一条纽带，相互期盼着。

难以名状，难以言表。

血一般的红酒。

血一般的感情纽带。

竹君有些恍惚。

只看见柳亦剑复杂的表情和对自己疼爱的眼神，丝毫听不清他说了些什么。

柳总裁并没有说明辞职的原因。

他只是语重心长地向竹君谈了"SS项目"今后的发展方向以及在发展中可能会遭遇的种种困难，鼓励竹君继续前行。

当然，也有题外话，那就是竹君的个人问题，也是柳亦剑的一个心结。江天走后，竹君孑然一身，仿佛一片孤零零的秋叶——而一直在深秋注视着、关切着，始终在心里为她祈福的人只有柳亦剑了。

虽是片言只语，却是满满的关怀，浓浓的爱意。

一股融融暖意袭来，竹君有拥抱柳亦剑的冲动。


## 第十三章　轻骑兵

川西、川南、川北的销售市场陆续有捷报传来。

兰小馨在欢呼雀跃，何图却不动声色，心里却是无比自豪——这都是何图纵马横戈，转战南北，在一场又一场的产品说明会中取得的胜利。

如何推广金鼎集团的理财产品是一门学问。讲解产品，不仅是一门技术，也是一种艺术。何图经常说自己讲解产品的本领充其量就是程咬金的"三斧头"，此话既是自谦，也是实情。但这"三斧头"，斧斧生风，招招致命一只需三五分钟，就能引发听众的兴趣，对应听众的需求；然后，再用十多分钟的时间讲解产品，台下的听众无不心悦诚服，现场签单率达到了 50%，事后签单率为 80%，刷新了产品说明会历史上的签单纪录。这种短平快式的产品讲解之法，便是何图自创的"轻骑兵法"。

何图的讲解，言简意赅，逻辑严密；生动形象，诙谐幽默；情理相生，言辞凿凿，带给听众的总是激情澎湃和坚信不疑。

这种独到的产品讲解模式及讲解效果，犹如一支召之即来，来之能战，战之能胜的"轻骑兵"。

何图知道，从市场营销管理学的角度来看，"个人英雄"的时代早已结束，"没有优秀的个人，只有优秀的团队"已经成为一种时尚的理念。在川西、川南、川北的市场开拓中，急需培养一支精良的讲师团队，由他们在各自辖区担当产品讲解的"急先锋"，才是科学的管理之道。

何图再优秀，只有一个何图。

何图的每一场胜利，只是一城一池的胜利。

攻下城池，是否又能守得住？这是个核心问题。何图可不愿做市场鏖战中的石达开，攻下一城，丢掉一城。

所以，何图决定在金鼎巨力销售公司内部培养一支精锐。

何图要在这里，用自己多年实践经验和独创的产品讲解系统"轻骑兵""克隆"出二十余名"小何图"。

这样，四川二十多处市场辖区将都有"重兵把守"，确保阵地万无一失，而自己则将由初期的"救火队长"升格为一名真正的"轻骑兵团队"的团队长，总领全局，统筹安排市场开拓的各项工作。

金鼎巨力销售公司的第一期"黄埔军校"——"轻骑兵式产品讲解模式"训练营正式开训。

何图站在讲台前，故意将眼睛闭起来一些，与上扬的嘴角配合着，形成一个微笑的面孔——这是一个魅力讲师必须修炼的基本功。何图面向全场，目光平视，将友善的目光洒向会场的每一个人——这是一种温暖、感化对方的能量，用表情和心情来"破冰"，这会迎来一个良好的开场。

他刻意挺胸收腹，让自己玉树临风一些。

简明扼要的自我介绍之后，何图饶有兴趣地讲了一个关于"北京"的趣事，算是调侃，也算是暖场。

"入川之前，在旅途中有人给我发了一则短信，短信上是一篇小说，一共58个字。大家请看，何图用翻页笔，及时翻开了投影幕的下一页，清晰地呈现出几行清秀的楷书：

有个人到北京，问我：
"你们在北京的人凭什么那么牛？"
我默默地深吸了一口气，笑着看了看他：
"你来"
……他不服，硬要学我。
也深吸了一口气。
……享年34岁。

何图很快进入角色，模仿着陈道明的声音，声情并茂，抑扬顿挫，表演了这个短剧，幽默而夸张，台下的学员忍俊不禁。

何图又不失时机地翻开了下一页：

明枪易躲，雾霾难防。
9月11日晚，穿过北京重重雾霾，来到我们美丽的绵州，感谢这里的一草一木，感谢绵州大地，感谢在座的各位，让我获得了"新生"！

何图更喜欢用古地名"绵州"，庄重、典雅、大气磅礴。"绵阳"则是"绵羊"的谐音，不仅软弱无力，而且有些小家子气。

何图用一种特别夸张的声调来念"新生"两个字，幽默风趣，也意味深长。

开场真诚而友好，破冰效果甚佳。

何图是本次"黄埔军校"的当然教官，兰小馨任助教。金鼎巨力销售公司的负责人殷武洲，销售骨干许梅梅、孙晓晓分别担任一连、二连、三连的辅导员。

训练营的管理自不必说。

何图是一名优秀的国际职业训练师。这类技术资格，是由美国国际训练协会面向全球招生，然后甄选、培养、训练，再通过综合考核，成绩合格者才可以获得资格认证。何图是全球第二届进修班的高才生，曾获得过美国训练协会教官托马斯颁发的"优秀学员"的奖章。

凡是训练活动，何图一定会将团队文化、习惯养成、日常管理与课堂的训练融会贯通，熔于一炉。何图训练时的严厉在金鼎集团也是出了名的，曾被学员戏称为"魔鬼训练师"。

再好的一款理财产品，只有讲好了才是"锦上添花"。

反之，产品设计得再好，如果讲不好，也就成为"明珠暗投"了。讲师是产品的灵魂，产品好，讲得好，两好合一好，才能卖得好。这是何图根深蒂固的产品培训理念。

他常说，一个优秀的销售者，不是要把产品说对、说透，而是要把产品说到让客户"接受"。

客户是否"接受"，这是衡量一个销售者优秀与否的唯一标尺。

客户"接受"才是销售者要实现的终极目标。

所以，销售者的目标不是产品，而是客户。

我们要解析的不是产品，而是客户的心灵。

讲师，需要市场经验，需要超常智慧。

讲师，更需要十足的灵气。

## 第十四章　西施眼

"轻骑兵式"的产品讲解训练第一讲，也是何图"三板斧"中的第一斧。

这一招式，何图将其命名为"西施眼"。

这一斧好比沉香的宣花斧，力劈华山之后，一款产品便脱颖而出，熠熠生辉。

这一招是开端部分，是总领，小而精致，微而闪光。虽是微小，却光芒四射，精彩纷呈，像一颗浮出海面的深渊之珠。

而讲好这一部分，则必须用"西施眼"的讲法。

用何图的话说，这一斧，速度快，时间短，分量重，短短的两三分钟就会爆出猛料，让人耳目一新，甚至大跌眼镜，惊愕不已。

"谁知道'西施眼'？或者说，你对'西施眼'是怎么理解的？"随着优雅上扬的手势，何图胸前的领带飘逸起来，像一束火焰，更像燃烧的信念。

"就是吴越春秋时期的越国美女西施的眼睛。"

一个学员站起来，望文生义道。

"'西施眼'，应该是'智慧'的象征吧，因为西施很聪明，用自己的智慧打败了敌国，挽救了自己的国家。"

另一个学员觉得"西施眼"应该从更深层次的含义来理解。

"从某个角度来看，大家的理解都是对的。"

"我曾看过一篇题目叫'西施眼'的小文章，至今记忆犹新，在这里分享给大家。"

何图一边说着，一边从容地打开一个资料的链接：

香榧子是一种椭圆形的坚果，味道香美，而且有很好的药用价值。当我准备细细品尝时，居然发现它没有丝毫的裂缝。我用手指拼命地挤呀捏呀，它仍然顽固得一点动静没有。我只好找来一把老虎钳子，用力一夹，壳是打开了，但里面的仁也压碎了。

其实，香榧子的硬壳上有两个对称的点，像两只眼睛，我们称它为"西施眼"。你只要用两个指头轻轻按住眼睛，壳就会打开。当年的越王勾践，就曾经用如何打开香榧子考过美女西施和郑旦，西施就是用这种方法打开香榧子的。

所以，后来人们就把香榧子身上的眼睛叫作"西施眼"。

何图接着说："香榧子硬壳上的两个对称点被称为'西施眼'，这样的命名，不仅蕴含锦绣之美，而且富有无穷的韵味。'西施眼'的一个'眼'字，还道出了开启香榧子的关键所在，是开启的要诀，是开启的核心，仿佛'芝麻开门'一样神奇。

"当然，'西施'之'眼'的本身除了楚楚动人之外，还闪烁着一种智慧和灵性，与'画龙点睛'一样灵验。"

何图清了清喉咙，停顿了一下，继续说道：

"所以，这里的'西施眼'应该有三种解释。一是本意，是代指坚果香榧子；二是引申义，是指开启香榧子之法，即解决问题的核心方法；三是比喻义，是指聪慧和灵秀，就像西施一样。"

何图口吐莲花，追根溯源，如数家珍，一口气将"西施眼"的渊源和盘托出。同时，用"集成"的方式，对"西施眼"进行了"自定义"。这样的讲解，由浅入深，由表及里，合情合理，深刻而全面——这是何图具有的一种立体思维模式。

何图话锋一转，回归主题：

"在'轻骑兵式'的产品讲解训练中，'西施眼'专指引申义，指解决问题的核心方法。

"那么，在产品讲解中，这种方法到底是什么呢？"

"请大家开始脑力激荡，来一场'头脑风暴'。"

……

"很好，将大家的答案统一起来，就是最完美的答案。"

"'西施眼'就是从产品中找出一两处最闪亮的特点，对其作出最概括、最精致、最经典的总结，将其打造成镶嵌在产品皇冠上的明珠，光彩耀眼，夺人眼球。"

何图特别将三个"最"用重音进行了强调。

"接下来，我们就来学习和讨论'西施眼'式的产品讲解之法。

"首先是'筛选之法'——在产品若干的优势当中筛选出两个最突出的亮点，而不是漫天撒网，不是将产品的所有优势统统展示。有着美丽'双眼'的西施才会楚楚动人。试想一下，如果西施是三只眼，五只眼，会如何？是的，有人说了，那不是美女，是妖精，眼睛越多越恐怖——所以，首先要筛选、确定'眼睛'的只数，两只眼睛最美。"

"突然有一个千眼蜘蛛精与你对视，你怕还是不怕？"

何图冲着最前排的学员瞪大了眼睛，做了一个夸张的动作，有些张牙舞爪，仿佛那就是千眼蜘蛛精来了——冷不防的模拟，着实将这个学员吓了一跳。

"'筛选'之后呢，这就是'西施眼'讲解之法的第二步了，叫作'提炼'之法。你想想，如果西施的两只眼睛浑浊不堪，目光呆滞，甚至还经常斜视，甚至长成了'斗鸡眼'，这是西施吗？不是，恐怕连东施也要被吓跑了。所以，要'提炼'，要将产品的两个突出的优点进行打磨，刮垢磨光，通过艺术地提炼和精美地包装，让'眼睛'澄澈明丽，光彩照人。这样的眼睛才是美丽的，动人的。"

"当然，'提炼'出来的'西施眼'务必'精致'，内容要少而精，最好是几个字，或者一句话，让其成为一个中心词、中心句；其次，提炼出来的'西施眼'要'经典'，能够在现场就让听众过目不忘，事后也念念不忘才好，要深入人心才好，这就是'经典'。"

妙语连珠，生动形象，深入浅出，让学员饶有趣味地聆听下去，"个中三昧"是在一种享受中被深刻领悟的——这是何图的授课风格。

课程结束之际，何图言简意赅，总结道：

"总之，'西施眼'式的讲解之法，一定是先筛选出产品中最闪亮的一两个特点，是特点的择优，不是全部特点的罗列；择优之后，便是提炼，使之成为一种经典。如果，很随意地从产品特点中找两个特点，而不去提炼，那就不是'西施眼'了，而是一般人的眼，是你的眼，甚至是'玻璃眼'、假眼了。"

何图博喻连珠，继续演绎着。

"当然，到底要选择两个什么样的特点进行艺术提炼？

"这要根据客户的需要和喜好来确定，即什么样的客户，对应什么样的产品特点。客户需要什么，喜欢什么，我们就根据这些来甄选产品的两只'西施眼'需求不同，喜好不同，选择'西施眼'则不同一这就是一种对应。打个比方，柳眉杏眼，只有长在西施这样的美女面孔上才算相得益彰。相反，西施的眼睛长在了张飞的脸上，会是一种什么样的形象？"

"何老师，能不能拿我们的产品举个例子，如何筛选并提炼成'西施眼'？"

最后一排左边第一个学员站起来，有些战战兢兢，希望何图能举例说明，一看就是个目标性很强的学员。

"很好，我讲了这么多，大家听了这么多，终极目标就是要求大家会做，能为我们的产品嵌入两只'西施眼'。"

何图略一皱眉，沉思了十秒左右，开始举例：

"就拿金鼎的理财产品'鑫福利'来说，可以筛选、提炼成——

拥有一生的现金流，储备三代的金宝库。

"来，大家对照一下产品的特点，是不是这样？每月每年都有固定的现金回流，解决理财者的日常开销问题；每五年还有一笔丰厚的投资回报，除了本人收益之外，还福泽上一代和下一代，根据所需，物尽其用。

"当然，还可以将这款产品的'西施眼'定位成——

家庭理财必备的吉祥双宝：管家宝、传家宝。

这双宝，即家庭的财富管理，保值增值，资产传承，爱心延续。

"下面我们就进入金鼎集团'鑫福利'理财产品讨论环节，好比召开一次筛选和提炼'西施眼'的现场会。我举过的例子不可以再用，大家要根据产品特点，开阔视野，解放思维，用自己独特的审美方式为'鑫福利'筛选并提炼出两只'西施眼'来！

"以各小组为单位，组长牵头，群策群力，集思广益。大家各抒己见，畅所欲言，讨论会上无对错，现在开始，时间 20 分钟……"

课程尾声，何图由解说转为临阵指挥。

教与学，引与发，讲与问，训与练、疑与答……这些训练的辩证法，也只有何图在实操中能挥洒自如，行云流水一般。

……

"这是本次'轻骑兵式产品讲解训练'第一讲——'西施眼'

"第一讲里我们讲的是'西施'，第二讲我们会讲谁？"

何图故意卖了个关子，但很快就自问自答：

"第二讲里我们不讲'西施'了，我们讲'香妃'！对，就是乾隆最喜爱的那个妃子，她的身体里会自动散发幽香的那个妃子啊！"

下课之前，何图不失时机地为下一讲埋下伏笔。

"好，我们的第一讲到这里就告一段落，下课。"

## 第十五章　何图返京

竹君在第一时间将柳总裁辞职的事告知了远在川西的何图，何图在电话里感受到了竹君的不安与纠结。

柳总裁辞职的事像一枚炮弹凌空而下，落地却没有爆炸，这更可怕。其实，即将爆炸给人们心理上造成的恐慌远远比爆炸本身更可怕——柳总裁辞职了，"SS 项目"会怎么样呢？与"SS 项目"有关的每一个成员又会怎么样呢？项目组每个人的心里都被疑云笼罩着，包括何图和兰小馨，或许，他们的命运将随之发生根本性的改变。

何图回京。

说是要向竹君组长作一个关于"SS项目"的阶段性汇报。

说到底，还是因为柳总裁辞职的事。他想安慰一下竹君，同时也未雨绸缪，与竹君商量一下，今后何去何从。

竹君也在期盼着他回来，好久了，有些想念。

明天是周日，竹君约了何图去香山看红叶，这也是为了排遣心中积淀的郁闷。

刚过十月，为时过早。

满山苍翠之中偶尔见到一抹淡淡的红意，像是画师在作"青绿山水画"的时候，被他淘气的小孙子拿起画笔在中间抹上了一些淡红的水彩，既不协调，也不美丽。这红意也不纯粹，有红色、有黄色、有褐色，交织在一起，斑斑驳驳的，实在无法唤起关于红叶的联想。此外，香山上仅有的一抹红意还被阴冷的山风裹挟着，丝毫感受不到红色的暖意。

可见，枫叶如火，燃烧深秋的图景还很遥远。

竹君的心很是阴沉，目光失去了往日的深邃和神采。每次坐在石头上歇息，她总是呆呆地望着远方，失神一般。何图拥抱她的时候，她竟感觉不到一丝温暖。

最终，他们决定先拭目以待，看看新任总裁对"SS项目"的态度再作选择。

柳亦剑辞职不久新总裁便上任了——是金鼎集团最大的一位股东代表，算是兼任。与此同时，一位新的"SS项目"负责人出现在竹君的眼前，而竹君也就莫名其妙地变成了项目组的"顾问"。

顾问，是希望竹君"又顾又问"，还是"顾而不问"，答案是不言而喻的。这样一个尴尬的职务，连兰小馨都觉得好笑，明摆着，这就是要挤对竹君，给一个虚头巴脑的职务，让她继续"贡献"着技术和智慧，而把项目操作的实权给了那个新来的女人。

这也是一个女人，一个风风火火闯九州的女人，名字叫月华。

这个名字很美，容易让人想起李煜的"晚凉天净月华开"。但是，这样唯美的句子，和眼前的这个女人怎么也联系不起来。

月华工作作风很"强硬"。日常工作中，与其说是"指点江山"，还不如说是"指手画脚"。她经常在公开的项目组全体会议上给竹君"布置几道作业题"，弄得竹君十分尴尬。在生活中，竹君是个有内涵，有修养，有品位的精致的女人；在职场里，竹君是个严谨矜持，深谙礼仪，卓尔不群的职业经理人——她实在不屑与月华这样的女人正面交锋，更不会在背地里动用自己的人脉关系与之博弈。于是，她只能将这种难以名状的痛苦和愠怒压抑在内心深处。

月华好像很有主见，但似乎又没什么主意。

"SS项目"遇到一点问题就要召开项目组全体会议，不惜动用"十二道金牌"将远在外省的成员"召"回来，然后就是一番"头脑风暴会"——她提问题，让参会者说答案。会议结束，也没有任何定性的结论，甚至再也不提这回事，就这么不了了之——仿佛没有过这档子事，也从来没有开过这样的会。

她也很健忘，吩咐别人去考察的项目，很快就忘记了。就算有人主动汇报，她也会很不耐烦地敷衍一下，算是宣告以前的议案无效了。

说她"朝令夕改"是比较好听的。

何图私底下对她的评价就是一个"没脑子的蠢女人"。

她每次召集"头脑风暴会"，大家就戏称是"没头没脑风暴会"。

整天面对"月华组长"的淫威和"二"的作风，竹君的精神已经接近崩溃的边缘。

## 第十六章　阆苑情结

深秋水碧，枫叶流丹。

竹君的心情并不美好，有些悲秋的成分。

竹君拟定了入川计划，她将以"顾问"身份，对四川的"SS项目"进行市场调研——当然，同时也是为了排遣心中的落寞。

月华，新官上任之后淫威日盛，竹君想暂避她那不可一世的锋芒。

她知道，自己与月华之间的工作矛盾已经不可调和。

不得已与之为伍。

不得已成为搭档。

这样的工作搭档，一虚一实，一真一伪，一攻一守，竹君早已疲惫不堪。

"不怕贼偷，就怕贼惦记"——尽管这样的比喻有些过分，但事实就是如此，月华每天都在"惦记"着竹君。

总有一天，她们两个会有一次"正面交锋"——双方都会披挂上阵，拍马舞刀，冲向对方——"SS项目"的沙场将面临一场惊心动魄的厮杀。

那时，双方将杀得天昏地暗，飞沙走石。马打盘旋之际，只听弓弦响处，其中一人中箭落马。

中箭之人，一定是自己！竹君想。

月华是挑战者，扬鞭大叫："竹君，快出来受死……"

而自己，只不过是迎战而已，箭在弦上，不得不发。

竹君不希望真的有那么一天。

竹君的心湖里泛起一圈圈无奈且不甘的涟漪。

此次入川，竹君明白，暂避，仅仅是暂避而已。

竹君知道，这并非长久之计，但至少可以赢得一段"眼不见心不烦"的日子。谁都知道"抽刀断水水更流，举杯消愁愁更愁"，但古往今来借酒消愁者又何止千万，这是人的本能。

月华的聒噪声就像办公桌上那部红色的电话机，音量奇大，急促地响着，一阵阵，始终不停。

那声音里隐藏着涂了剧毒的银针，不断刺激着竹君的大脑，让她一阵阵晕眩，继而恶心起来。

竹君只有暂时离开这个房间，离开月华这部"红色的电话机"。

月华自然也意识到，权力之外，自己已经所剩无几。

面对竹君，她总有一种莫名的心虚和无形的压力。

对于竹君的入川申请，月华求之不得，欣然同意。

当然，坚决不能让竹君与何图同行，月华知道什么叫"死党"，更懂得"死党"在一起产生的巨大的"破坏力"。她要将何图"暂扣"在北京，理由是总部"SS项目"工作人手短缺，让何图临时协助处理一些重要的内部事务。

竹君想起有一次早会，月华组长别有用心地分享着电视连续剧《雍正王朝》中关于"朋党"的情节。

雍正帝当着朝臣，语重心长，义正词严，也痛心疾首：

朕自即位，就曾再三告诫诸王和文武大臣，要以朋党为戒。圣祖仁皇帝也曾再三训诲廷臣，要以朋党为戒。

为什么？

就因为一旦结成朋党，不管近在咫尺，还是远在万里，朋比胶固，牢不可破，祸端丛生！是其党者，不管贤与不贤就百般庇护，不是一党，不管好与不好就百般攻击——视一党荣枯为性命，置国家大局于不顾！

月华显得"语重心长"，说希望"SS项目"这个组织是一个精诚团结的"团队"，不希望成为一个"团伙"，一个"朋党"。

举手投足之间，月华仿佛就是那勤政爱民、心怀天下的圣君一个。她有些激动，言辞中似乎充满了正义，感染力和煽动性都很强。

竹君知道她在含沙射影，她是有所指的。

很明显，月华组长是在"敲打"竹君、何图和兰小馨等人。

"黑厚学！

"自己一身乱毛，却说别人是妖怪——而且说得那么底气十足。"

竹君有些替月华悲哀。

月华越说越激动，越说越不像话，指桑骂槐之余就差指名道姓了。

45

"作秀！厚颜无耻！"

竹君下意识地连忙掩口，尽管她并没有发出声音。

她实在不愿意用这些词语，有损自己的口德。

何图置北，竹君南行。

竹君有些失落，也有些遗憾。

她只能一个人背起行囊前往首都国际机场。

尽管如此，竹君踏上舷梯的那一刻，"游龙入海"的逍遥感还是让她变得轻松起来。

竹君的"SS 项目"市场调研第一站是川北的阆中。

选择阆中，首先是因为那里的"SS 项目"经营得风生水起。作为"后起之秀"的阆中项目，一定有着自己独特的运作经验，值得前往考察。

其次，选择阆中，还缘于竹君多少年来魂牵梦萦的"阆苑情结"。

虽然，"阆苑仙境"只是一个理想的世界，但在竹君心里亦幻亦真，可以借助司马迁《史记·孔子世家》中的话来形容她的心情：

高山仰止，景行行止，虽不能至，心向往之。

有很多次，竹君梦游"阆苑仙境"——

云起巫山，草长瑶池，天台路迷；神霄绛阙，云阶月地，心旷神怡。

梦醒时分，竹君记忆犹新，梦里阆苑的点点滴滴，与东晋葛洪《神仙传》里记载的"阆风之苑"颇为相似：

有玉楼十二，玄室九层，右瑶池，左翠水，环以弱水九重。洪涛万丈，非飙车羽轮不可到，王母所居也。

阆苑、阆中……在竹君的意识里，它们相互交织，时而缠绕，时而重叠，难分难解。或许，它们本是一体。

阆苑和阆中……竹君找不到一个确切的比方。

乳名和学名？

身体和影子？

孪生的姐妹？

总之，它们之间，有一条血脉相连。

一个在心，是神光离合的仙境版。

一个在川，是山水旖旎的现实版。

在现实中，阆中确实被誉为"阆苑仙境"和"风水宝地"。

翱翔在万米高空，竹君却感觉不到飞机在飞行，像是一艘停泊在港湾里的船。

阳光灿烂，隔着舷窗，竹君感受着秋阳的温暖。

人们常说"秋高气爽"，说的是秋日的天空格外高远。

而此时，竹君注视着窗外，觉得天空很远，但一点都不高。

有一些云离自己很远，像漂浮在水面的白莲。

有一些云离自己很近，只要竹君愿意，一伸手就可以扯下一绺来。

那云就像小时候吃的棉花糖，让人垂涎欲滴，却又万分不舍——小竹君只是轻轻地扯下一绺来，轻轻地让它"飘"到嘴里，细细品尝它的甜美。

竹君信手一挥，那一绺白云便成了一条纯洁的丝巾，宽松地斜系在她修长白皙的脖颈上，那丝巾便临风飘举，舞蹈起来。

如果将那一绺白云展开，还可以做成薄纱长裙，竹君可以穿上它，站在瑶台，或者是蟾宫里、桂树旁……那长裙轻轻飘起来，分不清是裙还是雾——竹君鼻子一酸，从美丽的睫毛上滚下来两颗晶莹剔透的泪珠，在阳光里闪烁着。

透过晶莹的泪珠，竹君看见了很多镶着金边的云。

祥云缭绕中，时隐时现一座古城，山环四面，水绕三方，城如棋局。


*三面水光抱城郭，*

四面山势锁烟霞。

玉楼层层临弱水，

旌旗羽轮到仙家。


那山，巍巍昆仑？那水，瑶池翠水？

是幻觉？阆苑仙境？

还是，阆中的海市蜃楼？

莫非，已经飞到了阆中的上空？


## 第十七章　华光楼


之前，竹君已让自己的闺蜜将车开至阆中酒店。

竹君习惯自己驾车出行，习惯了那辆跟随了自己多年的红色"雪佛兰"。

那是一辆进口的车，性能和舒适度都很好。此外，竹君尤其喜欢"雪佛兰"三个字，每一个字都喜欢，放在一起，简直就是黄金组合的品牌。

雪，莹洁、寒美；兰，幽香、高格；佛，崇高、神圣。

这正是竹君追求和向往的最高境界，做人、做事。

竹君有意选择周日出行。

她会提前到达阆中，她要好好地看一看"传说"中的阆中古城，赏一赏那里的"仙境"之美，品一品那里的"风水"之妙。

她没有通知阆中的"SS项目"负责人，独自来到酒店，办完了入住手续，便徜徉在阆中的古城街道上了。

竹君登上了"阆苑第一楼"——华光楼。

在这里，可以鸟瞰山、水、城相依相融的整体格局。

阆中城及其周边，如同一个四合院。城区的地形网，简直就是一幅天生的太极图。城在其中，好比堂屋；嘉陵江从三面包围，好比鱼池；

四面的山，好比围墙；锦屏山，好比院门与堂屋之间的屏风，尤其是"围墙"，即阆城四面的山，不高不低，不远不近，恰到好处。

阆中，三面环水，一面可通。嘉陵江流，一条龙脉，宛转如练，围绕古城，流露出万般依恋之态。北蟠龙，玄武垂头；南锦屏，朱雀翔舞；东大象，青龙蜿蜒；西诸山，白虎驯伏……诸般意象，不一而足，尽显风水玄妙。

"人杰地灵！

"袁天罡曾说："锦屏山灭，英灵乃绝。'

"所谓风水，终极目标乃天、地、人的和谐统一。

"天人感应，天人合一！

"这才是风水学的真谛吧！

"古来万事，莫不如此！"

竹君喃喃自语。

华光楼，高百尺。

登高处，心飞扬。

竹君觉得自己是"云中君"，飘飘然，有已入云的欣喜。

她又觉得自己是"湘夫人"，茫茫然，有将入水的不祥。

有一株银杏树拔地而起，接着疯长，突破了四合院的包围，如一鹤冲天，直上云端——在竹君看来，那不过是一株破土的小苗，就在自己的脚下，弱弱地仰望着华光楼，仰望竹君。

"无边落木萧萧下，不尽长江滚滚来。"

深秋了，那棵"冲天"的银杏正落叶纷纷——那些扇形的银杏叶并没有落在院子里，而是落在了四合院屋顶的灰瓦上，厚厚的一层，仿佛是一株"摇钱树"摇落的"金钱"，辉煌一片。

在竹君的眼里，这样的残景，更像一场战事之后。

这是一场最后的战争——将军一去，大树飘零。

驻马。

少歇。

解甲。

归田。

在竹君心里，那落满屋顶的银杏叶，正是将军解下的片片鱼鳞战甲。

那是位女将军，唐赛儿式的女将军。

站在华光楼最高层，俯视脚下四合院屋顶飘落的片片银杏叶，竹君忽然想起那句"满城尽带黄金甲"——虽然那是菊，这是银杏叶，但它们留给竹君的审美感受是完全相同的。

在将军的眼里，是豪情，是辉煌，是胜利。

在竹君的意识中，更多了一层难与人言的"落寞"。


## 第十八章　远交近攻


阆中"SS项目"的经营成果确实令人刮目相看。

从阆中驾车回成都的途中，竹君一直在心里思考着、分析着、总结着。

阆中的情况与绵阳明显不同，既没有"股东"的资源可取，也没有"工商联"的屏障可依，更没有金鼎集团总部给予的"外交政策"的支持。

有人戏称，阆中的"SS项目"做得好，根本在于这里的"风水"好。

真实的情况是，阆中"SS项目"的开拓与展开完全靠一支强悍的团队在陌生市场上"肉搏"，始终处于"短兵相接"的状态。

听完汇报之后，竹君在心里总结出市场制胜的三点，即项目开拓强劲，市场服务优化和客户群体培育——这三点，构成了阆中"SS项目"业绩斐然的三大法宝。

他们的胜利是方法与技能的胜利，更是精神与意志的胜利。

方法与技能，自然与何图开创的"轻骑兵式"产品销售技能训练模式密切相关——阆中的"SS项目"里有三位讲师都毕业于何图创建的"黄埔一期"，他们对"轻骑兵式"的产品销售技能运用自如，在市场销售实践中一路高歌，势如破竹。不仅如此，这"三人团"运筹帷幄，将"轻骑兵式"销售技能复制、传承，以星火燎原之势，迅速育成了一支优秀的销售军团。

要说精神与意志，执着、勇敢、坚韧，这是巴人天生的秉性。

远在古代，阆中属巴，是巴国的重镇。巴人天性劲勇、猛锐善战，天下闻名。周武王曾用巴人组成三千人的前锋—"虎贲军"，牧野一战，使纣王全军覆灭。

竹君看过巴地的"干戚舞"，巴人一手执盾，一手握斧，那种劲爆的动作，神勇的表情，雄壮的呐喊，无不让人热血沸腾，精神振奋。

短短的半日，仅是他们的言谈举止已经深深地感染了竹君。

车轮在回成都的道上匀速奔驰。

竹君优雅地握着方向盘，戴着耳机，听着优美的钢琴曲《水边的阿狄丽娜》。

她的思维与车轮一样，在高速运转。

成功与失败，只有一步之遥。

机会和风险，只是一墙之隔。

阆中的"SS项目"，只是个案，它成功的背后存在多元的因素，而且是极富个性化的因素，难以作为一种经验去推广和传承。况且，这样的成绩能维持多久？竹君在心里是打了一个大大的问号的。

单靠一种精神和斗志，是远远不够的。毕竟，短兵相接，是"杀敌一千，自损八百"的做法，代价极高。而何图的"轻骑兵式"的训练，也只能解决产品销售终端的具体问题。

这些都属于战术。

作为站在最高层"SS项目"的掌门人，必须规划出一套科学合理、行之有效的战略体系，确保全国所有"SS项目"旗下的销售公司经营方向正确，政策投放高效，资源匹配合理，管理措施得当，投入产出优化，确保市场经营稳健、持续、高效。

实践才是检验真理的唯一标准。

"SS项目"初期的战略布局明显存在一些疏漏，这也是好些城市"SS项目""初战告捷"之后便站不稳脚跟、摇摇欲坠的根本原因。

竹君有些疲倦，思考的专注总会让她有"江郎才尽"的感觉。

她必须规划出一套指挥全局、适用于全局的战略方案。

哪怕是呕心沥血。

她的脑海里忽而闪过阖中"城如棋局"的构图——不知是象棋，还是围棋，那棋子瞬间变成了甲士、战车、大纛、城郭、深沟、壁垒、云梯、滑石车、箭镞……呐喊声、金鼓声、战马嘶鸣、兵车断裂、血染战旗……

合久必分，分久必合，几多混战，终归沉寂。

战争的背后，竹君分明看到了运作战争的主谋——苏秦、张仪、廉颇、李牧、白起、王翦……

战争，靠的是运筹帷幄，战略布局。

战斗，靠的是作战计划，具体措施。

战略布局核心则是天、地、人之间的辩证关系。

这就是战争的"风水"。

忽然，灵光一闪，那棋盘上猛地跳下几个人来，抢枪使棒，来到了竹君的眼前，渐渐变成几个清晰的大字：

远交近攻

合纵连横

竹君激动起来，慢慢减速，最终将车停在路边，长长地叹了一口气。

她有一种拨云见日，茅塞顿开的感觉。

是谁驱除心茅，疏通了心路？

是谁拨开云雾，理清了头绪？

冥冥之中，定有神助！

竹君在心里默默祈祷起来。

"合纵连横"，是解决合作主体的问题；"远交近攻"，是解决多边合作方式的问题——与谁合作，将决定合作的成与败；如何合作，会影响合作的深广度，影响合作的进程，也影响合作中是否能产生双赢的结果。

"合纵连横"本是战国时期纵横家提出的两种外交战略。"合纵"成为六国联合抵抗强秦的外交和军事手段，目的是防止强国的兼并和扩张；连横则是六国分别与秦国联盟，以求自保。

在竹君的构想中，"合纵连横"同样适用于"SS 项目"市场战略，只不过竹君赋予了它新的内涵：站在金鼎集团"SS 项目"的制高点上看，"合纵"就是让"SS 项目"旗下的销售公司依据自身实况和市场环境，纵向联合自己所属省区一些企业或个人共同参股经营，这些地方性的中小型企业，务必有现成的销售团队、有良好的业务品质。这样，确保"SS 项目"旗下的各家公司能借助地方众力，实现自我的稳健经营，这是"守"的策略。

连横呢，自然是"攻"的策略，即由金鼎集团总部运用"外交"斡旋手段，甄选一两家全国性的大型企业，商谈总对总的合作，旨在帮助"SS 项目"旗下的各销售公司借助对方的品牌和实力开拓市场，提高市场的核心竞争力，实现抢占先机和进攻制胜的目标。

在竹君的思考中，"合纵"和"连横"，不是单选题，而是多选题，"SS 项目"旗下的销售公司务必同时适用这两种经营策略。

"远交近攻"，即结交离得远的国家而进攻邻近的国，是吞并六国、统一全国的策略，是秦昭王时期范雎提出的：

王不如远交而近攻，得寸，则王之寸；得尺，亦王之尺也。

当然，竹君心中谋划的"远交近攻"绝非范雎所下的定义。

竹君为"远交近攻"策略赋予了自己的新解：

远，宏观及长远规划；交，即外交、政策等战略关系的建立与维护；近，微观及眼前计划与方案；攻，即市场开拓与服务的具体展开。

这样的战略延伸，势必形成三大合力：内与外、长与短、军与政的合一，即对外关系与内务管理；长期规划与短期制度；外交政策与市场推进。

一个国家必须玩转"政治""外交""军事"三者之间的制衡关系，一个企业也如此。企业里的"政治"即政策，包含产品供给、手续费、市场推动费等；"外交"，即关系，双方高层合作关系的缔结与维护；"军事"，自然是指"SS 项目"中的嵌入式服务和跃层式技术支持等。这三股力量相互联系，同时也存在某种博弈。

"政策"（政治），是用来"保障"的；"外交"（关系缔结与优化），是用来"维护"的；"军事"（服务、培训支持），是用来"促进"的。特别是这三者之间，强大的"军事"力量不容小觑，尤其是"战场"上"军事行动"的节节推进——驻站嵌入式服务与跃层型培训支持，足以改变"政治"与"外交"的游戏规则，让事态朝着有利于自己的方向发展。

想到了这里，竹君的脸上春水微澜。

竹君有些自恋，很想奖励自己一下，为自己前瞻式思维，也为一个职业经理人的创新理念。

金鼎集团"SS 项目"旗下一百多家销售公司今后的经营方略全在这八个字上了。

阆中，阆苑仙境，风水宝地，不虚此行！尤其是自己"棋局式"的构想，完全可以突破"SS 项目"旗下一百多家销售公司在中期发展的"瓶颈"。

这样的三大合力犹如三只巨大的驱动轮，相互驱动，又平衡稳健，足以向着战略目标胜利挺进了。

当然——

"政治"，需要进一步"市场化"。

"外交"，需要进一步"多元化"。

"军事"，需要进一步"差异化"。

## 第十九章　嫘祖陵

竹君一身的轻松，一脸的灿烂。

她驾车继续在成南高速上前行。

她换了一首乐曲《爱的协奏曲》。

车内弥漫着爱的温度，爱的味道。

她想起了留守在京的何图。

有些想念。

前面不远处有一个岔口，一个路标清晰地呈现在竹君的眼前：

盐亭

嫘祖陵

6公里

"盐亭"应该是绵阳的一个县名，竹君不以为然。

而"嫘祖陵"三个字就像三支燃烧的香烛——那香烟袅袅，瞬间在竹君的心里弥漫起来，整个心房都是暖意融融，给人一种莫名的感动。

来不及多想，竹君一打方向盘，车轮顺着岔道驶向了盐亭的方向。竹君看了一下天空，夕阳西下，晚霞灿烂，那是一种爱的色彩。离天黑大概还有一个小时。

而到"嫘祖陵"只有6公里，应该来得及。

关于嫘祖，竹君知道的一些内容只来源于文字的记载，而且是零星、碎片、平面式的。

嫘祖——黄帝元妃，中华民族的伟大母亲。她"首创种桑养蚕、抽丝、编织之术；旨定农桑、法制衣裳、兴嫁娶、尚礼仪、架宫室、奠国基"，被历代帝王尊为"先蚕"，民间历祀为"蚕神""行神"。

那个时候，觉得很遥远，不知道何时、何地、何缘能去拜祭嫘祖。

今天，这些时空距离全都不存在了，再过几分钟，嫘祖陵就会出现在眼前。

所谓"相约不如巧遇"，今天就可以身临其境，在嫘祖陵前瞻仰、怀思、跪拜、行祭祀之礼，这也是竹君一直以来的心愿——竹君从来没有见过自己母亲。

嫘祖是华夏民族共同的母亲，在这里，竹君能找到心灵的归属。在"母亲"的陵前，她可以流泪，可以倾诉，可以许愿，可以立下自己的誓言。

想到这里，竹君有些兴奋与感动，手里的方向盘握得更紧了些。

但竹君心里还是有些忐忑的，她不熟悉路线，从没有去过嫘祖陵。

她开启了高德地图，沿着导航中的路线，计算着时间，驱车前行。

应该在 15 分钟之后，就可以达到嫘祖陵，她心里计算着，半个小时瞻仰和拜祭，还有半个小时驾车返回原路，回到成南高速。这样，赶回成都的时间应该是晚上八点左右。

竹君驾车已经行驶了 15 分钟，导航里依然在唠叨着陌生的路线，路标上不断变化的是盐亭、金鸡镇、青龙山等陌生的地名。

看来，从岔路到"嫘祖陵"的距离远不止 6 公里，路标上标注的 6 公里一定是指从成南高速路口到盐亭县界的距离，绝非到达"嫘祖陵"的距离。

"嫘祖陵"究竟还有多远，竹君吃不准。

越过了金鸡镇不久，脚下已经是通向青龙山的路了。

山路开始变得起伏不定，且越发狭窄。

车轮沿着盘山小路螺旋式往上"攀缘"。竹君小心翼翼，她牢牢地握住方向盘，手心都是汗。

竹君无暇他顾，耳边有"风"，眼前无"景"——她必须专注，在这样陌生的山野小道独自驾车，眼睛、耳朵、心、手和脚必须并用。

尽管如此，她的心还是慌乱起来，手脚也跟着慌乱起来。

　　她猛地一个急刹车——好险！车轮差一点就撞在一座巨人般挺立的石碑上。

　　竹君急忙下车，天外掠过一阵阴风，从头顶的"百会穴"锥入，瞬间化作八爪章鱼，冲击她全身的神经系统——竹君不由得打了个寒噤。

　　仔细看去，那物，矗立在路旁，并非普通的石碑。它既像石碑，又像石柱，还像一种奇怪的石像生。

　　那物造型神秘，设计诡异——这座高大的建筑物由十只巨型的"乌龟"组成，像垒积木，也像叠罗汉。当然，未必就是"乌龟"，只是和乌龟很相似。那十只"乌龟"全都伸长了脖子，怒目圆睁、张牙舞爪，仿佛要撕咬什么……这样的设计，形成了一种强大的"魔力磁场"，突然出现在薄暮冥冥的阴风里，让人顿生不祥之感。

　　竹君强迫自己镇静下来，做了一个深呼吸。

　　很明显，这是一处祭祀的场所。

　　但这样诡异的祭物，竹君还是第一次见。她猜不出这是干什么用的，不知道象征了什么，暗示了什么。

　　"应该是祭祀的遗址！"竹君幽幽地想。

　　甚为奇怪的是，十只乌龟垒作十层，有四只面朝西方，吞吐落日，这四只排序分别是 1、2、6、10；另有三只面朝南方，排序分别是 3、5、8；还有三只面朝北方，排序分别是 4、7、9。

　　竹君不解其意。

　　但这其中一定隐藏着什么惊天的秘密，竹君有些莫名的心悸。

　　从远处正面看去，十只"乌龟"垒成的造型分明就是一个象形的文字——"非"。

　　"非？"——竹君眼里浮现出背对背两个人的轮廓。

　　她有些慌不择路，回到车上，一阵晕眩。

　　一种新的恐惧来袭。

　　是那个"非"字吗？

　　还是暮色降临，心生胆怯？还有那不确定的距离，让竹君内心焦虑——离嫘祖陵到底还有多远？

竹君从来没走过陌生山野的夜路，要是何图在座驾上多好。

她拿出手机，给何图发个信息，觉得好久没有联系了。

不承想，她的心猛地揪了一下，手指一抖，竟然将"何图"写成了"河图"。


## 第二十章　永远的祭坛


在一位当地山民的指引下，竹君驾车爬上最后一个高坡，终于来到了一座荒山野岭前一青龙山的"龙头"。

暮色降临，竹君怯怯地下了车。

山前是一片开阔地带。

开阔地的尽头是"万丈深渊"——竹君简直不敢相信，自己居然驾车经过了那么多险途，最终来到这个制高点上。

竹君看了一眼脚下的断崖，连忙退后，她有些恐高。

这里乱石嶙峋，衰草连天，地上积满了厚厚的枯叶。

不远处，还有几座荒冢，或有野狐出没——再过一会儿，天黑下来，也许还会见点点"鬼火"。

好在不远处，有一间茅舍——它是这里唯一的"人间烟火"。

这让竹君稍稍心安。

竹君猜得没错，他们是这里唯一的守陵人。

茅舍里的老夫妻面容清癯，认真而动情地给竹君讲述着这里的历史典故。

讲到那场"文革"浩劫，他们的声音悲痛也无奈。在这里，有很多山民以命护陵，他们的血就洒在嫘祖陵前——竹君的热血沸腾起来，崇高的敬意在心中袅袅升腾，为嫘祖，为眼前的护陵人。

问候、寒暄、道谢之后，竹君从茅舍门前的案板上"请"了一些香烛。

朝前走不远，就是嫘祖陵了。

嫘祖陵，坐北朝南，以山为陵，头顶蓝天，遥望云海。

立于陵前，仰望嫘祖，仰之弥高。竹君心中浩浩然有凌云之气，感动的洪波随之涌起，鼻子一酸，几颗泪珠悄然落地。

"嫘祖陵"的碑亭造型奇特。顶部的轮廓连绵起伏，像山峦，也像飘云，极富动感。轮廓之下，自然形成了三个石券拱门。碑亭正中，那个最大的石券拱门里高高矗立着嫘祖的墓碑，上书三个古篆——"嫘祖陵"。

支撑拱门的是八根方体立柱，高大伟岸，仿佛立于凌霄宝殿里的擎天柱。每根柱上均雕刻一尊面目狰狞的神像，很显然，是镇邪、守护的神祇。券拱、立柱上还刻有一些陌生的符号和图案，可能是图腾、符咒之类。

整个碑亭的结构分明是一个八卦中的"坤"字造型——那墓碑，正是"坤"字中间的一竖，顶天立地，巍然屹立。这样的设计，真可谓鬼斧神工，巧夺天工。

在竹君的眼里，那"坤"字形的碑亭，乃是一位慈祥的母亲所化——她席地而坐，手护襁褓，正用她温暖的胸怀哺育着一个新的生命。

那个生命，是永恒的嫘祖，是安睡的母亲，也是竹君自己。

竹君要在嫘祖陵前行祭祀之礼。

祭祀嫘祖，祭祀母亲，也祭祀自己。

她踏过九级高大的石阶，来到陵前的祭台。

宽大的祭台，庄严肃穆，三个狭长的石香炉内储满了香灰。

正中的石香炉尤显高大，坐落在更高一层平台之上。炉内的香烛还在燃烧，点点烛光，犹如星光；袅袅香烟，恰似精魂。

听老人说过，焚香的时候，那香烟可直达天界，而焚香者的虔诚和祈祷中的心愿可以随着香烟一起到达神灵的世界。

竹君登上最高台，用左手点燃三炷香，依次将其插入香炉的正中。

竹君双掌合十，双目微闭，用心感受着这里的一切——是沉香还是檀香的味道，竹君分辨不出。只觉那香烟拂面，温暖如春，顷刻沉醉。

那香烟缥缥缈缈，开始时，丝丝缕缕，但很快就交织成了一件暖暖的羽绒大衣，将在秋风中瑟缩的竹君紧紧包裹起来——恍恍惚惚，竹君正渐渐入睡，她能体会得到，也在尽情地享受着温馨的抚爱，她闻到了一股母亲的味道。

在这里，竹君能感受得到，母亲就在香烟的上空，或者就在眼前的氤氲里。

她很想念，很想伏在母亲的怀抱，闻着母亲的味道，安然入睡……在如烟似雾的氤氲里，竹君梦见自己变成了一只蝴蝶，绕着一棵翠绿的椿树翻飞——她想起了"庄子梦蝶"的典故，她也不知道是蝴蝶变成了竹君，还是竹君变成了蝴蝶。

奇妙的是，柳亦剑又来竹君的梦里，也双掌合十，在香烟袅袅中祭拜。

柳亦剑告诉竹君：

庄周是虚，蝴蝶是幻，那个梦才是真正的经典……

那一片浓郁而温暖的香烟，渐渐变得稀薄起来，慢慢"磨"成了一面神奇的镜子，与《红楼梦》里的风月宝鉴很相似。

镜子里，竹君只是一个小女孩，四五岁的光景。

那镜子里隐隐约约，映现出嫘祖陵的全景，而且越来越清晰。

奇怪的是，支撑碑亭的立柱，这时完全变了颜色，也变了体态——七根金色，一根翠绿，而且在微微地颤动，不，是轻轻地扭动。很快，它们变得袅娜起来，倩影婆娑……接着，它们开始走下祭坛，闪烁的光影相互交织，整个祭坛变得金碧辉煌……

哪里是什么立柱，分明是阆苑仙境里的美丽女子！

竹君尤其喜欢那位身着翠绿长裙的女子，典雅高贵，一脸慈祥。

她似乎对竹君也情有独钟，正朝着竹君款款走过来……

越来越近了，她伸出手来，轻盈的绿袖在风里飘拂着……

她想要拥抱竹君……

竹君忽然想哭，等好久了，终于回来了。

竹君很乖地向她奔跑过去，不由自主。

可是，竹君的脚被什么黏住了，怎么也迈不动，也睁不开眼。

"妈妈——"

竹君下意识地叫出声来。

竹君猛地睁开眼睛，暮色正浓——唯有缥缈的香烟伴着自己。

她听见了自己牙齿上下碰撞发出的声音。

她浑身打颤。

偶一回首，见嫘祖陵旁立有一碑，上书：

《嫘祖圣地》碑记：嫘祖殁于□□□，尊嘱葬于青龙之首。民间传说嫘祖死后，王母派八仙女到人间继续教民栽桑养蚕，功成后八仙女升天，伫立为八尊石像，守候在嫘祖陵旁，是为"八仙朝尊"。

竹君若有所悟。

归途之中一个声音反复萦绕，不绝于耳：

幽兰露

两啼眼

嫘祖陵

夕相待

冷翠烛

摇光彩

天已暝

归去来

……

## 第二十一章　神秘的短信

竹君回京——她要草拟一份阆中之行的调研报告及《金鼎集团"SS项目"中期发展"瓶颈"与解决草案》，然后直接提交项目组月华组长，同时抄送总裁室分管领导。

11 点 47 分，竹君打开饭盒，准备享用自带的午餐——米饭、油焖大虾、清蒸腊鱼干。竹君夹起一只大虾，正准备剥壳，只见手机屏幕一闪，"嘀"一声一有——则短信进来。竹君急忙放下大虾，用小指轻轻地点开了短信。

这是一条陌生的手机短信，内容也莫名其妙：

今天晚上我过去找你……

手机号显示为：

139\*\*\*\*9179

竹君是个认真、严谨，特别注重细节的人。

或许是哪位朋友换了新的电话号码，而自己忘记储存了。

或许是在业务往来中刚结识的合作商、新客户，自己还未来得及储存他们的电话号码——竹君的抽屉里有好几沓名片，上面的电话号码都还没有来得及录入手机的通讯录。

竹君翻开那些名片，展开"地毯式搜索"。

"搜索"完毕，还是不知道那位"君子"是谁。

她只能回拨过去，想询问一下是谁，同时表示一下忘却的歉意。

可是手机拨过去却传来"通讯台"的声音：

您好，您所拨打的号码是空号，请核对后再拨……

她以为自己拨错了，一连拨了几次，都是同样的声音。

她又换了座机拨打，还是"空号"。

怎么会是空号？

是空号他又是如何将短信发过来的？

竹君百思不得其解，有些迷惑。

本来很香、很可口的腊鱼今天在竹君的嘴里竟然"味同嚼蜡"，真正成了"蜡"鱼。

油焖大虾更是索然无味，充其量就是一具刚死不久还没有腐烂的尸体而已——竹君有些恶心，匆匆吃了几口米饭，忙别的事情去了。

竹君很快就忘了这件事。

然而，奇怪的是两天以后，那个神秘的手机号码又出现了：


139****9179


发过来的短信依然是：


**今天晚上我过去找你……**

此时的竹君像个侦探，以最敏捷的动作快速回拨过去……


**您好，您所拨打的号码是空号，请核对后再拨……**

竹君冷不丁打了个寒噤。

竹君的迷惑瞬间升级为恐惧。

这到底是一个什么样的电话？为什么会这样？若说是无意中找错了人，发错了信息，可这已经是第二次了，而且是同样的信息内容，一字不少，一字不多，一字未变。如果是发错了信息，立马拨过去为什么总是"空号"？

诡异之极。

今天晚上我过去找你……
今天晚上我过去找你……
今天晚上我过去找你……

一种怪异的画外音，开始萦绕在竹君的耳际，仿佛是一种恐怖的世纪末预言，又像是一种神秘的谶语暗示将要发生的一切……

竹君的心弦开始拨出紊乱的浊音，有些毛骨悚然。

139****9179
139****9179
139****9179

简直成了一串神秘的符号，神秘的暗示。

竹君想起了日本恐怖片《午夜凶铃》那个恐怖的死亡电话……

回到自己的单身公寓，她浑身发冷，一阵晕眩，便和衣倒在床上，随手抱起一个大白熊长毛绒抱枕贴在胸前，很快就沉沉睡去。

## 第二十二章  渐冷的情愫

竹君病了，已有两周没来上班。

何图、兰小馨等几个同事去看她的时候，竹君的心情很烦躁，神情也变得傻傻的。她的脑神经绷得很紧，一刻都无法放松，面色苍白。

他们很不放心，想送竹君去医院就诊，竹君坚持说自己没病。

在"媒婆"式的劝说下，竹君勉强同意。

然而，医生的嘱咐让大家心情很沉重。

公司也决定护送竹君回四川老家养病。

何图打过好几次电话，几乎都是竹君家里的保姆接的，说竹君总是失眠，心情也很不好，刚刚才入睡。

竹君偶尔接一次电话，声音也是恹恹的、冷冷的，没有一丝的生机，更没有半点情趣。

于是，何图很少再打电话。

一天天过去，一天天冷却，他们似乎已经失去了见面的理由。

渐渐地，他们彼此回到了原点——起初，他们只不过像两个贪玩的孩子，在野外疯跑，忘记了时间。终于，在太阳落山的时候，他们慌不择路，踏上了回家的路。

日复一日，时间就像一波一波海浪，持续不断，有节奏地拍打着、冲刷着曾经记忆的顽石。直到有一天，棱角分明的顽石变成了一枚光滑的鹅卵石，静静地躺在那里，与日光海岸相映成辉——曾经汹涌澎湃的激情，已经化作了一颗静静的、默默的，怀念往昔的心——或许，这才是一种永恒。

时间如此。

距离也如是。

距离是忘川湖里的水，喝了，便可以慢慢淡忘曾经发生的一切。

让她好好养病吧。

这样的心理，一半是真实的，尽量不去打扰竹君，让她安静地养病，免得无意中一句话也会刺激她敏感的神经，加重她的病情；还有一半呢，算是自我安慰，给自己一个慢慢转身的理由。

尽管，何图这一生都会牵挂着竹君的病情。

尽管，何图这一生都会为竹君的健康祈福。

## 第二十三章　考评的导火索

日子过得很快，一眨眼就到了年末。

按照企业经营的惯例，金鼎集团有两件大事要做，一是本年度的工作总结及员工的考评；二是来年的工作安排，包括各个项目，各个市场渠道的战略规划。

本来，这都属于波澜不惊的日常工作，都是按部就班地进行着。可今年，对于"SS项目"而言，算是多事之秋、"峥嵘"岁月。

董事长的卸任，总裁的辞职，月华的履新，竹君的病休……还有就是"SS项目"市场拓展情况每况愈下——这些，都让项目组的每个人惴惴不安。尽管，前三个月业绩不菲，让人刮目，但自从柳总裁辞职之后，市场业绩"飞流直下"，引起了股东们的强烈不满。有人认为柳亦剑好大喜功，不务实，不踏实，玩噱头，还有人认为这个项目的风险管控不力，导致投产结构严重倾斜，投入太大，占用了庞大的资金，而业务开拓进展缓慢，收益甚微。当然，也有支持柳亦剑的，支持他的勇立潮头，敢于创新突破，为金鼎集团发展找到了一片市场竞争中的"蓝海"——至于目前的经营现状，不是方向问题，纯属具体操作层面的问题，是具体方案、措施的制定和落实问题。

窗外，是冬日的暖阳。

阳光洒在何图的办公桌上，洒在一张惨白的字条上，字条上黑色的宋体字在阳光下格外醒目：

单位：金鼎集团总部
所属部门：SS项目组
员工姓名：何图
行政职级：B类管理人员
年度考评结果：合格

何图看着人力资源部发放的年度考评结果，看着"合格"两个字，很专注地看着这两个字。越是专注，越觉得这两个字不像。"合格"是这样写的吗？

　　阳光，像是一种神奇的魔幻之水，让"合"字开始在惨白的纸上泅开，放大、模糊、变形……那个"合"字变成了一张大嘴，没错，是《植物大战僵尸》里食人花的大嘴，狰狞可怖，向着何图冲了过来。

　　那"格"字，化作了一个撑竿的僵尸，借着撑竿，猛地一跃，跳到了何图的面前，狞笑着……

　　那食人花的大嘴和撑竿的僵尸都和新任职的月华组长勾连在一起。

　　一股莫名的愤怒达到了燃点，彻底点燃了何图心中早就存放好的那堆干柴。

　　他一改往日的温文尔雅，锁着眉，沉着脸，攥着字条，风火雷般地冲进了项目组办公室，把正在办公的月华组长吓了一跳。

　　何图将字条重重地拍在她的桌面上。

　　"组长同志，这是你给我的年度评价？"

　　"怎么了，何老师？"

　　月华组长有些心虚，她曾估计过，这件事可能会引发何图的情绪反弹。但她还是把"优秀"和"良好"两个最好的等级"赏"给了她带过来的两个员工，而作为公司"SS项目"骨干的何图只沦为和兰小馨一样的"合格"。

　　"组长，我觉得你给我的评价太高了，我受不起！"

　　何图脸色像钟馗，两道眉毛扬起，目光愤怒而尖利，直刺月华的眼睛。

　　"是我的工作岗位不重要吗？

　　"是我对工作不尽责，做得比别人差吗？

　　"还是我的工作中出现了重大失误，给公司造成了重大损失？

　　"请你给我一个'合格'的理由，可以吗？"

　　何图在公司属于核心技术员工，虽然管理级别不高，但他在工作中的研发、咨询、培训方面的技术含量极高。调到项目组后，相继研发了市场的始端、中端和终端三大销售技能训练系统，并获得了北京市现代企业管理科技创新成果一等奖——何图的"跃层式"咨询与培训技术已成为市场上一块金字招牌，很多同业公司通过猎头向他伸出了"橄榄枝"，何图均不为所动，他不是一个朝三暮四的人。

现在，月华组长竟为了一己之私，一夜之间，让何图这只优质股跌破发行价，瞬间贬值到了"合格"的价位，离"不合格"仅一步之遥了——凡是在考评中"不合格"的员工是要被辞退的。

"何老师，你听我解释……"

月华组长试图找到一点可以自圆其说的理由，给自己尴尬的处境一个回旋的余地。

"不用解释，我谢谢你的抬举！

"我觉得自己就是个不合格的员工……不仅如此，而且是个说话做事都不过脑子的人，做事有始无终，脑子又笨又蠢，除了知道一点'没头没脑风暴会'，别的一无所长！

"请组长收回成命，把我的'合格'改成'不合格'吧！何图谢谢组长的怜悯！

"这是我的辞职报告，麻烦您在下面签个字……"

何图一脸的嘲讽，倏然之间，心中掠过一阵快意。

月华组长脸上的肌肉抽搐了几下，脸上发烫，红一阵，白一阵，像是经霜之后彻底枯萎的花瓣。

何图所说的一切明显就是指桑骂槐，嘲讽的都是她的弱点。

她更没想到的是，何图是有备而来。为了考评的事，他居然愤慨离职，这"破罐子"真的是摔到底了。

看着桌上的辞职报告，月华组长有一种中了埋伏的感觉。她已经深深地陷入何图设下的"卷地长蛇阵"，击首则尾应，击尾则首应，击其身则首尾俱应——这让月华组长极为被动，觉得自己已被全面包围，彻底输了。

她不知道该不该签这份辞职报告。

签了，证明了她心怀鬼胎属实，她就是要挤对何图离职，建立自己的"朋党"；不签吧，惺惺作态，虚假做作，也找不到一个挽留的理由。难道要说，何图，你很优秀，不要轻易离职，好好在这里发展……这不是自己打自己的嘴巴吗？

她像石化了一般，那种尴尬和无趣，让她真切地感受到了什么叫"自取其辱"。

在自己办公室居然败得如此难堪，这也是她始料未及的。

何图的离职，一半为自己，一半为竹君。

竹君病了，而且两颗心的距离越来越远。他们之间已经有了一层无形的隔膜，就像一场梦魇，尽管看不见，摸不着，说不出来，却时刻有一种被扼住咽喉的窒息感。

离职，是在逃避什么吗？是在寻求一种解脱？

还是为了拉开空间上的距离，让美好定格在曾经的瞬间？

永恒不是一个时间概念，而是一个心灵的概念。

很多瞬间，一旦"逃"过了心灵的七层滤网，沉淀在记忆深处，就成了一世的永恒——何图再次品味"相见不如怀念"的时候，这种心灵的感觉竟是那样的真切了。


## 第二十四章　竹君之忧


在赏佛楼养病期间，竹君依然牵挂着"SS 项目"，牵挂着与之相关的人和事。

不管如何，"SS 项目"依然存在，不管它以何种方式何种状态存在着。"SS 项目"以北京为圆心，以全国 18 个省为半径，已经画出了大半个圆——这里凝结着竹君很多心血。本来，她是要把这个圆画满，圆自己职业生涯中一个辉煌灿烂的梦。

可是现在，她不能够了。

但她希望能有个人把这个圆画下去。

这个人肯定不是月华，她画不下去，她只是一个看图的人。

昨夜的梦很离奇，她竟然梦见了鲁迅《阿 Q 正传》里的那个哀其不幸怒其不争的结局了，梦到了阿 Q 在刑场上"画圆"的场景了。

于是，一个长衫人物拿了一张纸并一支笔送到阿Q的面前，要将笔塞在他手里。阿Q这时很吃惊，几乎"魂飞魄散"了：因为他的手和笔相关，这回是初次。他正不知怎样拿；那人却又指着一处地方教他画花押。

"我……我……不认得字。"阿Q一把抓住了笔，惶恐而且惭愧地说。

"那么，便宜你，画一个圆圈！"

阿Q要画圆圈了，那手捏着笔却只是抖。于是那人替他将纸铺在地上，阿Q伏下去，使尽了平生的力气画圆圈。他生怕被人笑话，立志要画得圆，但这可恶的笔不但很沉重，并且不听话，刚刚一抖一抖的几乎要合缝，却又向外一耸，画成瓜子模样了。

恍恍惚惚中，竹君自然将阿Q画圆和"SS项目"的月华组长连在一起。在竹君的潜意识里，月华就是那个将圆画成瓜子状的人。

对于月华，竹君从来没有产生过嫉妒和怨恨。自己是个职业经理人，职业精神和职业素养还是有的。关于胸襟与格局，虽算不上虚怀若谷，但绝不狭隘，自己不是一个"小肚鸡肠"的人。

很显然，这个梦境的心理起因，不是通过梦境来宣泄对月华的某种敌对情绪，而是因为"SS项目"，是竹君对"SS项目"的担心和忧虑所致。

所以，从解梦的心理基础来看，与其说"梦是某种欲望的表达"，还不如说"梦是对未来的预知"更确切一些。

"SS项目"的未来着实让竹君担忧不已。

这个梦境，莫非是对"SS项目"未来的预知？

想到这里，竹君的心再次被揪起来。

突然之间，她的情绪异常紧张，脑神经超负荷地高速运转着，一刻停不下来。每一根神经都像被拉满的弓弦，随时会应声而断。那血管也像橡皮筋一般，被越拉越细，细到了接近断裂的边缘……

竹君服了一些药片，心情平静了些。

其实，她深知，能给"SS项目"画圆的人除了自己，还有一个人。

这个人自然就是何图，只有他能画下去。

无论是对经营理念的理解，运作要领的实施，还是对市场实操中"秘籍"的拥有，竹君之后，何图才是该项目正宗的"传人"——他是目前唯一能够传承此衣钵的人。

就整个"SS项目"的发展来看，全国十个省二十余个城市成立的三十余家销售公司中，四川的三家销售公司业务发展得最好。通过一年的市场运作，四川"SS项目"已经成为市场上的一颗启明星，其市场业绩占了全国三十余家销售公司总业绩的"半壁江山"。四川"SS项目"运行中，其"嵌入式"服务模式与"跃层式"技术培训也是全国市场运作中结合得最为完美的典型。这也难怪，"嵌入式"服务模式的创建凝结着竹君的智慧和心血，而"跃层式"培训体系则是何图创立的智力成果，是对竹君"嵌入式"服务模式的进一步深化，两者相辅相成，相得益彰。

无论是对该项目的开拓与深入，还是对管理模式与培训体系的传承、完善与创新，作为四川市场的项目负责人，何图当仁不让地成为"SS项目"的灵魂人物，成为市场中的核心竞争力。

很久没有音讯了，也不知何图现在怎么样了。自己病了之后，何图从一个血肉丰满的人，渐渐变得单薄起来，终于薄成了一张温馨的图片，一幅户外的风景画，不知何时拍摄的——孤独地挂在窗棂的旁边。

她忽然想起何图的新古典美文中的两句话：

生命中许多美好只会发生一次

生命中许多美好只能成为怀念

竹君不由得再次伤感起来。既然是曾经拍摄的风景，那就是美好的过去，自己永远都无法再踏进那条曾经的河流，只能面对这幅风景图片，感动着、欣赏着，任思绪花开花落。

直到有一天，风景画也消失了——是文件损坏了，是电脑中了病毒，还是某款看图软件没有升级？——总之，何图的"影像"再也打不开了，只剩下一个可怜的文件名象征性地摆在那里。

但竹君实在无法从她记忆的硬盘上彻底删除。

"就这样留着吧，或许……"

她觉得自己好像在立什么遗嘱，交代后事一般。

竹君觉得很累，恹恹地睡去。


## 第二十五章　再度入川


曾经，何图在川西的版图上，一步一个脚印丈量着，经营着"SS项目"，用他的管理理念、服务意识和精锐的专业技术。

在项目成果的评估中，他是率先提出"三实"评估原则的人，即实战、实际、实效。一个项目，一种方法，一系列的措施，首先要贴近市场，植根于市场的土壤，经受得住市场的磨炼和考验。其次，要根据市场中实际情况变通处理，灵活运用。最后便是阶段性成果的考量。

《销售思维转乾坤》的训练课程成就了他的品牌，成就了他不菲的身价。优化思维模式，升华思维结构，改变了一群人，培养了一群人。

在何图的理论体系中，首先突破性地提出了"心与思"的辩证关系。思维模式不是孤立的，与"心"密切相关，二者互为因果，相辅相成。

何图特别提出了"心正"对思维模式的积极影响。


心正则思明

心正则思宽

心正则思灵


很显然，思维的清晰度、宽窄度和灵敏度与"心正"密切相关，而"心正"又包含"方正、中正与法正"。

其次，何图认为，思维、方法、情绪三者之间，思维是第一性的，也是起着根本作用的因素——思维模式决定了方法，也决定了情绪。

关于这三者的逻辑关系，何图曾经举过一个通俗易懂的例子：

总经理对秘书说：

"有个客户单位准备派人到我们这里来考察，你联系一下他们。"

一刻钟后，秘书回到领导办公室。

"联系到了吗？"领导问。

"联系到了，他们说下周过来。"

"具体是下周几？"领导问。

"这个我没细问。"

"他们一行多少人。"

"啊！您没让我问我这个啊！"

"那他们是坐火车还是飞机？"

"这个您也没叫我问呀！"

很显然，秘书的思维模式很落后，思考问题和处理事情墨守成规，不求变通，基本属于"点式思维"。因为这种思维模式的局限，处理事情自然找不到一种正确的方法，更不可能想到多种预案——于是，经常把事情处理得很糟糕——这样，对于秘书自己而言，会有好心情吗？情绪会好吗？

可见，思维模式决定了情绪，也决定了方法。

相反，通过思维的升级，则会连带方法的升级，连带情绪的优化。

传统的市场营销理论中常常将心态、方法或者细节作为制胜的第一要素，像什么《心态决定一切》《成功一定有方法》《细节决定成败》等"教科书"比比皆是。

"思维模式—方法—情绪"理论的提出，可谓"一石激起千层浪"——何图成了为"市场制胜法则"重新排序的第一人。

在他的训练之下，销售团队思维洞开，市场销售方法如泉涌动，不拘一格，销售业绩循序渐进，稳步攀升……

这些，奠定了他在销售市场举足轻重的"八十万禁军教头"的地位。

他践行着，检验着，收获着。

可是，现在，他就要离开这个项目了。

离开金鼎集团，离开这里熟悉的人和事。

离开绵阳、峨眉、乐山、广元、阆中，离开为之奋斗了三年的"SS项目"。

尽管，他曾在月华的办公室气冲牛斗、不屑一顾、盛气凌人、鄙弃一切，但那完全是一种情感的宣泄，是一种无明业火的燃烧。当他决定要离开的时候，他心里的血流在加快，竟然一阵阵地疼痛起来。

是的，不忍也不舍。

人毕竟是感情动物。

他即将离开这里熟悉的一草一木了。他不知道自己要去哪里，但他必须离开这里，这是为了一种忘却，忘却竹君，忘却SS，忘却金鼎集团，忘却这里的一点一滴。他要将自己的记忆全部"格式化"，他要洗心革面，找回那种曾经的纯粹，然后寻找自己新的生活……

然而，此时此刻，一个相反的声音又在他的耳边响起：离开，不是为了忘却，而是为了留住，留住记忆中曾经的美好，乃至留住曾经发生在这里的一切，留住所有的喜怒哀乐、悲欢离合……

他决定尽快入川，先去"SS项目"的几个基地去办理交接手续。

那里的市场，代理商以及客户之间的很多未尽事宜需要办理，善后工作需要一一交接对应——何图是个有节操的人，对待自己的工作，一直都是善始善终的。

不管如何，入川之前，何图的轻松愉快是不言而喻的。

他有两个打算，一是不急着找工作，他想给自己的心灵和身体放一次长假，他要奢侈地放松一回。同时，他需要好好思考一下，重新规划自己的未来。二是交接完工作，暂不回京，他要在"物华天宝，人杰地灵"的四川逗留几天，他要徜徉在那片神秀的土地，包括山川大地，花草树木。还有那一直藏于心底的"大佛情结"，始终没有解开，让他难以释怀。

再度入川，不忘本心，回归本衷——对凌云大佛的景仰之心，膜拜之意早已在何图的心田根深蒂固。

仰望大佛，参拜大佛，感受佛光是何图入川的第一要义。

至于大佛的宝藏，何图有着自己的理解。

尘封千年的历史中，关于大佛宝藏俨然已经成为"死结"。

即使已经沦为种种"传说"和"笑谈"，但在何图的心中，大佛的宝藏一直都在，只不过是无缘人找不见而已。

"佛心藏宝"——既然宝藏归佛，它就不再是尘世俗物。宝藏，不管藏在哪里，它都是大佛的一个组成部分。它曾经与大佛一同经受了"开光"的洗礼，成为一种至高无上的信仰，一种博大精深的能量，与大佛同在，与民心同在——藏于内，则是福佑众生的生命之源，在血脉里涌动着、活跃着、奔腾着，生生不息，循环流淌；彰于外，即是我们感受到的佛的万道金光。

好奇之心，探幽之性，他要去寻找大佛的宝藏，他要解开种种历史谜团——他要弘扬佛的神圣，彰显佛的荣光。

不在红尘里，只在信仰中。

## 第二十六章　二探凌云山

独上凌云，再拜大佛。

何图在佛前长跪下来。

屈膝之间，二十年来的夙愿便化作一股虔诚的暖流。

那稳坐千年的大佛，半开佛眼，超然物外。凝视着无所不容的大佛，何图不敢眨眼，生怕眨眼之间，中断了虔诚的思绪，惊扰了内心的安详。

隐隐听得一阵梵唱，如秋风掠过耳际。

何图眨一下眼睛，调整一下视角的瞬间，大佛忽然"开眼"，如莲花般绽放。那佛眼，无比生动，抖落了眼中千年的尘土，闪出一片慈祥的光辉，温暖在何图的心田。

佛眼在"开合"的瞬间，何图的心里有花瓣缓缓落下。

"花落莲成"——何图喃喃自语。

大佛的眼神里，缓缓流淌着一种温暖的语言，分明欲与何图对话，而且只想与何图对话——在凌云山脚下，虽有顶礼膜拜的芸芸众生，但唯有何图见到了"大佛开眼"的奇观。

凝视着佛眼，何图心潮澎湃。大佛的眼神不再是上次幽幽的神秘和凄凄的悲凉，而是在千年的庄严肃穆中多了温暖与安详。

世界之小，佛眼无限——正隐隐逸出光明与幸福的未来。

对于大佛的眼神，何图似懂非懂，却心生感动。

无缘不开眼——何图想起了当年康熙皇帝在紫禁城东岳庙里参拜三官殿的事。

"天官开眼"，千年难遇。

据说，天官只对康熙和乾隆开过眼，在黯淡的殿中对着他们开了眼。天官用"开眼"来表达一种神秘的语言，唯有这两代帝王能用自己的心灵解开其中的密码——"天官开眼"，是机缘，还是宿命？康熙和乾隆都在位六十年，而且堪称盛世，是否与"天官开眼"有关，不得而知。然而，东岳殿里"岳宗昭觐"的巨大匾额确实是乾隆御笔，六十年盛世之后，乾隆亲自题匾，并重来东岳庙为东岳大帝等神像重塑金身，算是还愿。

膜拜之后，何图还在流连。他一边蹒跚着东进，一边回首。

大佛开眼，欲言又止的眼神让他一生难忘，大佛想要告诉自己什么呢？何图觉得自己没有宿慧，没有机缘，更谈不上禅悟。

他一路苦思冥想，但不得要领。

提起大佛，自然会让人情不自禁地联想起大佛最初的缔造者——海通法师。

海通法师就是电影《神秘的大佛》中凌云寺里的住持海能法师的原型，他心怀宏愿，一衣一钵，苦行千里，八方募化。面对强权，"双眼可挖，佛财难得"，不惜自剜双眼，以命护法。

十八年之后，因修建大佛，海通法师积劳成疾，驾鹤西去，而一座怀念他的"丰碑"拔地而起——这就是灵宝塔，这里安葬着海通法师的遗骸，弘扬着海通法师伟大的灵魂。

塔共十三层，即佛家所说"十三级浮屠"，在大乘佛教中是最高果位，是"佛"的境界，代表功德圆满。这样的建制，在塔陵中属最高规格，这也是对海通法师生前的评价和死后的归位。

灵宝塔位于凌云寺上方，大佛的左侧，直线距离不足百米。

灵宝塔高高地矗立在凌云山的最高峰——灵宝峰。

凌云大佛坐镇三江水患，而灵宝塔，就像黑夜里不灭的灯。

在何图的意识里，海通从未失去过双眼，他的灵魂从未安息过，他立于灵宝峰，站成了一座塔——灯塔高照，时刻关注江上往来的船只，为它们的水运安全领航。

纵是草木也成佛——只要佛心存，修行在。

海通从一个僧人，成了佛陀。

从某种意义上讲，这里的佛与人是合一的，这就是大乘佛教中所说的"众生皆有佛性，人人皆可成佛"。

或许，流传千年的"佛中有佛"指的就是这层含义也未可知。

站在灵宝峰，荡胸生层云。

何图仰望着灵宝塔，泪光闪烁，神思飞扬。瞻仰着灵宝塔的高大与伟岸，感受着海通法师的执着与崇高。此时，足以用"可歌可泣"来表达何图的心情。

按照古代祭祀佛塔的顺序，应该从右到左环绕一圈。

绕着古塔，何图步履沉重，感慨万千，唏嘘不已。

灵宝塔塔基为方形，基座是须弥座，共分上下两层。每一层都有八个面体，每个面体都有八个"圭"字形的券龛，龛内以供佛像。圭，种玉器，上尖下方，像"生"形。依五行说，东方为发生之地，故以圭应东方——除应了海通自东入川之外，更有彰显海通一生的至尊之意，他的精魂不灭，在古嘉州大地生生不息。

灵宝塔塔门西开——只有西门是真的，而东、南、北三面为券拱假门。

《奇门遁甲》中记载："开"门在乾宫所在的西北方位，"休"门在坎宫所在的正北方位，"生"门在艮宫所在的东北方位，这三个门是吉利象征，分别代表官运、贵人、财运等。

显然，灵宝塔的"西门"，代表官运，用于佛教，自然是指佛运，即海通法师修得了十三级最高的果位，含有景仰、弘扬之意。

灵宝塔高高地矗立在灵宝峰上，它就是海通法师双掌合十立于世间的高大形象，多少个世纪，风霜雨雪，矢志不移。

已是傍晚，灵宝塔的周围只有何图孤独的身影。

站在阶下仰望，古塔一片沧桑之色。

塔身残破而屹立，杂草丛生也安然。

身不由己，情不自禁，带着虔诚，怀着崇敬，何图颤巍巍地踏上了通向西门的石阶。踏过了三十九级残破的石阶，攀登到了灵宝塔的第一层，何图默默地站在了塔的西门——夕阳照着他的背影，映现在塔内的地面上，像个出没的幽灵。

站在塔门口，何图的心情很沉重，像是前来寻找遗失的记忆，又像是前来吊唁逝去的往昔。

只有西门是真的券拱门。黑幽幽的门洞被铁铸的栅栏封锁着，隐约可见塔门里面的塔柱。铁栅栏锁得住塔门，却锁不住丛生的杂草。枯败的杂草依然高大，只是根基更浅了，随着秋风左右摇曳——它们从铁栅栏的缝隙里凌乱地伸出"手臂"来，像要冲出牢笼，也像是在招引、蛊惑门外之人。

塔内破砖碎瓦，蛛网斜织——这更增添了灵宝塔的几分神秘！

从西门进去，曲径通幽，将会通向哪里？

一种怀古、探幽、瞻仰、崇敬的心情让何图久久不能平静。

他总觉得灵宝塔里藏着什么。

他有一种破门而入的冲动。

日落西山，人在旅途。

回望古塔，俨然如一把神秘的钥匙，立于山脊——不，从整个绵延的山势来看，这里应该是乐山"巨型睡佛"的腹部——而灵宝塔竟奇巧地立于睡佛的"脐眼"之中。

何图灵光一闪，仿佛想起了什么，但又在瞬间烟消云散，这种忘却的痛苦，在何图的心里纠结着、煎熬着。

古来万事东流水。

俯视着脚下的三江之水，何图随口吟道：

朝拜凌云山，暮谒灵宝塔。

嘉州魂归处，长空作烟霞。

## 第二十七章　麻浩崖墓

过了一段狭长而热闹的"渔村"之后，前面不远处就是何图要找的"麻浩崖墓"了——爷爷临终前的话，何图一直记得很清晰：

爷爷说，大佛巨额财宝确实存在，但不在大佛的肚子里，也不在大佛的周围，根据爷爷多年盗掘的经验，佛财一定藏在两个地方：

要么，佛财就藏在深不可测的麻浩崖墓。

要么，佛财就藏在乌尤山神秘的乌尤殿里。

何图一路向东攀缘。

那是麻浩崖墓的方向。

麻浩，即麻浩河，凿山而建的崖墓就在麻浩河北岸。

麻浩崖墓，东汉时期依山而凿的墓葬群，位于大佛的东北方向，紧靠着乌尤山，与乌尤山的西侧山崖只隔着一道水——本来，凌云山与乌尤山是连在一起的，两千年前秦朝蜀地郡守李冰为了消除岷江水患，实现分洪，将两座山的连接处切断，将横冲下来的悬江——岷江，一分为二。从此，乌尤山变成了名副其实的"离堆"了。

麻浩崖墓层层叠叠，纵横交错，已经被挖掘并编号的就有五百多座。

何图希望能在这里有意外的发现。

墓穴里虽配置了一些照明设备，依然掩不住千年的阴郁与黯淡，尤其是墓穴里的石棺、祭器及其他陪葬品，总会在人的心里投下幽寒的阴影。

进入墓门、甬道、主室、棺室、耳室……不自觉地，何图在这里竟产生了一种魂驻不归的意识，仿佛那就是自己的归宿——宁静、清冷、寂寞、阴郁，有些向往，也有些不甘，很矛盾很纠结的心理像一滴墨水，瞬间洇开。

对那些考古研究者而言，麻浩墓室中的柱枋、瓦当、椽头、连檐等每一个物件都闪烁着历史价值的光辉，让他们废寝而忘餐。尽管，室壁上的浮雕、画像、文字残缺不全、模糊不清，他们也会苦思冥想，通过"蛛丝马迹"，进入"考证"的流程——

他们终日专心致志，乐此不疲，尤其是墓门上雕刻的瑞兽、乐伎、秘戏、舞伎、方士、门卒、朱雀、挽輂、六博、垂钓、挽马等画像让他们完全忘了自我，沉浸在史海淘金的欣喜中。

今天，何图只是"走马观花"，这些历史遗迹如岷江的激流，飞快地涌入了长江。

这里唯一让何图热血沸腾的是石壁上《荆轲刺秦王》的系列石刻。石刻刀法简洁明快，也粗犷雄浑，以夸张对比的手法，突出了主要人物荆轲的个性特征，可谓形神兼备。

虽然石像剥损严重，但依然可见当年荆轲刺秦的悲壮形象——"风萧萧兮易水寒，壮士一去兮不复还"的悲歌与荆轲的英雄形象交织起来，像一幅黄纸上画出的符咒在何图眼前闪闪烁烁。同时，有一种低沉、苍凉的声音神秘地响起，仿佛来自地宫。

何图的热血沸腾起来，他想执剑而舞，他欲长歌当哭——是的，一个文弱之人，脉搏里时刻流淌的却是义、侠、勇的血液。弱者不弱，勇者不勇——是弱是勇不在表象，而在内心——由心赋形，才有了荆轲在秦庭的叱咤风云，使山川变色的壮举，同时也拷问了他同行的助手——秦舞阳，作为燕国一代勇士的名不符实。

一股浩然之气油然而生，何图抑郁的心情一扫而空。

心里也不再有行走在活柩之中快要窒息的阴影，凛然正气的力量足以摧枯拉朽。

在这些公开展出的麻浩崖墓中，何图没有找到任何关于大佛宝藏的蛛丝马迹，他百无聊赖地走出了墓室，继续东行。

麻浩崖墓群，可谓层层叠叠，墓门披连，密如蜂房，甚至每走三五步便是一处——或许，还有许多崖墓没有被发现。

何图贴着岩壁，蹒跚在崎岖的山道，跋涉在长满青苔的石阶。

一路上，许多黑乎乎的，大小不一的洞口都似乎是崖墓的入口，招引着何图跃跃欲试的心。


## 第二十八章　益母草

"囡囡……过来……"

那个从原野上跑过来的小女孩是自己吗？竹君活在今生，却又仿佛在前世。

她依旧闭着眼睛，怀里的长毛绒大白熊暖意融融，传递到她的心眼。她看见了落日的余晖笼罩着小女孩清瘦的身影；她还看到身边许多不知名的各色野花交相辉映，美丽也温馨。

竹君有些感动，想说些什么，却像是梦魇，什么也说不出。

"过去也好，未来也罢，都逃不过心灵的审判。"

这是谁在竹君的耳边说话？说的话也有些莫名其妙。

"囡囡，你知道这是什么花吗？"

"不知道……"

小女孩弱弱地说。

"妈妈告诉你，这叫'蛇床子'……"

妈妈身披一件翠袍，身材婀娜；小女孩穿着一件红色的小夹袄，分外耀眼。

竹君丝毫看不清"妈妈"的脸，只有一个朦胧的影子在原野中晃动着。或许是逆光吧，那个"妈妈"正背对着夕阳，竹君痴痴地想。

"妈妈"的声音柔如弱水，暖如夕阳，美如晚霞——听其音，观其影，想其容——"妈妈"的美丽可想而知。

"妈妈，这么漂亮的'小雨伞'为什么叫'蛇床子'啊？"

"难道，这是蛇的床吗？"

"蛇怎么会和这么好看的'小花伞'在一起呢？"

"蛇怎么会和这么好看的'小花伞'在一起睡觉呢？"

小女孩用力摘下身边一朵摇曳着的花，好奇地问一那花冠像撑开的"小雨伞"，正是妈妈说的"蛇床子"。

隔了很久，竹君也没有听到"妈妈"的回答。

小女孩好像也走远了。

夕阳的光芒忽然变得异常耀眼，本想睁开眼睛寻找她们的竹君只好闭着眼睛，静静地搜寻她们的声音。

有一阵轻风拂过，吹乱了竹君耳边几绺"云鬓"，额头的刘海也凌乱起来——她闻到了风里送来的隐隐花香。

那是什么花？好熟悉的味道，花蕊带着甜味，还有一股中草药的香气。

"囡囡，这叫'益母草'，它能帮助女人治好很多病，所以叫这个名字……"

那个"妈妈"的声音像在风里，又像在云端。

"囡囡，妈妈能把'蛇床子'变成'益母草'，信不信？"

"真的吗？"

"当然啊，妈妈现在就变给你看……"

"好啊，好啊……"

小女孩欢喜起来，踮着小脚，拍着手掌。

妈妈轻轻地摘下一朵伞状的"蛇床子"，用纤细的手指摘去"伞"冠上的雪白的小花朵，将其变成了一把伞的骨架——那一根根嫩绿的枝条俨然成了伞骨。接着，妈妈从益母草的花萼上摘取一朵紫红色的小花。那小花的"腰身"呈冠筒状，像一只吸了鲜血的蚊子，小肚子鼓鼓的——只不过，这小花的"小肚子"里可没有鲜血，它是空的，是筒状的——花孔的直径和蛇床子的花枝，粗细刚好相配……

当妈妈将第一朵益母草的小花插入蛇床子的花枝时，小女孩眼睛一亮，兴奋得手舞足蹈起来：

"真好看，真好看，'蛇床子'真的变成'益母草'了……"

妈妈与孩子，蛇床子与益母草，人与自然，都在彰显着"万绿丛中一点红"！竹君心头一热，不由得感叹起造化神功了。

在"妈妈"灵巧的"手工"里，若干朵益母草上的紫色小花，一圈一圈地将蛇床子的嫩绿花枝包围起来，覆盖起来，点燃起来，仿佛春游之夜燃起的篝火，温暖而美丽。

"妈妈，现在这朵花叫什么名字啊？"

好一个灵性十足的小女孩。

蛇、床、母、子……这到底是一个什么样的意象组合？

竹君也在想小女孩的问题，绞尽脑汁，殚精竭虑，却丝毫不能给出一个完美的答案——妈妈也没有回答，只有山风吹过来的声音，或许，小女孩和妈妈根本就不存在。

"竹君……竹君……"

不知过了多久，像是有人轻轻地在耳边呼唤她的名字，一个似曾相识的声音。

尽管她睁不开眼睛，但是意识还是清醒的，她决不能答应。

凡是在睡梦中或者意识不清的时候，听到有人唤自己的名字，千万不要答应，尤其是在鸡叫之前——黎明还没有到来，如果迷迷糊糊答应了一声，就再也不能醒来了——因为，一旦答应了，灵魂就会被带走，一个生命从此就会香消玉殒。

这是小时候孤儿院的妈妈对自己讲过的事情，她当时是睁大了恐惧的眼睛，答应过这个妈妈的。

她不由自主地想起了自己的妈妈，妈妈一定很美，很疼爱她，尽管她从来没有见过自己的妈妈，甚至连妈妈叫什么名字都不知道。

哪怕是一种想象，竹君也觉得已经很幸福。


## 第二十九章　神秘的地图

大佛的宝藏到底会是什么？

大佛的宝藏到底藏在哪里？

何图这样想着，觉得自己一路遇到的大大小小的洞口都异常神秘，似乎都与宝藏的秘密有关。

何图觉得有些累了，便在一处爬满青苔，棱角分明的岩石旁停下来。

何图倚靠着岩壁，顺眼朝前望去——不到十米的地方又是一个黑乎乎的洞口。因是初冬，红砂岩的洞口裸露着，被一条条稀疏枯朽的藤蔓笼罩着——那藤蔓，像是被剥光了皮肉只剩下筋络的人体标本。若是在盛夏，洞口周围密密匝匝的绿叶以及各种野生的蒿草会将洞口覆盖得严严实实，路过这里的人根本发现不了。

　　记得非洲有一种"肺鱼"，干旱无水的季节，它就把自己埋在淤泥里，不挣扎，不躁动，只是静静地等待雨季。一旦雨季来临，小河有水，埋藏在淤泥里的像化石般的肺鱼，便钻出淤泥，跃动起来，畅游无阻。

　　何图觉得自己天生的寻幽探秘之心就是一条肺鱼，平日里不显山不露水，一旦遇到了神秘之事、神秘之境，立刻就像肺鱼，倏然游向那片浩浩的水域——脚底好像被装上了驱动轮，被一种神秘的力量驱使着，身不由己，风驰电掣地向前奔了过去。

　　他用力扯掉了好几根粗大的藤蔓，扶着爬满绿色苔藓的滑滑的洞壁，深一脚浅一脚进了崖洞。

　　这个洞穴尘封日久，蛛网密布，苔藓遍地。

　　洞里阴暗、潮湿，散发出一股呛人的霉味。

　　沿着狭长的通道往里走，洞穴越发宽敞，而且高大幽深。

　　显然，这个洞穴也被盗过了，可以用空空如也来形容。

　　何图总感觉这不是墓穴，倒像是藏室。

　　这是用来藏什么的呢？

　　洞穴的正中，矗立着一尊巨大的佛龛，坐北朝南。

　　这佛龛是紧贴着崖壁开凿而成的，进深足有五米——最奇怪的是，佛龛里并没有佛像，而是一座巨大的石碑，被厚重的须弥底座托起。

　　石碑上似乎没有文字，仿佛有一些模糊的图案。

　　何图用手电筒的光柱上下"搜索"着，有些看不清。何图从包里掏出一方湿巾，拆开包装，用力擦去石碑上的尘土和青苔。

　　基本可以确定，这碑上刻的是地图，好像与山川地理有关，又好像与天上的星座有关。

　　何图依稀辨出了碑上北极星所在的位置，就是古人所说的紫微星，是天体星座的中枢，是众星朝拱的对象。

　　顺着北极星的东北方向，何图找到了几个星座的对应点，在心里将其连线——他欣喜地发现，被连线的星座正是天文中的北斗七星。

　　根据北斗七星的"斗柄"所指的方向——西方，完全可以推断出这是秋季才有的北斗七星的形状，所谓"斗柄西指，天下皆秋"。

也就是说，这里画的北斗七星的形状暗示的季节是秋天。

这些，有什么意义呢？

难道和下面的山川有关？

何图忽有所悟，开始顺着北斗七星去看与之对应的山川地理图。

刻有星座地理图的石碑应该很古久了，破损、脱落处不少，不知经历了多少世纪。

与北斗七星纵横交错在一起的，应该是一些山川地理的标志，有模糊的连线，还有一些用奇怪的形状做出的标记。

何图退了一步，把电筒举得高一些，他要从整体上去看这幅图的全貌。

何图很专注，几乎是全神贯注，目不转睛地盯着那些古老的石刻连线——看了好一会儿，他的眼睛有些酸涩，有泪水沁出了，挂在睫毛处，欲滴未滴，像透明的水晶球。

一霎时的朦胧之后，何图的眼睛异样地清晰起来，像是透过电脑的液晶显示屏看到了一幅清晰的画面：

石碑上纵横交错的连线开始上下浮动起来，一会儿交错，一会儿叠加。一会向前推波助澜，像碧海潮生；一会儿往后退避三舍，像钱塘水落……终于，这些仿佛水波或者是电波的线条静止不动了，形成了一座绵延的"山岭"。

是的，是山岭！何图不敢相信自己的眼睛。

他再次在心里将几根主线条进行了连接，没错，没错，就是绵延起伏的山岭！

何图觉得这"山岭"有几分面熟，好像在哪里见过。但是细细回想，又觉得很陌生——何图绞尽脑汁，终于将碑上的线条轮廓与乐山"睡佛"的影像重叠在一起了。

佛头对应着乌尤山，佛身正是凌云山，佛脚落在了龟城山。

图上北斗七星与巨型睡佛纵横交错在一起，想要表达什么呢？

这里面究竟暗藏着什么样的秘密？

这"山岭"的连线上有几处重要的标记，其中一处最为醒目，应该是一尊佛塔，对的，没错，是佛塔——这佛塔标在连线上，标在"山岭"的一个制高点上。

而其余几处标记，何图并不熟悉。

何图顺着纵横交错的连线，找到了佛塔与北斗七星星座的对应点——是北斗七星的"天权"座。

何图很喜欢金庸《射雕英雄传》里的"天罡北斗阵"，对北斗七星在阵法中的妙用很感兴趣——他曾潜心地"闭门研究过一番"。

北斗七星中以"天权"光度最暗，是最朦胧最隐秘的一颗星，但它居于"斗魁"和"斗柄"相接之处，好比是勺头和勺柄的连接处，也是阵法的转折处，"牵一发而动全身"指的就是这样的关键位置。

"天权"的变化，决定着天罡北斗阵的变化，决定着斗阵的胜负。所以，阵中由全真七子中武功最强的丘处机在"天权"的位置承当，全盘掌控阵法的变化。记得全真七子将黄药师围入天罡北斗阵的时候，黄药师连移三次方位，丘处机转动"天权"，带动斗魁，王处一在"玉衡"星座中转动斗柄与之配合，始终不让他抢到马钰左侧。黄药师在大半个时辰之中连变十三般奇门武功，始终只能打成平手，直斗到晨鸡齐唱，未分胜负。

北斗七星的分布显然与整个"睡佛"相对应。

图上的高塔又落在了北斗七星的"天权"座上——这暗示着什么呢？还有其他几处标记，像个寺庙，又像石窟，绘图者想要表达什么？这其中到底暗藏着一个什么样的秘密？

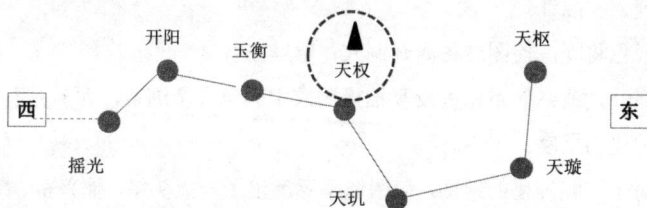

难道与大佛的宝藏有关？

或者说，这是一张大佛藏宝图？

当何图突然冒出这个念头的时候，连自己都大吃一惊。

怎么会联想到大佛宝藏？

大佛藏宝的千古之谜会在这里与自己结缘？

激动之余，他又觉得自己的想法有些荒诞。

为什么会在突然之间想到大佛的宝藏？

每一个念想往往都潜藏着一种神秘的预知，凡事皆有可能。

转念之间，刚才"荒诞不经"的心理又切换成了一种大胆、神奇式的联想。何图兴奋不已，欣慰不已，一股暖流涌遍全身。

大佛宝藏，这个尘封了千年的话题曾让多少人魂牵梦绕，又有多少人为之癫狂，终身为之奔忙，甚至在寻宝的过程中命丧黄泉。这里不乏从古至今的盗墓者，也不乏像张献忠之流的杀人魔王，还有民国时期割据的各路军阀……他们枉费心机，徒手而归，大佛的宝藏始终安然无恙地坐落在凌云山的某个角落，成为大佛的"心脏"，震慑三江水怪，不再兴风作浪；护佑乐山人民，安居乐业，生活安康。

何图再度入川，寻幽探秘，不是为了宝藏本身，而是一种心愿，一种心灵的慰藉。

此次乐山之行，何图心底无私，更是为了一种信仰——他只想拨开云雾，让大佛的宝藏熠熠生辉，让众生景仰，让佛光普照。

晚霞散成绮。

岷江静如练。

凌云夕照红。

天色将晚，何图准备离开洞穴，继续东行。

离开之前，他用相机反复拍摄洞穴中的每一个细节，尤其是石碑上那幅神秘的星座山川图。

对于这幅神秘的地图，何图似乎琢磨出了一点头绪，他兴奋、感动、慰藉、温暖一古脑儿涌上心头，鼻子一酸，泪光闪烁。

他默默地祈祷着，他感觉到了，自己正向一座神秘的玄宫走近。

## 第三十章　竹君之病

"咦，这里分明是自己的家——'赏佛楼'的顶层，28 层。

"昨天还是在北京的单身公寓里，今天怎么会在这里？千里之遥啊！"

竹君记得《聊斋志异》里有个故事：一个恶鬼为了离间一对夫妻的关系，就使了一种妖术。于是，这个妻子像喝了"迷魂汤"一样，在深夜里下床，一丝不挂地跟着恶鬼走——恶鬼带着她慢慢升腾到了天空，然后再降下来，让妻子径直落在她家男佣的床上，继续睡去……醒来的时候，妻子什么都不知道，还以为自己是在做梦。

难道自己也中了恶鬼的牵魂术？

她终于隐隐地记起兰小馨等几个同事将她送到医院，又按照医嘱将她送回四川老家养病的事了——这段时间，竹君经常梦魇，经常间歇性地失忆。

柳亦剑辞职之后，再也没有音讯。一种莫名的阴影始终在竹君的心里徘徊不去，她总疑心柳亦剑遇到了什么危险。

她看到床头柜上放着氟西汀、帕罗西汀等一些药品，细细地回想，若有所思。

难道自己患了那种病？

她有些迷茫了。

回家也好。毕竟，家里还有一个五十多岁的保姆可以随时照顾她——这是一个跟随了竹君近十年的阿姨，农村来的，竹君叫她柳姨。江天离世，竹君住在北京的单身公寓，这位善良、朴实的阿姨就一直守候在"赏佛楼"28 层空旷的大房子里。

柳姨，既是保姆，也是妈妈。在竹君的心里，只不过是自己把乡下的母亲接到了城里来住而已。而柳姨呢，确实也将竹君当作了自己的女儿。自从江天离世之后，竹君从柳姨这里得到了许多情感上的补偿。

母爱，对竹君来说，是一种奢望。

"竹君，你还能回去吗？"

想到这里，柳姨眼泪婆娑起来。

平日，她盼望着竹君回来，她也会想念，像想念自己的女儿一样。

可如今，她只希望竹君能早日康复，离开这里，回到北京——她宁可一个人守着"赏佛楼"，守着这样一个空荡荡的大房子。

竹君是个比较理性的女子，总是在理性中彰显着她的优雅和高贵。她的情怀自然也会像春雨润物，悄然地在优雅和高贵中露出芽尖。可是，自从上次生病，那种莫名的焦虑和烦躁就像生了根一样，缠绕在竹君的神经系统。有时候，甚至像一股狂野的激流，强行撞开了她的血管之门，混进了她的血液。于是，这股激流很快形成了狂涛，以破坏一切的力量冲击着她用优雅和高贵筑成的堤坝……

她唯有用顽强的意志力来抵挡，用深厚的内涵修养来化解，就像太极中的"缠丝劲"——她不能失态，平生也从未失态过，现在更不能，尤其是面对白发染鬓的柳姨……

然而，她快要抵挡不住了。

终于，她唯一能做的，就是用沉默来坚守。

沉默地坚忍，并非良好的诊疗方案；沉默地坚忍，已经让她的病情逐步恶化。

不在沉默中爆发，就在沉默中毁灭。

已经两个月了，竹君的病丝毫没有好转。

柳姨站在窗口，遥望千年大佛，心中默念，为竹君祈祷。

竹君目光有些呆滞，倚栏远眺，那凌云大佛竟比自己矮了一截。

"赏佛楼！"

"赏佛楼？"

佛，只能礼敬，焉能赏玩？

这是谁的创意？不，简直是一种阴谋，图财害命的阴谋！

那大佛离竹君越来越近,越来越清晰,正从江面向自己漂移过来——她看得很清晰,大佛老爷的脸很凝重也很悲苦。

一阵隐隐的画外音从大佛的背后传出,而且不断重叠着,仿佛要穿透竹君的耳膜:

爱别离……

怨憎会……

求不得……

是啊,人生渺小和短暂,正如"寄蜉蝣于天地,渺沧海之一粟"。

人生之悲苦和无奈,佛祖已解说得淋漓尽致。生老病死,不过是肉体之苦。而怨憎会、爱别离、求不得,却是一世的心灵之痛。

她想起不久前的那个诡异的电话号码和短信,还有那个有着血一样鲜红的梦,那个拿着"蛇床子"的红衣女孩,还有那个始终看不见脸的"妈妈"……

竹君心生不祥,悲从中来。

竹君与岷江,只隔着一排精致矮小的栏杆——那栏杆,雕成一个个宝瓶状,瓶上是美丽的绿幽兰。

站在阳台,临江远望,竹君早已泪眼迷离。

一阵飓风,江水顿起波澜,卷入云天。

忽然,江心传来一阵呼救之声。

没错,是江天!顺着呼救的方向,竹君看见了江天在浑浊的激流中溺水,在仓皇间急切地呼救一就在竹君的脚下,呼唤着竹君的名字……

竹君眼看着江天瞬间沉没,就像一片凋零的树叶,无声无息地被卷进旋涡……

一切都是那样无助。

此时,竹君的神经再一次如拉满的弓弦。

弦如满月，应声而断——终于，竹君再也无法控制自己。她闭上泪眼，不顾一切地向着江天飞奔过去……

身上那件青色的披风随风飘落江面，像一只童年的苇叶舟。

终于解脱了，仿佛在御风而行——竹君闭着泪眼，心中温暖而幸福。

她知道，江底有另外一个世界，原始而宁静，纯粹亦空灵。江面，白雾蒙蒙。

## 第三十一章　乌尤殿

走出麻浩崖墓，何图的脸上洋溢着兴奋的疑惑。

猛一抬头，只见一座美丽的弧形廊桥出现在眼前——这便是通往乌尤山的濠上大桥，是世界最美的 28 座桥之一。

此桥为乌尤寺方丈，已故的著名高僧遍能法师发起募资建造，由两段"风雨廊"连接中间的高拱桥而成。濠上大桥，黄瓦朱梁，造型别致，犹如横跨在凌云、乌尤二山之间的一道彩虹，装点着古嘉州的青山绿水。

登上乌尤山，来到乌尤寺的时候，天色已完全暗了下来。

乌尤寺早已关了山门。

何图正彷徨间，见乌尤寺右侧高处有一段古老的石阶，一直通向另一座殿宇。仰望那殿宇一角，隐约有灯光闪烁，何图只能拾阶而上了。

当何图踏上最后一级石阶的时候，猛地一抬头——三个昏暗的馏金大字"乌尤殿"映入了他的眼帘。

他猛地想起了爷爷弥留之际的遗言，没错，是乌尤殿。

这是爷爷推测大佛藏宝的另一个地点。

大佛宝藏怎么会在这样一个偏僻的殿里？

何图有些纳闷，凭感觉，乌尤殿和大佛宝藏八竿子打不着。

借着两边的灯笼，何图看清了殿门两边楹柱上的一副对联：

登高绝而望远瀚

乘赤豹兮从文狸

何图先疑惑了一下，继而便在心里惊讶起来。

一般的佛殿悬挂的楹联都与佛家教义有关，或参禅，或彻悟，或劝导，或引航，而这样的一副楹联却显得"鬼气十足"，细细琢磨，更让人感到阴森、神秘和恐怖。

尤其是下联的"乘赤豹兮从文狸"——这是屈原《山鬼》中的句子，与"辛夷车兮结桂旗"一样，描绘的都是夜晚，山鬼在山间行走的形象。

这是佛殿吗？

还是鬼殿？

何图后脊梁掠过一阵阴冷的风，侵入肌骨，不寒而栗。

当何图壮着胆子走进殿门的时候，全身仿佛被电击一般，脑门一炸，毛骨悚然起来。浑身热血偾张得紧，两股战战，有些不能自持了——殿内正中供奉的不是佛祖，不是菩萨，而是一尊青面獠牙的厉鬼。

其形容丑陋，表情古怪，赤足而坐。深眼高鼻，袒胸露腹，怒目圆睁，真真是凶神恶煞般的"鬼王"。

记得小时候，何图最怕狗了。每次放学晚归，都会遭遇村里恶狗的狂吠与穷追——何图夹着破书包拼命狂奔的狼狈样可想而知。后来，他有了一丝经验，那便是与恶狗"对峙"，不能逃遁——逃遁必然被恶狗当作"穷寇"猛追，而对峙至少可以暂时保持一种"平衡"。双方僵持着，谁也不敢轻易后退一步——可现在，何图面对的不是恶狗，是"鬼王"！

下意识地，何图瞪大了惊恐的眼睛与"鬼王"对峙，丝毫不敢让目光游离。何图目光如剑，直指鬼王——这是他与鬼王抗衡的唯一武器。他知道，这是自己心中一种虚拟的强大，是一种更深层次的恐惧。他不能收回目光，不能败下阵来，更不能逃避，仿佛一旦落荒而逃，心里的护城墙便会瞬间崩塌，那"鬼王"便乘虚而入，摄其魂魄……

整个殿内，虽是灯火明亮，却隐隐藏匿着一股阴郁之气。

就这样"对峙"着，何图每一根神经都紧绷着，几乎都要断裂开来。

就在何图极度亢奋，头痛欲裂之际，听到了一声轻轻的咳嗽——这一声咳嗽救了何图，让他终于在体力和心力耗尽之前松懈下来。

何图转换一下视觉，这才发现，正殿左侧的香案旁坐着一个僧人。

他年近不惑，一袭僧衣，摆弄着几尺黄卷，正相伴于佛灯之下。他明明看见了门口呆立的何图，却熟视无睹，依然故我。

他表情冷漠，眼神阴郁，何图的第一感觉就是，他好像不是佛堂里的僧人，而像是地狱里的走卒。

这位僧人的冷漠和古怪与整个乌尤殿里的阴郁、神秘、恐怖的气氛倒是十分相配。

所谓"相由心生"吧！那"心"变化的根源又在哪里呢？

想到这里，"心由境造"四个字立刻浮现在何图的脑海里。

是的，环境！

何图很自然地回忆起一个场景来：

有一年去开封，在旅游景点"开封府"的"牢狱"里参观。狱室中一片昏暗，气氛阴郁而诡异。各种残酷的刑具，让人不寒而栗。恍惚间，似乎听到刑具叮当作响，还有受刑者撕心裂肺的惨叫声一在这样的环境里，何图心里甚是不快。就在他疾步出门之时，忽见门后一隅，坐着一人——在昏暗的光线下，此人目光呆滞，面如土灰，毫无血色，眼中射出幽幽的冷光，诡异地看着游客……

何图着实吓了一跳。

这哪里像景点管理人员，简直就是从地狱里突然冒出来的黑白无常。

怎么会这样？

回去之后，何图悟出了其中的一点道理，一个重要的原因，应该是与他所处的环境有关。

在这样的环境里太久了，才会变得如此。

监狱……地狱……黑暗……阴郁！

何图喃喃自语，毫无逻辑，一地联想的碎片。

"师父……

"我是从北京来乌尤寺'进香'的，在寺外没有找到住宿的旅馆，想打扰一下，能否在贵处借宿一晚？"

尽管如此，何图还是很清楚，当下要先解决借宿的问题。

何图故意将"旅游"换成了"进香"，借宿的希望或许更大一些。

那"师父"并不理睬，只是用一种冷漠、古怪的眼神飞快地打量一下何图，又继续摆弄手里的经卷去了。

何图忽然想起电影《神秘的大佛》里一段恐怖的场景：

月黑风高，在一间狭长、阴森的密室——与眼前的乌尤殿极为相似。海能法师正向司徒俊口授佛财的秘密。忽然，他听到一阵轻微的响动，密室天窗出现了两只怪面人的偷窥之眼。海能立即闭口不谈，送走了司徒俊，关闭了密室，然后仗剑到院子里搜寻——就在这时，怪面人用利刃拨开了门闩，从背后挟制了海能，逼着海能说出另一块墓碑埋藏的地点。在"双眼可挖，佛财难得"的誓言中，海能法师被挖去了双眼……

鲜血四溅，一片血腥……

眼前的这个僧人，仿佛就是那个戴着脸谱的怪面人，挖了海能法师的眼睛之后，迅速赶回乌尤殿禅房，揭去了脸谱，摆弄着经卷，装作没事人一样，然后，不怀好意地看着何图。

何图有些晕眩。

一阵山风吹来，割肉刮骨一般，何图打了个寒噤，感到了异样的寒冷。他想立即逃离这里，可是四周一片漆黑，自己连方向都辨不清了。

"请跟我来……"

那僧人沉思半响，忽然站起来，对着何图做了一个邀请的动作。

这完全出乎意外，何图没有反应过来，傻了一般，像被一股力量驱使、牵引着，不由自主地跟着僧人进了一间简陋的僧房。

一切安排就绪。

那和尚刚刚离开僧房，何图便感到身心俱疲，和衣躺在床上，沉沉睡去。

## 第三十二章 乌尤殿里的"卍"

夜半时分，山野传来一阵凄厉之音，像是婴儿悲啼，又像山麗长啸，何图猛然惊醒，僧房里的灯光闪闪烁烁，变幻出一片幽绿之色。

何图依稀记得在乌尤殿借宿的事。乌尤殿诡异的楹联，恐怖的"鬼王"，冷漠神秘的值日僧人——何图又想起爷爷临终前的话，爷爷为什么会推断佛财埋藏在乌尤殿……这一切都让何图感到神秘诡异，莫测高深。

趁着夜深人静，何图蹑手蹑脚，下了僧床。探秘的好奇心让他顾不得凶险，决定先对乌尤殿"侦察"一番。

那个值日僧不在殿内，想必早已去了自己的僧房安睡。

除了"鬼王"之外，殿里的其他摆设并无什么异样。

记得昨天晚上，第一眼看见乌尤殿里的"鬼王"时，何图不寒而栗。那"鬼王"面目可憎，鬼气十足，在殿内形成强大的气场，将一切笼罩其中，无处逃匿——那气场忽而演变成大阵，阵内密布无数阴冷的毒针，向着何图万针齐发，射入他的每一个毛孔，也扎入了他的心灵之眼，让他两眼发黑，两股战战，无法迈步。

后来，何图跟着值日僧进了僧房之后，睡前搜索百度，从1934年《乐山县志》卷十六得知：

> 嘉州乌尤山，释氏相传观音菩萨至此，见两河沙岸鬼魅啾啾，乃化为鬼王。世云，大士七十二化，至此自视其像，大鼻魆陋，遂不再化。

原来，此鬼王乃观音菩萨所化——是为了震慑鬼魅采用的以恶镇恶之法罢了。

何图终于释然，恐惧之心顿无，代之而起的是一股融融暖意。

当何图再次站在"鬼王"脚下，瞻仰它的相貌和姿态的时候，心里的感觉不再是丑陋、狰狞和可怖，而是一种正义的威严和力量。那"鬼王"俨然成了何图的保护神！

鬼王的"背光"和"头光"（佛像的头部和身后光圈式的装饰图案）是馏金铜制，边沿镶嵌的造型是朱红色火苗状，那火焰直窜殿顶的雕花藻井，呈现出强烈的动感，何图隐隐听见烈焰燃烧的噼啪之声。

猛然间，一个偌大的谜团像蘑菇云一样，在何图的心田弥漫开来——鬼王的背后雕刻着一个馏金的"卐"。

何图觉得这个"卐"极为怪异。是的，这是一个不合常理、违背常识的设置。

"卐"是"吉祥海云相"，也就是呈现在大海云天之间的吉祥象征，它被画在佛祖如来的胸部，被佛教徒认为是"瑞相"，能涌出宝光，"其光昱昱，有千百色"。

何图知道，"卐"也是"佛"的层次标志，只有达到了"佛"的层次才有。"佛"的层次越高，"卐"就越多。

所以，只有佛祖的身上才会有这个符号。尽管这里的"鬼王"乃观音大士所化，但他毕竟是"鬼王"。乌尤殿里的"鬼王"带着"卐"，这是何图心中的第一个谜团。

另外，这个代表宇宙能量的"卐"一般只出现在佛的"胸前"，代表的是光明、吉祥、智慧、好运——但是，鬼王身上的"卐"却很诡异地出现在了"背后"……第二个谜团接踵而来。

这绝不是设计者的无知。

也绝不会是因为粗心而将"卐"放反了方向。

一个"鬼王"居然佩戴着"卐"，而且佩戴在了背后。

这其中有什么玄机？它到底在暗示什么？

何图仰视着，目不转睛地盯着鬼王身后的"卐"。

那"卐"不是一个平面的字符，而是一个雕上去的立体造型——只要把手放上去，就像握住了一扇门上的把手。不，确切地说，是握住了控制某个机关的枢纽装置——这个右旋的枢纽装置动感十足，仿佛只要用手轻轻一拧，便会有一处机关被旋开。

何图眨了一下眼睛，再看"卍"，它竟然自动向右旋转起来，速度越来越快，快成了一个神圣的法轮。那被法轮带动旋转的海水里出现了一个巨大的旋涡，一层层，一圈圈，就像一只偌大的鹦鹉螺——身上优美的曲线不停地旋转着，闪耀着金光，与碧绿的海水相映，美轮美奂。

很快，旋涡形成了一条梯形的海底隧道，倾斜着向海底延伸……

一种奇妙的诱惑来袭，何图无法抗拒，情不自禁，朝着那神秘的"卍"走近……接着，他竟冒天下之大不韪，爬上香案，踮起脚尖，高高地举起手臂，摸到了鬼王背后的那个"卍"，一把握住——眼睛一闭，猛地向右一旋……

只听訇的一声，何图便失去了知觉。

## 第三十三章　玉女房

"方锦姐姐，你快来看，这里躺着一个人……"

"方锦！"

何图虽然晕得睁不开眼睛，却清晰地听到了这两个字，而且有些耳熟，好像在哪里听到过这个名字？

何图勉强将眼睛睁开一条缝隙。朦胧之间，透过一片澄澈的水波，看见不远处有一个青衣女子，好像背着采药的竹篓，好奇地朝着自己这边张望。

何图实在记不清之前发生了什么事，可是现在，自己在哪里呢？

凭感觉，应该是在水里。

确切地说，这是一个水世界。四周都是幽碧透明的水体，水里还有一些不知名的沉水植物，纵横交错，生长在昏暗的水底，稀疏的枝叶婆娑着，在河底的泥土上摇曳出一些斑驳的光影。

虽然是在水里，却像是月夜，那水不过是天空的月色而已。何图刻意做了一个深呼吸，很顺畅。没错，自己还存活着。

自己在水里，还能呼吸，还有生命的体征，难道自己溺死了，是幽魂在这片水域游荡？

不像，因为他明显感觉到脊背和大腿被硌得生疼，那是身下凹凸不平的小石头在作怪——而灵魂是没有痛的感觉的。

可是自己是从哪里摔在这里的？

何图实在想不起来了。

"翡儿，我们过去看看……"

那个叫方锦的，也是一身青衣，对刚才那个小女孩说。

那个小女孩双环垂髻，青丝带在透明的水波里自由地飘逸着。

何图急忙闭上眼，想装睡，也想装死。

不能被她们发现自己是醒着的，是活着的——这里的一切太古怪、太诡异了，他不知道这是一个什么样的世界。

"方锦姐姐，他怎么了，是不是快不行了，我们救救他吧！"

那个丫鬟模样的青衣女孩怯怯地说。

"翡儿，他不会有事的，我们走吧！圣母还等着我们呢！"那个"方锦姐姐"仿佛看穿了何图的伪装，轻描淡写地说。

何图闭着眼，只觉得身边的水波一阵荡漾，轻轻地摩挲着自己的脸和头发。

何图估摸着她们走远了，慢慢睁开眼，只见水里已经被她们踏出一条"水路"，像银河，又像一缕神秘的烟雾升腾，仿佛一直通到云霄里去了。

何图若有所悟，迅速起身，趁机借着这条"水道"一路尾随而去。

也不知道走了多久，前面的水色怪异起来，明显地分出了两个层次，一层淡白，一层幽碧。何图定睛一看，原来脚下是一条地下暗河，像碧玉一般的地下河。

水分层次，河里有河，真是神秘莫测的千古奇事，闻所未闻。

脚下的水路慢慢融入了地下暗河的"幽碧"里了，隐隐约约可以看见"幽碧"里的垫脚石——何图顾不得多想，沿着"幽碧"走了进去。

何图清晰地记得自己小时候游泳的场景。河水清澈的时候，他是睁着眼睛潜水的，可以在水体里看到各种水草，甚至还有游过来的鱼虾。而此时，就像小时候潜水一样，比那时候看得还要清楚——那水波轻柔通透，像高远的天空，像溶溶的月色，像柔曼的轻纱，也像一幅风景画的背景。

"幽碧"中的空气清新无比，还夹杂着一丝杜若、白芷等香草的味道。

这种"幽碧"，像空气，也像水体。

这种"幽碧"，在，仿佛也不在。

这种"幽碧"，融在了每一个水分子之中。何图的衣服，甚至皮肤也都隐隐呈现出一种"幽碧"之色。

何图明显地感觉到自己与这种"幽碧"融为一体了。

原来如此，他想起了那两个青衣女子。

不知走了多久，眼前出现了一个古朴的院落。

这个院落及其周围的环境原始而宁静，古朴而温馨。

何图分辨不清是哪个季节，春夏秋冬的景物好像都有；从色彩上看，何图觉得眼前的种种景象更像一幅水墨画，体现的是一种原始的风骨和精神，像是屈原描绘的《湘夫人》的"香居"：

筑室兮水中，葺之兮荷盖；

荪壁兮紫坛，播芳椒兮成堂；

桂栋兮兰橑，辛夷楣兮药房；

罔薜荔兮为帷，擗蕙櫋兮既张；

白玉兮为镇，疏石兰兮为芳；

……

院落，原始、古朴、宁静。

院落，由一个高大而幽深的石洞和几个附属的小洞组成。

院落被绿竹编织的一圈篱笆墙围着。

洞前稀疏地植有一些不知名的树，树的周围生长着一些香草，有的飘逸、有的洒脱、有的矜持、有的羞涩。这就是所谓的杜若、蕙兰吗？竹篱笆上，斜斜地伸出一些不知名的藤蔓，紫红的藤，翠绿的叶，白色的小花，青色的圆果，这应该就是薜荔吧！

何图有意识地呼吸一下，这里便有一缕缕幽幽的清香在肺腑间轻轻地荡漾开来。

古老的石臼和磨盘静静地沉睡在院子里。

石臼的不远处，有几辆原始的纺纱车，但早就停止了转动，像是在盼望主人归来——何图忽然想起小学历史课本上的黄道婆。

这里的一切都被幽碧之色笼罩着，分不清季节，分不清那些树木的荣枯——只有单一的幽碧之色和映在地面上的斑驳疏影。

像是一个还没有开化的蒙昧时代，却又能隐隐感受到人类温暖的气息——何图总觉得这里就是原始之美的源头，也是古典之美的雏形。虽然看不见两个青衣女子的身影，但何图知道，她们一定就是顺着这路进了院子，进了洞里——这高大而幽深的洞里，一定还有另外一番天地，即所谓洞天，应该如《桃花源记》描述的那般美好！与桃源世界相比，这里似乎更加神秘。

何图判断不出，这到底是现实还是幻境。即使是现实世界，也判断不出这是哪个世纪。

里面一定还有很多这样的青衣女子。

还有，"方锦"口中的"圣母"一定就住在里面。

石洞有石门，虚掩着，洞的四周有一圈木栅栏挡着。

何图有些后怕起来——未知的世界最可怕，那虚掩的门缝，黑幽幽的，像微微张开的几只神秘的魔眼。

何图不敢造次，有些想退却。

何图轻轻地抬起头，仰望着最高大的那个石洞的洞顶。

在洞顶的下方，赫然凿着三个黯淡的象形文字：

玉女房

左边那个略矮的洞顶上是：

犁魁

右边那个略矮的洞顶上是：

垒坻

何图不知何意。

何图心里忐忑，正欲离开，忽听洞中有人说话，何图有些不敢相信自己的耳朵：

"何图来了吗，锦儿？"

"来了，就在院门口，圣母。"

"怎么还不进来？"

圣母的声音很苍老，略有些浑浊，但感觉很慈祥。

何图听着"圣母"的声音，闻到了一阵阵燃烧的檀香在水里弥漫。

"算了，明年的这个时候，他还会来的。"

"那就让他回去吧，圣母。"

是那个叫方锦的青衣女子的声音。

"翡儿，送他一下。"

听到这里，何图有些害怕，生怕被她们撞破。何图拔腿欲退之际，幽碧之水忽生波澜，瞬间席卷而来，何图不能自持。

脚下被一根枯枝一绊，挂住了裤脚，逃脱不得。

何图情急之下，浑身大汗，湿透了衣裳。

何图睁开眼睛，看着天花板，自己依然躺在借宿的僧房里。

湿了的衣服上竟还挂着一缕纤细的湿湿的青苔。

在青衣江梦游了？

他的心一下子揪紧了。

## 第三十四章　化城

天刚亮，何图便迫不及待地溜出了僧房，他感觉到了乌尤殿里的神秘和恐怖，总觉得这里是个不祥之地。

值日僧还在沉睡，何图已经悄然离开了乌尤殿，踏着山道往后山而去。

已是深秋，清晨的山风寒意袭人，侵入肌骨。

登上一处高坡，何图凝眸回望，灰瓦红墙的乌尤寺格外醒目，寺门的最上方嵌着白底黑字的一块匾额，上书四个大字：

青衣别岛

乌尤寺正门楹联赫然刻着：

江神上古雷堆庙
海穴通潮玉女房

青衣别岛？雷堆庙？玉女房？

这几个名称瞬间在何图的脑海中形成一组朦胧的意象，似曾相识，似懂非懂，但终不解其意。

太阳出来了，何图感受到的是一种久违的温暖。

何图正欲找一个歇脚之处，恰巧下坡有一处平台，台上有座精巧的八角亭，亭子的顶上爬满了寒秋苍翠的藤蔓。

该亭名唤"化城"。

化城亭，化城？是什么化为一座美丽之城？

何图虽然不甚明白，但凭着感觉，细细体会着其中美的意境——何图将"化城"与"化蝶"联想在一起，唯美、温馨、浪漫。

顺着下坡的石阶，何图进入化城亭内。

支撑亭子的是八根粗壮的木柱，搭建在木柱下方的横木是很好的"长椅"，可以用来休憩。

亭内坐着三个人，其中两个是游客模样，第三个是年逾古稀的老人。老人形容清癯，目光浑浊，一袭僧衣，应该是乌尤寺里的和尚。

何图在亭内"长椅"的一空白处坐下。

"师父，早安！"

何图是个儒雅之人，说话做事有礼有节。

他首先打破亭内的沉默，面带微笑，很友好地朝身边的老僧打了个招呼。

老僧连忙站起来用单掌还礼。

"师父，这'化城'的名字很美，这个名字里应该有什么典故吧！"老僧慈祥的眼睛里立即布上了一层不易察觉的阴云。

言谈之间，看得出，老僧的心情有些沉重。

老僧告诉何图：

"化城"就是死尸集中埋葬之地，尸体太多，美其名为"城"。不知哪朝哪代哪次战乱之后，尸横遍野，惨不忍睹。僧众善心大发，集中掩埋。在表层掩土上广植竹木，为警世人，修建"化城亭"。

听完老僧的一番话，何图顿觉自己的心从天堂跌落至地狱。先前那种美好的印象一下子消失得无影无踪，代之而起的是一种悚然、惨然和不祥之感——叫乱葬岗子也好，万人坑也好，反正自己正坐在累累的白骨之上。

这样的休憩之所实在叫人无法安然，也无心再坐下去了。

何图佯装活动一下筋骨，站起身，踱至亭内西北角。

这里矗立着一块被玻璃罩保护起来的石碑，石碑剥损得很严重，但碑上的局部铭文依稀可见，均为繁体：

鸿蒙初开，赤足洪荒；时空无序，四维不张。
日月流血，化为蛇长；天墨有痕，真水无香。
独守虚空，荷衣彷徨；青衣山下，谁记蚕桑。
海穴通潮，夜半思量；美目流盼，魂兮幽伤。
……

至此，余下的碑文已模糊难辨，许多地方已被磨成"一马平川"，连镌刻的痕迹都没有了。

何图不解其意。

问老僧。

老僧有些迟钝，略微思索，继续对何图说：

"施主有所不知。因为残破，这块石碑上的铭文中不见纪年，加上残存的碑文十分隐晦，几乎无人能解。从大意上看，好像是一个孤独者在怀念或是等待什么的心声，字里行间隐含着忧郁、悲伤和愤懑，很复杂的一些情绪。"

"师父，这碑是从哪里出土的？怎么会在这里？"

何图愈发好奇。

老僧垂下眼皮，用浑浊而沙哑的声音讲述着事情的原委：

乌尤寺建成不久，便经常出现闹鬼现象。每当月黑风高的深夜，山门外便会传出女子凄厉的尖叫声，紧接着就是江水咆哮，撞击山石之音，让人毛骨悚然。一开始，吓得寺里的僧人都不敢出门，后来，有些胆大的，点着灯笼火把，寻找叫声，却又不见半分动静。等到大家回到僧房，正欲歇息，叫声又起，搅得满寺僧人夜不能寐。

"后来，发生了另一件事，闹鬼的现象才自动消失了。那是三十多年前的事了——有位僧人在乌尤山的青衣江畔发现了一个溺水的年轻女子，也不知道漂了多少天了，乌黑凌乱的长发遮不住那张被江水泡得惨白恐怖的脸。"

老僧印象最深的是，溺水的女子身上穿了一件青色的上衣。

出于慈悲，僧众决定将其掩埋，入土为安。

将其埋葬于"化城"自然最适合不过。

当僧众选好了地点，挖掘墓穴的时候，竟在地下掘出一棺，棺已腐朽不堪。棺中骷髅，骨架完整，白牙森然，发出冷冷的笑。

墓穴并无别的陪葬物，唯有一碑置于棺尾，碑上刻有文字，应该是墓志铭，但大家都不解其意。

有人提议将碑挖出，以后或供考古研究之用。

大家挖出石碑之后，手忙脚乱填土，有两个年长的僧人还专门为其念了《地藏菩萨本愿经》，算是超度。

老僧的眼神越发黯淡，被一丝忧郁和恐惧笼罩着。

"施主有所不知，这晦涩难解的碑铭还不算什么。最让人吃惊的是棺内的枯骨奇怪的姿态。正常入殓的姿态是身体平躺、四肢伸直，而棺内的枯骨却是一种无法理解的姿态：枯骨头朝东，脚朝西，并非传统的'仰身直肢葬式'，而是'曲肢侧卧葬式'——从枯骨的整体形状来看，其入棺时应该是侧身，面朝北，右臂弯曲，右手支头；左臂下垂，左手放在腹部；右腿直伸，左腿向前弯曲——整个葬式形成了一个隐晦而神秘的'∽'状。"

讲到这里，老僧明显心有余悸，声音颤抖起来。

此时，何图的好奇心更加强烈，他的"考古癖"又发作了，他迫切地想解开谜底，不断追问着。

老僧闭了一下眼睛，微微地摇了摇头，有气无力地说：

"记得当时，我的一些师兄弟和你一样，都想知道这里的隐秘，一起来问师父——我的师父，乌尤寺里的住持遍能法师就在现场，双手合十，念了一句'阿弥陀佛'，然后幽幽地说，'既然是天机，大家就不要问了'，说完就走了。此后，师父再也没有提起过此事，并且也不许别人再提起此事。"

"真是神秘莫测啊，那后来呢？"

何图咽了口唾沫，很饥渴地继续追问。

老僧接着叙述着。

"后来，众僧就在枯骨的墓穴旁边再挖一穴，将溺水腐烂的女子草草安葬，两穴相隔不过一尺，算是毗邻而居。

"说来也怪，自从溺死的女子被安葬之后，乌尤寺再无闹鬼之事。

"墓穴里挖掘出来的那块石碑就一直搁置在山坡上，直到后来建了化城亭，才被地方政府重视起来，被保护在化城亭里。"

说到这里，老僧长叹一口气，像是忏悔，为自己再次道破什么天机而忏悔。

何图有些不能自持了。

神秘的碑铭，枯骨的葬式，已经足够让何图绞尽脑汁去思考了。

现在又出现一具青衣女尸，与枯骨为邻之后竟然平息了多年的闹鬼风波……

何图彻底晕了。


## 第三十五章　韦皋的忧思


案几上铺展着十张红笺，韦皋鬓染秋霜，面色凝重。

这是《十离诗》，落款写着她的名字。她正被发配松州，她是在遥远的途中写就此诗的。她让一个专使快马回转，将此诗送达帅府。

不错，这精巧鲜丽的诗笺，唯有她制得出。

粉红的颜色，分明染上了浣花溪里清晨的云霞；别致的暗纹，摄取的是百花潭草木的精魂。

作为剑南四川节度使，总揽一方军、民、财、政的封疆大吏，读着眼前的《十离诗》，韦皋的眼睛竟有些湿润了。

韦皋清晰地记得，那是一个初次相逢的日子。

薛涛，"天府之国"孕育出来的精致女子。

她随口吟咏一首《谒巫山庙》，这位文武双全的节度使大人便惊叹不已，情不自禁地跟着薛涛唱和起来：

乱猿啼处访高唐，一路烟霞草木香。
山色未能忘宋玉，水声尤是哭襄王。
朝朝夜夜阳台下，为雨为云楚国亡。
惆怅庙前多少柳，春来空斗画眉长。

从此，这位有花容、具诗才、知音律、精书法、解风情的女子名扬西蜀，成了节度使府衙里的"校书郎"。

韦皋，这位年富力强的朝廷重臣，因其文治武功，颇受万民景仰，自然也让薛涛这位红粉佳人投以青眼，由崇拜到喜欢，从仰慕到爱恋——韦皋给予薛涛的更多是关怀和怜爱，这让一个无依无靠的弱女子感激涕零，温暖如春。

很快，薛涛成了韦皋的红颜知己。

对于薛涛而言，这场初恋的幸福之花已经盛开，而且开满了成都的大街小巷，可观可赏，成为锦官之城的美谈和佳话。

其时，除了行政、军事和民事之外，韦皋还肩负着唐王朝另一重任——继续修建凌云山大佛，完成前人未竟之业——这是公元789年的事。

凌云大佛开凿于唐玄宗开元初年（713），至此，已经过去了整整76年。

工程之浩大以及建设之难度可想而知。

这不仅仅是一项巨大的治水工程，而且还要将其设计成一件屹立在天地之间不朽的艺术作品。佛祖高大、慈悲、灵光的形象以及震慑三江水患博大的力量尽在其中。

工程和艺术，形象与力量，成为韦皋心中坚定的目标。

自然，韦皋的忠诚之心、虔诚之意、赤诚之情也融汇在了凌云大佛建造的每一个细节之中。

天资聪颖，才艺双绝的薛涛自然也成为这项工程幕后的精心策划人。除了工程，这里还隐藏着一个天大的秘密，涉及江山社稷的秘密。开始，只有天知、地知、韦皋知。

终于，薛涛也成为知情人。

为此，韦皋很矛盾。

他需要薛涛知晓。

他也害怕薛涛知晓。

如果这样的秘密不能带进棺材，一旦泄密，将面临夷族之灾。即使韦皋有平叛、安邦之大功，也难以幸免。另外，还不知道将有多少无辜者会被牵连斩杀。

这位节度使大人，曾经的左金吾卫大将军。

驰骋疆场的时候——

面对刀光剑影，血流成河，他没有害怕过。

面对尸横遍野，累累白骨，他也没有害怕过。

如今，这种害怕终于来了。

他与薛涛朝夕相伴的蜜月期已过。

他们情感的版图上出现了裂痕，已经划出了明显的疆界。

一个硬骨铮铮的男人，一个独掌权柄的王者，自然无法容忍薛涛对爱情的背叛。

一腔热血终于沸腾起来，他决定放逐薛涛，将她发配到遥远恶劣的已被放逐的薛涛，没有悲戚，没有愁恨，更没有向韦皋乞求。

她在放逐途中文不加点，一气呵成，写成著名的《十离诗》。

她让专使将诗送达韦皋。

她期待着。

## 第三十六章 十离诗

一个"离"字，本来表达的就是寄人篱下却又遭到放逐的悲苦，而离别之后的风尘生活，更是让她呼天不应，叫地不灵，苦不堪言。

于是，薛涛将自己被放逐的遭遇写成《十离诗》。

在十个题目中，用七言绝句的形式，分别将自己比成"犬离主""马离厩""鹦鹉离笼""燕离巢""鱼离池""鹰离鞲""笔离手""珠离掌""竹离亭""镜离台"。

这样的比拟之中，隐含着她悔恨的眼泪。她将十种离别的悲切化为十种"温柔的悔意"，希望唤起韦皋的恻隐之心和怜悯之情，希望能得到韦皋的赦免，回转成都。

一个"离"字足以让人回忆从前事，怀念旧时光。

人在矮檐下不得不低头的卑微总是让人产生无限同情与疼惜，尤其对薛涛这样的绝代红颜。

《十离诗》中的十处"离"字，仿佛是薛涛面颊上的点点泪珠，这叫韦皋情何以堪！就算韦皋铁石心肠，也要"何意百炼钢，化为绕指柔"了。

这是一种温柔的力量。

也是一种婉转的智慧。

放逐途中，她想起了父亲曾经给自己讲过的一个典故，那是"汉初三杰"中关于陈平的典故：

天快黑时，陈平逃到了黄河边，他请船夫送他过河。

陈平上了船，从船舱里又出来了一个船夫。他想这两个人可能是水盗，以为他身上带着珠宝，想图财害命。陈平为了保全自己的性命，他马上脱了衣服，扔在船上，光着上身来帮船夫划船。船夫看他腰间什么也没有，衣服掉在船上也没有什么声音，知道他身上什么贵重东西都没有，也就打消了加害他的念头。

一场凶险，就被他这样轻而易举地化解了。

薛涛的《十离诗》，便是这里裸衣摇橹的陈平。

《十离诗》中，除了分离的寸寸柔肠之外，也隐含着薛涛超人的智慧。

她知道，因为那个惊天的秘密，迫于某种情势的需要，韦皋在放逐她之后会继续杀她灭口的——

她必须在诗中消除韦皋疑虑，保全自己的性命。

## 第三十七章 珠离掌

夜深人静，红烛高照。

韦皋捏着粉红诗笺的一角，手指有些颤抖，几滴浊泪在眼里徘徊。

他一遍又一遍地吟咏着、感受着薛涛的《十离诗》，曾经与薛涛在一起的美好场景历历在目了——或花前月下，吟诗作对；或秉烛夜读，红袖添香；或相依相偎，温情无限……

此时，他对薛涛的恨意变得淡薄起来，心里涌起的万般感受中尽是同情、爱怜和疼惜了。

可是——

他很快就恢复了理性的状态。

他知道"无毒不丈夫"的含义。

这次放逐，只怕那个秘密难保了——不管她是有意还是无心，也不管是宣泄情绪还是刻意报复。

人心难测，尤其是女人的心。

韦皋拭了拭眼角，幽幽地想。

他的心中已经有了方案，但依然有一点不忍，犹豫不决起来。

在大义面前，他只能有一个选择。

是的，他知道朝廷的分量，他不能辜负圣上。

不能因私废公，不能因小失大，更不能因为一个自己喜欢的女人……

想到这里，他的手有些发冷，心变得坚硬起来。

他没有更好的办法去阻止薛涛开口说话。

会不会泄露机密，他没有丝毫的自信。

会不会已经泄露了机密，他更是感到后怕。

韦皋起身离开虎皮帅椅，踱着四方步，战袍掠起的风掀起了案上的红笺。

他告诉自己，需要冷静一下，几十年的戎马生涯早已练就了他沉稳、善思与果敢的心。

薛涛冰雪聪明，是西蜀女中翘楚，纵使须眉也不及。

她的《十离诗》，除了言情之外，还要告诉我什么呢？

是的，她一定还有其他深意。

读了几遍之后，韦皋发现了《十离诗》中有两首显得不同寻常，在内容上似乎要影射什么，在表达上也闪烁其词，欲言又止，带有明显的弦外之音。

这里，或许就藏着她某种真实的心理。她一定希望韦皋能读懂，她也相信韦皋能读懂。

一首是《珠离掌》：

皎洁圆明内外通，清光似照水晶宫。

只缘一点玷相秽，不得终宵在掌中。

"内外通？"

"水晶宫？"

似曾相识的几组形象忽然清晰起来，让韦皋再次身临其境。

是的，那样的设计和装置，不是水晶宫是什么？

内外通，从哪里通进去，又一直通向哪里？这段经历，这个秘密只有韦皋自己明白。当然，韦皋之外，薛涛也是知情人。

虽是比喻，却是一段真实的场景再现。

这是薛涛在暗示什么吗？

这种暗示才是最可怕的。

韦皋不愿再继续想下去了。

暗示？影射？要挟？

红颜祸水！

韦皋倏然愤怒起来，甚至有些怒发冲冠。

虽然没有拔剑而起，却已经握拳捶案了。

尽管如此，由于事关重大，事态严重，被要挟的愤怒渐渐平息，而谨慎和忧惧则占据了他的内心。

是的，祸起萧墙破金汤啊，在这关键之际，不可以冲动，不可以鲁莽行事。

一时的情感冲动就会失去正确的判断，贸然行事，只会让事情更糟糕，只会让事态恶化起来。

稍有不慎，灭族之祸，殃及无辜就在眼前。

冷静。

理智。

三思。

他不断地警告自己。


## 第三十八章　鹦鹉离笼

关于《珠离掌》中真正的含义，韦皋有两种版本的解读。

第一种，可以理解为，那是薛涛对从前事一往情深的回忆。

回忆了与韦皋在一起的种种场景，包括《珠离掌》中提到的"内外通"和"水晶宫"，这是他们共同经历的那个重大事件一里面藏着一个关乎江山社稷的重大机密。从人性的角度出发，不难理解，越是重大、重要的事件，越是令人难以忘怀。薛涛只想通过这种回忆唤起韦皋的恻隐之心，希望韦皋能感念旧情，不计前嫌，心意回转，让她从遥远恶劣的松州回到成都。

第二种，可以理解为，是薛涛对韦皋的某种暗示。

她在暗示韦皋，她也是某个重大机密的知情人，希望韦皋不要太过绝情。否则，这样的机密一旦泄露，对谁都没有好处。

很显然，这是带有温柔一刀的要挟了。

到底该如何确定薛涛的真实心意？

韦皋找出了另一首不同寻常的《鹦鹉离笼》：

陇西独处一孤身，飞去飞来上锦裀。

都缘出语无方便，不得笼中再换人。

这首诗以物喻人。薛涛将自己比喻成鹦鹉，因为"出语无方便"，所以"不得笼中再换人"。

然而，韦皋却心有灵犀，读出了其中另一层真意—薛涛表里不一的真意。

薛涛真正的心意在于暗示韦皋，自己不会是一只鹦鹉，更不会鹦鹉学舌，绝不会泄露半点秘密。

这是回忆，是表白，也是明志，是薛涛与韦皋之间独有的语言暗号。她相信韦皋能读懂，她知道韦皋能读懂。

世界上总有一种独特的语言，这种语言，只存在于两个人的心灵世界。

这种语言经常是一种"言外之意""弦外之音"。

这种语言，唯有对方能够真正识别，破解其中心灵的密码。

哪怕自己心意一动，一个动作，一个眼神，这样的信号，对方也能准确感应。

韦皋与薛涛之间的语言，正是如此，尽管，韦皋放逐了薛涛。韦皋开始释然了。

心里多了些许安慰，很温暖。

终于，韦皋的一纸文书，让薛涛再次回到成都，寓居于成都西郊的浣花溪畔。

这是公元 797 年的事。

## 第三十九章　金色的派克笔

行了半日，何图有些疲乏，抬头看见眼前有一座临崖的古亭，亭内的楹柱上很考究地嵌着一副雅致的对联：

频来佛畔清香满
小住江心碧玉堆

对联上方的匾额上是清秀的榜书，写着三个大字：

青衣亭

亭子临崖而建，古朴雅致。

亭水相依，相互映照，犹如古侍女对镜晨妆，别有一番诗意。亭里空无一人，透过镂空的雕栏，可清晰看见江水、云天、草树以及两岸的崖壁。

确是一个静心休憩的好去处。

何图一屁股坐在青衣亭里长椅式的横栏上。他两臂向后舒展，"摊"在栏杆上，作闭目养神状。

何图满脑子的问号，满脑子的疑惑。

这两天遭遇了太多离奇的事，简直是诡异之极。

灵宝塔为什么像一把钥匙，刚好插在"睡佛"的"脐眼"之上？麻浩崖墓附近那个古怪的石洞以及石洞中那张北斗七星山川地理图，到底藏着什么样的玄机？乌尤殿里那个离奇的梦，那个关于鬼王身后的"匕"形的枢纽以及自己在江底水世界里的神秘奇遇，预示着什么？那个叫"方锦"的人到底是谁？还有化城亭里老僧所讲的那个青衣女尸和千年骷髅……

虽然是闭着眼睛，却根本无法"养神"。那些神秘的现象，正慢慢聚拢到一起，形成了一只陀螺，在何图的脑子里高速旋转，让何图一阵阵晕眩。这些毫无逻辑的现象纵横交错，扑朔迷离，让何图理不出一点头绪。

何图睁开眼睛，呆呆地看着不远处的青衣江流。

江水浑浊，激流涌动，江面上变换着各种美丽的水纹，在阳光碎片的映衬下，仿佛一只反复转动的万花筒。

浑浊的江水总是给人一种安全与温暖。

浑浊，让人感觉到江水很浅，尽管这是一种错觉；浑浊，让何图儿时的童心重现。小时候在浅浅的泥塘里嬉闹的场景历历在目——好多光着屁股蛋的小伙伴在狭小的泥塘里扑腾着……他们满脸的泥浆，满手的污渍，耳朵根还挂着水草——那种浑浊的水色，是心灵的安全，也是心灵的快乐与温暖。

这种感觉忽然被钩沉起来，何图的心里漾起一层感慨的波澜。

他有一种跳入浑浊江水里尽情扑腾的冲动。

仿佛，那就是自己小时候嬉水的泥塘。

何图将远眺的目光缓缓收回，自然地聚焦在青衣亭下。

青衣亭临崖而建，高不可攀。俯视江水，叫人胆寒。

叫人胆寒的一个重要原因，就是青衣亭下的这片水域不是浑浊的土黄色，而是一片幽黑——这自然让人联想到"深邃"，绝不是"浅水滩"了。"深邃"，即深不可测，深不见底，就是我们常说的"深渊"——这让何图想起了北京密云的黑龙潭。

所谓"积水成渊，蛟龙生焉"，深渊之处，必有伏龙。黑龙潭虽不大，但万丈崖壁下的潭水一片幽黑，让人不寒而栗，让人疑心那条黑龙并非传说——它就潜伏在潭底，"龙"视眈眈，伺机而动。

深，固然可怕；静，同样恐怖。

青衣亭下这片幽黑的水域是平静的，不是水流湍急的状态。这种静态的深渊，远比激流更可怕，就像一双阴郁、深沉、幽冷的眼睛看着你，叫人毛骨悚然。

这样的静谧与深邃，化作寒流来袭，何图的后脊一阵阵发冷。

何图不知道这样的水色之下藏着什么，但一定藏着什么。

也正是因为不知道藏着什么，才让人倍觉可怕。

很多未知的东西总是让人感到恐怖，很容易引起莫名的恐慌。

何图看着临崖的青黑色江水，心里越来越害怕。

越是这样，他的目光越离不开它，紧盯着这片幽黑的水域不放——或许是不敢将目光移开吧。一旦移开，就仿佛临阵而逃，水下的恐怖就会乘机掩杀过来，自己会性命难保。

就这样，与这片幽黑、沉静的江水对峙着。

忽然，那江水有些晃动，像是水底一只巨鳌出水前的动作。

根本没有风，水面却开始泛起一片涟漪。

涟漪一圈圈，越来越大。水面像一面镜子，越来越明亮。

很快，"镜子"成了一个晃动的大屏幕，里面呈现出一个立体世界。何图面对这个神奇的屏幕，几乎是零距离地看着里面发生的一切。

大屏幕上的水波毫无规则地晃动着、闪烁着，像是监控系统遭到了破坏，无法看清其中的影像。

何图首先听到了一阵叮叮当当的声音，有的清脆，有的沉闷，那是开凿隧道才有的声音。接着，有一队队影子在缓缓移动，由远到近，朝着何图走过来——光线异常幽暗，仿佛是在地下。借着微弱的灯火之光，何图依稀辨出，那不是什么绰绰鬼影，而是人影，是一些戴着毡帽，穿着盔甲的士兵，还有很多的石匠和挑夫，他们好像在开凿一条隧道。

一名军官模样的人在巡视、指挥，应该是督造一项巨大的工程。

幽黑的水域，涟漪在扩散，同时也在切换水下的频道。

何图看到了一处更加幽深的暗室。暗室很大，占据正中位置的是一个偌大的石台，须弥底座上耸立着一个奇怪的雕塑，像个牌坊，又像案几，或许都不是——这只是一个雕塑的雏形，零星的几个工匠还在这里继续开凿着，雕刻着，修饰着……

何图分明听到，暗室之外，有阵阵浪潮冲击、拍打礁石的声音。

突然，"咚"的一声，打破了平静的水面。

何图看到的一切瞬间归于虚无，就像突然断电，电脑瞬间黑屏。此时，临崖而建的青衣亭下只有一片静静的幽黑的水域。

何图"啊"的一声，心里一阵恐慌，心也随之落入黑沉沉的江水。

一种失重的虚空。

何图知道不好，落入水面的是自己秋衣口袋里的派克笔。

一阵难以名状的痛惜。

"姗姗！"

何图失声叫出来。

那是姗姗送给自己的生日礼物——皇家经典系列的金色派克笔。

尽管，现在使用钢笔的人越来越少，但姗姗还是选择了派克笔作为礼物相赠——自然意味着文化、品位和一种极高的精神境界。

尽管，在平常的工作与生活中，钢笔的使用率已经很低了，但何图依然将其随身佩戴——这是一种心情，是对姗姗情谊的珍惜与眷念。尽管素未谋面，但他们的心，通过文字，凭借网络神交已久。

有的人，朝夕相处，也难以留下深刻的印象。

有的人，萍水相逢，只匆匆一面，或只是片言只语的交流，便终身难忘。

天涯不再遥远
世界尽在眼前

这是派克笔上镌刻的两句诗，是姗姗对何图的心情。

　　现在，这两句诗连同金色的派克笔，就这样，悄无声息，永远地沉在了黑幽幽的青衣江底，何图心里掠过一种不祥的预感。

　　因为太过突然，何图一下子愣住了，眼看着派克笔滑出，却不知道用手接住，任其落入江中——就像自己的孩子坠落，却纹丝不动，只能傻傻地看着他坠落一般。

　　何图用回忆的慢镜头回放着刚才的情景：

　　那金色的派克笔从衣袋里滑出，不是滑出，俨然是挣脱了某种束缚。也不是"落入"水中，而是"跃入"水中——仿佛是在为何图引路。那派克笔遇水而活，瞬间化为一尾金龙鱼，金盔金甲，熠熠生辉，在幽黑的水体中格外明亮。它在幽黑的水体中做了几个漂亮的旋转舞姿，便悠然沉入了江底，再也不见踪迹。

　　何图明明记得派克笔的笔夹很紧，牢牢地别在秋衣的口袋上。

　　何图还没有七老八十，他没有理由怀疑自己的记忆力。

　　怎么会这样？

## 第四十章　梅兰芳大剧院

　　一周之后，何图带着诸多谜团回到北京。

　　何图办完了所有的离职手续，彻底离开了金鼎集团。

青山依旧在

感情依旧浓

　　尤其是金鼎集团的兰小馨，还是像从前一样，喜欢黏着何图，牵挂着何图的"萍踪侠影"。只不过，她已经真正将何图当作了自己的异性兄长，她在公开场合依然喊"何老师"，但在私底下，或者是留言的时候，已经很亲切地改叫"哥哥"了——因为，小馨已经有了自己心仪的男朋友。

是的，小馨长大了。

这一天，小馨神秘地递给何图一个开口的信封，潇洒地做了拆开的动作。

何图拆开一看，是一张门票，票面赫然印着：

俄罗斯皇家芭蕾剧团芭蕾舞《天鹅湖》

日期（Date）：11 月 12 日 19 时

场馆（Venue）：梅兰芳大剧院

座位（Seat）：3 楼 6 排 9 号

地址（Add）：西城区平安里西大街 32 号

何图心头一热，眼中有热泪滚动。

自己确实说过很想观看一场由俄罗斯皇家芭蕾剧团演出的《天鹅湖》，但是一票难求，这样的机会是可遇不可求。

何图自己都记不清是什么时候说过的事情了，大约是去年。

小馨一直记着呢。

于是，她时刻都在关注这样的机会，等待着俄罗斯皇家芭蕾剧团的演出队进入北京。

"你这丫头真鬼，从哪里搞来的票？"

"这你就别管了！记得欠我一个人情就行了，嘻嘻！"

"好好，我欠着，以后再还！"

兰小馨最喜欢何图叫她"丫头"，这是亲人之间一种特有的称呼，最为受用。"丫头"和幸福感已经紧紧地连在了一起。

因是这样，何图自然也没有对小馨表达一个"谢"字。

她知道，亲人之间不言谢，否则就生分了，他懂小馨的内心世界。

有这样一个可爱的妹妹关心自己，真是前世修来的福气，何图知道，面对一种真诚与亲情，领受才是最人性的表达。

18 点 50 分，何图提前 10 分钟坐在了舞美设计极其考究的梅兰芳大剧院。

何图也是第一次来这里，不由得打量起大剧院里的一切。

这是一座具有中国特色的演出场所。朱红的立柱，辉煌的灯光，雍容高贵的座席，与凹凸有致的白色墙壁、起伏延绵的天花板交织成趣，既有中国古典的特征，也不乏现代的设计风格。

从何图左侧狭窄的过道挤过来一个女孩，估计是急着赶路，额头出了一层细汗，何图闻到了一股茉莉的清香。

"对不起，先生，我过去一下，好吗？……"

清晰而柔细的声音伴随着良好的素养。

"不客气，您请……"

几乎是同时，何图起身，很礼貌地腾出一些空间，让女孩过去。

"谢谢您，先生……"

何图心里一热，女孩语气中特有的温存之花，与脸上涟漪般的笑同时绽放，留给何图的是夏花般的灿烂。

女孩迅速找到了自己的座位：11 号，何图的座位是 9 号。

11 号在右侧，紧靠着 9 号，紧靠着何图的右边。

何图并不是遇见一个漂亮女孩就喜欢盯着人家看的那种男人。

因为隔得太近了，近得可以听见女孩微微急促的呼吸——她的气息里依然是隐隐飘逸的茉莉清香。

何图不由自主地将目光倾斜一些，打量起那个女孩。

不算好色吧，应该算是对天地间"艺术品"的欣赏。

何图自己都觉得，这显然是在"美化"自己"邪恶"的心情，给自己找一个自我安慰的理由罢了。

就在刚才，女孩体态袅娜，莲步匆匆，轻盈灵动，宛如一只粉蝶飞过田垄……而现在，她已经静坐一隅，娴静美好，恰似一株悄然开放的晚香玉。

她皮肤白皙柔嫩，戴着一副斯文的眼镜，给何图"窗含西岭千秋雪"的感受。她的脸比一般的"瓜子脸"更加丰满圆润，眼睛、鼻子、嘴巴等五官配比极为匀称，属于天然的"黄金组合"。乌黑发亮的头发被束成一条漂亮的"马尾巴"，在脑后轻盈地摇曳着。纯白而略微轻透的白纱上衣十分合体，半圆的袖口，半圆的衣角，有些像江南茶艺女子特有小衫的款式——与她雪白的皮肤和谐地"组合"着、映衬着，像是雪地上一只灵动的银狐。

黑色的短裙，刺绣着暗纹。那裙幅优雅地垂下来，轻微地摆动着——这让何图想起，在原野上，有一只落在草叶上休憩的蝴蝶，那两扇美丽的翅膀，一开一合，与晨曦朝露相映成趣。

青春、静美、灵动！这几个词像是深秋的五角枫，曼妙地飘下来，贴在了何图的胸前，成了三枚令人艳羡的勋章。

何图的打量和浮想，女孩似乎有所察觉，但她只是略一侧身，眨一下眼睛，避开何图的目光，微微一笑，纯粹而神秘。

一个熟悉的陌生人！

女孩的下意识里浮现着这样一句话。

倏然之间，她心灵的屏幕上闪现出鲁迅《伤逝》里的主人公的影像——涓生，那个儒雅、冷峻，有些清瘦但飘逸着几分潇洒的人。

也是曾经多次到她梦里来的人。

想到这里，她哑然失笑，笑自己有些"花痴"。

虽然算不上"玉树临风"，何图的绅士之风和儒雅之态历来也颇受异性的好感，属于"异性缘"极好的类型。

对于何图的"青睐"，女孩自然有一丝羞赧，但心中的一池春水却已经微微荡漾起来。


## 第四十一章　天鹅湖

芭蕾舞剧《天鹅湖》在柴可夫斯基经典的乐曲声中拉开序幕。何图目不转睛地盯着舞台上，不断地暗示自己：

"这是经典，这是经典，不要放过剧中的每一个细节……"

他在极力调整心态，想让自己沉浸到经典的艺术审美之中。

尽管如此，他还是无法做到"心无旁骛"，他总会在暗弱的光线下有意无意地看一眼身边的这个女孩，尤其是那双柔善美丽的眼睛。

或许是心理学上的"移情作用"吧，观众经常不知不觉将自己幻化成剧中的某个人物，觉得自己就是剧中的某个角色，与之同呼吸、共命运，所谓"千红一哭，万艳同悲"。

何图自然将自己与剧中的王子齐格弗里德连成了一体。

此时此刻，何图心里涌起的万般感受俨然就是王子的内心世界。

关注、寻找、爱慕、思念白天鹅自然也成了何图心灵的主题。

第二幕《相遇》开启。

已经变成了白天鹅的奥杰塔公主开始在剧情中出现。

尽管，恶魔的毒咒将她变成了一只天鹅，但她仍不失公主的端庄和高贵。

如泣如诉，如歌如颂的旋律《天鹅之舞》缓缓响起的时候，何图竟有些不能自持了。在少年时，这支曲子就曾像一片金黄的银杏叶，悄无声息地落在他心灵的园地上，朦胧又清晰，清凉也温暖。那时只是觉得这支曲子美妙悦耳，令人心旷神怡，很抒情，能唤起一种莫名的感动，却丝毫不知道曲子所表现的主题。

而现在，《天鹅之舞》的经典乐曲伴随着奥杰塔的独舞，让何图朦胧了二十年的画面彻底清晰起来，明朗起来。

随着提琴和竖琴的颤音，伴着芭蕾独有的各种天鹅舞姿，舞曲中的美丽、温柔、怀思和伤感，宛如一场淅沥的春雨，无声地滋润着何图的心田。

那王子就是何图，就在天鹅湖畔，就在现场，他亲眼目睹了奥杰塔的《天鹅之舞》——剧中的天鹅之舞，优美柔弱，孤独动人，浓郁的悲剧色彩竟让何图心灵呜咽，黯然神伤！

他忽然想起身边的那个女孩，从自己身边飘过田垄的那只粉蝶，不，应该是从湖面游过来的那只天鹅——穿着白色纱衣，轻盈、美丽得像白天鹅一样的女孩。

何图不由自主，再次悄然侧目，透过她雅致的眼镜，何图看到了她眼角闪烁的泪光。

何图的神思飞扬起来——在月色如水之夜，何图依照约定，来到天鹅湖畔。那是身着白色纱衣的女孩优雅地端坐在椅子上，还是一只美丽的白天鹅漂浮在水面？舞剧中天鹅公主的形象与剧场中端坐的女孩完全叠加在一起看不分明了。

随着演员优雅的谢幕动作，台下掌声如潮。

剧场的灯光突然全部打开，亮如白昼。

中场休息的时间到了。

很多人开始从刚才的剧情中走出来，做出各种放松的动作。

身边穿白色纱衣的女孩显然意犹未尽，丝毫不显倦怠。

她拿出粉红色的手机，下意识地开启了QQ：

"啊"

何图惊讶得差点失声叫起来。

因为隔得太近了，何图只是无意一瞥，便看见了女孩QQ页面上的两个内容：

头像：心形的水晶挂件——"洞庭草青"

QQ名：媿媔。

何图的惊讶、愕然，自然与超越时空的一场邂逅有关，这是一场无声的邂逅。

是的，眼前这位白天鹅般的女孩正是自己在网易博客神交已久却从未谋面的一位博友：媿媔。

何图喜欢喊她"媔媔"，他不喜欢那个"媿"字，听起来像"鬼"的读音。

　　婳婳的生日，何图曾送过她一枚心形的水晶挂件。"心"的周围长着一圈青绿的晶体。从视觉上进行审美，何图自然就将其与宋代著名词人张孝祥《念奴娇过洞庭》里的意境连在了一起。于是，何图给它取了个很有诗意的名字——"洞庭草青"。

　　婳婳很是喜欢，喜欢心形的水晶，喜欢"洞庭草青"里面的审美意境——她将"洞庭草青"作为自己QQ和博客的头像了。

　　她回赠何图的生日礼物正是落入青衣江底的那支金色派克笔。

## 第四十二章　茶度之约

　　下半场的《天鹅湖》依然精彩纷呈。

　　何图此时早已心猿意马，怦然心动。他在暗弱的光线里不住地打量着身边的婳婳，沉醉在一幅艺术作品的审美之中。

　　在何图的神思中，那端坐在静夜的婳婳与剧中白天鹅的影像总是不断地交织与重叠，高雅、娴静、忧郁、圣洁、美丽……这样的感受在何图的心湖泛起圈圈涟漪，层层荡漾着。

　　剧情，依旧在一波三折中进行。

　　白天鹅的独舞，孤寂、凄清，表现了被魔法囚禁的心灵之痛。

　　白天鹅与王子的双人舞，描述的是他们为解除魔咒不惜在天鹅湖里双双殉情的场景——坚贞的爱情，终于让奇迹出现，魔咒被解除，奥杰塔与王子相依相偎，沉醉在浓浓的爱意与温情之中。

　　何图下意识地靠近了婳婳的衣袖，像天鹅公主依偎着齐格弗里德王子一样——他再次闻到了一阵隐隐的茉莉清香。

　　在博客世界，何图与婳婳很熟稔，甚至可以相互挑逗、调笑，隐隐表达一种暧昧的情义，彼此都心领神会但都不会轻易说出那一个字。

　　而在现实世界，他们却很陌生，陌生到见了面却不敢发声相认。

　　确切地说，不是"不敢"，而是"不愿"。

　　现实与理想有着太过遥远的距离，有着太过相反的结果——这也是何图不愿将现实与理想混淆的一个重要原因。

因是这样，何图不愿让现实世界中诸多的鄙俗破坏那种如梦如幻的宁静和美好，不愿让现实世界中杂乱的尘音惊扰彼此之间如慕如怨、如歌如舞，诗的世界。

何图依依不舍地离开梅兰芳大剧场，心里顿时涌起"依依惜别"的感受。

婳婳走出剧院的大门，下意识地回头，想再看一眼那个像"涓生"的人。

人性就像一只"心猿"，总是难以制服。

或者是刚刚被"制服"，一转眼又故态复萌。

何图最终还是无法兑现内心的自我承诺，他在博客的"短消息"里向婳婳娓娓深情地表达着梅兰芳大剧场里的那场神话般的奇遇。

婳婳回转过来的信号没有文字，只有一个"汗"的表情和"哭泣"的神态。

何图知道，这个表情里除了遗憾之外，还有惊喜和感动。

婳婳迅速而完整地回忆起了梅兰芳大剧场里身边那个像"涓生"的人，儒雅、冷峻，有些清瘦但始终飘逸着几分潇洒的人，也是曾经多次入梦的人。

或许是"涓生"看她的第一眼，和她说的第一句话，他的影像就已经深深地印在婳婳脑海里了。

何图在网易博客上的名字叫"图腾"，头像是鲁迅小说中"涓生"的形象——那是老电影《伤逝》中的男主人公，著名演员王心刚扮演的"涓生"。

世上很多事情就是那么奇怪。

当两个人都沉浸在文字里，只在文字里相遇、相识、相交、相恋的时候，心湖里始终是一种常态的宁静，没有一泻千里的激流，没有燃烧一切的烈火，没有失去理智的冲动。那弥漫于字里行间的深情，只化作一片月色，消融在微寒的秋夜——

情怀隐隐凉如水

任是温情也动人

那种甜蜜和幸福——

静谧如春夜，清凉若秋水。

璀璨似北斗，温馨犹梦境。

文字里的感动是默默的，隐隐的，久久的，是高于现实的美好！

博客里的情怀是凉凉的，静静的，纯纯的，是超越时空的纯真！

然而，当何图在梅兰芳大剧院与婳婳不期而遇之后，一切都变得错乱起来。

首先是何图，有些食不甘味，寝不安席了。

偶然相遇，犹如百川归海，思念的潮汐涌来，惊涛拍岸，卷起千堆雪。

怦然心动，宛若心灵火炬，点燃了一纸情怀，枫火蔓延，烧毁万重山。

其次，便是婳婳，聆听着何图传奇般的表达，仿佛是在听另一个版本的《天鹅湖》。婳婳的眼里一闪一闪，那是暖阳的眼泪，跌落在天鹅湖中，成为美丽的碎片。

她和何图的心情一样，很想面对面地互相欣赏，用眼睛，用心灵，用一切感官来感受对方的存在。在亲切、温馨和幸福的时光里，为对方做一次灵魂上的审美观照。

曾经，博客世界像一座心的禅寺，灵的修道院。那里只宜文字纵横，不容人物点缀。尽管，谁都不能越"雷池"一步，但那种海市蜃楼般的虚幻却美到了极致，成为典范，令现实之美汗颜。

人生若从未曾见。

或许，两个人永远沉浸在憧憬和寄托之中，唯心永恒。

然而，自从在梅兰芳大剧院的"天鹅湖"邂逅，博客世界的坚墙开始变软，文字国度的厚壁开始变薄，软得像游丝，薄得像白纸，谁都可以越过，轻易地穿透，轻松地来到现实世界。

"相见不如怀念？"

还是"相见，更加怀念？"

或是"怀念，也盼相见？"

何图和婳婳不约而同地纠结着。

终于，他们跨出了文字的藩篱，摆脱了网络的缠绕，决定"潇洒走一回"——他们把再次相见的"心灵之约"定在了一个周末的晚上，相约北京崇文区的一座茶楼——"茶度"。


## 第四十三章　燃烧的江山

与梅兰芳大剧院那次无声的邂逅相比，今天算是一次完整的晚约。

到了深秋，明显不同，"天阶月色凉如水"。隐隐间，有寒意来袭，叫人瑟瑟。

月儿很圆，但有一丝云拂之不去，有些朦胧。

"图腾"的真名叫"何图"，"婳婳"的真名叫"骆婳婳"，但在此之前，彼此并不知道。

尽管是网络，彼此也可以"神交已久"。

他们一同走进了爬满"青藤"的"茶度"，挑选了回廊最西边的一角茶座——那是一个被枝叶遮挡、被青藤环绕，颇具诗情的茶座。月色如水，透过青藤的缝隙洒下点点明月的光辉，映在何图与婳婳的身上，像是卧在水草里的两条自由的鱼。

世间很多事情就像拼图一样，只有拼起来，组合之后才能显现一个完美的整体，才能看到事物的本相，继而产生顿悟与惊喜——就像这两个小儿女一样，冥冥之中，"图"与"画"的名字已经暗示了某种玄机。

他们没有拘谨，没有羞涩，没有丝毫的尴尬，唯有脉脉深情。

是的，在他们心里，网络与现实同样美好！

在古典、雅致、婉约的"茶度"里，何图与婳婳俨然就是两片入水的茶叶——两片相依相偎又彼此特立独行的"竹叶青"。

入水的竹叶青，起初，像两枚绿针，将自己拘谨地包裹起来。

先是徜徉，相互谦让着，谁也不愿抢先去享受那片澄澈的水世界。

他们相视一笑，欣赏着玻璃杯里的竹叶青——那竹叶青逐渐展开了针形的叶子，宛如婳婳舒展曼妙的长袖，又似何图临风飘举的秋衣……很快，何图牵着婳婳的衣袖，在如水的月色中缓缓走进了一个空明、澄澈、碧透的世界。

他们是两枚无核的红果，在一个成熟的季节，落入酒桶——茫茫夜色，他们与月魄精光一起发酵，酿成了一桶稀世的红果酒。

有人说，世间所有的相遇都是久别重逢。

何图和婳婳都不以为然，他们觉得只有一见如故，似曾相识，彼此都有心灵感应的双方才是"久别重逢"的典型，离别在前世，重逢在眼前。

其余的相遇呢，充其量不过是萍水关系——匆匆相遇，又匆匆别过，很快，就会淹没在茫茫人海之中，谁也不会记得，就像潮来潮往，就像天边的流星划过夜空。

很多人喜欢并推崇纳兰性德的"人生若只如初见"，字里行间流露的是"初见"的美好。很多痴男怨女总是将爱情的"理想与完美"寄托于"人生初见"，希望这种"初见"的美好在时光中停滞，在空间里定格，永远伴随着自己。

"初见"的美好更多是一种被"美化"过的感觉。这种美好的感觉是不食人间烟火的，是缥缈的、易变的，就像海市的幻景。有许多"初见"的"美好"开始在日复一日中成为"明日黄花"，有多少"初见"的"浪漫"最终在现实生活中风雨飘摇。

婳婳与何图一样，都无比珍惜"初见"的美好。同时，他们也坚信，"初见"之后，依然美好，就像陈年老酿的"女儿红"——在漫长的岁月中会变得更加浓郁和醇香。因为，他们会逐步从天上的"理想国"来到人间，将现实与理想，尘世与心灵融合为一。

初见时刻，是理想之美。

初见之后，是成熟之美。

第二次相见，他们都有"旧相识"之感。

姗姗说起何图的一首题画诗，依然是一脸的灿烂，闭上眼睛，回味着曾经的余香，再次随口诵读出来：

> 泊舟心
> 柳眼软晨曦，荷肩拔秋绮。
> 泊舟幽碧处，静观著心仪。

姗姗是一个文学素养、艺术天分极高的女孩，尤其在艺术审美方面，审美的视角独到，品赏的心灵细腻。

她觉得诗里的这个"软"字就像一块"软黄金"，极为珍贵。一个"软"字，将深秋"柳眼"的情态生动、形象地表现出来了。因是秋晨，所以软绵、无力，一副睡眼惺忪的情态。柳眼之"软"，不仅"软"了自己，而且"软"了"晨曦"，晨曦初现，其光泽、色彩、质感，无不与"软"字关联。

柳眼之软，荷肩之绮，都是对良辰美景超凡脱俗的联想，以物喻人，大胆新奇——姗姗由此及彼，由表及里，从这首小诗里，她看到的是何图的美好心灵。何图很内秀、很细致，也是一个珍惜美好事物之人。

"静观著心仪"则让姗姗的视觉开始转换，心灵之眼彻底打开——她看到了一个儒雅、冷峻，有些清瘦但始终飘逸着几分潇洒的人——他不喜群居，不爱热闹，默默独赏窗外的风景。他略为伤感，更充满深沉——他喜欢观察、欣赏、沉思，之后便静静地在自己的蜗居里静静地写着自己心仪的文字。

徜徉在诗意的评赏里，神游在画意的联想中——姗姗的心杯里盛满了感动，有些心驰神往——那个时候，她就很想与何图有一次晚约，哪怕是一次无声的邂逅，或者是擦肩而过。

何图呢？

早将姗姗送给自己的诗章作为今生的"图腾"，作为一世的珍藏。何图QQ的头像是一位仗剑的古代武士，驾着战车，飞奔向前。

凝视何图的头像，沉吟良久。在姗姗的眼里，那辆从远古驶来的战车以及战车上的武士，正是何图的形象，更是何图灵魂曲折的闪现——严谨、冷峻、果敢、深沉，还有满腔的热血豪情。

姗姗心有所感，情有所动，一气呵成，信笔写就了《燃烧的江山（并序）》，在何图生日那一天，以此相赠。

燃烧的江山（并序）

序：

前世，你梦回千里，铠甲蒙尘，难舍旧战场
今生，我魂牵万点，梨花带雨，不负山水长


马蹄嘚嘚
你驾的銮车
从东晋，越过晚唐
推开我辽阔的疆土


梦回八百里号角
金戈铁马
扬起了一场飞雪
铜镜里，你唤我
在你的江山里入住

此去经年
我在你伫立过的地方，掌灯
引燃的灯火
还原春水的颜色

本该有一场倾心的诉说
耳边的厮磨
缝补腰间的落寞
我穿梨花衣，佩玉连环
你饮女儿红，舞幽兰剑

谢你
赠我的一城烟火
那燃烧的江山
及半生的清愁
却无法——向你提及

《燃烧的江山（并序）》像一曲咏叹调，何图一口气读完，不由得感慨万千，临窗落泪——姗姗用情至深，深入骨髓。

一首《燃烧的江山》如烽火孤烟、似号角争鸣，又宛如大纛猎猎，用精准、灵动、豪迈的文字展现了何图灵魂深处一幅波澜壮阔的人生画卷。

姗姗说，《燃烧的江山》里所有的意象不是流自笔端，而是源于心灵的感应。她说，她的的确确看见了何图在《燃烧的江山》里驾车舞剑，醉心红颜。

隔着荧屏，心相通，灵相应。

姗姗说，《燃烧的江山》文字里描绘的一切，不在来世，就在前生。

何图内心涌起感动的洪波，幽幽地说，是前生。

## 第四十四章　洞庭奇遇

何图约姗姗去北京地坛看银杏叶，时间约在下周六。

可是，还没等到双休日，一场寒雨骤然而至。

满地的落叶，青的、黄的、红的，万千精灵，一夜之间，惨然陨落。

紧接着，一场暴风雪来袭。随着"十面埋伏"悲壮的音乐响起，漫天羽镝飞扬，卷地钢刀闪亮，飞雪成阵，带甲百万，一夜之间，雪拥蓝关，对手全军覆没——陨落的银杏叶，满地堆积，终为厚厚的白雪彻底覆盖——再慢慢冷却，结上了冰霜，不留给人们一处凭吊的战场。

曾有多少看银杏叶的心，点亮着辉煌的灯火，却都在早来的冬雪里熄灭了。

尽管，外面还没有千里冰封，心里却真真切切，万里雪飘了。

冬天是沉睡的季节。

窗外的飘雪，像洁白的音符，隐隐的天籁，正伴着姗姗入眠。

姗姗盖着厚厚的雪绒被，享受着温暖和舒适。

青青的小麦被白雪覆盖着，在清新、凉爽的梦幻中拥抱着春天。

冬天是做梦的季节。

姗姗是不是在做梦，自己也不能确定。

姗姗从北国的雪绒被里走出来，一直朝前走……

就像切换频道般的迅速与神奇。瞬间，姗姗的眼里尽是美丽的秋光，旖旎的秋色了，丝毫都没有冬天的痕迹。

姗姗有些迷茫，但内心却充满了欢欣。

秋天是明净的，澄澈的，空明的，就像沉浸在一块偌大的天然水晶之中；秋天，能够让人静心、沉思、彻悟，灵感飞扬，是姗姗最喜欢的季节。

于是，姗姗安然地坐在自己的桌案前。

透过镂空的窗棂，便可以欣赏枫叶如火，秋水澄碧的美景。但此时，婳婳只是托腮沉思，目不转睛地看着墙壁上挂着的那枚玲珑剔透的水晶挂件——婳婳有些心醉，隐隐听得有谁在反复地吟咏两句诗：

方寸藏万物
锦心走天涯

这样的吟咏，仿佛是在念动一种真言。倏然间，将婳婳变小，变小，最后完全融进了那枚心形的水晶挂件里去了——那是何图赠予她的生日礼物"洞庭草青"。

慢慢地，小小的心形水晶挂件变得柔软起来，且逐渐蔓延开去，终于稀释成了一湖澄澈的秋水。

婳婳披着自己最喜欢的青色披风，亭亭玉立于洞庭湖畔。

是的，是洞庭湖，她确信——尽管，婳婳从来都没去过洞庭湖。

眼前铺开的一切，正是"洞庭草青"里的画卷。

远看，湖光山色，秋水如镜——玉鉴琼田三万顷，扁舟一叶著我心。
近观，两岸草树，翠色点点——怡然心会襟袖冷，绿杨花扑一溪烟。
……

一阵飓风来袭，湖底仿佛有一股巨大的暗涌，瞬间将湖面卷成了一朵美丽的"白莲"。状如"白莲"的"莲心"部分立刻深陷进去，形成了一个巨大的旋涡，仿佛是深不见底的"天坑"。

"莲心"的旋涡飞快地旋转，整个洞庭湖被越拉越长，最终形成了一条无边的水砌长廊——仿佛一直通向海底的"水晶宫"里去了。

婳婳不由自主，顺着这条水砌的长廊朝前走，脚步轻盈得像一尾跳波的小鱼。

不知走了多久，前面的长廊变幻出青绿色，由之前的"水晶长廊"过渡到"翡翠长廊"了。

更为奇妙的是，这种青绿氤氲，如薄薄的绿雾笼罩着，滋润着，宛如一幅立体的青绿山水画卷。徜徉其中，全身心都被绿雾浸染。

婳婳真正体会到王维诗中的"空翠湿人衣"的意境了。

婳婳继续沿着"翡翠长廊"向前。

偶一侧身，隔廊可见一处原始村落，原始而宁静，古朴而温馨。分不清是哪个世纪，辨不出是哪个季节。单从色彩和景物上看，这原始村落，像一幅水墨画，虽然不见有人活动，但婳婳却能感受到这里弥漫着人类温暖的气息。

鹤立于村落的主体建筑，是一个高大的石洞，在洞顶的下方，赫然凿着三个黯淡的象形文字：


### 玉女房


这是在哪里？

婳婳不解其意，纳闷着，继续朝前走。

"翡翠长廊"逐渐变得幽暗起来，仿佛正走向一条"幽冥隧道"——婳婳感觉得到，这是进入了深邃的海底。

婳婳的视线也开始变得模糊，勉强辨得清脚下的水路。

婳婳心里有些失重，感觉到自己正朝着海底某处深渊而去。

也不知走了多久，幽暗的长廊到了尽头——挡在正前方的是一座庄严的山门，又像诡异的城堡。两扇巨大、厚重的石门几乎是无缝对接，严严实实，牢固地守护着里面的世界。

石门上方的正中位置高悬尘封的匾额，上书三个黯淡的大字：


### 青衣坛


婳婳心里恐慌，慌不择路，回头欲走。冷不防，一张罗网迎面罩来，将婳婳网罗进去，捆绑得严严实实，几乎窒息。

婳婳大呼何图。

婳婳梦醒，罗衫薄汗，一阵阴冷。

窗外，依旧白雪飘飘。


## 第四十五章　灵宝塔里的"卍"

午饭之后，雪依然不紧不慢地飘逸着。

开始是踏雪寻梅去的。寻梅不遇，何图便在白雪覆盖的大地上奔跑起来——这是他多年的运动习惯，即使三九严寒也不曾中断。

很快，何图成了一个运动着的"雪人"，而且是个早到的"圣诞老人"——头发、眉毛、衣服、鞋子上都是厚厚的雪。

这个园子很大，就在何图住的小区附近。

园子虽大，但在平日也显得拥挤不堪，那些散步的、竞走的、跳操的、带着孩子玩耍的，像是一个池子里放养了太多的鱼，总有缺氧的感觉。

而此时，偌大的园子仅存一色，仅存一人了。

这让何图无比快意，"俱怀逸兴壮思飞"吧，竟没头没脑想起了"江流天地外，山色有无中"这句诗来，连自己都无法自圆其说，但他心里涌动的确实就是这样的画面。空旷、纯洁、寒美，给他带来了独享的快意，但这种快意很快就被一种莫名的悲凉冲淡。

他的心和雪一样冷。

他好像在发泄、好像在复仇，也好像在自虐，用他一刻也不停的双脚。

大雪依然纷飞，一层层地将地表加厚。

雪花覆盖了他的头发、眉毛，甚至迷乱了他的视线——他索性闭着眼睛，凭着记忆，沿着土丘的周围展开有始无终的环形奔跑。


闭上眼睛，却看见眼睛。

睁开眼睛，也失去眼睛。

这是何图一生中最真切的感受。

每当何图闭上眼睛的时候，总能看见很多美丽而奇异的景象，甚至可以看见自己眼睛的形状和里面清澈的瞳仁，映照着清晨的霞光。

只要睁开眼睛，一切便不复存在。

何图知道，这不是梦，是自己双眼之外的另一只眼睛——他想起了安徒生的《卖火柴的小女孩》，想起了小女孩在火光中看到的种种异象。

闭着眼睛，依然能看见天地之间的纯白色。

奔跑，是一种炼狱，还是一种飞仙？苦行着，也快意着。

他觉得大脑不是自己的，两条腿也不是自己的，就连呼出的气息都不是自己的——他不知道奔跑的人是谁，不知道为什么奔跑，更不知是奔跑还是飞升？铺满道路的是雪还是云？

他感觉自己正慢慢消失。茫茫的雪地里，只有一缕洁白的灵魂飘散在雪烟中。

他浮在了空中，看着雪地上奔跑的那个年轻人，像自己，又觉得不是。那些凌乱的脚印蜿蜒成了一些蝌蚪文，何图总觉得应该是一篇跟祭祀有关的主祷文。

何图觉得这个世界上总有两个自己，一个在雪地里机械地奔跑，像行尸走肉；另一个在天空自由地飞翔，像飘逸的精灵。他们有时像两条平行线，互不相干；有时却又遥相呼应，感同身受。

一个何图在园子里闭着眼睛奔跑。

这个园子设计得很别致。除了点缀用的水池、小桥、曲径、石阶、凉棚藤架之外，主体的景物便是凸起的小丘——它占据了园子面积的三分之二。小丘并不小，高大、厚重，有些像帝王陵寝的"宝顶"。"宝顶"上建有雪白的亭台和朱红的凭栏，还有供人歇息的长椅。"宝顶"的下方，自然就是环形的小径，很幽静，也很别致。小径的每处路段，铺就的石材都不一样，有的路段用鹅卵石，有的路段用青石磨盘，还有的路段用嶙峋的怪石，虽是犬牙交错，却也错落有致——而现在，何图的脚下除了一片白色，其余什么都看不见。

另一个何图呢？

正在天空中与雪片一起飞翔，那雪片聚散离合之后，竟化作雪辇香车，载着何图朝远方而去。

很快，他又回到了凌云山，只不过，这次他是在云端，俯瞰这里的一切。

他想起了那次在前往乌尤山的途中，自己回望"睡佛"的情景：

那"睡佛"隆起的腹部，恰似帝王陵寝的"宝顶"——这本算不得什么新奇，诡异的是灵宝峰上的灵宝塔，就像一把开启某个秘密之门的钥匙，牢牢地插在"睡佛"的"脐眼"之中。

脐眼，是人体连接内部，通向外部的"黄金分割点"。这里，可以连通内外，让生命的周天正常运行。练武之人，常将"脐眼"作为修炼上乘武功的"气门"来加以保护。一般，这样的地方比较隐秘，难以寻到，但万一被对方窥破，"脐眼"就成了被对方袭击的最要害的部位，就像黑熊胸口的半圆形的"月牙"——有经验的猎手，在与黑熊搏斗中，只要瞅准机会，将短刀插进"月牙"，那黑熊便登时毙命。

三山相连，形成"睡佛"，"睡佛"又现"脐眼"，"脐眼"仿佛"锁眼"，插着一把神秘的"钥匙"——灵宝塔。

这是一串心灵的密码，其中的象征和暗示不言而喻。

灵宝塔里有个声音在告诉他，这里，正是开启大佛宝藏秘密的钥匙。

像是受到了什么启示，何图飘然而至灵宝塔前，从塔的西门摸索着进去。塔的内壁共凿有八处"圭"字形券龛，前面的七处券龛里都有一尊佛像，唯独最后一个券龛里雕着一个"卍"，很像房门上可以左右开启的把手——何图想起了在乌尤殿里那次梦魇般的奇遇。没错，在乌尤殿梦魇的时候，看到的也是一个"卍"，和眼前这个"卍"，大小、颜色、雕工一模一样。

何图按照顺时针方向，闭上眼睛，用力扭动"卍"形的把手——

何图顿觉一阵透心凉，他心里一惊，睁开了眼睛——原来，闭着眼睛奔跑的何图撞到了路旁一棵树，枝丫里托着厚厚的一层冰雪，有一绺冰雪洋洋洒洒，奇袭了何图的脖颈。

何图放慢了脚步，停止了奔跑——云端那个飘浮着的何图一下子坠落下来，落在了小区的花坛旁。

花坛旁边伏在地上的矮松被一层白雪覆盖着，只露出基本的形状，活像雪国的八爪章鱼——那章鱼，被雪掩饰着，伏在那里，当何图经过时，它猛地伸出一两个触手来抓何图的裤脚，何图惊出一身冷汗。

## 第四十六章　意外的图解

生命在于运动，精魂也是。

精魂，或者可以称为生命的元神，它是白色的，六角形的，如雪花般——那是一个承载着生命，演绎着前世今生，时刻都在飞旋的法轮。

精魂很轻，轻得如同虚无——它就藏在心灵最底层那座隐秘的小房子里。它虽然存在，但却需要被"运动"唤醒——这个运动必须是闭上眼睛，心无旁骛的。这可以用舒缓的、轻柔的、静心的、虔诚的冥想音乐来协助完成——何图在夜色中"运动"着，静听着小提琴演奏的《金色之翼》。

精魂被唤醒了就会活跃起来，然后飘逸在身体之外，与你同行——你看不见它，却能感受到它的存在。它也会飘逸到很远的地方，但它很快就会回来，这有些像孙悟空的"分身术"。

一个何图在漫天飞雪的园子里奔跑，另一个何图呢，再次超越时空，浮在云端，来到了麻浩崖墓附近那个神秘的洞穴——他伫立在那座神秘的石碑前，那石碑上刻着与北斗七星对应的山川地理图。

耳边响着《金色之翼》的旋律，闭上眼睛，用心解析着这张神秘的地图。

那属于秋季的北斗七星，那天权座，对应着山川的"制高点"——那"制高点"正是凌云山上的灵宝塔。

北斗七星中以"天权"光度最暗，是最朦胧最隐秘的一颗星，但它居于"斗魁"和"斗柄"相接之处，好比是勺头和勺柄的连接处，这个位置很关键，"牵一发而动全身"就是指这样的关键位置——没错，灵宝塔就处在这样的位置。

在图上，灵宝塔处于北斗七星中"天权"的位置。

在"睡佛"的造型里，灵宝塔又"插"在"睡佛"的"脐眼"位置。

这绝不是巧合，而是相互印证，这是秘而不宣的某种暗示。

那其他的几个星座对应的点到底是什么？

北斗七星的斗勺部分对应的正是"睡佛"的"佛头"，而位于"佛头"的最上方的"天枢座"对应的则是乌尤山——天枢座，顾名思义，是中枢，是首脑，是中心。更确切一点，"天枢座"对应的是乌尤寺，再精准一些，"天枢座"的对应点就是那神秘的"乌尤殿"——他想起了乌尤殿里鬼王背后那个神秘诡异的"卍"把手，那个操控一切的枢纽机关。

何图有些激动起来，仿佛神示一般，心窍顿开。

循着蛛丝马迹，顺藤摸瓜，何图已经在不断地朝着那座神秘的地下玄宫接近了。

除了"天枢座"对应"乌尤殿"之外，何图总觉这里还少了什么。

他再次闭上眼睛，让心灵之眼打开，让一切更加清晰——他的心灵之眼就像一架精密的紫外线电子扫描仪，探测着，扫描着碑上的每一处，哪怕是空白处。

也像一个显微镜，尽力地将碑上的路线图放到最大。

忽然，有一个极其细微的小圆点映在何图清澈的瞳仁里了——小圆点正处于"天枢座"的垂直下方，也就是乌尤寺的正下方。

很显然，这小圆点并不是什么隐藏的星座，更不属于北斗七星系列。

细细看过去，那小圆点倒像是个世界上最小的石头房子。

这是哪里呢？

乌尤寺的正下方是青衣江。

何图忽然想起乌尤寺的那副对联：

江神上古雷堆庙
海穴通潮玉女房

很显然，这世界上最小的"石头房子"对应的是乌尤殿下方的青衣江，对应着青衣江江底的某个地方。

青衣江底莫非真有青衣神居住的"玉女房"？

那次梦入暗河，与两个青衣女子相遇，一路尾随至"玉女房"的场景历历在目——自己"人"在乌尤殿的僧房沉睡，而"魂"却在青衣江底畅游，而且就在乌尤殿的下面。

如果真是"玉女房"，这"玉女房"又通向了哪里？根据下联的解释，玉女房就在乌尤山下的青衣江底，而且它可以一直通往洞庭湖。

那"玉女房"和大佛藏宝有什么关联？

想到这里，何图越发茫然，探秘之心也越发强烈起来。

提起"玉女房"，自然让何图想起叫方锦、翡儿的两个青衣女子，还有只闻其声不见其人的"圣母"——还有化城亭下葬着的那个青衣女人——这些，就像一团迷雾，在何图心里纠结着。

他要理出其中的头绪，他要找出其中的关联。

按照地理位置，"天璇座"自然对应了麻浩崖墓，而"天玑座"正是凌云大佛的所在位置——其余的呢，"天权"对应灵宝塔，"玉衡"对应凌云寺，"开阳"和"摇光"对应着龟城山的两个位置。

何图的"心灵之眼"继续在碑图上"扫描"着，他不敢放过碑图上的任何一处蛛丝马迹。

很快，何图便看出某种怪异来——北斗七星中的"天玑座"下方多出一个"星座"来。

这个"星座"明显小多了，而且很模糊。

很显然，这个"星座"与北斗七星没什么关联，或许根本不是什么星座，只是有些相似罢了。

那这是什么呢？

"天玑座"对应的是凌云大佛。

而这个"星座"位于"天玑座"的下方。

何图顿悟——他自然将其与刚才发现的"小石头房子"联系起来。

接着，灵光一闪，猛然发现，这个"怪异的星座"与"小石头房子"处在了同一条水平线上，而且有一条波状细线穿过它们，朝着两端向外延伸……

没错的，这条细线就是岷江！

那个世界上最小的"石头房子"——玉女房，位于乌尤殿下的青衣江底。

这个"怪异的星座"呢？

可以认定，就处在凌云大佛的脚下——

岷江的江底。

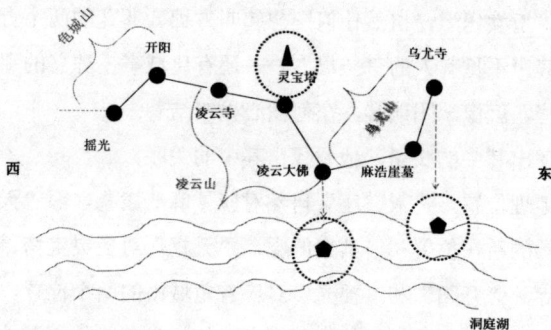

何图有些愕然。

难道大佛底下，岷江江底还有另一个"玉女房"？

难道这里也是大佛藏宝的地方？

何图简直不敢相信自己的猜测。

何图也为自己大胆神奇的猜测而欢呼！

## 第四十七章　青衣女神

姗姗梦了又醒，醒了又梦。

还是先前的那个梦，而且是那个梦的继续。

姗姗总觉得不是梦，而是自己的一次"神游"——自己灵魂脱离肉体穿越时空的一次"神游"。她先是进入水晶挂件"洞庭草青"，再由"洞庭草青"，来到了一个神秘莫测的世界，一个江底的深渊。

梦境，是睡着的人生。

人生，也是醒着的梦境。

梦也好，醒也好，其实都是真实的——姗姗闭着眼，在梦里想着。

这一次入梦，"青衣坛"的山门是开着的——尽管这样，姗姗也丝毫感觉不到一点生气，仿佛这里从古至今就无人来过。

姗姗顺着脚下古老的石阶踏进了山门，石阶的缝隙里生长着茂盛的蒿草，也像是某种水生植物。

穿过山门，姗姗逐渐走近青衣坛。

首先是一段狭长的神道，两旁林立着很多"石像生"。

姗姗一边走着，一边看着——这和姗姗曾经见过的帝王陵前的石像生大不相同。石兽系列里没有骆驼、马、象、狮子，而是一些牲畜，如羊、狗、猪、牛等。此外，还有凶猛的兀鹰、跳跃的怪鱼。系列的石像生中，有一组最为突出：好像是一些卧在树叶上的"毛毛虫"，长长的身体好像在慢慢地蠕动着——这组石像，在姗姗的眼里甚是可爱，就像初生的婴儿，憨态可掬，睡态可亲。至于石人系列，自然也不是文臣武将之类，而是一些原始人类的形象，赤足披发，腰缠兽皮、草叶，有的擎着石块，有的握着梭镖，还有的举着木叉……

"神道"尽头是一道高大的栅栏，状如"辕门"，虽是原始简陋，却也古朴森严。

过了"辕门"，便是青衣坛的主体建筑了——这是一个很大的石屋，像粮囤形状的一个石屋。屋顶是圆锥体，下面是圆柱体，两扇石门半开着，里面黑幽幽的。

姆姆进了石屋。石屋里的正中间砌着一座坚实的平台。平台并不高，台基的四面有矗立的"牌坊"——也是栅栏做的，类似"辕门"或"棂星门"。门下有通向平台的石阶，可以拾级而上。

很显然，这是一处祭坛。

姆姆认识那个横于坛上的石桌案几——那是祭台。

祭台上有一些简陋的陶盆，盛着一些动物的头骨，姆姆只认识其中牛的头盖骨。

祭台上雕着一些简易的装饰物，像是日月星辰，还有一些稀奇古怪的花纹，应该与祈祷平安、吉祥有关。

祭台的前方矗立着一座高大的石碑，稳如泰山。

碑上与其说是文字，还不如说是一些奇怪的符号，沾满了尘土，姆姆浏览了几行，不解其意。

绕过石碑，便是祭坛的正中心——高高的底座上矗立着一位披着青衣的女子，很显然，这就是青衣坛供奉的"青衣神"了。

石像雕得栩栩如生。

"青衣女神"赤足立于庞大的青石底座——或许是一种青绿的玉石。

这自然让人联想到，青衣女神是立于碧波之上的——碧波荡漾，与女神飘拂的青衣相互映衬，和谐而生动。

青石底座的四周雕刻着洪水来袭的图案，惊涛汹涌，骇浪上卷，涡流旋转……眼前的景象，姆姆很自然地想起了宇宙洪荒的年代。

澎湃的浪涛之间隐现很多水生物，虽是雕刻，却是形神兼备，给人一种身临其境之感。那水螺、蟾蜍、尖牙的虎头鱼在浪涛里自鸣得意。还有一个面目狰狞的水怪，在浪涛中露出半个身子，龇牙咧嘴，张牙舞爪，甚是诡异。

几只巨鳖、一条长蛇正朝着姆姆慢慢游过来——姆姆觉得自己正置身水中，被洪涛推擦着，在浊浪中起伏着，她有一种被呛水的晕眩，内心剧烈地挣扎着，欲抽身逃离而不能……

姮姮不停地眨巴着眼睛，用长长的睫毛梳理着刚才如波涛起伏的心情。这样的动作，也可以起到心理暗示的作用，那两排睫毛如同山寨营门前的栅栏与鹿角，一旦关闭，可阻千军万马，确保自我安全。

姮姮连做了好几次深呼吸，心里稍稍平静了些。

姮姮来到了祭坛的中心位置，重新调整了一下目光，正面仰视着立于波涛之上的"青衣女神"。

那"青衣女神"正迎风赤足，眺望着远方。她的青衣之上，点缀着几片翠绿的树叶，手臂上的草环，头上的花冠，俨然成了大自然赐予她最美的点缀。她左手竹匾，右手采桑，安然慈祥；她袅袅婷婷，神圣温婉，像是御风渡水，又似踏云飞翔。

一个轻柔而慈祥的声音从石屋的穹顶传来，落在祭台之上，又轻轻地弹入姮姮的耳道：

黄河泱泱，洛水茫茫。
书归青衣，图入幽江。
……

"你们终于来了！"

声音慈祥轻柔，但在姮姮的耳际却如晴天霹雳。

姮姮觉得有一张巨大的不可捉摸的脸正对着自己，让她心惊肉跳起来，同时——

一个谜团油然而生。

"你们？……"

除了自己，这里还有谁？

又一阵恐惧来袭，姮姮绝望地闭上了眼睛。

## 第四十八章　耒锸与昆仑镜

过了好一会儿，姗姗慢慢睁开了眼睛，却又什么动静都没有。

姗姗有些茫然。

她悄然离开了"青衣女神"神像，将视线落在一张古老的供桌上。

供桌离"青衣女神"神像并不远，桌上有两个巨大的供盘。

左边的盘子里横放着一种像农具的东西，像铲子，但中间凹进去，又像木叉。

仔细地看过去，那物件一头是曲柄，一头是犁头——记得读书的时候，历史课本上有一幅《大禹治水图》，图上描绘的大禹屹立在滔滔洪水之中，披蓑戴笠，双手擎起的正是这种治水的工具。

姗姗想起来了，历史老师说过，这种工具叫作"耒锸"。

难道传说中的"耒锸"是真的？而且现在——就在自己的眼前。

眼前的"耒锸"既没有熠熠生辉的灵光，也没有施展魔法的机关——毫无传说中的那种神异。

它就是一种普通的水利工具，静静地躺在供盘里，积满了尘垢，任岁月腐蚀着，吞噬着。

那种传奇——大禹治水的"镇水法宝"，似乎成了一个弥天大谎。

但姗姗的心里又隐隐感觉，眼前这把普通的"耒锸"远没有那么简单。她想起了孙悟空的金箍棒，只须念动真言，就会在瞬间长成顶天立地的"定海神针"——所谓"大道至简"也未尝可知。

"耒锸"两边分别镌刻着两行字，是凸起的阳文：

身执耒锸，以为民先。

芒芒禹迹，画为九州。

果不其然，这真是大禹治水的耒锸！

耒舖的右边还有一个供盘，里面放着一面铜镜，铜镜的表面爬满了绿色的苔藓，铜镜两侧凸起两个繁体的大字——

左边是：

昆

右边是：

仑

铜镜的背面有两幅图案，像是棋谱。

第一幅像一座方城，"内城"和"外城"都围绕中间梅花状的轴心排列，秩序井然。

城墙的连线由一些圆点连成，这些圆点黑白相间，多少不一。内城的南北城墙为"五五"排列，南墙五个黑点，北墙也是五个黑点。外城南北城墙为"六七"排列，南黑北白；东西城墙为"八九"排列，西黑东白。四面的城墙并不封闭，墙与墙的连接处都有开放的豁口，仿佛是为了呼吸顺畅，让风水合理流动。每个豁口处都有"照壁"，"照壁"也由不同的黑白圆点组成……

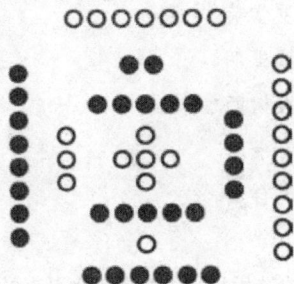

比起第一幅，第二幅更加自由、奔放和飘逸。

姗姗看着这样的图案，不觉心驰神往，倍感亲切。

这样的图案虽然玄怪，却也美丽，极具视觉上的审美效果。

在姗姗看来，第一幅像是璎珞矜严的罗衣，古典而庄重；另一幅则是飘飘欲飞的罗裙，绚丽而灿烂。如果，自己以这样的罗衣披肩，用这样的罗裙裹腰，必会轻如北国飘零叶，美如江南水墨画，乘一阵清风，便可悠然而去，开始一生的神秘之旅——若自己真是一幅什么画，也一定会来该来之地，去该去之所。

虽然不解其意，但姗姗知道，这里一定藏着天地之玄机。

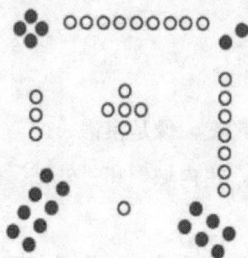

看着看着，姗姗有些视觉疲劳，不由自主地眯着眼睛，仿佛在调整相机的焦距——那"方城"越来越远，而且渐变起来——俨然就是一处古老的村落，像是陶潜《归园田居》里的意境：

方宅十余亩，草屋八九间。
榆柳荫后檐，桃李罗堂前。
暧暧远人村，依依墟里烟。
狗吠深巷中，鸡鸣桑树颠。
户庭无尘杂，虚室有余闲。
久在樊笼里，复得返自然。

"方城"变"田园"的过程很短，像是一个逼真的梦，画面很清晰——姗姗觉得是在看一个高清的动画片。

当姗姗再次转换视角之际，那"田园"已经"虚化"了，仿佛水中的倒影在晃动——倏然间，那"田园"的影像演变成了一种阵法：树木为兵，石屋成阵；风吹沙起，甲兵挪移。忽如长蛇，攻守兼备，首尾呼应；又如北斗七星，转动斗魁，变幻莫测；十面埋伏，号角争鸣，左冲右突，挣脱不得……

姮姮觉得自己就在阵中，何图也在。

随着飞沙走石，姮姮就像一片秋叶，在变幻莫测的阵中轻舞飞扬。

何图呢，早已顶盔挂甲，跨马执枪，宛若游龙，在阵中大显神威——忽然，那面镌刻着"昆仑"字样的铜镜发出轰鸣之声，金鼓阵阵。

随之，镜中有洪波涌起，霎时日月同辉，星汉灿烂，尽出其里。

很快，镜子里发出耀眼的光芒，瞬间形成一条梯状的深邃通道，像苍龙临空吸水一般，将阵中的一切卷走——何图也被吸入铜镜之中，显出惊恐万状之色。

"何图……"

姮姮终于喊出了声音。

梦魇被解除。

夜色深沉。

雪落无声。

一切都归于沉寂。


## 第四十九章　两个人的雪夜

雪后初霁，阳光格外明亮。

何图睁开眼睛，拭了一下凝结在睫毛上的汗珠，几乎要成冰珠了。还有脑后的头发上，硬邦邦的，那是汗水凝结而成，像是屋檐下倒挂的冰凌。

刚才闭着眼睛收获的一切，何图牢牢记在心里。

凌云大佛千年的藏宝秘密已经渐渐浮出了水面。何图的心里就像脚下铺就的雪，洁白而神圣。他的鼻子一酸，心里顿生温暖，感动起来。

他仿佛看见雪野中有一幢非常精致的石头房子，自己身在其中，围着壁火，听那春花绽放的声音——他站起身来，走到窗前，撩起帷幔，轻轻推开窗户，室内一下子变得敞亮起来，心也随着白雪上的一行足迹，伸向远方。

何图依旧用均匀的速度奔跑着。他觉得,自己就是圆规的一只长脚,围绕着土丘画着一个又一个的同心圆。可是,圆心在哪里呢?

猛一抬头,小丘顶上闪烁着一团红色光影。

圆心在这里!

有一股融融暖意袭来,何图立刻停下脚步,拼命朝着小丘顶上挥手!

"姗姗……"

草草用了早餐,姗姗揣着昨夜的梦幻奇遇,踏着白雪来找何图。

她来到了何图居住的小区公园,一眼就看见一个运动的人影,熟悉而亲切——她悄悄地绕到小丘背后,从铺满积雪的台阶爬到了小丘之顶,静静欣赏着何图身后踏出的一行行脚印——仿佛是拖着一条长尾巴的雪鼠在雪地里爬行。

站在小丘之顶,姗姗穿着白色的羽绒服,那条鲜红的羊绒围巾搭在胸前,随风飘扬着,像一团燃烧的火焰。

"姗姗,快下来……"

"等我一下,何图……"

姗姗回身下坡,何图一个箭步冲过去,抓住了那双纤细的手。

"冻坏了吧,上面有风,很冷的!"

何图紧紧拥抱着姗姗,这才觉得自己的脸早已没有了温度,就像一片冰霜。

夜色,将雪地染成浅蓝。

两个人相拥着,却都没有丝毫的睡意。

何图靠着床背,将姗姗揽在怀里,下巴贴在了她的长发上——还是那股茉莉的清香。

姗姗描绘着梦境里的一切,像讲述一个生动的故事,每一个细节都不曾遗漏——何图只是惊愕地注视着姗姗,久久说不出话来。

沉吟良久之后,何图用神秘而迷茫的语气,将自己在雪地里的"神游之旅"——道来,声音很轻,他怕吓着姗姗。

姗姗瑟瑟着,贴紧了何图的胸膛。

何图叙述着，连自己也悚然起来。

雪地里的"神游之旅"，诡异之极，何图万般感受，涌上心头。

讲完之后，突然之间，彼此缄默，都不再说话，只是默默对视——

书上说，几个人在聊天，突然一起停下来，那是因为有一个天使经过了这里。

## 第五十章　双探灵宝塔

真的有天使吗？

原来何图是不相信的，现在相信了。

有时候，天使就是一种驱动的声音，或是一种招引的力量。

天使就在何图和婳婳的内心感受之中。

夜很深了。

闪闪烁烁，在一片幽幽的蓝光之中，他们两个人深一脚浅一脚地往前走——尽管他们并不知道要去哪里，但他们正去的地方一定是他们要去的地方。

他们终于来到了凌云山灵宝峰，站在了灵宝塔前。

何图紧紧牵着婳婳的手，心里一阵感慨一阵温暖。

何图记忆犹新，是的，就是灵宝塔的西门。

记得上次踏过36级石阶，来到西门的时候，迎接何图的是西门的"铁将军"——因为铁栅栏的封锁，何图无法进入西门。

而现在，门口的蒿草依旧，残砖断瓦依旧，唯独少了门上的铁栅栏。

何图有些纳闷，他拉着婳婳进了塔的西门，在第八个券龛前站定——这是唯一雕着"卍"形标记的券龛，其余七个"圭"字形的券龛里都是一尊佛像。

何图曾给婳婳讲过这个神秘的"卍"，现在就在眼前了。

两人默默对视了一下，彼此会心地点了点头——何图用右手轻轻握住了"卍"形的把手，也握住了即将开启千年大佛藏宝秘密的枢纽。

何图看了婳婳一眼，一种复杂的心情涌上心头。他不知道，自己如果转动这个把手将会出现什么样的结果，他更无法预测开启之后的吉凶——他不能让婳婳有任何闪失。

他用左手示意，让婳婳离自己远一些。

婳婳怯怯地点了点头，后退了几步。

何图再次闭上眼，按照顺时针方向，转动了"卍"形把手——手心汗津津的，有些把握不住。

何图很容易地将"卍"形把手转了个角度。可是，塔内并没有出现什么异样，何图和婳婳都有些失望，同时也将原先的思想包袱轻轻地放下——担心和恐惧渐渐被释放出来。

继续转动？何图心里有些忐忑，但又不甘心，这是人性中诸多特征之间的矛盾律。

何图继续转动"卍"形把手，一直将其转了一圈，刚好 360 度。

何图和婳婳觉得不会再有什么异样了。就在两个人长长地吁了一口气的时候，猛然间，他们的身后发出一声沉闷的响动——按顺时针，靠近最后一个"圭"形佛龛的地面上出现了一处豁口，紧接着，豁口处的尘土飞扬起来。那尘封日久的石门自动挪开了一半，暴露出一个黑洞洞的入口。

果然是这样！

两个人怦然心跳，不约而同紧走几步，来到了豁口处。

何图佯作镇定，无比信赖地看了婳婳一眼，坚定地点了点头。

婳婳有些害怕，但更多的是好奇和激动，脸上泛起红晕，眼里闪烁着泪光。

洞口有一股彩色的云气缓缓升腾，升至塔内，拐了个弯，从塔的西门一直飘向天外，何图疑心这是太乙真人的金光洞。

两个人的手紧握着，小心翼翼地下到了豁口的石阶。

洞很深，很黑，石阶很陡也很长——两个人摸索着，走完近乎垂直的石阶。石阶尽处，出现了一条甬道。

两人隐约听到甬道里有叮当的开凿之音，像是在建筑什么工程。偶尔，还能听到一些杂乱的吆喝声。

难道这里是回音壁？

可是，我们都没有发出声音啊！

两个人有些害怕，两只手握得更紧了些。

甬道很长，他们感觉是在往下走，像是走向一种"深渊"——难不成这是通向地狱之门？何图想象着，担心眼前会突然出现三个大字"阎罗殿"。

想到地狱，自然想到了与之相关的黄泉及两岸美丽的彼岸花，还有奈何桥……然而，一路之上，丝毫没有地狱的迹象，这只是一条古老的甬道而已。

突然，姗姗战栗起来，一个趔趄，何图赶紧用手臂揽住了她的腰肢。

姗姗显得十分害怕，扑在何图的怀里，啜嚅着。

"你听，前面有声音……一个女人的声音……"

"姗姗，别怕，你是不是听错了，或许是幻觉。"

"没错的，她在说话，不，在吟诗……"

姗姗的害怕并不是因为那个声音本身，而是缘于那个声音的哀怨与悲切，仿佛一个眼中流血，心内成灰的女子——在暗夜里穿着素服，披头散发，诡异地出现在姗姗的面前。

何图什么也听不到。

"她在吟什么诗，快告诉我……"

"她反复在念两句诗——"

皎洁圆明内外通
清光似照水晶宫
……

姗姗复述之后，那声音就再也听不到了。

四周还是死一般的寂静。

难道是幻觉？

姗姗一脸茫然，越发害怕起来。

## 第五十一章　佛幽宫

何图的怀抱是温暖的，更像是一处安全的港湾。

好一会儿，姗姗的心情才得到平复，紧挨在何图身边，继续前行。

不知道走了多久，前面的甬道开阔起来——像是到了甬道的尽头，迎面是一个巨大的石窟，确切地说，是一个深邃的石洞，两扇石门半掩着。

石洞上方镌刻着三个大字：

佛幽宫

石门的两边分别矗立着两尊巨大的武士石像，应该是什么护法神。

这石像身高十余米，一脸的威严。

何图想起了"哼哈二将"。

但这里的两尊石像比"哼哈二将"少了狰狞，多了威武和庄严。

何图仔细观瞻，忽然想起了天王殿里的"四大天王"。没错，不是"哼哈二将"，而是"四大天王"中的两尊。"四大天王"为二十诸天中的四位天神，位于第一重天，主司风调雨顺。

石门左侧的一尊，周身红色，一面二臂，目圆外凸，头戴龙盔，身穿铠甲，右手捉一苍龙，左手捏一宝珠——何图认识，这是四大天王中的"广目天王"，据说其为金翅鸟所化，能镇伏龙王，故右手捉龙。

石门右侧的一尊，周身绿色，盔甲鲜明，左手握银鼠，右手持宝伞。据说，宝伞用来遮蔽世间，避免邪灵为害，护持众生——这是四大天王中的"多闻天王"。

由于年代古久，这两大天王神像多处剥损，满面尘灰，百孔千疮，身上还生出许多苔藓。此外，"天王"的周围蛛网纵横，游丝飘逸，给人一种凄凉、沧桑之感——神也不易，不知从哪个世纪开始，一直坚守到现在。岁月的流逝，光线的黯淡，空气的潮湿，正逐步吞噬着他们的躯体——但即使风化得只剩下枯骨，他们元神依旧，在这里萦绕不去，执着地守护着"佛幽宫"。

"何图，既然是四大天王，怎么会只有两尊啊！还有两尊呢？"

婳婳听着何图的解说，不由自主地发问。

是啊，那"持国天王"和"增长天王"呢，怎么会少了两个？

四大天王位于第一重天，通常分列在净土佛寺的第一重殿的两侧，按照佛理，他们应该两两相对，并肩而坐的。

难道是位置的问题？还有一处我们没有发现？

每当泛舟岷江，在凌云大佛的正面就可以看到有两个石窟，每个石窟里都有一尊红砂岩雕琢的护法神像——因为经历千年风雨，风化严重，面目全非，已经辨不清是何方神圣。

何图尽力地用记忆回顾着，修复着，还原着他们的历史真面目。

从其行头、神态、姿势各方面判别，没错，正是"持国天王"和"增长天王"，而人们误以为是两尊普通的护法神将！

"按照佛教的排列规则，这里的四大天王依然是两两相对的，只不过是一内一外而已。"

婳婳喃喃自语。

"什么？"

婳婳一番自言自语的独白，犹如石破天惊，让何图甚是惊讶，怎么会有这样的判断？真是"一语点醒梦中人"。

"一内一外？

"如果真是这样，那我和婳婳现在在哪里？

"一定是在'内'了。

"内？

"地下？

"大佛脚底？

"岷江江底？"

他们不知道，前面等待他们的是什么。

不管前面等待他们的是什么，他们依然要走下去。

## 第五十二章　佛幽宫里的壁画

佛中有佛

佛在心中

佛心藏宝

流传千年的民谣，犹如一层神秘的迷雾，笼罩着千年凌云大佛。

"佛中有佛，佛在心中"已经得到了实证。

"佛心藏宝"到底指什么呢？

显然，它并不是人们所说的大佛的"肚子"里有什么财宝，这个"心"应该是指"睡佛"的"心脏"——凌云大佛及大佛"脚下"的岷江。

确切地说，这个"心"指的是岷江的江底及江底的"地宫"。

没错，那座藏宝的地下玄宫，如今就在何图和姗姗身边的不远处。

一连串的猜测与推断，大佛千年藏宝的秘密逐渐浮出水面。

何图把自己的想法一一告诉了姗姗，姗姗闪着大眼睛，拼命点头，觉得很有道理。两个人的心情万分激动起来，不亚于哥伦布发现新大陆——同时，他们的心里也更加惴惴不安。

激动与亢奋之后，脚步轻盈了许多。

穿过"佛幽宫"的石门，他们摸索着，继续前行。

千年大佛，千古之谜，将在一对年轻人无知无畏的探险中被揭秘——他们畅想着，蹒跚着，一步步接近真相。这对小儿女心潮起伏，难以平静。他们迈出的每一步，都是一种探幽寻秘的壮举，而且前无古人。他们的心中升腾起一缕缕浩然之气，化作慷慨悲歌。

身后留下的蜿蜒石阶，俨然成了一座踏破铁鞋，坚韧执着的里程碑。

何图很憧憬。

姗姗很期待。

如果猜得没错，大佛藏宝的具体位置就在佛幽宫的正堂。

而他们的脚下，应该正是通往正堂的甬道。

脚下甬道越来越深——渐渐地，又一座石门呈现在眼前。

石门明明是紧闭着的，他们却神奇地穿越而过。

难道是睡梦中学会了"穿墙术"，就像崂山道士一样？

这个石洞修筑得很考究。

洞门是仿木构门楼结构，上方半圆形，上有脊吻和走兽。瓦脊上还雕着海螺、莲花、法轮、金刚杵等佛教法器。

大青石做的石门背后是两个金甲神人的浮雕，手握降魔杵，彩带环绕，孔武有力，面目狰狞——雕像栩栩如生，活灵活现，仿佛随时可以从石门上跳下来，抢杵袭向侵入之人。

洞壁两边各有石碑两座，上刻一些陌生的符号——何图一个都不认识。姗姗说，那是梵文，应该是一些咒语。

再往里走，可见洞壁上雕凿着明镜、琵琶、涂香、水果、天衣五种佛前的供品，它们分别代表色、声、嗅、味、触"五镜"，也叫"五欲供"。"五镜"，即通过人们的眼、耳、鼻、舌、身等器官，引起人的五种欲心。这五种欲心经常困扰着人们，使人烦恼、忧愁、颓废、悲伤、愤怒、癫狂、愚昧、受苦，破坏着人们的种种善事。如果人们通过修心养性，真正做到六根清净，四大皆空，不为五种欲心所动，人们就能修成正果，进入极乐世界。

洞顶上刻着三朵气势恢宏的二十四瓣大佛花。

佛花的旁边刻的是两种文字的《金刚经》经文，一种是汉文，另一种是梵文。

拐了一个弯，他们脚下的石阶继续向前延伸，越来越陡，越来越深——他们知道，前面将是第三重门。

果然如此。

两个人依旧"飘"过石门。

何图环顾四周，洞穴内金碧辉煌，祥云缭绕，弥漫着虔诚、温馨和慈悲。佛教中的四大菩萨分立洞穴两旁——

左边第一位便是世人皆知的南海观世音菩萨，其神情和姿态表现的是对人间的大慈大悲，她以拔除一切苦难为本愿，循声救苦，不稍停息。

左边第二位是以狮子为坐骑的文殊菩萨，代表着聪明智慧；右边第一位是骑着白象的普贤菩萨，他与文殊菩萨同为释迦牟尼佛的左右胁侍，世称"华严三圣"；最后一位便是"地狱不空，誓不成佛"的地藏王菩萨。

继续往前瞻仰，便是洞穴两旁的壁画了。

洞壁左边第一幅是《引路菩萨图》。

这幅画描绘的是菩萨为亡灵引路升入天国的场面。壁画上有"引路菩萨"的题记。前面领路的大菩萨右手执香炉，左手持莲花，莲花旁垂下白幡。幡分四栏，各栏分绘图案。在画的左上角，菩萨所乘的黄云中隐隐显出一些建筑物，代表净土世界。菩萨后面跟随的女子为死者生前的形象，梳着典型的唐代侍女的发式。

由远到近，菩萨的脚下踏出一缕祥云，鲜明而生动。

那祥云铺出一条小路，蜿蜒着，一直通向神秘的远方。何图和姗姗目不转睛，注视着那条祥云铺筑的小路，仿佛自己也被菩萨牵引着，灵魂随之飞升——转眼之间，那引路菩萨化作了文艺之神缪斯，为他们指点着壁画……

他们完全沉浸在一种艺术欣赏的氛围中了。

与之对应的右侧洞壁则是一幅《天女散花》。

天女手捧花篮，边舞边撒。

天女对面的菩萨神情安逸，微笑观看，周围几位罗汉则已被天女的舞姿吸引，面露欣赏之色。

姗姗是学艺术类的，对绘画情有独钟。

除了内容之外，她很欣赏壁画中精湛的技法。画中布局疏密有致、离合有序。线条或刚或柔，表现出天女们衣衫的不同质感。壁画设色以沉稳为主，又以朱砂色来体现天女青春活泼的体态。画面动静结合，不着背景，给人以无穷的想象。

然而，婳婳最喜爱的是画里折射出来的天人合一的神韵——

神与人类，佛与众生，本来就有着千丝万缕的渊源。

人性中有着神赋予的灵感，神佛中自然也闪耀着人性的光辉。

"何图，你看！图中除了菩萨头戴宝冠，身披璎珞，保持了传统的造型特点以外，其余形象都似由凡尘中人脱胎而来，具有写实的生动效果——这也暗合了人与神，人与佛的关系。佛可渡人，人可成佛，一切都在因果之中。"

……

他们一路欣赏过去，仿佛徜徉在神圣的艺术殿堂。

心灵如同一只被放飞的白鸽，逍遥地融化在云端。

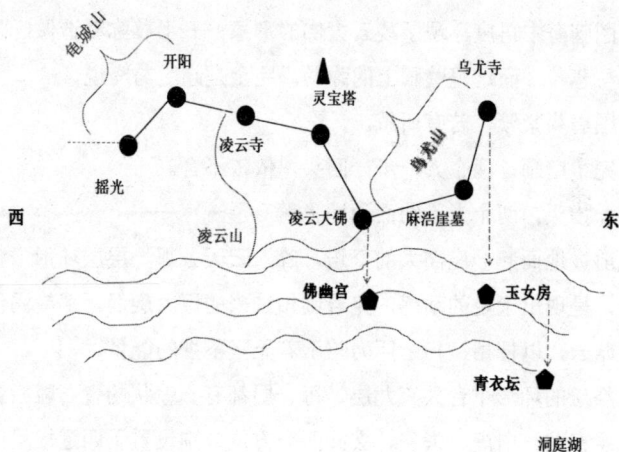

## 第五十三章　佛幽宫里的金鼎

最后一幅壁画是《弥勒说法》。

整个画面佛光普照，熠熠生辉。

画面中央端坐着正在说法的弥勒佛。

只见佛祖慈眉善目，笑容可掬，虚怀若谷。他左手持拂尘，右手施手印，正对着左右八位信徒讲经说法。佛祖的"头光"呈半圆，仿佛是一轮朝阳，灿烂辉煌——佛祖正与"朝阳"相映，显现着神圣与荣光。佛祖的"背光"则设计成"圭"字形，边沿似一串串燃烧的火苗，呈现的是温暖、祥和与生动。

壁画用大量深蓝与金黄来强调色彩，并以此来表情达意。

何图和婳婳犹如走入了西方极乐世界，心潮澎湃，百感交集，几乎忘却了此行的目的，完全沉浸在佛教经典的艺术欣赏之中。

何图脑海中再度浮现了凌云大佛的形象——那尊弥勒造像，眼中蕴含忧郁与悲苦，而这里壁画上的弥勒，完全是超脱与喜悦。

何图眉头紧锁，若有所思。

赏完了壁画，两个人一步一回头，依依不舍。

猛一抬头，两个人不约而同地"啊"了一声——

眼前拔地而起一座高大的祭坛，耸入云天。那一层层环形平台螺旋形上升，呈现出十足的动感，宛若倒扣过来的巨大旋涡。那旋涡仿佛燃起的蘑菇云，以摧枯拉朽之巨力昭示着无坚不摧的能量。

这祭坛的环形平台共有九层，每一层都有一戟状的青石雕栏护卫。祭坛按照青龙、白虎、朱雀、玄武四个方位分别设置了四道棂星门，门下便是通向祭坛云端的"天阶"——每一道环形平台都有九大台阶，共九九八十一级。

在第九层环形平台上巍然耸立着一方四脚金鼎，熠熠生辉，仿佛一个金甲巨人屹立中天……

何图和姬姬惊呆了，唯有傻傻地仰着脖子，虔诚地体验着"仰之弥高"的感觉。

他们终于怯怯地，沿着台阶拾级而上。姬姬紧紧牵着何图的衣袖，两个人弓腰俯首，步履维艰，两股战战，仿佛登天——那种越爬越高的入云之感，让人不由自主生出虔诚的叩拜之心。

两个人终于站在了第九层环形平台之上，像是被一层层环形的波浪簇拥着，被推到了浪尖之上——那两耳四足的雄伟巨鼎就坐落在第九层高台，仿佛九重天上耸起的高阁。

两个人仔细看去，那方鼎乃纯金所铸，虽是历经沧桑，依旧满目金光。鼎身呈长方体，口沿厚重，轮廓方直，彰显着不可动摇的气势。

方鼎两端各有一立耳，方腹之上遍饰细密的云雷之纹，四足如擎天之柱，顶住了宇宙四维，岿然不动。

这四根擎天之柱上雕刻着一种怪兽的造型——何图觉得很眼熟，总觉得在哪里见过。

他终于想起来了，这是镇水兽！何图在北京后海的后门桥下就见过，东西南北各一只，懒懒地趴在河沿。尽管它们身上很多部位都渐渐风化了，但从它的造型和姿态来看，依然可以想象得出、感受得到，它们在传说中威震河道的力量。

在古老的传说里，镇水兽就是"趴蝮"，龙的九子之一。它的头部有点像龙，但比龙头扁平些，更接近兽类，有点狮子相。头顶还有一对犄角，身体、四条腿和尾巴上都有龙鳞。相传很久很久以前，其祖先因为触犯天条，被贬下凡，被压在巨大沉重的龟壳下看守运河长达千年。千年之后，其祖先终于获得自由，脱离了龟壳。后来，趴蝮就经常被雕成石像放在河边的石磴上，这样就能镇住水患，防止洪水侵袭了。

第九层环形平台的北端又耸起一列高高的台阶，一直通到巨鼎北端的沿口。抬头眺望，那一级级石阶仿佛是通天的"云中悬梯"——巨鼎之中一定藏着一个巨大的秘密，这段"悬梯"或许就是通向藏宝之所的专用通道了。

何图仿佛看见了当时熙熙攘攘的人流，他们进进出出，单挑双抬，正踏上"悬梯"——

他们摇摇晃晃，正在这里搬运着大量的宝藏，将其藏匿在巨鼎中空的某个密室。

难道，有着千年传说的大佛藏宝之处就在巨鼎的腹中？

此时，姗姗显得十分激动，拉着何图爬上通往巨鼎的"悬梯"。

沿着"悬梯"，终于攀登至巨鼎的沿口。

两个人不由自主伸长了脖子，朝着宽广、深邃的鼎腹中空望去——

巨鼎中空，摆放着一张祭祀香案。香案两边摆放着对称的灯烛、香炉、净瓶、铜鹤、方尊、爵杯等祭器。除此以外，香案居中陈列一物特别耀眼——那是一部佛经长卷——向着案几的两端延伸开去，犹如一条日光照耀下的历史长河，波澜壮阔，远接云天。

从左起的页眉可见一行竖排的巨大篆书：


广大圆满无碍大悲心陀罗尼经


下面是梵文和译文：


南无、喝罗怛那、哆罗夜耶（Na Mo He Le Da Na Duo La Ye Ye）

南无、阿唎耶（Na Mo Ou Li Ye）

婆卢羯帝、烁钵罗耶（Po Luo Jie Di Shuo Bo La Ye）

菩提萨埵婆耶（Pu Ti Sa Duo Po Ye）

摩诃萨埵婆耶（Mo He Sa Duo Po Ye）

摩诃、迦卢尼迦耶（Mo He Jia Lu Ni Jia Ye）

唵，萨皤罗罚曳（An Sa Bo La Fa Yi）

数怛那怛写（Su Da Na Da Xia）

……

那长卷平铺在祭桌之上，像一幅漫长的镇帖，也像一道从天而降的御旨——

那长卷，密密麻麻，写满了经文。何图知道，这就是传说中用无数根金丝镶嵌而成的《大悲咒》，其中精湛的技艺足可用"巧夺天工"来比拟。长卷碧绿，经文深黄，交相辉映，整个金鼎中空都闪耀出金碧辉煌——它只在千年的传说之中，却从来无人见过其真容。

《大悲咒》，可得观世音菩萨千眼照见、千手护持；还可以遣使命令鬼神，能够降伏外道天魔。

呆立在《大悲咒》经卷前，恍恍惚惚，何图和婳婳站在了那条佛光普照的灵河岸边。他们听到梵音阵阵、木鱼声声，看到佛香缭绕、雨花漫天……镶嵌在《大悲咒》里的每一行经文，都能活动自如，跳跃着、舞蹈着，掠起离合的神光。神光中无数个金甲神人，抡锤舞戟，从经卷里向外传送着一道道神奇的光圈，照耀着巨鼎中空的每一个角落。

很快，那金光忽然变得强烈起来，刺得何图和婳婳睁不开眼睛。

生怕一脚踏空那高耸入云的"悬梯"，两个人的心里泛起一阵失重的感觉……

他们用力睁开了双眼——

冬日的暖阳正从窗外照射进来，洒在两个慵懒的小儿女身上——何图依靠在床头，温暖的臂弯里"停泊"着一艘叫作"婳婳"的小船……

婳婳把脸埋在何图的怀里，一脸的安然与幸福。

感受着温暖的冬阳，两个人同时从梦中醒来。


## 第五十四章　梦的解析

同床同梦。

千古之奇。

当他们知道各自做了同一个梦的时候，两个人惊愕的表情可想而知。

更让他们惊奇的是，梦中游历的每一条路线，每一个场景，甚至每一种感受都历历在目，记忆犹新。

他们疑心那根本不是梦境。

难道是未来的预演？或是神灵的暗示与指引？

当他们在校园读书的时候，何尝不是一个纯粹的唯物主义者。走出象牙塔之后，所经历和感受到的种种异象，正渐渐改变着他们的世界观。

在所有的博友之中，何图与婳婳之所以互为知己，除了共同的文学创作之外，还缘于他们有着共同的宗教信仰——他们心里的宗教意识并不局限于一宗一派，而是佛、道合一，神、鬼杂糅。他们的宗教意识更为广阔——在他们心里，天地之间，万物有灵，一禽一兽，一花一草，一木一石，皆有灵性。

尤其是何图关于梦的解析，堪称神异，应验者十之六七。

与其说是一种聪颖，不如说是一种"宿慧"。

何图的解释是，每个人的"心"生来就不一样，所以对万物的感知度就不一样，接收天地之间的信息量自然也不一样——就像电视机上的"天线"，有的人灵敏，感知度强，接收度高，自然属于"被上天垂青的儿女"；有的人迟钝，其"心灵的天线"根本就接收不到任何信号，或许就是"被上帝遗弃的子民"。

何图便是上帝"青眼"中的一个。

一位好友出行前梦见金色鲤鱼入怀，大喜，觉得将有喜事临门——他自己用"鲤鱼跃龙门"来解，觉得是吉兆。何图却告知他，他将有血光之灾。对方便骂何图胡说，根本不信。结果，出行第三天便遇到车祸，四肢断裂，血肉模糊，几乎丧命。

兰小馨梦见自己豢养的一只猫咪失踪了，何图告诉小馨，她将失去一位很要好的女性朋友。

婳婳梦见自己的一只鞋子丢了，何图告诉她谨防车祸——果然，婳婳开车，左边的车轮撞倒了一个行人，赔了2000元才了结。

这些神奇的解梦，都让他离那个神秘的世界越来越近。

婳婳问，鞋子怎么会与车祸有关呢？

何图说，现代人以车代步，滚动的车轮代替的正是人的双脚。鞋子丢了，一定是车轮出问题了，要么是车子坠落，要么是车轮失控。总之，与车祸有关。

那猫咪与好友又是如何关联的呢？

兰小馨也曾紧追不放。

何图说，猫咪是亲昵的代名词，猫咪与女性之间可以比拟为闺蜜，猫咪的失踪一定是暗示小馨将失去一位好友，而且是闺蜜。

"SS项目"团队里的同事大伟，梦见自己的手掌被利刃所伤，血流不止，惊恐之极。何图告诉姗姗，大伟的兄弟之中，可能将会有流血的伤痛。果然如此，不几日，其兄突然患病，被送上了手术台。

何图幽幽地说，手足，兄弟也。

何图曾参加一次全国文学作品大奖赛活动。

他的参赛作品是一首长诗《梦圆紫荆旗》，隔日便得一梦，说自己参赛的两篇作品分别获得了一等奖和三等奖。

梦醒的时候，何图便认定，自己的那篇作品会获得二等奖。

何图认为，梦多暗示，更多隐晦，梦之所隐，即梦之所显，所隐者才是真相。

梦里故意混淆参赛作品的数量，多出一篇来，是为了用1和3来作为障眼法，真正被其隐去的是2。所以，作品最终获得的将是二等奖。

一个月之后，文学大赛的组委会给何图寄来了二等奖的荣誉证书和奖品。

所有这些，并非何图有什么莫测高深的智慧，而是何图接受了天意的遥感而已——他感受得到，冥冥之中，始终有一种不可捉摸，难以名状的使命落在自己的肩上。除了自己对梦的解析，还有之前的"SS项目"以及自己最终离开金鼎集团等一系列的事件，不过是为了某种使命进行的铺垫而已。

何图是个泛神论者，姗姗也深受其影响。

他们的许多作品中带有"天人感应"的情愫，不论是散文、随笔还是诗歌，其中都有"灵之所至，心必感之"的痕迹；反之，"心有所感，灵有所动"的玄妙之意也无时不在他们的心中生根发芽。

何图的小说里随处可见心灵感应，天人合一的感受；姗姗则是把万物有灵的情愫融入了她最擅长的古典美文之中。

是的，宇宙之神奇，天地之玄妙足以让人类仅有的智慧望尘莫及。

九点多了，阳光照在何图和姗姗盖的棉被上，散发出冬阳温暖的味道。

两个人依旧相拥着，姗姗半闭着眼睛。

何图把姗姗揽在怀里，零距离地欣赏着姗姗美丽的眼睛。眼睛是心灵的窗口。

两个人默默对视的瞬间，早已没有了语言，唯有心之潮汐涌来。

眼睛里是一片湛蓝的海，两道蓝色的水波越过了各自的海岸线，在心有灵犀的感动中彼此相遇，那起伏的波峰和波谷顷刻间便重叠在一起，化作了一块温润的碧玉。

心，本是两颗殷红的种子，种在日光海岸。

直到某一天，燃起两棵红枫，倒映在蓝波里，依偎在白云端。

紧接着，天际响起了一曲小提琴演奏的《假如爱有天意》——被子里很温暖，两个人像是在松软的沙滩上享受着日光浴，一丝不挂，坦诚相见。从耳鬓厮磨到激情涌动，天地交合，巫山云雨，醉了眼泪，碎了心怀。


## 第五十五章　潭柘寺的祈祷

又一个深秋。

又一个十月。

那个魂游岷江地宫的神奇之旅，一直让何图和姗姗魂牵梦萦，无法释怀。

何图和姗姗决定一起入川——这次不再是"神游"三江，他们要根据梦境中发生的一切，登凌云，寻幽僻，探宝藏。

这次入川，何图和婳婳自信满满，无比激动之情溢于言表——因为那段神奇的梦之旅，为他们勾画出了一张珍贵的寻幽探秘的地图，包括探秘的入口、枢纽、甬道、地宫，其中的坎坷与凶险之地都在"梦之图"中被标得清清楚楚，完整翔实。

当然，他们也惴惴不安，心有所感，吉凶难测。

10月5日，他们专门去了位于京西的"皇家第一寺"——潭柘寺朝拜。他们在第一重殿"天王殿"里跪拜了木雕漆金的弥勒佛坐像。两个人心诚至极，焚香许愿，祈祷佛祖保佑他们平安入川，祈祷佛祖保佑他们顺利解开凌云大佛千年藏宝的秘密。

何图坚信，大佛的宝藏绝不是"传说"，大佛的宝藏一直都在。既然宝藏归佛，它就不再是尘世俗物，而是与大佛合一之后产生的神奇能量，就像佛的万道金光，瞬间化作崇高的信仰。

好奇之心，探幽之性。何图与婳婳，他们要去寻找大佛的宝藏，他们要解开种种历史谜团——他们心中的"宝藏"是要弘扬佛的神圣，彰显佛的荣光。

**闭上眼睛，却看见眼睛；睁开眼睛，也失去眼睛。**

双手合十，闭上眼睛，何图依旧能看见袅袅升腾的香烟。

那烟雾在何图的眼前依依不舍地散开，越来越稀薄，终于成了一片水域，泛着美丽的涟漪，闪烁着柔和的波光——那分明是一面镜子！

"竹君！……"

何图差点叫出声来。

竹君握着新洗的头发，带着一脸湿润，正深情款款地朝着玻璃门走过去，她要为何图开门——虽是裹着浴袍，依旧雍容典雅，散发着昔日的青春气息，飘逸着深秋时节碧水红枫般的成熟风韵。

何图闻到了"精灵之吻"香水的味道——这是竹君最喜欢的味道。

岷江之心，赏佛楼顶——何图看见了一个像竹君的女子，伫立江岸，纵身一跃，像一片落叶，飘然而去，入水化作了一尾美丽的锦鲤，自由地在江底游弋，再无人间的悲苦。

竹君，你怎么了？

何图一阵心痛，一滴泪珠瞬间夺眶而出，无声坠落。

何图迅速睁开眼睛，只有姗姗跪在自己身边的另一个蒲团上，依然在闭目祈祷。

祈祷完毕，何图牵着姗姗的手出了潭柘寺的山门。

何图的脚步异常沉重——他隐隐听到有一首悲歌在低吟，那是荆轲的《易水歌》：

风萧萧兮，易水寒
壮士一去兮，不复还
探虎穴兮，入蛟宫
仰天呼气兮，成白虹
……

麻浩崖墓石壁上那《荆轲刺秦王》的画面再次浮现在眼前，何图很想长歌当哭，哪怕长哭当歌也行——他不能，不能惊吓身边柔弱的姗姗。

何图和姗姗整装待发。

这次入川，期待已久，筹备已久。

这是一个关于深秋之旅的约定。

这个约定，是冥冥之中的宿命。

何图不会忘记，那次在水底暗河之旅中，方锦和圣母的一段对话——关于何图的对话：

"何图来了吗，锦儿？"

"来了，就在院门口，圣母。"

"怎么还不进来？"

圣母的声音很苍老，略有些浑浊，但感觉很慈祥。

何图听着"圣母"的声音，闻到了一阵阵燃烧的檀香在水里弥漫。

"算了，明年的这个时候，他还会来的。"

"那就让他回去吧，圣母。"

是那个叫方锦的青衣女子的声音。

"翡儿，送他一下。"

这是发生在去年10月7日的一段刻骨铭心的记忆。

何图不知道10月7日意味着什么，但他觉得"圣母"一定已经未卜先知，凡事都有定数，无论如何也难以跳出三界之外。

顺其自然，随缘而行吧。

临行之前，10月6日晚上，何图在自己的博客上写了一篇长长的《梦游凌云大佛探秘记》，记录了自己和婳婳在同一个梦中探寻凌云大佛宝藏秘密的全过程。

何图用摘要的方式将该文转发微博，并在微博上附上了自己一些神秘主义的唯心认识，希望能引起国家文物部门的关注。同时，何图还公布了自己和婳婳即将去凌云大佛寻幽探秘的行程安排。

很快，微博被大量转发。

关于此事，褒贬不一，众说纷纭，莫衷一是。


## 第五十六章　婳婳的心愿


10月7日。

清晨，被微微的寒意笼罩着。

北京南苑机场，川航的航班。

起飞时间：5:00；到达时间：7:30。

这是由北京飞往成都最早的航班。

如果准点到达成都，再坐两个小时的高速快客，预计在上午 10 点便可以到达乐山的凌云大佛脚下。

何图和姗姗起了个大早，来到了候机厅，取了机票，通过了安检，在 10 号登机口等候。

何图的座位是 07A，姗姗是 07B，两个座位紧挨着，姗姗靠近舷窗。

姗姗最喜欢靠着飞机的舷窗而坐，通过舷窗可以看见蓝天、白云，可以浮想联翩——这与女孩子天生的浪漫情怀有关吧。

南苑机场本是个军用机场，后来有了民航的业务。

很多打折机票都在南苑机场，所以，南苑机场的航班也经常误点。

今天，这对小儿女的运气很好，飞机正点起飞。凌晨 5：00，由北京南苑机场飞往成都双流机场的 3U8548 航班准时起飞。

姗姗把脸贴在舷窗的玻璃上，睁着美丽的大眼睛，看外面的风景。

可能是早起的缘故，又一路颠簸到机场，何图有些晕眩，于是闭着眼睛养神——耳边总是有《假如爱有天意》的旋律响起，叫人伤感不已。

飞机平稳地在 10000 米以上的高空飞行。

姗姗的脸始终没有离开舷窗——每次飞行，姗姗都觉得自己变得很轻，轻得像一缕烟，像机翼旁的一片云。每当这个时候，姗姗都会感觉到灵魂在自己的肉体里十分活跃，冲撞着每一根血管，牵动着每一根神经，好像随时都可能离开自己，跃出舷窗，去拥抱另一种异度空间。

有一团云朵，凝固在机翼的不远处，就像小时候妈妈将弹好的棉花用线系着，挂在屋外晾衣服的绳子上。那洁白、柔软的棉花，在太阳下被晒得异常蓬松，越发温暖，姗姗总想把脸贴在上面，就像贴在母亲温暖的怀抱。

此时此刻，姗姗觉得自己的肉体完全融化了，只剩下白云般的灵魂，感受着窗外的一切——白云开始分出层次，近的、中的、远的，一团一团，仿佛是一片纯净的童话世界，也像若干个美丽的国度。那些国度里神秘而圣洁，柔美也温暖。或许，那样的国度里根本没有人，只有梦幻般的美景和隐隐悦耳的弦乐。

或许，那白色的国度里偶尔会有一两个长着翅膀的小天使在飞翔，有一个飞到姵姵的肩膀旁边，亲吻姵姵的头发；另一个在姵姵的头顶，盘旋着，不愿离去——这便增添了姵姵更加无私的美丽。

好几个小天使就在那白色的云朵里，睁着美丽的大眼睛，注视着姵姵，好奇地看着姵姵贴在玻璃舷窗上的脸。一般人看不见她们，但她们确确实实地存在着，因为那些安琪儿和白云同一种颜色，同一种质地，同一种形态——姵姵看得见，看得见她们在云朵里，一会儿坐，一会儿站，一会儿爬起，一会儿飞腾——就像看雪里的雪孩子在玩耍……

姵姵真想从舷窗跃出，跳到那朵洁白的、厚厚的、温暖的白云上去——她想成为那个童话国度里的第一个地球人，然后第二个便是何图，其他人都不要。

跳下去，不会有事的，因为姵姵已经轻得像一片秋叶。姵姵乘着温暖的云朵飞升起来，脖子上那条红色的纱巾在微微的风里飘逸出别样的美丽——她想从这朵云跳到另一朵云上去，从这个国度跳到另一个国度……然后，就一点一点，像雪花，像柳絮，慢慢融化，慢慢消失，最后只剩下一片洁白！

真如此，那该是多么美好！

有一颗泪珠挂在姵姵长长的睫毛上，像何图送她的那枚心形的天然水晶挂件——"洞庭草青"。


## 第五十七章　梦圆三江底

坐在飞机的过道边上，何图斜靠在椅背上，闭着眼，却清晰地看到了凌云大佛饱含悲苦的泪眼，在千年的历史上，应该是大佛第四次流泪了。

凌云大佛曾经有三次流泪的神迹，何图查阅过资料。

第一次流泪是在 1962 年。那是百年难遇的自然灾害，饿死的人数以万计，岷江上游漂来的尸体纵横叠加，塞满了河道，惨不忍睹……

那一年，人们发现，大佛闭上眼睛，在默默流泪……

凝视着大佛悲苦的泪眼，何图的眼睛也模糊起来。

何图坐在飞机的靠椅上，尽管闭着眼睛，泪珠还是执着地滚了出来——婳婳依然把脸贴在舷窗的玻璃上，她以为何图已经睡着了。

何图依旧闭着眼睛——在恍恍惚惚中，他再次站在了大佛脚下。何图仰望着大佛，回想着围绕大佛发生的一切，忽然心有所感，不由自主地低吟出一首诗来：

坐观世邪正，佛眼转轮回。

人心无清白，纵横三江水。

麻浩凿崖墓，化城埋枯鬼。

佛财依旧在，乌尤变离堆。

这是自己刚刚吟出的一首诗，属于即兴之作。可是，何图苦思冥想，却又终不能理解这首诗的意图所在。

估计是遇上了气流，飞机有些颠簸，何图闭着眼睛也能感觉得到。紧接着，飞机像是在下降，逐渐在降低飞行的高度——何图闭着泪眼，他不愿意睁开。就这样吧，让自己的身体和灵魂自由地存在，不管飞到哪里，都是一种必然的归属。

飞机还在下降。

闭着眼，何图却看到了飞机离岷江不足 1000 米了。

难道要在水上迫降吗？

飞机居然一直坠入岷江，机上居然没有一丝骚乱的声音。

这样真好！

是失忆吗？

明明是和婳婳乘坐的川航 3U8548 航班。

可是，现在怎么感觉是在船上呢？

船号就是 8548。

那船不像是下沉，而是像一艘透明的潜艇在水下旅行。

潜艇里只有何图和婳婳两个人，婳婳把脸贴在潜艇的玻璃舷窗上，正在看着奇妙的水底世界出神。

潜艇不知潜下去多深，何图眼前是一片深黑色的水域。

也不知潜行了多远。

婳婳把手从潜艇的玻璃舷窗伸出去——舷窗上的玻璃仿佛就是水做的，也许，根本就不是什么潜艇，只是一只拆掉了篷子的小木船。婳婳正蹲在舱里，用手拨弄着水里一株蕨类的水草，那水草的头就摇晃着，像拨浪鼓。

潜艇的速度越来越慢，慢到可以让婳婳不紧不慢地捞起像蛇一样的藻类植物。

那是一根"芦芽"吗？金灿灿的，闪着耀眼的光，在幽暗的江水里格外明亮。

潜艇倒也善解人意，朝着发光的地方靠过来，越来越近，近到伸手就可以握住那根金黄的芦芽。婳婳伸出手，用力一抓——哇，哪是什么"芦芽"，沉甸甸、亮闪闪，分明是一支精致典雅的金色派克笔——更让婳婳惊奇的是派克笔上镌刻的文字：

天涯不再遥远
世界尽在眼前

这分明就是自己送给何图的生日礼物，怎么会在这里？

惊讶、疑惑、不安，一股脑儿，化作许多金色的小虫，在自己的耳边嗡嗡作响。随之，江水里形成一圈圈迷离的振动波，一串串泡沫，顺着水流朝着江面游弋过去。

就在婳婳凝视着手中"派克笔"出神的时候，那"派克笔"仿佛诈死一般，猛地一个打挺，纵身一跃，从婳婳的手里挣脱，霎时化作一尾金龙鱼，乘着一道金光，逍遥而去。

姗姗显然受了惊吓，停顿了好久才回过神来。手里哪里还有什么派克笔。那尾金龙鱼扭身而去的时候，鳞甲的金光一闪，照亮了江水幽暗的一隅。

是派克笔化作了金龙鱼，还是金龙鱼伪装成了派克笔？

姗姗想起了庄周梦蝶的那个场景。

其实，蝴蝶和庄周都是虚幻的，那个梦才是真实的。

同样，派克笔和金龙鱼的背后有着一股神秘的力量，引导着，主宰着一切，这才是姗姗充满好奇却又百思不得其解的。

潜艇像是一艘幽灵船，无人驾驶，却紧紧尾随着那尾金龙鱼朝前驶去。

忽然，前面的水域异常开阔起来，色彩也格外明丽。

眼前是一座富丽堂皇的建筑，雕梁画栋，亭台楼阁，水榭假山——一座歇山顶式的主体建筑在水底闪出金光，叫人疑心那是龙王的水晶宫。

越来越靠近了，何图这才看见，通往主体建筑的下面有九层环形的台阶。

最下面一层台阶上站着好些人。

好像是在等待，也像是在欢迎何图和姗姗。

这些人一动不动，像是雕塑。

但他们的眼睛又是鲜活的，传递着一种波形的语言，在水里闪烁着。站在左边的，不就是上次在地下暗河遇到的那两个人吗？

是的，身材修长，气质典雅，青衣飘飘的那个叫方锦；个子较矮的，丫鬟打扮的，天真活泼的，叫翡儿……

"竹君！"

何图差点叫出声来，在方锦和翡儿之间的那个女子，尽管服饰不同，但相貌、神态、举止分明就是竹君。

台阶的右边有一个美丽的女子，一手执柔翰，一手弄彩笺，锦袖轻舒，暗香隐隐。她的身边立着一人，盔甲鲜明，战袍垂地，虽是满脸沧桑，却也一身威武——那两道上扬的剑眉与深沉的目光，让何图立刻想起金鼎集团的柳亦剑总裁。

众星捧月——中间那位，正是姗姗在水下梦游见到的那位"青衣女神"，她还是先前那般模样：

立于石阶之上的青衣女神，正迎风赤足，眺望着远方。她的青衣之上，点缀着几片翠绿的树叶，手臂上的草环，头上的花冠，俨然成了大自然赐予她最美的点缀。她左手竹匾，右手采桑，安然慈祥；她袅袅婷婷，神圣温婉，像是御风渡水，又似踏云飞翔。

那个神秘的声音再度响起，何图和姗姗都听得真真切切：

黄河泱泱，洛水茫茫。
书归青衣，图入幽江。
……

所有的人都站成一排，神情各异，有的慈祥、有的灿烂、有的安然——与身后的八级汉白玉台阶以及亭台楼阁相映，俨然是一张珍贵的合影。

青衣女神的两边显出一些宽余，完全可以再容纳两个人。

那尾熟悉的金龙鱼就在眼前，摇头摆尾，在青衣女神两边宽余的空间里上下盘旋，仿佛一名金甲使者。

……

## 第五十八章　三探凌云山

"各位旅客，由北京南苑机场飞往成都双流机场的 3U8548 航班已经顺利抵达双流机场……"

175

何图睁开眼睛，眼角的泪水已经干涸。

何图一颗悬着的心终于落地了。看来，此次入川很顺利，感谢佛祖的保佑。何图和婳婳紧紧地拥抱了一下，用自己的心跳来传递彼此的祝福与祈祷。

10点零7分，他们已经赶到了乐山景点，面对着岷江，感慨万千。

何图一眼看到了那座耸立在江心的"赏佛楼"——心里猛地一阵疼痛，他知道，竹君正在某个地方，咬着手指，呼唤着自己。

他想起了中国古代二十四孝故事中的"啮指痛心"的记载：

曾参侍奉母亲极其孝顺。曾参入山打柴，家里来了客人，母亲不知所措，就用牙咬自己的手指。曾参忽然觉得心疼，背起柴迅速返回家中，跪着问缘故。母亲说："有客人忽然到来，我咬手指让你知道。"

后人也以诗颂之，"母指方才啮，儿心痛不禁。负薪归未晚，骨肉至情深"。

十指连心，说的不单单是自己，还有"此指连彼心"的玄妙。

十指连心，指的是疼痛的传递；"此指连彼心"，除了疼痛的传递，还蕴含着"心灵密码"编织的语言。这种语言，凭借遥感，超越时空，发于心，止于心。

竹君，你在哪里？

这一生，还能再见吗？

何图和婳婳乘船横江，已经来到了岷江江心。

他们再次瞻仰着"睡佛"的全貌——"睡佛"的"脐眼"就在灵宝峰上，那个像一把神秘钥匙的灵宝塔将是他们寻幽探秘的第一站。

在那里，他们会找到灵宝塔的西门，转动那个神秘的"卐"形把手，启动枢纽装置……

在船上，可以清晰地看到，那"凌云大佛"正位于"睡佛"的心脏部位——而灵宝塔下的甬道正通往大佛的脚下，通向岷江江底那座神秘的地宫。

何图的心突然悬了起来，一阵虚空。

心，好像被一种神秘的力量摘走。

就像赤壁鏖兵之前，一阵风过，刮起的旗角拂于周瑜脸上，周瑜猛然想起一事在心，大叫一声，往后便倒，口吐鲜血。诸将急救起时，却早已不省人事——此时的何图也是如此，猛然想起一事，急火攻心，一个趔趄，往后便倒——幸亏姗姗一下子扶住了他。

他佯装镇定，急忙掩饰自己。

是的，就是那乌尤殿里的"卍"枢纽！

如果说，灵宝塔西门第八个券龛里的"卍"枢纽是通向大佛脚下岷江江底的地宫，那么，乌尤殿里的"卍"枢纽又通向何处？

难道……

满腹疑云再次笼罩了何图的心。

何图搜索枯肠，找不出任何的蛛丝马迹。

在何图看来，这个谜团已经无解，终将成为绝世之谜。

何图有些无所适从了。

不知道该从哪里进入甬道。

是灵宝塔？

还是乌尤殿？

如果说，灵宝塔里"卍"枢纽下的甬道是通往大佛江底地宫，那么，乌尤殿里的"卍"枢纽开启之后，又会通向哪里？

未知的世界，未知的恐怖。

他不知道该不该把这个猛然撞入的谜团告诉姗姗。

……

## 第五十九章　桃花图

"小馨，小馨……"

是何图的声音，兰小馨很是开心。

小馨闭着眼睛，趴在桌上午睡——她睡得很沉。

但她的耳朵醒着，她听出了何图的声音，心里倍感温暖。

每次，何图主动找她的时候，小馨都如沐春风。

"哥哥……"

小馨睁不开眼睛，但却喃喃地发出了最真实的心声。

在小馨的心里，何图比亲哥哥还要亲。

"小馨，你发在空间的那张图片我看见了……"

依旧是温文尔雅的男中音，也是小馨最喜欢听的声音，很有磁性，很圆润，很敦厚。

但今天，何图的声音中却多了一种浓浓的温情，让小馨别有一番滋味在心头——小馨喃喃着，想哭，但她还是睁不开眼睛。

"小馨，这是我一生中看过的最美的图片，你是怎么想到的？简直是一种艺术的设计，天才的创意！"

"哥哥……"

小馨听到了何图说的"一生中"三个字，立刻有一种不祥的预感袭来，像是被棉絮塞满了整个胸腔，仿佛要窒息。

"小馨，这是你创作的最美的艺术作品！留给哥哥做个纪念吧！"小馨依稀记得，昨晚一直在构思桃花图。她把自己的纤纤小手、一枝桃花、一碟一碗，还有碗里的几片桃花瓣巧妙地组合好，多层次、多角度地拍摄了好几幅《桃花图》的摄影作品。这幅摄影作品设计巧妙，情感丰富，意境深远，连自己都感动得流泪了。

她把定稿的《桃花图》上传到空间的时候，已经是子夜时分了。

"小馨，图下是我题写的一首小诗，是哥哥今生送给你的礼物……"

"哥哥……

"'今生'？……"

这两个沉若铅球的字眼再次击中了小馨，泪水从小馨闭着的眼睛里流下来。

听说何图为她的摄影作品题诗，小馨梦游般地，立刻去用手机翻阅她的主页，尽管，她还是无法睁开疲倦的双眼。

不错，是何图的留言。奇怪的是，何图在留言之后，那时间显示栏里竟然是空白——小馨无法判断何图留言的具体时间。

在美轮美奂的《桃花图》下，何图留下了如下神秘的墨迹：

即兴题兰小馨《桃花图》并序

一碟、一碗、一桃枝。

玉指纤细，画笔如仙。

几片桃叶凝碧水，满枝桃红染秋山！

一泓甏画池，尽在桃花碗；那只桃花碟，宛若桃花山……暮春时节花满地，一碗白水返自然。

碗里绯红的桃花瓣　像船、像帆，也像你纯真的笑颜！

风吹皱宁静的水面　是鱼，在桃花瓣下喋水，自在也翩翩……

桃花碟是桃花山，

桃花池在桃花碗。

桃花船漂桃花瓣，

桃源梦断桃花潭。

在落款处除了何图的网名"图腾"外，还有何图的自我签名：

回忆，是一川烟雨。

提笔，已晚霞满天。

## 第六十章　锦城新闻

10月8日凌晨5点。

四川《锦城快报》头版头条：

10月7日14时14分，载着40名游客的一艘游船，在岷江行驶，行至凌云大佛附近，忽遇巨大涡流，造成游船侧翻，游客全部落水。经过官方全力施救，38人获救，5名溺水严重者在乐山医院已经脱离了生命危险。

至记者截稿时止，仍有两名游客下落不明。

防洪官兵搜寻河道一昼夜，仍未发现任何踪迹。

通过游览中心电脑数据确认，失踪两名游客为北京籍，一男一女：

男性：何图。

女性：骆婳婳。

第一稿完成于2016年3月06日

第二稿修改于2016年3月19日

# 万象皆真性，风物尽通灵

——论蓝岛文艺"性灵体"小说的创作

## 一、缘起

在文学创作上，清代即有"性灵派"，其代表人物是袁枚。袁枚的"性灵派"是针对诗歌创作的，强调的是性情、个性、诗才。其中"性情"是诗歌的第一要素。"性灵说"的核心是强调诗歌创作要直接抒发诗人的心灵，表现真情实感，是感情的自然流露。

"蓝岛文艺"的"性灵体"与袁枚的"性灵"并没有什么渊源，同名不同义，"此性灵"非"彼性灵"。

我们提倡的"性灵体"是"蓝岛文艺社"推出的新文体之一，是专指"小说"而言的，全称叫"性灵体小说"，而不是诗歌，这是体裁上的差别。

我们并不是要借助古人提倡过的"性灵"二字来做自己的品牌宣传，绝非一种噱头。只是因为"性灵"博大精深，其含义之广，含义之深，"仰之弥高""钻之弥坚"，不是袁枚的"性灵说"所能涵盖的。

深思之后，执笔而书，旨在提出并明确"性灵体"的创作真义，并欲将此新文体推广，以"性灵体小说"来丰富中国文坛创作，这也算是一名热爱文艺的学子，孜孜不倦，躬耕在心灵田园上所尽的绵薄之力吧。

## 二、释义

"蓝岛文艺社"的新文体——"性灵体小说"被提出之后，有很多人问我，"性灵体"到底是什么，我想还是从基础说起。

为了对"性灵体小说"的内质作出界定，我们还是先来回答"性灵体小说"不是什么?

性灵体小说,不是聊斋式的鬼狐小说,不是《西游记》式的神魔小说。

性灵体小说,也不是镜花缘式的奇遇记,更不是表现灵异方面的神秘主义,不是宣扬因果报应、灵魂轮回的宿命论。

现在,我们再来回答"性灵体"是什么?

首先,我们来对"性灵体"的三个核心元素作出诠释,这是弄清楚"性灵体"的基础和前提。

(一)形(行)

形,是指人的身体与物的外在形态,也指人或物的某种行为活动。

(二)性(心)

性,也称为"心",指真性、本性、心性,是感受、接收、传递、反馈"灵"的信息的一个中间环节,好比一个接收器或者发射器。这是"性灵体"小说中第一个层面的精神本体,是介于"灵"与"形"(行)之间的一个媒介,是通向"灵"的引擎。所谓"物我感应,物我互通"都是通过"心"(性)来点燃和传递的。这里的"心"不是实体的"心脏",而是指一个人的心理、灵感、情绪、思维、意识等精神领域,带有强烈的主观色彩,它比"形"(行)高级,比"灵"低级。

(三)灵

灵,是"性灵体"小说中第二个层面的精神本体,是万物不灭的"精神内核",是万物趋向永恒的实体,也是万变不离其宗的至高境界,是精神层面的本源。

这里的"灵"是指"形"(行)和"心"(性)之外的一种自然的或超自然的能量,是客观存在的能量的总称,它包括天地运行之道,包括大自然神秘现象与规律以及冥冥之中各种力量的主宰等。

### 三、关系

那么,这三个元素之间存在一种什么样的逻辑关系呢?

1. 人和万物都有"形"(行):人和万物都有自己的外在表现形态,

都有自己外在的行为，可观可感，皆存在于大自然和现实世界中。形（行）之不同，物之不同，如树木之"形"和羚羊之"形"是完全不同的，于是就区分出了树和羚羊。

"形"（行）是区别每个"物"之间不同的重要标志。如，人有人的形态和行为，兽有兽的形态和行为。

2. 人与万物皆有"心"（性）：人有"心"（性），动植物与人一样，也有"心"（性），有自己的喜怒哀乐，有自己的内在精神世界。它们同样能接收、感受、反馈各种情感和信息。前面所讲的"形（行）"之不同，"物"之不同，而这里接着要讲的是"心"（性）之不同，"物"之不同。如"人面兽心"者其实已退化为"兽"，只因为其"心"（性）已改变。我们常说的所谓"一念之善为佛，一念之恶为魔"，其中的"念"便是"心"，便是"真性"。

3. 万物之外皆有"灵"人与万物之外，还有一个超自然的能量世界。这种能量超越时空，主宰万物，我们姑且称之为"灵"。"灵"会以某种能量的形式投射到自然万物和人的身上，通过人与万物的"心"（性）进行互通感应，进行能量交换，从而影响甚至改变人与万物的"形"与"行"，甚至改变人与万物的"心"与"性"。

人和自然万物都有"形"（行），也都有"心"（性），开启了"心"则通往"灵"。

人与万物形态万千，瞬息万变，互相转化。所以，形（行），只是一种虚幻的"表象"而非实体，而万物之"灵"才是本体，永恒不灭。

"形"只是"灵"的投影。

"灵"才是"形"的本体。

"心"（性）则是连接"形"（行）与"灵"的桥梁。


**四、法则**

理清了"性灵体小说"的构成元素和相互关系之后，我们在"性灵体小说"的创作过程中，还应该遵循如下的性灵法则。

（一）灵之所至，心必感之，行必趋之

外来之"灵"总会有选择性地将能量投射到某个特定的人或动植物之上，被投射者的"心"自然会接收并感应"灵"的能量。

"心"感之后，又会影响其"行"——换言之，"灵"是通过"感动"其心来"改变"其行的，如"天才"便是此例。

这是一条"由外向内"的路径，由"灵"入"心"，由"心"至"行"。用李白的《梦游天姥吟留别》来作比："我欲因之梦吴越，一夜飞度镜湖月……"便是"灵之所至"之故；而梦醒之后的"忽魂悸以魄动，恍惊起而长嗟"便是"心必感之"的表现；而最后的"别君去兮何时还？且放白鹿青崖间，须行即骑访名山"则是"行必趋之"的结果。

这是性灵体小说创作中应当遵循的第一种性灵法则。

（二）心有所感，行有所为，灵有所动

这里的心、灵、行互通感应的方向与前者刚好相反，但依然体现了三者之间的辩证关系。前者是"由外而内"，这里是"由内而外"——当"心"集中、专注于特定的事物，其"行"也会随心而变，顺心而来。"心"与"形"一体，"心"与"行"交融——这样，自然会触及"灵"的世界，唤起"灵"的感应——"灵"的能量则会促成目标的实现。我们所说的"心诚则灵"，其实还不够，还缺一个"行"字。

古代有个典故可以作为这里的注脚。

说的是有个进京赶考的秀才住在客栈。店主的女儿才貌双全，让其一见倾心。为了测试秀才的才华，店主的女儿便出了一个上联，让秀才对出下联，上联是：

冰冷酒，一点、两点、三点。（繁体字的"冰"的偏旁是一点水）

秀才苦思冥想不得其解，竟然郁郁而终。

然而，过了不久，秀才的坟上竟长出一株丁香，开出了美丽的丁香花。

少女恍然大悟，为秀才至死不休的精神而感慨万分——原来，秀才死后，终于对出了举世无双的绝美下联：

丁香花，百头、千头、万头！（繁体字的"万"是草字头）

这里，"心有所感"（集中、专注于下联），"行有所为"（执念下的苦吟），"灵有所动"（坟头开出丁香花，灵被感动，完成其夙愿）。

于是，这三者之间便完成了相互转化。

中国古代二十四孝中的"啮指痛心"也属此例。

这是性灵体小说创作中应当遵循的第二种性灵法则。

（三）形与心合，心与灵通，三者合一

其实，不管是哪一种路径的性灵法则，都体现着"心、行、灵"的转化。这三者是相互依存，相互作用，互为因果的，从而实现了人与自然的合一，结出了物我互通，天人感应的和谐之果。

## 五、定义

"性灵体"首先是以反映社会生活，表现人们的思想感情和心理嬗变为主要内容的小说；其次，"性灵体小说"也是探索、揭示人与自然，人与万物之间神秘关系的小说。在创作的过程中，"性灵体"多以深层次的意识流动、心理挖潜、脑力激荡、灵光捕捉为艺术表现手法，结合梦境暗示、吃语解码以及冥想神游等，使性灵体小说杂糅了社会小说、自然小说、心理小说、神秘小说的特质，从而使"性灵体"小说的内涵更加丰富并产生特定的审美价值。

## 六、主题内容与艺术手法

（一）性灵体小说的主题内容

1. 表现人与自然的和谐美好。

2. 对人性与物性中的美丑进行辩证思考。

3. 对心与灵合，灵与体分等神秘现象的揭示。

4. 探寻人物的心理玄机，重组隐含的灵魂碎片，正本清源，还原事物本质。

（二）性灵体小说的艺术手法

性灵体小说除了采用传统小说的艺术表现手法之外，还包括设计各种关系以及关系的"连接点"，设置艺术谜底和悬念，步步设定，一朝解密。性灵体小说更多的是采用非写实的手法，非现实的写法，包括梦境、吃语、冥想等。

性灵体小说中的"连接点"的甄选是一个关键点，它是指能够联通人与人，人与物，人与灵之间的各种事件或场景，甚至只有一个小细节。

"连接点"也是实现现实与梦幻相互切换的重要桥梁，就像电视机的遥控器一样。连接点的选择和使用要真实、自然、顺畅，符合生活的逻辑。不顾生活真实，艺术真实的虚假编造、信手杜撰的"连接点"会导致性灵体小说创作的失败。

综上所述，"性灵体小说"，综合了社会小说、自然小说、心理小说、神秘小说的特质，从而形成了特定的审美价值，造就了"生活之美、神秘之美、空灵之美、典雅之美，奇险之美"的艺术效果。


承影落雪

一稿于 2014 年 5 月 14 日

二稿增补于 2014 年 11 月 27 日

当代中国小说榜

# 佛眼

## （下）

承影落雪 著

中国文联出版社

# 目　录

1

锦官

## 一、雪莲果

"师傅，您筐里卖的什么呀？"

雪溪的额头已经沁出了一层细汗。

山不大，但毕竟是一路向上，耗去了不少体力。喝了几口自带的温白开，并不觉得解渴，雪溪的心里像有一个小火球在燃烧。

她和锦官都扶着腰，喘着粗气，在半山腰的石阶上坐下来。

"这个叫雪莲果，也叫神果，我们山里人都叫它山地瓜，甘甜凉爽，像冰梨，很解暑的，来两个吧？！"

那个看起来很憨的中年人，指着筐里像甘薯一样的东西说道。他的声音显得有些急促，川味也很浓郁。

雪溪和锦官四目相对，会心地坏笑了一下。

他们要买的是"雪莲果""神果"，而不是什么"山地瓜"——这里的买卖人很实在，丝毫不懂营销里的产品包装。

"雪莲果，神果，名字真好，来两个吧！"

也许和雪溪一样，心里有个小火球，听到"雪莲果""冰梨"这样的名字，锦官也没问雪溪，便直接要了两个。

"一个多少钱啊？"雪溪弱弱地赶紧补问。

"三块钱一个，两个六块。"

锦官的心里油然生出一种感动，感动着山里人的纯粹。

这三块钱，就是山里人心里的三块钱，或许远低于他种植、挖掘山地瓜的劳动成本，世俗的狡黠、伪装与山里人的纯朴是两个世界。

中年人从筐里挑选了两个最大、最光滑的雪莲果，用刀削了皮，用很干净的纸巾包住雪莲果的根部，递给了眼前两个游山的年轻人。

看着手里的雪莲果，不知怎么就想起了传说中的"人参果"——那"人形"的果子，挂在枝头，在风里一晃一晃。

锦官手里的雪莲果也在摇晃着身体，像扭秧歌。慢慢地，雪莲果"晃"出了一个圆圆的小脑袋。接着，有两只小手从雪白的身体里伸出来，两只小脚蜷在那里，它还在赖床——明明就是冬天，在雪国里，一个刚睡醒的雪孩子：它蹬掉了雪绒被，先是在锦官的手心里蠕动着；然后，坐起来，揉揉眼，把手拢起来，放在嘴边轻轻地呵一下；现在，它开始舞蹈了，如雪的身体越来越轻盈，最后变成一阵雪白的轻烟——锦官分明看见雪莲果里有一缕雪白的惊魂脱胎而去，瞬间消融在雪溪白皙的皮肤上看不分明了。

锦官诡异地看了一眼身边白皙、玲珑、娇弱的雪溪，但很快镇定下来，张了一下嘴巴，还是把话咽了回去。

削了皮的雪莲果晶莹剔透，咬上一口，正如那个中年人所说，除了像冰梨一般的脆爽、甘甜、清凉，还多了一丝幽幽的草药香。

## 二、麒麟

扬子江中水，蒙顶山上茶。

他们是慕名而来，恰逢一场初秋的雨后。

缆车缓缓地向高处"爬"行，时而与沾衣欲湿的丛林擦肩，时而为薄薄的雾岚包裹——俯视脚下层层梯田，顿有"荡胸生层云"的感受。这一对来蒙山游历的小儿女恍然有"遗世而独立，羽化而登仙"的感觉。

缆车越升越高，驮着二人吃力地飞翔在崇山峻岭之中。

脚下的景物逐渐模糊起来，锦官和雪溪的眼睛也开始模糊起来。

那层层绿浪般的茶田变成了围棋棋枰上绿色的小格子。

乘着缆车，就像骑上一只"绿色的大鸟"，锦官的心忽然变得很空。他像失忆的孩子一般，心里一下子涌进来许多莫名的感动，那寂静、澄澈、高远、悠然的世界仿佛只有他一个人存在——甚至不记得身边还有一个弱小的雪溪了。

凌空鸟瞰，山阴斑驳，黄绿交错。

俯视脚下的风景久了，自然有些审美疲劳。

锦官眨了一下眼睛，转换了一个视觉——倏然间，他像进入了一幅三维立体画之中，眼前的景象，奇异而美丽，清晰而透明：

像摄像机的镜头在缓缓拉伸，慢慢聚焦，渐渐接近——整个蒙山之阴，竟显现出了一只偌大的麒麟造型。那麒麟，麟角分明，昂然耸立，潇洒回首，漫步在山阴中间……

更奇妙的是，一个披甲武士，紧跟麒麟的脚步，护法一般……

"溪儿快看，看那是不是麒麟……"

"在哪儿？……没有啊，只有黄一块，绿一块的，你是不是看花眼了呀……"

锦官又眨了一下眼睛，果真如雪溪所说的，什么都没有，只有斑驳的山石和黄绿交错的色块。

刚才一闪而过却又十分逼真的画面——难道是幻觉？

锦官迷茫了。

## 三、甘露

过了蒙顶山山门，便是通向天盖寺的一段天梯。

在埋头攀爬石梯的行程中，锦官偶一回眸，山门背面的匾额上"漏天之盖"四个大字映入眼帘——它被薄薄的雾霭笼罩着，任由蔓延的青藤缠绕，隐逸之美，映衬之美，瞬时定格心间。

真是"妙手偶得"，锦官心头一喜，接着一扬相机，用"犀牛望月"的英姿，以最快的速度按下了快门。

蒙顶山因山高雨多而形成了云多、雾多的景象。

据说，这里是女蜗补天时遗漏的地方，因为雨水太多，只能在这里建"盖"了。

锦官挽着雪溪，坐在一块略为平整的山石上，相互依偎着小憩，也赏一赏山间美丽的雾岚。轻纱般的云雾飘浮于山岭沟壑之间，小山浮露，仿佛仙山琼阁，叫人沉醉其中。

锦官咔咔连拍了好几张相片，又让雪溪摆了好几种 Pose，送给她一组"美女云雾图"，算是此次游山里程碑式的纪念。

"蒙顶山上茶"乃茶中极品，或者也与这里常年雨细雾多的滋润有关。所谓"人杰地灵"，反过来，"地灵"也"茶杰"吧。

正午的阳光暖暖地渗透着每一块山石。一阵倦意袭来，雪溪的睡眼便在这温暖中蒙眬起来。于是，锦官成了雪溪梦中可以依靠的一棵树，虽不高大，却很挺拔。她已经习惯了锦官的臂弯，那是她花季年华中舒适的枕头和温馨的暖炉。

很快，雪溪沉睡在锦官的臂弯。

锦官却毫无倦意，一边守望，一边欣赏着苍山云雾、幽林茶田。

过了一会儿，锦官百无聊赖，与阳光一起，变得慵懒起来。

他习惯性地掏出手机，浏览着无聊的网页。

他下意识地将页面切换到了手机微信的"摇一摇"，连带一摇，屏幕上跳出一个人来——正是与锦官同时"摇一摇"手机的人。

头像是一个小巧玲珑，披着轻纱飘飞的女子，名字叫：


甘露


"甘露，好吉祥的名字。"

锦官主动招呼，还附上一朵小红花。

"嗯，你也是……"

很快，锦官的手机屏幕上跳出来几个朵云状的字体。

"我？"

锦官感觉到了一些温柔，像突如其来的暖风拂面。

"嗯，我也喜欢你的名字，'一身锦绣，满腹华章'。因为'蜀锦天下秀'，才会'锦官天下闻'呢！"

显然，甘露对蜀都的历史很熟，一语道出锦官名字的典故。

"我们以前认识吗？"

简短的寒暄之后，一种亲切的敬意油然而生——锦官对甘露有一种"似曾相识"的感觉了。

"当然啊，我曾在园子里，你曾在园子外，你曾守护着我啊……"

甘露的话亲切、温存还略有些诡异。

"有些吓人，这说的好像是前世的事情吧！"

锦官附会着，很圆通地化解了自己的尴尬。

"我也知道蒙顶山上的'甘露'，是仙茶，莫非你是茶仙子？"

锦官自然联想起甘露茶来，在赞美对方的同时好奇地问。

"嗯，是啊……我住在蒙山上，'八仙宫'附近。"

一个名字而已，还真把自己当茶仙了。锦官觉得甘露有点自恋。不过，女孩子嘛，总是这样的，温柔中也有一些矜持、自恋和任性——在锦官的心里，温柔、体贴、善解人意是可口的面包，而矜持、自恋、任性则是面包里的五味调料，他喜欢有个性之美的女孩子。

因为要急着赶路，锦官礼貌性地结束了与甘露的对话。

甘露则回了一句，温暖也莫名其妙：

"我在园子里，你在园子外……"

锦官笑了一下，关闭了微信。


## 四、阴阳石屏风

锦官摇醒了雪溪，继续赶路。

雪溪嘟着嘴，像个小尾巴，跟着锦官继续在天梯上攀行，一直向天盖寺而去。

天盖寺，庄严而神秘。

天盖寺之名缘于女娲补天的传说。

相传，女娲炼五彩石补苍天，至蒙顶山上空时，元气耗尽，身融大地，留一漏斗，甘露常沥，故有"漏雨蜀天，中心蒙山"之说。在此修庙，意指"漏天之盖"。

天盖寺的主殿叫茶神殿，供奉的不是西天佛祖，而是 2000 年前曾在此结庐种茶的茶祖吴理真的全身坐像。

据说在西汉甘露年间，吴理真亲手将七株"灵茗之种，植于五峰之中，高不盈尺，不生不灭，迥异寻常"。

在锦官的印象里，蒙顶山是仙茶的同义语，吴理真是仙茶的代名词。当然，也包括刚刚在微信里"邂逅"的那个叫甘露的女孩。所有这些，统统构成了锦官不虚此行的艺术形象。

随父母礼佛十余年了，早已成了习惯。肃然敬拜了茶神之后，锦官拉着雪溪走出了天盖寺的后门，继续向高处攀登。

扶着长满青苔的石栏，偶一回眸，依稀可见佛门内烛光点点，幡角飘飘，锦官的心中涌现四个温暖的大字，是大大的榜书：

佛光普照

很快，这对小儿女登上最后一级石阶，跃上一个平台。

离石阶最近的是一堆乱石，被几层雨布覆盖着。左边有一个严重倾斜的石碑，依稀可见碑上的铭文。

原来倒在平台中间的是一座"阴阳石屏风"。

这屏风建于明代天启年间，主体景物是一只栩栩如生的麒麟，头顶辽阔云天，足踏翻滚海水。据说，屏风建成之后，奇妙诡异的事情便发生了：屏风上的麒麟浮雕，一年四季，身体都是干的，而四足及下面的云海始终是湿的，晴雨皆同，成为蒙顶山一大奇观。

因为汶川毁灭性的大地震，石屏风彻底倒塌了，也无法再见那只麒麟的真容，究竟如何奇妙和诡异，只能存在于想象之中了。

"溪儿，你用手机搜索一下'蒙山阴阳石麒麟'，我要查个资料。"

锦官一边举起相机咔咔地拍摄眼前的残景，一边对雪溪说着。

"百度就是好，封建科考的考生要是有百度，一定可以中状元，你也可以中状元。"

锦官看着雪溪的手机，和雪溪打趣着。

很欣慰，百度上关于"阴阳石麒麟"的文字和图片渐渐"水落石出"了。

文字很翔实，图片很鲜明。

"这么眼熟……"

锦官有些惊讶，闭上眼睛，迅速在曾经的记忆里展开搜索。

图片上的石麒麟，麟角分明，昂然耸立，潇洒回首，漫步在云海之间。

天下麒麟万万千，但没有完全相同的两只，就像世间没有完全相同的两片树叶——眼前的这只麒麟，其形，其神，其静，其动正是锦官在缆车上俯瞰蒙山时见到的那只麒麟，只不过那只是放大版的，这里是浓缩版的而已。

麒麟是瑞兽，也是灵兽，一般在君王贤明，太平盛世时出现。

锦官记得最清楚的是《春秋》里的"西狩获麟"的记载，尤其是孔子抚琴而歌的词章：

唐虞世兮麟凤游，今非其时兮来何求，麟兮麟兮我心忧！

关于两次出现的麒麟，吉凶难测。

因为"天意从来高难问"。

锦官想。

## 五、碧潭

阴阳石屏风的后面矗立着一座石牌坊，被浓厚的青苔包裹着，使整个石牌坊呈现出墨绿色。牌坊上的浮雕因历史沧桑而严重风化，斑斑驳驳，叫人浮想联翩。加之汶川大地震，牌坊正上方的顶盖和垂檐已经坍塌，只剩下四根立柱和三条石梁。

一向喜欢"考古"的锦官在牌坊前注视了很久，眼里湿漉漉的——锦官是典型的完美主义者，性格中交织着悲观与浪漫的成分，他见不得残破与沧桑。

或许是在钩沉远古的历史，将历史文字与眼前的实物进行对接；或许是在满目疮痍的残景中独自悲戚；也许是进入了联想状态，在构筑一篇奇异瑰丽小说的脉络——雪溪静静地陪在旁边，这个时候，绝不会打扰他，她知道锦官的心思。

牌坊左门横额依稀可见"一瓢甘露"四个字——"露"字是根据前三个字猜出来的。"露"字剥损严重，几乎遁入石中，留在外面的算是一点残破的蛛丝马迹而已。

这让锦官又想起微信里那个和自己同时摇晃手机的女孩：甘露。

甘露，一定是女孩子吗？

人们总是喜欢依据名字、头像、说话时的语气语调来判定对方的性别和年龄，锦官也不例外。人们总是将"蝴蝶"与女性连在一起，尽管大家都知道，蝴蝶也分雌雄……

甘露……蝴蝶……甘露……

甘露的白纱裙渐渐被石牌坊上的青苔染成了墨绿，但她依旧执着地朝着历史的时光隧道飞去，一直飞进牌坊匾额中一个无形的洞门，只留下一缕被石棱扯断的裙纱。

陈年旧迹已模糊，锦官想。

突然，手机的微信上冒出一个红色数字①，雪溪从锦官的手里抢过手机，嘴里嘀咕着：

"有人加我微信哦……"

"谁呀，这荒山野岭的，不会是什么精怪吧！"

锦官故意吓她。

"你才精怪！"

雪溪的小粉拳干脆利索地"砸"在了锦官的胸前。

点开红色的符号，出现了那个人的名字：

碧潭

一个陌生的、深沉而有内涵的名字，雪溪很是喜欢。

日暮时分，两个人都累了，大腿小腿都像被板子毒打过，一颤动都疼。尤其是雪溪，一天不知"哎哟"了多少次。

他们也想学李白《夜宿山寺》——可是，这里并没有什么山寺，只有现代的宾馆。他们决定就在位于半山腰的"圣露茗山庄"住一晚，这名字很讨人喜欢，还没住进去，仿佛已经闻到了蒙山的茶香。

蒙山在雅安境内。

雅安有三绝，雅女、雅雨、雅鱼。

对于锦官和雪溪来说，这算是一次最完美的旅行。

感受雅雨自不必说，锦官和雪溪正是在一场绵绵的秋雨之后开始登山的。雅安的蒙蒙细雨自然、清新、滋润。走在其中，像徜徉在天然氧吧，神清气爽。因此，雨后的蒙山，自然是"山路元无雨，空翠湿人衣"了。

这样的空气，滋润而绝不黏连，在呼吸之间，他们的身心已经得到了大自然最美的净化。

记得中午的时候，他们在"雅鱼砂锅店"要了一份"雅鱼"。

锦官开玩笑地说，雅鱼肉嫩味美，与雪溪有得一拼。

雪溪认为这是在嫌她长得白胖，锦官急忙纠正，说这是"丰腴之美"。

终于吃到雅鱼的"天堂骨"了，"出土"了一柄"宝剑"——这是识别真假雅鱼的防伪标记，假的雅鱼是吃不出"宝剑"来的。相传雅鱼乃女娲补天时遗落的宝剑入水所化，所以雅鱼"天堂骨"形似一柄"宝剑"。

雪溪说："这雅鱼，真是名副其实，不仅味美，而且骨格清奇雅致，这简直就是一柄'君子剑'呢，这剑只能配君子了。"

于是，雪溪毫不客气地将雅鱼的"天堂骨"夹到了锦官的碗里。

锦官瞪了她一眼，很无奈地接受了她恶作剧般的馈赠。

至于雅女，锦官和雪溪都没有正式见过，应该是那种皮肤极好，性格极好，温柔婉约的淑雅女孩子吧。

锦官再次想起"甘露"，认定她是雅女无疑。想到这里，锦官竟有些回忆的温馨了。

这对小儿女简单地用了晚餐，洗漱完毕，一起跳上了"圣露茗山庄"客房里温馨的大床。

一番温存之后，他们各自拿出手机——那是他们各自的另一个"小情人"，各自开始享受另一种缥缈而美丽的世界。

"碧潭……在吗？"

雪溪在问候网友的时候，习惯在其名字后面加上一串省略号。

她想起了今天在网络上刚添加的新朋友，喜欢也好奇，于是主动问候。

碧潭好像不在线，雪溪有些无聊，便胡乱切换着页面，漫无目的地浏览着各类网络信息。

她插上耳机，点开了《安妮的仙境》——这是雪溪的习惯，她喜欢在唯美的音乐声中阅读文字。

《安妮的仙境》像一束迷雾，飘逸而至，柔软而轻灵，唯美而神秘；又像一股清泉，映照明月，流过顽石，舞步轻盈，婉转向前。

舒缓、轻柔，唯美的旋律里总有一种魔力，让人生出轻盈的翅膀，跟着曲子一起飞升——飞往原始丛林，飞往静谧的海洋和高远的星空。那种宁静、安逸、温暖让雪溪萌生出一种美丽的倦怠——她轻轻地呼吸着，渐渐地，竟趴在床沿睡着了。

不知过了多久，恍惚之间，雪溪微微睁开惺忪的睡眼——手机的屏幕诡异地闪了一下蓝光。

那是一个网络信号，一条信息：

"你好，雪溪。你的省略号让我很感动！那是一种无声的呼唤，一种执着的寻找，一种默默的等待。"

是碧潭，看得出他很真诚，很感动，文字里带着他的体温。

一串省略号，对于雪溪来说，是一种习惯，一种下意识。而在碧潭的心里，却是一种意犹未尽的关切与问候，深厚而绵长。

一串省略号，信息量确实很大。

碧潭读出来的是一股融融暖意，比小红花、握手的表情更富有深层的意味。

"雪溪，我知道，你昨天就来了，你是来蒙山旅游的，一个很可爱的女孩，蒙山欢迎你！"

碧潭显得有礼有节。

"你怎么知道？我们认识吗？"

雪溪弱弱地问。

"我们曾经是邻居啊，那时候，你的头发上总是别着一朵小葵花，金黄而美丽。你就像雪山的女儿，冰清玉洁，玲珑剔透，你经常对着山泉照镜子……我们家的小木屋就在泉水边。"

碧潭好像沉浸在回忆中，如数家珍。

"真会编故事，不过，这个故事很美！"

雪溪有些惊讶，从第一眼看到"碧潭"的名字开始，她就有一种"似曾相识"的感觉。

"你是男生吗？雅安人？"

雪溪好奇而友好。

……

过了一会，碧潭才发信息过来。

"其实，人与人，萍水相逢；名与名，彼此喜欢……毫无来由的，这一定与我们的前世存在一种渊源了。

"相逢与相识，喜欢与欣赏，并非容颜之事，而是心灵感应……"

有些深奥，略带禅机——尽管雪溪不能完全理解其中的内涵，但很喜欢这其中敦厚幽远的神意。

"我就在蒙山，有缘则见。

"蒙山很美，但也有危险，小心一些。

"碧潭飘雪的时候，希望你永远都是安全的，雪溪……"

紧接着，碧潭发了一个小红花和再见的表情。

不知是否受了感染，碧潭也有意无意用省略号来表达心情了。

雪溪似懂非懂，觉得碧潭的话里有什么暗示。

雪溪礼貌性地回应了"再见"的表情，心里有些温暖，也有些失落。

突然之间，雪溪的手指痉挛了一下，手机一下子掉到了床下。她心里一惊，出了一身细汗，醒了。

刚才是梦非梦的场景，雪溪觉得很诡异。

旁边的锦官不知什么时候也睡着了，轻轻地打着疲惫的鼾声。

雪溪迅速地查看手机的屏幕，没有碧潭的信息回馈，她才确信是入梦了。

早上醒来，雪溪下意识地打开微信，她希望昨晚的不是梦，希望看到碧潭回馈的信息。

果然，手机屏上出现了碧潭发过来的几行回复的文字，是一首诗：

洛神出水初见月。
湘君遥见素云鲜。
几点冰雪春睡醒。
碧泉轻煮花不眠。

落款：

碧潭飘雪

雪溪似懂非懂。

碧潭？飘雪？是两个人的名字，还是一种组合的暗示？

本来，雪溪是个很单纯的女孩，属于"麻雀肚里装不下豆"的类型，心里藏不住一点事。可是这件事，她却不知该如何跟锦官说，只能憋在心里了。

在购买游览门票的时候，售票员赠送了两张品茶优惠券。

这里的服务真好，凭着品茶优惠券，你可以在店里任何一个茶阁品茶，同时还可以凭票获赠蒙山茶一盒。

很慵懒的一对小儿女早晨起来，刚好可以在"圣露茗山庄"品茶解乏。

两人踱进一个古色古香的茶阁。

精致的"茶船"上摆放着很考究的茶具，负责茶艺服务的礼仪人员很专业，麻利而优雅地进行着茶艺21式的精彩表演。

随着蒙泉水的冲泡，雪溪面前的那道茶从刚开始的"叶似鹊嘴，形如秀柳"，很快变成"一叶一芽展旗枪"了——茶汤青绿，水面朵朵小花如雪，宛如仙境，赏心悦目。

雪溪忽然想起碧潭回复的留言，不由得心驰神往，诗里的意境与眼前的风景竟一下融合起来。只不过，一个版本在大自然，另一个版本在茶碗里。

锦官面前的那道茶则与雪溪的不同，其形状纤细，叶整芽泉，身披银毫，叶嫩芽壮，嫩绿油润，宛若身披银甲的白袍将军；浸泡时，汤色黄碧，清澈明亮。

茶汤尚未入口，一股甘甜馨香已沁入心田。

礼仪人员告诉雪溪，这道茶叫"碧潭飘雪"。

礼仪人员告诉锦官，这道茶叫"甘露"。

两个人不约而同地露出惊讶的表情，有些呆住了。

有些神异未知之事，只能感受，却难以言表，一切都在心灵感应之中。

在酒店人员热情的服务中，他们各自获赠一盒蒙山仙茶。

锦官获赠的是"甘露"，雪溪拿到的是"碧潭飘雪"。

两个人的心里瞬间漫过一股暖流，只可意会，难以言传。

这种温暖和感动，在各自的心中化为一次虔诚的祈祷。

世上没有巧合，只有难解的渊源与心灵的感应。

"造化钟神秀"——锦官痴痴地想。

## 六、蒙泉

蒙山具"蒙"。

清晨又飘起了银针般的细雨，再次将蒙山笼罩在一种神秘的雾岚中。

锦官和雪溪退了房，背上双肩包继续朝山上的另一处景点攀登——古蒙泉。

牌坊后面的两侧是"神道"——这里的"神道"应该是专为茶神设置的。"神道"由低向高，是顺着山势而建的，均由古老的石梯构成。"神道"两侧的建筑墙是两条"飞龙"的造型，它们守护的正是蒙泉古井。

据说这里是吴理真种茶时汲水处，县志载：

井内斗水，雨不盈、旱不涸，口盖之以石，取此井水烹茶则有异香。

神道的尽头便是一处地势略高的平台，平台被雕花石栏杆围住，栏杆里面便是"古蒙泉"。

石栏内正中是紧贴山壁的巨型石匾额，上书古篆"甘露"，暗寓此井之水是"天地之精""日月之华"。石壁右侧雕刻着"古蒙泉"三个大字。整个石壁和石匾额上爬满青苔，神秘的墨绿就像一条蟒蛇，斑斑驳驳，与暗红色的篆书相映，让人顿生一种恐怖的感觉。

"古蒙泉"三个大字的下方便是一口古井，传说羌江河神之女从此井出入，故称"龙井"。

然而，由于那场大地震，龙井已成为一堆废墟。

锦官拿着相机，站在废墟前，凝视着石壁上的"甘露"篆刻。

　　锦官觉得眼睛很累，却舍不得放弃那两个古篆，生怕眨一下眼睛，"甘露"两字会变成一条翼龙飞走。他用专注的眼睛和心灵虔诚地解读着石壁上的奥秘……那"甘露"忽然蠕动起来，并且在锦官的瞳仁里被逐渐放大，放大且变形——那"甘"字变成了一个美丽女子的笑脸，两鬓青丝如乱云飞渡。"露"字慢慢化作她的服饰，步摇叮当，衣袂飘飘，裙带飞舞……完全是一副"飞天"的模样，正轻盈而舒缓地离开石壁，游往天际……瞬间，那石壁上变成了一片空白。

　　那张"飞天"的笑脸似曾相识，锦官极力地在记忆里搜索着。

　　很快，那个叫甘露的女孩的形象与之叠加起来，是的，住在八仙宫半山腰的那个女孩。

　　"锦官，快来呀，你看我的脚……"

　　是雪溪，嗲嗲的呼喊里夹杂一些哭声。

　　锦官迅速跑过去，相机在胸前一荡一荡。

　　轻轻地绾起雪溪的裤脚，将她的袜子轻轻褪下，锦官大吃一惊：

　　白皙粉嫩的脚脖子上肿起了一个很大的"包"，"包"上还有一个很恐怖的青黑色的"针孔"，好像是被什么尖细的毒牙咬过。很快，那"包"开始变大——雪溪觉得疼痛越来越剧烈，她的左脚几乎不能站立了。

　　"这是怎么了，什么时候的事啊？"

　　锦官纳闷也心疼，更多的是恐慌。

　　雪溪自己都不知道，突然觉得脚痛，一看就这样了。

　　锦官出了一身冷汗，他不敢说出自己的判断——可能是被毒蛇咬伤了，就算不是毒蛇，也应该是山上的一种毒虫。

　　锦官麻利地将背包带子扯下，迅速将雪溪的脚脖子扎紧，勒得雪溪拼命喊疼——锦官当然明白被毒虫咬伤的危害性，毒素一旦扩散到血液里，蔓延开去，可能会危及生命。

　　此时的雪溪已经痛得站不起来了，坐在石头上只顾"哎哟"。

　　整个一只左脚像石头一样沉重，连骨头都火燎一般，辣辣地痛。

　　一个孤寂的冷秋，旅游淡季，雨雾蒙蒙，这里没有别的行人。

　　山高路远，就算是拨通了 120，也不知道要等到何时才能迎来援救。唯有应急处理了，必须在最短的时间里控制毒素的蔓延——扎住脚脖子终究不是根本办法。

　　锦官心急如焚，脸色大变，他不敢说明事态的严重性，他怕吓着雪溪。

　　锦官一筹莫展。

　　"锦官，快，把我鞋子脱了，把我的脚放进潭水里……"

　　锦官知道她的脚一定火辣辣地痛，需要潭水降温，减轻疼痛。

　　"快，再把我包里的那盒茶叶拿来……"

　　雪溪忽然想起什么，咬着牙，挣扎着坐在潭边，配合着锦官，把红肿的脚伸进了水里。

　　锦官不知道她要做什么，情急之下，迅速将那盒"碧潭飘雪"递到了雪溪手中。

　　此时的雪溪像是被猎人追急了的小野兔，回头开始咬人了。

　　她麻利地打开盒子，狠抓了一撮茶叶，不顾斯文，塞进嘴里大嚼起来。

　　雪溪慢慢把脚收回，咬着牙，将嚼烂的茶叶敷在红肿的脚脖子上，用手紧紧地按住，锦官也下意识地将双手按了上去。

　　四目相对，彼此都想说些什么，可谁也没有说话。

　　雪溪的眼睛里闪烁着一池默契的潭水，深邃而美丽。

　　锦官觉得甚是蹊跷，在毫无察觉的情况下就发生了这样的事，甚至都不知道到底是蛇咬还是虫咬，还是别的什么原因。

　　更让锦官诧异的是，半个小时之后，雪溪伤口上的茶叶已经变黑，红肿的地方消退殆尽，只留下一个瘪瘪的痕迹，仿佛是朱砂胎记。最重要的是，雪溪的脚已经没那么疼痛，可以站起来慢慢地行走了。

　　嚼烂的茶叶如此神奇？

　　还是那潭水中含有什么虫毒的克星？

　　雪溪告诉锦官，她在嚼茶叶的时候一直在默默祈祷。

　　雪溪没有告诉锦官的是——她在疼痛难忍之际，脑海中莫名其妙地浮现出了碧潭留在微信里的那首诗：

洛神出水初见月，湘君遥见素云鲜。

几点冰雪春睡醒，碧泉轻煮花不眠。

诗的意思，雪溪似懂非懂，但在情急时，却灵光一闪，并由此联想到用潭水浸泡，用花茶热敷。

情急之下，锦官心里也一直在祈祷，但他不会告诉雪溪。

祈祷是药？

万能之药？

雪溪没事了。

感谢上苍！他们的心里不约而同。

雪溪的脚不疼了，又可以一蹦一跳了。

他们的心情又和之前一样，一路欣赏着蒙山的风景。


"锦官，你看，这个潭里的水就是'甘露'吗？"

雪溪指着那围栏里石壁上镌刻的"甘露"，傻傻地问锦官。

锦官这才仔细端详眼前的小石潭——色如绿玉，状如元宝。

这里应该是山上的雨水顺着石壁流下，常年冲刷形成的一个小潭。

潭水清而深邃，碧而不透，给人几分神秘之感。

"你要雷死人啊……"

锦官揶揄着，打趣着雪溪。

"这潭里的水要都是'甘露'，估计全国人民都要抢着来喝，然后大家都长命百岁，长生不老，最后都飘飘成仙了。"

"也是哦，这么多，甘露也就不值钱了吧。"

雪溪也觉得自己幼稚得可笑了。

"观音菩萨左手玉净瓶，右手杨柳枝，只洒了几滴甘露，便可以造福人间了。现在，你得到了一潭的'甘露'，都给你吧，你发了……"

锦官继续坏笑，用手扶了一下眼镜。

雪溪忽然想起刘禹锡的那句"潭面无风镜未磨"的诗句来，和眼前的景色很吻合。这时，不知从哪里飘落一些雪白的花瓣，将潭面的一半覆盖着，像是寒冰开封，春雪初融。一阵风过，将潭面雪白的花瓣吹散，又好像是给碧纱裙上绣了一些小星星，很美丽，也很可爱。

"几点冰雪春睡醒，碧泉轻煮花不眠……"

雪溪喃喃自语，禁不住脱口而出。

"你说的什么？"锦官发现了雪溪的"神叨叨"，赶忙问道。

"哦，没什么，想起一句古诗，和这里的风景很像。"

雪溪急忙掩饰道。

不管是不是"甘露"，至少这里的水质应该很好，清冽、甘甜、爽口，蒙山之水和蒙山之茶一样，都属于上乘。这样，好水好茶，相得益彰。

## 七、皇茶园

过了古蒙泉，便是皇茶园了。

皇茶园，顾名思义，是皇家特供的茶园。整个皇茶园"戒备森严"，被一片红墙黄瓦的围墙紧紧"护卫"着，很典型的皇家风格。

周围的五座山，形成了莲花状。"莲花"的"花心"自然成了"风水宝地"，而皇茶园正落于此。汉代蒙茶祖师吴理真植七株"灵茗之种"于此。这七株仙茶属于正贡，祭天所用，是连皇帝都不能享用的。

皇茶园以石栏围绕，正面双扇石门，两侧有石刻楹联——

扬子江中水
蒙山顶上茶

楹联上方，横额书写三个大字——

皇茶园

　　最引人注目的是皇茶园中塑有一只凶猛的白虎，立于茶园高台。据说九天玄女来到蒙山，见吴理真种茶辛苦，就点石成"虎"——专门为吴理真巡山护茶。

　　锦官觉得这里好面熟，仿佛曾经来过这里，尤其是那白虎身后的角亭，自己好像还在亭子里避过雨……童年的时候？梦里？锦官有些茫然。

　　茶园很宁静——那是皇家禁地，自然无闲人敢踏入半步。

　　白虎很狰狞——四爪刚劲，昂首阔步，怒视茶园。它脖子上系着的红绸子格外刺眼，与浑身斑驳的苔藓形成强烈对比，阴森而恐怖。

　　"锦官，那石虎为什么要系个红围脖啊？

　　"锦官，你去骑在石虎身上拍个照吧！"

　　雪溪很好奇，突发奇想，一脸的童真，指着那尊虎视眈眈的石像说。

　　"别胡说，什么红围脖，那是……"

　　锦官心里明白，却不知该如何表达。

　　"那是什么呀！"雪溪打破砂锅。

　　"应该是人们对它的一种膜拜仪式，体现的是一种敬畏之心，祈祷之意，希望它一直守护好皇茶园，算是一种祭祀吧！

　　"千年石虎，守山护茶，定然有它的威灵，人类任何戏谑的言行都会成为一种亵渎。石像本无灵，一旦享受了某种祭祀，元神自当归附于此。白虎守山护茶则绝非虚妄之事——敬天地神灵，祈人类福祉，历来帝王将相皆如此，何况我们？

　　"我们可以不信神灵，但不可亵渎神灵。就算不去虔诚敬拜，也不要有戏弄、冲撞之词，否则会冒犯神灵，会遭到报应的。"

　　锦官言辞凿凿，又给单纯的雪溪上了一课。

　　雪溪似懂非懂地点着头，再不提骑着白虎照相的事了。

　　皇茶园里的七株"仙"茶还在，但早就是"赝品"了——那是人们依据历史记载后植进去的，主要是为了"修复"吴理真种茶时的原貌——而历史传说中的七株仙茶早就不知去向——当然，锦官确信它们的存在，它们就在蒙顶山，这是它们的家。

昔日皇贡茶，飞入百姓家。

或许仙茶就隐居在一个不起眼的小山坳里也未可知，锦官想。

就在锦官浮想联翩之际，手机微信响了一下。

打开一看，是新认识的"甘露"发来的，又是那熟悉、亲切又诡异的两句话：

我曾在园子里，你曾在园子外。

## 八、八仙宫

沾衣欲湿蒙山雨。

蒙蒙细雨已经停歇。

因为身临其境，雪溪不由得想起王维《鹿柴》里描写的场景了：

空山不见人，但闻人语响。

返景入深林，复照青苔上。

诗中所写的与自己现在所处的环境非常相似。

当时学习课文的时候，除了摇头晃脑背诵，丝毫体会不到其中的情境。可见，"读万卷书"，真的不如"行万里路"。古人说的没错，唯有身在其中，才能真正感受得到。夕照、人语、密林、斜晖、青苔……山林的寂静、黯淡和幽深之境，作者的宁静之心都蕴含其中了。

眼前的此情此景，比王维描述的鹿柴更多了一些特征：一是连"人语响"都没有，寂静得有些怕人；二是蒙蒙的细雨让山路上的青苔生机勃勃，让人想起大自然里的"绿衣草木仙"来，赏心悦目，心旷神怡。

这样的景致是有生命的。

雪溪用稚嫩清纯的声音分享着置身山林的感受。

歇了一会，雪溪挽着锦官的手，在斜阳暖暖中继续前行。

突然，锦官停住了脚步，指着前面的路标问雪溪：

"溪儿，前边不让过去了，怎么办？"

雪溪定睛一看，前面有一道简易的木栅栏拦住了去路，栅栏上挂着一块白底的木牌，红色的字体十分刺眼：

由于地震坍塌，前方道路危险，游人止步，禁止通行。

而前方正是通往东北线景区的地方，有"雾海云崖""望郎台""蒙山秀色""八仙宫""天仙池"等景观。

"真是，腿酸死了，好不容易爬到这里，难道就这样回去了？"

雪溪有些失望，心有不甘。

"嗯，是啊，有些地方，或许一生只能来一回了。"

锦官历来就是这个观点，所以凡是偶遇或路过的风景他"绝不放过"。

可是路牌上的警告也不是开玩笑的，还是让人有些惊悸。

冒险和违规历来就是年轻人的专利。

一对小儿女最终还是扒开了简易的木栅栏，跨越了"三八线"——冒险的刺激成为他们毅然选择前行的原动力。

两个毛手毛脚的"偷渡者"就这样蹒跚在崎岖的山道上了。

因为封路日久，路上杂草丛生。

甚至，有的地方蒿草齐腰，他们只能深一脚浅一脚摸索着前行，狼狈得就像个探路的盗墓贼。蜿蜒的小径本来就很狭窄，再加上细雨之后，青苔覆盖——两个人就像初学滑冰者，正一脚，斜一脚，刚刚站稳又是一个趔趄……各种滑稽的造型都映现在这幽静的山林中了。

"锦官，快看那边……"

雪溪指着眼前一段较高的地势，惊喜地发现了目标。

一处古老的建筑群坐落在半山腰，大面积被掩埋在草丛中，只有山门敞开着，张着黑洞洞的大嘴，仿佛是山魔所变，蛰伏待机，随时吞噬误入山门的游客。他们拨开一人高的蒿草青藤，走近一些，才发现，山门只露出一半，还有一半被拔地而起的草木和从天而降的青藤掩饰着，神秘得叫人望而却步。

深邃，便神秘，便莫测。

"嗯，这里应该就是八仙宫了……"

锦官看着眼前幽深神秘的山门，心里有些忐忑，故作镇静地对雪溪说。

通往山门的小径弯曲狭窄，又被两边伸出的蒿草长藤包围着，几乎看不见路，完全凭感觉，深一脚浅一脚往前试探。加上雨后路滑，有几次，雪溪惊叫着差点摔倒，幸亏她的手被锦官牢牢握住。

过了神秘的山门，眼前的光景让两个人都呆住了：

围护着八仙宫的红墙倒塌殆尽，主体宫殿仅存残骸了。那青灰色的瓦檐，暗黄色的檩子，雕花的镂窗，风卷残云一般，横七竖八，一股脑儿坍塌在院子中间，由此可见当时地震的惨景。幸存下来的是宫殿的基本框架，几张断腿的供桌斜靠着暗红的廊柱。昔日的香炉横卧阶前，仿佛撞阶而死的忠烈之臣。两个金黄的蒲团不知从哪里滚出来，被碎石瓦砾包围着，早没有了往日的辉煌。

佛龛里的几尊神像摇摇欲坠，肢体断裂，诡异的愁容清晰可见。

一阵阴风刮过，残宫横梁上垂下的红绸子诡异地飘拂起来，仿佛是一瓢殷红的血液迎面泼来……

锦官面部肌肉抽动着，他的心被黑暗中的一只黑色蝙蝠抓走了，心不在了，他失重般地晕眩起来——一种不祥的预感瞬间侵袭了他全身的筋脉，浑身汗毛都乍开了，两股战战。

再看雪溪，哆嗦得像个小麻雀，缩在锦官的身后，牙齿在打战，拼命扯锦官的衣角，嚷嚷着要离开这里。

"这哪里是八仙宫，分明是一些邪灵占据此地……"

锦官从几尊破败神像的眼神和表情发现了这个秘密，他们的眼神让锦官不寒而栗——他们似乎察觉到自己的伪装被锦官识破了，他们要报复，他们的邪灵正游离土胎，狞笑着，化作一股阴风朝着锦官袭来。锦官看不见，却感受得到。

怪不得入山门时心里就有一种不祥的预感，果然如此。

不祥的预感来自不祥的事物，预感是心灵对即将出现的事物预先的感知，绝不是心理作用。

怪不得，老天要将八仙宫变成一片废墟，邪恶不除，为害不远。

锦官让雪溪在前面快走，他要给雪溪以最大的安全感。

他知道恐怖的邪灵就在自己身后，他感受到了几个邪灵一路尾随，跟着他出了八仙宫残破的山门。

他像一名断后的将军，热血沸腾，恐惧不乏悲壮，豪迈伴着悚然。

退回去的小路比来时更艰难。本就狭窄的小道，加上雨后路滑，更加难行。在路的两旁，伸出的蒿草和长藤就像鬼手一样，不断阻挠着锦官的脚步，锦官的手臂被刺藤"锯"出了道道血痕，他浑然不觉。

他一边安慰着雪溪"慢点""别慌""注意脚下"，却冷不防地，被追上的邪灵猛击一掌——他只觉得耳边掠过一阵阴风，身子一个踉跄，像一团柳絮向下"飞"去。

锦官像做了一个梦，梦见自己正在云端，随着飘浮的云朵一起向下坠去—他的心里再次失重，眼睛里满是闪烁的小星星。

"锦官……锦官……"

雪溪颤抖着，对着脚下的山崖哭喊着。

## 九、蒙茶仙姑

锦官的脑子里一片空白，像初生的婴儿。

他不知道自己是谁，不知道自己从哪里来，也不知道要到哪里去。

他好像进入了一条时光隧道，看到了很多五彩的光影，听到了很多奇异的声音。他一直被隧道里的光圈包围着，牵引着，不由自主地向前奔跑着……随即，被卷进一个巨大的旋涡，在旋涡中螺旋形地起伏着……

突然，听到一阵星球碰撞爆炸的声音，震耳欲聋，锦官就什么也不知道了。

过了好久，锦官有了一些意识，他感觉得到，自己落在了五峰构成的莲花心里——落在了皇茶园，变成了一株茶树。自己正被蒙蒙细雨滋润着，被暖暖的秋阳照耀着，温暖、爽朗、惬意。

"雾钟你来看，这是谁啊？从哪里而来？"

一个轻柔曼妙的声音隐约飘至耳边。

锦官始终睁不开眼睛，只能感受着身边的一切。

"仙姑万福，我们也不认识，好像是个陌生人，不是蒙山人。"

听声音，那个叫雾钟的也是个女子，声音细柔如雾。

"甘露，你见过这个人吗？你救了他，一定知道这个人的来历吧！"

那个叫仙姑的继续询问。

"嗯，算是旧相识吧，他叫锦官，曾经是皇茶园里的护茶官，和那只白虎一直守护着我们七个姐妹。他对我特别关照，经常嘱咐园丁，让我得到了更多的呵护，享受了更多阳光雨露的滋润。

"姐妹们都羡慕我一身银毫，说我是世外仙姝。其实，我身上这件雪白的鹤氅就是他馈赠我的最珍贵的礼物，我很感激他。"

那个叫甘露的女子的话让锦官似懂非懂，只觉得她的声音很甜美，让人如饮甘露。锦官的脑海里浮现出大观园一群红楼儿女冬季赏雪的场景，其中披着雪白鹤氅的黛玉格外引人注目，莲步轻移，卓尔不群。

"咦，我见过他呀，还有一个女孩子呢？"

"飘雪，你见过他？"

仙姑问身边一位柔曼飘逸的女子。

"嗯，我认识他身边的那个女孩，她叫雪溪。她只知道我叫'碧潭'，还以为我是个美男子呢，嘻嘻。"

那个叫"飘雪"的女子说道。

"哦，看来'飘雪'与'雪溪'也有一段奇缘了。"

仙姑说到"飘雪"与"雪溪"的时候，锦官格外注意，但依然云里雾里。

"是啊，雪溪的根就扎在我家篱笆园子附近，根同土，花相依。秋来的时候，雪溪便开出一朵朵温暖的小葵花，把我们的篱笆都染成了金黄。我的花朵很小，就像一粒粒小雪珠，但与小葵花相依相伴，耳语不断，义同金兰，姐妹们都称我们是一对'金银知己'呢。"

说完，飘雪沉浸在一种美好的回忆中。

"上午，在'蒙泉''甘露'那里，我还见到了雪溪呢！她很喜欢我送她的两句诗呢！就是'几点冰雪春睡醒，碧泉轻煮花不眠'两句。"

飘雪继续说着。

锦官的眼睛依然睁不开，但意识慢慢清晰起来，似乎明白了一些。

他想起雪溪受伤的脚，想起了雪溪在潭边用茶叶疗伤的场景。

他继续努力，想睁开眼睛。

终于，他看见了一束光。

尽管，日暮之光有些昏暗。

## 十、蒙山秀色

锦官睁开眼睛的时候，发现自己躺在半山腰一处软软的草地上。

腿上和手臂上隐隐地疼痛，脑袋还是有些晕眩。

他极力回忆着，回忆着自己从八仙宫摔到山崖下的情景。

按照当时的情况和山崖的高度，自己根本没有活着的希望，除非是奇迹。

他庆幸自己还活着，腿脚还可以活动，应该是没有受到什么重伤。

他想起了雪溪，心猛地一下子揪紧了。

一片荒无人烟的山岭，天又快黑了，一个弱弱的女孩子。

想到这里，锦官竟然一骨碌爬了起来。

这是一个荒芜的园子，位于蒙山北部的半山腰。

看光景，这里几乎没有别人来过，隐隐约约，石壁上镌刻着几个苍劲的古隶，锦官睁大眼睛，终于看清了：

千年茶树园

锦官环顾四周，园子里有七棵高大的茶树，看树下的标牌，分别是：

甘露、雾钟、雀舌、芽白、石花、玉叶、飘雪

这七棵千年茶树分明组成了北斗七星状，而"甘露"居于"斗柄"第一位，"飘雪"居于"斗身"的最后一位。

本有宿慧的锦官，似乎有些彻悟了。

他虔诚地对着"甘露"和"飘雪"深深地鞠了一躬，眼睛有些湿润。

当锦官满脸划痕，步履蹒跚地出现在雪溪身边的时候，雪溪已经哭得像泪人一般，蜷缩在"天仙池"边沿。

此时，没有语言，没有眼泪，他们只用紧紧的拥抱表达着一切。

这一对小儿女仿佛是皇茶园边上的那两棵连理树，相依相偎，心心相印，在暮色中成为一道美丽的风景。

那只白虎也走下石台，温顺地从他们身边慢慢走过，脖子上的红绸子飘逸成了一方红丝巾，在晚风中成了锦官和雪溪最美的映衬。

石屏风上那只麒麟，信步走来，徜徉在蒙顶山道。

麒麟身后的那位武士面如冠玉，眉清目秀，银盔银甲，锦绣威猛——他的形象逐渐被放大、放大，终于和锦官叠加在一起看不分明了。

2015 年 1 月 7 日

# 桃源梦

作者自序：

曾于2014年10月17日去湖南常德的桃花源游历，归后有感，遂作此文。

## 一

黄三郎睡得很沉，一条腿挂在床沿下，另一条蜷着。两只手交叉着放在肚皮上，随着呼吸一起一伏。那只破了几个小洞的斗笠斜罩着他的脸，鼾声从斗笠的破洞中传出来，与屋外老槐树上知了的叫声相应和。

用他老婆的话说，睡得像死猪。

昨日去石矶西畔的柳叶湖打鱼，撒了半日的网，竟没网住一条鱼，只有几条刺鳅被三郎抖出网底，在小船的甲板上可怜地挣扎。看见刺鳅，三郎心情更加阴沉，对行船的捕鱼者来说，刺鳅乃是水中的不祥之物。

天公突然变脸，暴风骤雨席卷而来，猝不及防。巨浪像一只魔手，恶作剧般地将小船掀翻。幸亏三郎好水性，像个"浪里白条"，使出浑身解数，总算把船弄到了岸边。

三郎垂头丧气地回来，满脸阴郁地看了老婆一眼，面对老婆的唠叨，他无力搭话，和衣倒在床上，很快昏睡过去。

## 二

也不知过了多久，黄三郎被老婆推醒了。

他眼睛有些发花，耳鸣得厉害，听不清老婆在说些什么。

他估摸着，老婆是在催着他出去打鱼，她的那股泼辣劲让三郎很是发怵，就像湖里的刺鳅，碰一下就会被它的刺扎出血来。

记得刚回来的时候觉得饥肠辘辘，又加上极度疲乏，很是虚脱，带着饥饿就昏睡过去了。

而现在，三郎一点儿不觉得饿，像吃了长生不老丹一样，他觉得很奇怪。

三郎下了床，穿上草鞋，习惯性地拍拍身上的尘土，准备出门。

今天，他决定另辟蹊径，不再循着原来的水路去打鱼，或许能有意外的收获。

于是，他驾着小船，哼着不着调的渔歌，向着一条狭窄的水道顺流而下。

这是一条很陌生的支流，应该与柳叶湖相通，但三郎从没来过这里，心里有些忐忑，但很兴奋。

水流很平稳。两岸豆麦飘香，高深的芦苇丛中还不时传来呱呱鸟的叫声，与他划桨的欸乃声相应和。这里空旷、宁静，他的心情很好。

水道越来越狭窄，小船也不知行了多远。远处有一片淡淡的红云，确切地说，是红意，像画上的淡淡的桃红水彩。黄三郎把船划近了，才看清，是一片很大的桃林。

桃花都是开在三月，现在已经接近七月了，这里居然还有大片的桃花盛开，这让三郎很是惊讶。虽然三郎并不知道"桃之夭夭，灼灼其华"的诗句，也不太懂得欣赏，但心里还是很受用。


一片桃林成花海，几多残红说缤纷。
舟泊芳汀映碧水，人在香岸落花尘。


三郎将小船划得很慢，悠然自得，徜徉在这片桃花缤纷的"海洋"中。有许多桃花飘落在他的衣襟上。三郎垂下眼，用手指将肩上的一朵桃花捏下来，放在手心仔细观看——这一看，让三郎猛地惊异起来，手中的桃花居然是个"人形"，就像唐僧第一次看见"人形"的人参果一样。

桃花的形状像个变形的"大"字。"大"字的一横，完全异化成了起舞时扬起的双臂，而一横下面的部分自然是修长的双腿，迈着轻盈飘逸的舞步，就在三郎的掌心里跳起舞来。

花心，正是"人形"桃花的"心脏"位置——其色殷红，不像一般桃花的粉红色，而是像血一样，殷红欲滴，有些惨然。这种惨然在三郎的心里像闪电般触过，化作一粒粒小疙瘩从他的毛孔里凸起来，浑身不爽。

哪里是什么桃花，也不是什么桃花仙子，是桃妖！

三郎不由自主地将这种怪异的桃花与巫师手里作蛊用的木偶联系在一起了。那桃花分明就是穿着红艳衣装的木偶，蛊惑人心，害人不浅的木偶。

三郎将几朵桃花一扬手，抛向水面，还"呸"的一声，吐了一口唾沫，像是送走了一尊"瘟神"。

## 三

这片桃花林位于河道的源头。

这片桃林从水边一直蜿蜒到了一处高坡。

三郎将船系在水边的柳树上，沿着桃林上岸。

他有些迷茫，脚也不怎么听使唤，像中了"蛊"一样，不由自主，情不自禁地尾随着曲折的桃林，磕磕绊绊地朝前走。

隐隐约约，三郎听到桃林中传来了细碎的笑语声，像轻风、像细雨，浮动在这荒无人烟的林子里，让人毛骨悚然。

三郎浑身一阵阵发冷，汗毛都竖起来了。

三郎停下脚步，竖起耳朵，仔细聆听，却又什么声音都没有。

三郎一边走，一边回头寻找那时隐时现的笑语声——猛一抬头，一个古朴的山洞就在眼前。

洞口的两边各有一株桃树。

那桃树顶着偌大的花冠，像判官的乌纱帽，不，是丹纱帽，帽翅一晃一晃的——像判官，也像两尊护洞的门神，挡在了洞门前。

三郎疑心是桃妖所化，那桃花又是"人形"，而且花心滴着殷红的血滴。那桃妖，笑容惨然，还手执香罗帕，在一阵风中向三郎道了个万福。

哪里是什么香罗帕，分明是勾魂幡！

三郎越发害怕起来，不敢去看那"人形"的桃花，尤其是那像要滴血的花心。

## 四

这个古洞很幽深。

三郎扶着洞壁，深一脚浅一脚，约莫走了半个时辰，出了一身汗，终于看见了一丝亮光。

到了出口，豁然开朗，很平旷的一片土地，很古朴的一个村落。

有条翠竹长廊，一直蜿蜒向前，不知道通向哪里。

身后仿佛有人推着三郎朝前走。

村子里很静，静得让人想起"荒芜"两个字。

村子里除了没有人，其他的应有尽有：石桥、古井、竹篱、茅屋，还有袅袅的炊烟在柳树枝头升腾。

竹廊是建在略高的土坡上的。走在竹廊里朝下看去，便是宽敞的打谷场，石桌、石凳、石磙子、饮水的石槽、石磨都在——打谷子的牛不知去了哪里，犁地的犁铧斜躺在田园的一角。

还有好些"田"字形的鱼塘，每个不足半亩。每个鱼塘之间都有一道堤坝相连。堤坝结实得像被夯过的田埂，而且很宽，两个人可以同时并排走在上面。

尽管鱼塘里的水有些浑浊，三郎还是觉得很亲切。他知道，水塘里应该有不少鱼，通过水的颜色和水面波动的涟漪完全可以判断得出。

鱼塘的边沿就是菜地。

青菜青，绿莹莹；辣椒红，像灯笼

菜地里的画面就像那首儿歌——随手摘一些秋天的瓜果就可以做一顿丰盛的午餐——三郎真是有些饿了，条件反射般地想去拔一个萝卜充饥，但他担心被人抓住。

人呢？三郎凭经验判断，这里确实没有人。

越是这样，三郎越是不安，怎么会没有一个人呢？

在三郎的意识里，这里并不是废弃的村落，并没有荒芜的迹象，这里有着人类生活的气息，他能感觉得到。就算你躲藏起来，老虎看不见你，也照样能闻见生人的气息，三郎痴痴地想。

最让三郎惊奇的是，不超过十步，便是三五棵桃树——整个村子被桃树曲折地包围着。虽是深秋，满树的桃花闪闪烁烁，仿佛一只只偷窥的眼睛。

桃树上的千只眼睛在暗处，三郎在明处，他完全暴露在千眼妖精的监控之中，浑身上下被剥得赤裸裸的，让他自惭而惊恐。

三郎记得很清楚，除了那个洞里没有，其他地方都植有桃树——只要有风，便会落花成阵，落下很多"人形"的桃花。突然，三郎又隐隐听到一阵细语，中间夹着笑声——像是大户人家里的丫头，引着闺阁的小姐来赏花。

## 五

翠竹长廊的尽头有一出口，径直通向村子的小道。

三郎像铁哨子里的小弹丸，不由自主，顺着竹廊的出口，径自"滚动"到了村头。离村落不远处，有一口偌大的古井，井边立着一块石碑，矮矮的石碑上刻着"桃花井"三个古隶。

一株偌大的桃树斜长在井沿旁边，树冠像个伞盖，将古井笼罩着。

有一些桃花落在井沿，像在秋日的地毯上绣了零星的小花，又像点点血滴溅在井台，仿佛宰牲亭里祭祀的场景。

三郎的头有些晕。

石井台有些剥损，呈现出灰褐色。

落到井里的桃花便神秘地失踪了。三郎朝着井里望了望，井壁凹凸不平。井很深，水雾缭绕，什么也看不清。

石井台的旁边是一个石桌，三个石凳。石桌上镌刻着棋枰，俨然是个下棋的雅座。

石井台旁边卧着一个像龟似的爬行动物，背上驮着一块巨型石碑。

那龟形动物的眼睛以及石碑的棱角上布满了青苔。

三郎走近前去，仔细辨认，碑上的字对得很整齐，好像是一首诗。

```
機 時 得 到 桃 源 洞
忘 鐘 鼓 響 停 始 彼
盡 聞 會 佳 期 覺 仙
作 惟 女 牛 底 星 人
而 靜 織 郎 彈 門 下
機 詩 賦 又 琴 移 象
觀 道 歸 冠 黃 少 棋
```

三郎大字识不得一箩筐，碑上的字只认识几个。

三郎怅然若失，正欲离开石井台，忽听井中涌现沸腾之声。初时，如马裹足，人衔枚；继而，渐行渐近，人声鼎沸；很快，钟鼓齐鸣，几乎震碎了三郎的耳膜。

三郎惊恐回首，只见井中沸腾，一缕烟雾飘出井口，瞬间凝固成一株夭桃，金钟般的桃花霎时由舞蹈之态变得狰狞起来，五片桃瓣魔法般地伸出老长，如五只血淋淋的魔爪向三郎猛扑过来……

三郎一声惊叫，脚下一软，昏厥过去。

# 六

"快起来，睡得像个死猪。

"鱼也没有打着，船也破了个洞，还有心情死睡。"

老婆猛地掀开了黄三郎面上覆盖的斗笠，抓住了他的衣领，把他拽了起来，嘴里不住地嚷嚷着。

"都睡了半日了，快起来。"

三郎像傻了一般，任凭泼辣成性的老婆拉扯。

老婆干枯有力的大手正是他梦中的桃花化成的"魔爪"。

他细细回忆着刚才梦中的一切。

不知道眼前的老婆是梦，还是梦中的桃花是真。

# 七

不知是好奇还是魔力的驱使，三天之后，黄三郎划着修好的小船沿着梦中路线出发了。

哪里是梦，一切都与梦中一样。

尤其是眼前的"人形"桃花，五个花瓣，真真就是一个舞女，心里滴着殷红的血滴。所不同的是，整个村里有一半成了废墟，所剩的竹篱茅舍如沧桑枯槁之人，在黯淡的斜阳中成了远古化石。

确实没有人，没有一丁点人的气息。

竹廊枯朽，摇摇欲坠，远不是梦里的青翠。

梦里诗般的田园，如画的瓜果——现在，只剩下朽根枯藤，在风里瑟瑟，仿佛是千年的标本。赫然映入三郎眼帘的，是一堆堆矮小的荒冢。

和梦里的一样，不超过十步，就是三五棵桃树，将荒冢笼罩在花的海洋里，仿佛一座座奇形怪状的"花冢"。

那口古井还在，石龟背上的石碑还在，字迹已经模糊不清。

井水还在，还是深褐色，深不可测，水底仿佛藏着令人惊悸的灵物。

飘落的"人形"桃花不断地落在井水里，仿佛一支哀切切的挽歌。

在夕阳的阴影里，黄三郎无力地倚靠在半截石桩上。

另外半截石桩埋在土里。

石桩上依稀可见三个浑浊的古隶：

秦人村

2014 年 11 月 13 日

# 黄叶村

劝君莫弹食客铗，劝君莫扣富儿门。

残羹冷炙有德色，不如著书黄叶村。

——清·敦诚《寄怀曹雪芹》

一

不需要设闹铃的，每天早晨六点准时醒来。

洗漱完毕，便坐在蜗居里那张简陋的书桌旁。

这是江离几十年养成的习惯，从未改变过。

他从江南的一座小镇来到这北国京城，连头连尾算起来也有十年了，还是未能适应大都市"朝九晚五"的作息时间表，依然故我。

即使是双休日，江离一样会在六点半打开电脑，端坐在书桌前——准确地说，那只是一米长的桌台，算不得书桌。放上笔记本电脑和无线鼠标，几乎就没有什么多余的空间了。

这是一所古朴的小四合院，典型的北京建筑。院子很破落，位置也很远，位于北五环——江离租了其中最小的一间。《庄子》里的"蜗角"竟有两个部落，南柯梦中，蚁穴也有"槐安国"的存在——何况，这十平方米，已经很奢侈了。对江离来说，这里已经算得上一个北漂者自己的国度了。

打开电脑，先听一曲《清晨》，让自己恍惚一会，仿佛每天精美的早点。

《清晨》响起，仿佛有一只纤纤小手，缓缓地拉开帷幕，也拉开江离嫩寒锁梦的心扉。这个时候，江离完全沉浸在《清晨》柔美的乐音里了。灵魂随着音乐出窍，像一缕烟，幻游在清晨、空山、幽林、雾岚合成的境界中……他清晰地听到氤氲的幽谷中清脆而柔美的啁啾，那是黄莺还是麻雀？……

音乐悠然而止。《清晨》不足五分钟，但余音绕梁，一直腾起，与屋顶一角蛛网交织起来——那散乱的蛛网像断了的琴弦，让江离想起了《葬花吟》中的"游丝软系飘春榭，落絮轻沾扑绣帘"。

江离很满足，在简陋的蜗居中生出"遗世独立"的快意。

紧靠书桌的是那扇雕花的木格窗，朝着正南方，那是唯一有光亮的地方。因为这个木格窗，江离仿佛享受了"海景房"的待遇——为此，房东还多收了他两百元的房租，算是能享受阳光的"精神补偿费"。

木格窗上装的是磨砂玻璃。

每天早上起来，江离可以坐在书桌前，先欣赏一出精彩的"皮影戏"——

每天清晨，总有一只麻雀落在木格窗的窗台，它娇小的身体紧靠着窗上的磨砂玻璃。它的一举一动，仿佛是投影幕上呈现的"皮影戏"。有时候，它很安静，背靠着磨砂玻璃，一动不动，像个靠着墙根享受冬日暖阳的小老头——那收起的羽翼像倒背着的双手，而尾巴的影子则像一根旱烟袋别在了后腰。有时候，它也会一蹦一跳，小小的嘴巴乱啄，好像在觅食。

难道窗台上也有草种子吗？

## 二

清晨，雪芹背着书袋出了黄叶村。

穿过黄叶寺的山门，沿着崎岖的山间小道，在冬日的寒气中蹒跚而去。

约莫半个时辰，他进入了退谷。

退谷，熟如老友，今年夏日他还在退谷里小住过三日。

退谷是一条外广内狭的峡谷。两侧，山峦秀美，怪石嶙峋，曲径幽深；涧底，有一湾青碧的溪水流过；夹岸，是密密层层的水杉林，夏似碧玉，冬如枫火。谷中的密密修竹，翠色欲滴，俨然天然翡翠。山风轻拂，竹林飒飒，仙人抚琴，情侣私语，那高山流水之韵，妩媚温柔之态自不必说。

"退谷如此……叫人如何不想退？

"因境生情，为情寻境，这便是历代很多高士神隐不出的根由吧。"

每当进入退谷，雪芹便不由自主地这样想。

然而，很多"须眉浊物"宁可同流合污至死，也不愿轻易退出舞台。

于是，雪芹写了一副对联，将其植入《石头记》的第二回《贾夫人仙逝扬州城，冷子兴演说荣国府》中：

身后有余忘缩手
眼前无路想回头

他端坐在退谷亭的石凳上，执手俯瞰，首先映入眼帘的还是那块奇异的"元宝石"。

雪芹记不清是第几次来看望这位"石兄"了——也许是日久生"情"，也许是物我感应，这"元宝石"在他的眼中俨然是一个生命体了。

那偌大的"元宝石"足有万钧，中间凹陷，两端凸起，形状与元宝无异。它魁伟而稳健，端端正正地坐落在幽谷的正中间——雪芹每次走近，这"石兄"便幻化成南阳庐中的诸葛亮，西蜀亭里的杨子云，其志、其才、其慧都让雪芹生出诸般敬爱，甚至，摸着石体，雪芹都能感受到它的体温。

此石，其形其色其态，与众石迥异，如鹤立鸡群于幽涧，玉树临风在中庭。它既不像退谷中固有之石，它比身边的嶙峋怪石多了一些伟岸与正气；也不像从半山腰滚落之石，它并不突兀，而是恰到好处，成为幽谷的"黄金搭档"——若将退谷的谷床比作大堂上的桌案，这"石兄"便是案上古色古香的笔架，只待县太爷朱砂笔一落，便有一桩公案了结。

雪芹记得，盛夏雨季，远眺退谷，水流如练，正是在"石兄"这里，将水流一分为二，颇有太白的"三山半落青天外，二水中分白鹭洲"的美妙。那"水练"，宛若两条洁白的飘带，在太白诗人的帽子后面随风飞舞。

虽然，这石的来历已无书可查，但雪芹认定，这是女娲娘娘炼石补天之后余下的一块五彩石——他一直把《山海经》作为一部奇书来看。他相信，书中一切光怪陆离，亦梦亦幻的记载都将会在现实中找到对应，哪怕是远古的遗址。

有道是"运来顽石生辉，运去黄金褪色"。这无用赋闲之石退于幽谷不知多少时日，满面尘埃，身披苔藓，百孔千疮。虽沉默经年，却坚毅如昔。

这真是天底下最大的一桩冤案！雪芹痴痴地想。

雍正六年（1728），由于发生了重大变故，家道中落，十三岁的雪芹便随家人颠沛流离，从此别却江南辗转京城——至而立之年，飘零在京西的黄叶村。

依旧穷困潦倒，依旧耿介如石。

## 三

在薄薄的雾气中，江离坐上了机场快轨，风驰电掣。

北京，已经到了谈雾色变的时候。人们已经不再区分雾和霾了，就像不区分狼和狈一样，雾就是霾，霾就是雾。尽管如此，在江离的心里，雾永远都是一种艺术形象，朦胧而唯美，飘逸而灵动，具有特定的审美价值。记得在读高中的时候，面对窗外的晨雾，江离就写过一首《雾中佳人》的小诗，还在校刊上发表了，被同学们争相传阅。

透过地铁的玻璃窗口，眺望远处的天空，江离如在梦中，如在水中。低飞的客机悄无声息，缓慢而悠然，不是在飞，而是在"游"。

在江离的意识中，那薄雾笼罩的机场上空分明就是一片海域，迷离而深邃。那低飞的客机分明就是一条温顺的大白鲨，或许是一条海豚也未可知。而自己呢，被凉津津的海水浸泡着，那蓝色的海水一点都不咸，他的舌尖和鼻孔分明感受到了一股草莓冰糕的味道。

江离不是去机场，只是路过，他要去北京植物园。

北京植物园是后来取的名字，除了植物之外，还有很多名胜古迹，如曹雪芹著书的黄叶村，有卧佛寺、隆教寺，还有樱桃沟里的寿安山、鹿岩精舍、退翁亭等景点。

深秋时节，北京植物园依然花草斗艳，蔚为大观。江离确乎没有心情去欣赏那些奇花异草，他是专为寻一段历史公案而来，不久前他才恍惚地意识到。

记得十年前，第一次"北漂"的时候，他在一个深秋的暮色中走进了北京大观园。昏暗的光线中，他立于潇湘馆门边，凝视着弱不禁风的黛玉蜡像，竟莫名其妙地泪流满面——他听到了黛玉的声音，悲悲戚戚，隐隐而真切。黛玉分明就在潇湘馆里，立于罗帐一角——江离感受得到她的存在，她的精魂在蜡像里如潮水般涌动着，如泣如诉，如歌如颂。

如果说，第一次"北漂"是心血来潮，是年轻人艺高胆大独闯江湖的情结所致。那么，时隔八年，江离再次回到京都已经过了而立之年——这一次"归来"，恰逢那场漫天的飞雪——他一个人踽踽独行，再次登上大观园山顶，在"疾风劲雪迷人眼"中祭奠红楼女儿，写下了洋洋洒洒三百言的古风《京都雪祭》，那"满城尽编素，天地挂白幡"的悲凉只有江离自己知道。

更让江离无法自圆其说的是，这是他第三次回到京都。他也不知道为什么三别故园三返京都。这次，他无来由地踏上了探访黄叶村的旅途。

## 四

雪芹走出退谷亭，提着长衫一角，顺着乱石砌成的狭窄山道，颤巍巍地下到谷底，向着那"元宝石"而去——他的《石头记》注定要在这里完成，就像画家写生一样，他比画家写生更殚精竭虑。他要把"石兄"写进去，把自己写进去，把自己魂牵梦萦的一草一木都写进去。

现在，雪芹离"元宝石"只有五米远，雪芹端坐着，凝视着，依旧是"相看两不厌"。

雪芹很专注，眼神越发深邃起来。

他又看见"元宝石"中的世界了。

那石头忽而像是透明的水晶，里面的山水楼阁，近渡远舟，农家田园历历在目。"石兄"果然就在石头里面，他面如冠玉，冷峻如石，身罩白袍，腰束丝绦。仗剑而行，则有劲风卷地；执手远眺，又成岩之孤松。他的身边始终有红巾飘飘，翠袖摇摇，他全然不顾，朝着雪芹走过来，越走越快，最后成了奔跑——然而，脚下的山路与他的脚步在同时奔跑，他跑出多远，路就延长多少。虽然，近在咫尺，却永远难以靠近，那层透明而单薄的晶石层如万重山岭，始终可望而不可即……

忽然，他停止奔跑，仰天长啸，裂石如花，化为尘埃。

雪芹觉得头很沉重，觉得刚才的那些崩裂的碎石都嵌入了自己的脑袋，自己懵懵懂懂地也成"石兄"了。

由于地势原因，退谷谷床并不平整。"元宝石"坐落在谷床，两侧留有偌大空隙，其中一侧的下方与周围突起的石头合成了一个天然的洞

穴。洞穴里很宽大,洞穴正中凸起的一块平整的大石便是一张"石床"——
突降暴雨的时候,雪芹经常钻进"元宝石"下的洞穴里,打开书袋,在
"石床"铺纸执笔,续写着《石头记》,那专注与忘我的神情仿佛是闭
关修炼的空空道人。

《石头记》里的一男二女的艺术形象像鬼魅一般日日夜夜缠绕着雪
芹,让他常常食不甘味,连妻子最拿手的"金璧流香"的酥点在他嘴里
也味同嚼蜡;他也常常席不安寝,经常在睡梦中被一男二女的吟诗和嘤
嘤哭泣之声惊醒。

梦醒之后,记忆犹新的是一男二女对话中反复提到的几个地方:

　　"黄叶寺"
　　"退谷亭"
　　"白鹿岩"
　　"水尽头"
　　……

黄叶寺,雪芹太熟悉了,每年清明他都要带着妻子梅娘和儿子晓莽
去进香。大殿里的那尊卧佛已卧千年,接纳着成千上万香客的敬拜。黄
叶寺是御赐,红墙黄瓦,雕梁画栋,牌坊矗立,钟鸣鼎食。只要进入山
门,便即刻感受到磅礴、壮观、森严的皇家气派。

这是白日。

若是夜间呢,或许便是另一种场景了。

传说,地有十八层,天也有十八层。雪芹曾经梦到第十八层离恨
天,那离恨天上的场景竟与山道上的黄叶寺十分相似!黄叶寺的山门洞
开着,对应着离恨天上的南天门;黄叶寺的山门外,一对雄狮变作了离
恨天上两个守门的天神;黄叶寺的满地黄沙变成了离恨天外扑朔迷离的
烟雾缭绕……其余的琉璃牌楼、亭台楼阁、藻井御座都与白日的黄叶寺
类似。

白天黄叶寺，夜间离恨天。

天地运行，昼夜交替。每当子夜来临，黄叶寺，便不再是黄叶寺了，这里自然而然就成了离恨天和灌愁海了。空间还是那个空间，只是因为时间的不同，便造就了两个不同的世界——每当人们进入梦乡，黄叶寺便不再属于芸芸众生，而是一处神佛的世界——这里正进行着情天恨海诸多因果公案，生死祸福的轮回都在这里拉开序幕。

雪芹《石头记》里的警幻仙子带着宝玉神游的场景就在黄叶寺。

雪芹确信，这是自己心灵感应之后的顿悟。

这正是造化神奇莫测之处。

# 五

江离换了北京 4 号线地铁，在北宫门下车，又换了 331 路公交，坐了 10 站之后，径直往北京植物园走去。

从南门入园，过了一座石桥，眼前便是似曾相识的黄叶村了。

江离揉了揉眼睛，站在村口的一块石碑前静默了一会，那是已故的红学家周汝昌先生在石碑上留下的珍贵手迹，书写的是清代敦诚《寄怀曹雪芹》诗中的几句：

劝君莫弹食客铗，劝君莫扣富儿门。
残羹冷炙有德色，不如著书黄叶村。

黄叶村入口的篱门大开，棚状的匾额上书写着启功体三个大字：

黄叶村

尽管，黄叶村篱门大开，但迎来的客人只有江离一位。进得村来，他的形单影只与这里的荒凉、枯寂、肃杀竟成了一种心灵的默契。

在这个季节造访黄叶村可谓名副其实，满地黄叶堆积，满院枯藤垂挂，它们的精魂不死，正赶往冬的梦乡。

空旷的村子里没有人迹，一棵棵老榆落光了叶子，裸露在围栏里，正挨着寒风的鞭刑。破败的木廊还在，丝瓜豆角藤蔓的残骸在木廊的架子上瑟缩着——不由得勾起人们一种联想，这里曾经也是一个人声鼎沸，瓜果飘香的村子。

石径还在，古井还在，石磨还在，秋千还在，曹公著书的院落还在，只不过徒有四壁。这里书香依旧，物是人非。

那剥损的墙壁，榻上的旧絮，燃尽的油灯，尘封的桌案，发黄的稿纸……江离的眼睛有些湿润，猛一转换视角，已然看到曹公满面沧桑却胸怀万物，穷困潦倒而依然执着的身影。调整呼吸间，江离已然闻到曹公研墨时飘逸的残香，那是隔了两百余年的氤氲之气。

探寻黄叶村，寻找退谷中一段关于《红楼梦》尘封的历史遗迹，是江离第三次返京的使命。

依依不舍，思绪万千，步履迟缓的江离已经踱至黄叶村的北门——他即将离开黄叶村，前往雪芹古道中的退谷，那里是他探访的又一迷津。

立于村北口的曹公塑像俨然是黄叶村的主人，正迎来送往，又好像在等待着什么。曹公一袭正白旗人的装束，背有些驼，满面沉郁，眉宇不展——他像要暗示，像要告白……

后四十回的真伪？续写之事子虚乌有？

冥冥之中，宝黛钗的组合，究竟隐藏着什么样的真意？

面对眼前这一介布衣式的艺术领袖，江离深深地鞠了一躬，心里喃喃自语：

曹公在上，受您指引，江离已经来到此地。我将前往退谷，寻根红楼，探访"石兄"——请曹公开启我的智慧，点醒梦中之人，江离当不负前世之托！

# 六

至于梦中提到的"白鹿岩",经过多次寻找,雪芹终于在退谷的上游找到了。

它离"元宝石"并不远,是一块凸起的巨石。高耸的巨石下有一石洞,叫作白鹿洞,洞深十几米,长七八米,可容数十人。洞内错落有致的石头,天然地形成了石床、石桌和石凳。

鹿岩仙迹、退谷幽栖

洞门上垂挂杂乱的枯藤野草遮住了这个古老的镌刻。

从枯枝纵横交错与各种花草藤蔓的纷披之态,可以看得出白鹿洞是隐于花草树木丛中的,若不是冬季,夏秋很难发现。可见,这里最不乏的就是各种奇花异草,珍禽异兽了。

传说有位骑白鹿的仙人云游到此,迷恋这里的山光水色,便以此为家。

那是在辽代,一千多年,很古远了。

有道是:

仙人已乘白鹿去
此地空余白鹿洞

雪芹知道一句古语:久旷之宅入鬼狐。

家宅如此,何况这千年古洞?

雪芹知道,这洞,空而不空。

这洞,空的是白天,不空的是夜晚。

空,是因为眼睛;不空,是因为心灵。

雪芹还在幽幽神思,不觉已进了古洞。

一只脚刚踏进白鹿洞，雪芹不由自主地打了个寒噤，心里掠过一阵寒冰刺骨的悸动，汗毛闪电般地乍开，浑身发冷。

他明显地感觉到有一些生灵的影子在昏暗中与自己擦肩而过——他确实惊扰了人家。

"雪芹只是为了《石头记》而来，冒犯冲撞之处，请勿见怪。"

雪芹默默念叨着。

这石洞，也算是一座大宅子了，洋洋大观。那些被惊走的生灵，应该也是这里的"豪门望族"。它们在雪芹的心里若隐若现，悲欢着，离合着——《石头记》里，那些红香绿玉般的男女，尤其是那个叫晴雯的形象便是从这白鹿洞里被惊走的一个。

天上蟠桃会，人间大观园，荼蘼殷红在黄泉。

顽石精怪，树神花仙，灵犀之事，当为魅族。

《石头记》里的湘云、惜春、宝琴、妙玉哪一个不是山川的精灵所化？所以，其艺术魅力的光辉直冲云霄，影响千秋万代。

雪芹知道，一枝斑管，无论多么美妙，只能赋予她们血肉丰满的生命之躯，而那些魅族的精灵才是永恒不朽的元神。

杜甫说"下笔如有神"，一个"如"字，美妙绝伦，如有神助，眼却不见；眼虽不见，心却感知。穷困潦倒，苦心孤诣，执着与虔诚，"神"也因此感动，于是，他们纷至沓来，将自己魅族的力量传递到了雪芹的心灵，然后助他流于笔端，化作文字，成为不朽。

雪芹，一个愿与自然结缘，与神灵互通的苦行僧。

# 七

江离从村外的一座碉楼穿过，约莫走了二十分钟，眼前便矗立着一座金碧辉煌的山门牌坊。牌坊之高大，直入云霄，须仰视，方可见正中四个镏金大字：

智光重朗

这牌坊之华丽，朱红栏杆，碧绿图案，雕花绣草，堆云砌雾，不是神仙地，也是帝王家。

江离觉得这里很眼熟，仿佛在哪里见过。

是的，他想起来了，是曹公《红楼梦》里第五回的场景：离恨天，灌愁海，警幻仙子引领宝玉梦游之所。

如果加上朦朦胧胧的云雾缭绕，这里定是太虚幻境了。

江离知道，前面不远处应该是一处佛教圣地。

果然，走过长长的御道，眼前便是举世闻名的卧佛寺了。

江离看了一眼"同参密藏"的匾额之后，便从卧佛寺的左侧山道径直往退谷而去。

走过隆教寺遗址，便步入了一条长长的栈道，这是进入退谷的必经之路。

栈道依山而建，紧靠栈道的是一大片水杉林。水杉，树体通直，纤细秀美，所谓"亭亭玉立"应该就是水杉这样的风姿吧。

江离想起了他的好友"不寒"：一个纯净、典雅、唯美，具有秋日水杉风韵的江南女子。不管是在深山，还是在水边，江离时刻都在用网络与不寒分享着他的旅行见闻，分享着他的喜怒哀乐。

不寒也是个典型的红楼迷，与红楼有着不解之缘。她经常哭醒在曹雪芹的红楼"梦"中。江离远足黄叶村，探寻退谷，寻根《石头记》，这也是她的心愿。遥想着江离的北国之旅，不寒的心里温暖而慰藉，无时不在牵挂着江离，也牵挂着退谷的一木一石。

栈道很低，山涧很浅。涧里的石头错落有致，圆形的如鹅卵，方形的似玉砖，嶙峋的奇美，规整的秀雅。若是夏季日暮时分，涧水潺湲，松影斑驳，一定可以领略到王维诗中的"泉声咽危石，日色冷青松"的妙境。

要是不寒也在，多好，她最喜欢山涧的卵石和流水了。天生喜柔，秉性爱水，如水的性格，如水的智慧在不寒的身上最为典型了。

在"问杉亭"小憩了一会，江离继续前行。出了栈道，过了石拱桥，退谷就在眼前了。

退谷中的第一道风景便是"鹿岩精舍"。

这是清末"无畏居士"修心之所。一条设计着古木扶手的幽雅小径一直将江离导引到了半山腰——"鹿岩精舍"处在半山腰的幽静之处。

真是"精舍"，白色的围墙，灰色的镂花砖窗，古色古香的院子里坐落着"水流云在之居"：这是一处古老的雅室，朱廊灰瓦，风格古朴，雅室门庭宽阔，植有白皮松两株。

"水流云在之居"，好洒脱雅致的名字，又独处在半山腰上，"高处不胜寒"的冷寂，倒也名副其实。是的，"水流云在之居"，行云流水本该在此休憩。

这样高悬冷寂之所除了适宜修心和著书，江离再想不出其他用途。

江离总疑心曹公也曾在这里居住过，至少是小憩过，或沉思，或挥毫。

江离在这院子里明显感受到了《红楼梦》中的一些气息。是的，书写的艺术形象一旦凝神聚气之后，定会在现场留下历史的痕迹，这种痕迹无声、无形、无色、无味，像一种气息，永恒存在，挥之不去，感动心灵，唤起神思。

与鹿岩精舍毗邻的是另一处空寂的书屋，檐下的匾额上用繁体写着"石桧书巢"四个大字。江离执手抬眼看去，"石桧书巢"四个字有些迷离，他看得头晕——"石桧"两个字在江离的瞳仁里先是模糊，继而清晰，终于变成了令人难以置信的两个大字：

石棺

是的，确确实实是"石棺"两个字，再回头看看这个建筑的造型，神秘诡异，头宽尾窄，与一口石棺无异。

这"石棺"就在半山腰，成了神秘的"悬棺"了。

曹公死后，至今不知葬在何处？

难道，这里藏着什么惊天的秘密？

# 八

梅娘自嫁到曹家，富足优越的日子如昙花一现。

家道中落，苦不堪言。

幸好她懂雪芹，雪芹也知她，算是一对心灵相通的幸福伴侣。

梅娘姓梅，书香门第。

梅娘确有梅的品格，坚贞高洁，满腹才思化作漫天馨香。

雪芹《石头记》里咏梅诗中的"入世冷挑红雪去，离尘香割紫云来"是对梅娘最美丽的描写。其中"误吞丹药移真骨，偷下瑶池脱旧胎"则是对梅娘这位纤弱美丽、才冠须眉的奇女子最好的表达。

梅娘，乳名不寒，与梅花的意蕴相同。

雪芹写《石头记》，梅娘读《石头记》，也评《石头记》，还专门给自己取名"脂砚斋"。脂者，女子；砚者，文墨；斋者，居于黄叶村而心静如水。

关于黛玉和宝钗的描写，雪芹丝毫分不清是写钗黛还是写梅娘。梅娘，集钗黛的才思、美德于一体，是雪芹一生中的知己，她占据了雪芹的整个生命。

冥冥之中，天意难问，红颜总是薄命。不寒留下一些评赏《石头记》的优美文字，便病逝于黄叶村那个夕阳暖暖的黄昏——于是"窗前亦有千竿竹""任它点点与斑斑"，这样的怀念便定格在《石头记》第三十四回。

怀念，与雪芹的生命同在。

梅娘的文字，是别一部《石头记》，永远都浸透着冬日的梅香。

"不寒……你还好吗？"

雪芹坐在"石兄"身边，心里忽然一阵感动，满眼噙泪。

怀念至极的时候，雪芹才会呼唤梅娘的乳名。

## 九

退谷之南。

江离终于见到传说中的那块偌大的"元宝石"了，宝玉的精魂就在里面。无独有偶，与"元宝石"相对的半山腰上也有一块巨石，那姿态和情状，确实奇异，仿佛"飞来之石"，悬悬地坐落在山坡上，危而不倾，悬而不倒。

更为奇妙的是，有一棵柏树深深地嵌入了"飞来石"的缝隙里。巨石本来就是"悬"卧着的，柏树又"悬"在石缝里，给人直接的感官刺激就是——悬妙。悬，是担心石的倾倒，柏树的脱落；妙，是树与石的合体——从时间上推论，似乎不分先后，石与树同时出现；从结构上审美，石与树难分难解，天衣无缝，浑然一体，石不离树，树不离石，共同见证着、经历着、感受着六百多年的风霜雨雪。

一种"同生死，共命运"的意念在江离的心中油然而生。

"飞来石"旁边的牌子上写着：

## 石上松

石上松因巨石上生有一株侧柏而得名，松柏相近，民间俗称"石上松"。石高10余米，柏高约7米，树龄600多年。相传曹雪芹受此景启发，故而创作了《红楼梦》中"木石前盟"的故事。

这就是曹公笔下"木石前盟"的创作原型吗？江离兴奋、欣喜，脑海浮现绛珠草与神瑛侍者的形象，仰望的眼中有些迷离，闪烁着泪光。

黛玉魂归离恨天，宝玉遁入一空门。

都是"玉"，尊贵而圣洁，他们是同类，更是同体。

因为是同体，石崩而树不独生，树死而石也俱毁。

黛玉泪尽而逝，是肉体的毁灭，是灵魂的回归。

宝玉遁入空门，是灵魂的覆灭，是躯壳的残存。

所以，《红楼梦》的结局是，宝玉黛玉共同走向了覆灭，实现同生共死的夙愿——江离解读着眼前的"石上松"，这是曹公创作的初衷吗？

那"金玉良缘"的创作原型又在哪里？

找遍了整个退谷，没有半点历史记载。

江离忽然想起上午离开黄叶村的时候，在村北口与曹公告别的情景——曹公表情沉郁，一只手背在身后，另一只手扶在一块大石头之上。那石头应该就是"元宝石"的局部了，江离想。

江离有些累了，他想倚靠着"石兄"休息一会。他不自觉地模仿着曹公的姿态，一只手背在后面，另一只手扶在"元宝石"上——他下意识地向后退了一步，身体往后靠过去。突然，他觉得后背被硌得生疼，连忙前倾，转身一看，身后是一棵紧紧依靠在元宝石上的古树。

真是"踏破铁鞋无觅处，得来全不费功夫"！

江离恍然大悟，远在天边近在眼前啊！

这不正是曹公"金玉良缘"的创作原型吗？

　　江离想起村北口曹公塑像的神情和手势了，分明是一种暗示的语言，在为江离指点迷津。江离激动起来，继而感慨万千。

　　这棵树与"元宝石"紧紧相依，一点缝隙找不到，简直就是"石兄"贴身的一根拐杖，形影不离——因为过多地把寻找的目光聚焦在对面的"石上松"上，却忽略了就在身边的"金玉良缘"了。

　　那"石上松"关于"木石前盟"的标志牌太过突出，将游人的注意力全部吸引过去了。于是，这没有任何标志说明的"金玉良缘"原型却被遗忘在眼前，成为眼前的一处被遗忘的"角落"。

　　江离坚信，自己发现的这一处"金玉良缘"的创作原型，正是曹公当年的创作本心。

　　女性属阴，可用草木类比。

　　黛玉、宝钗应是这里的两株树了。

　　"木石前盟"的原型，是缘于木与石的合体，难解难分，患难与共，同生共死。而这里，"金玉良缘"，当缘于这株古树对"元宝石"的相依相偎——江离仿佛看到了宝钗与宝玉的关系——这里没有爱情，只有婚姻。"夫荣妻贵"，藤萝绕树，依附式的婚姻在这里得到了形象体现。

但是，他们的关系仅仅是"依偎"而已，树与石是完全可以独立分开的——这也暗示了"金玉良缘"的终局。相反，"石上松"的结局则不同，要么同在，要么共毁——这是宝黛之间的爱情象征——这里虽没有婚姻，却印证了坚贞的爱情。

究其本质，宝玉与宝钗、黛玉之间有着割不断的情缘。

只不过与黛玉的缘深、缘长，乃至与生命、与灵魂相连，地久天长；而与宝钗的缘浅、缘短罢了，只是现实尘世中的一段，如昙花一现。

黛玉是绛珠草，与神瑛侍者有着前世的爱情之盟。因为他们曾经有着生与死的经历，所以才有今生的生死之恋——宝钗是什么草呢？与神瑛侍者之间又曾有着怎样的情缘？

江离苦苦思索着。

## 十

雪芹一直为《石头记》里钗黛的爱情婚姻结局纠结着。

写成花好月圆的结局，那只是人间的美好愿望，像一个美丽的谎言。

写成生离死别的悲剧，则又太过残忍。他想起了今年中秋节那天晓莽溺死在池塘里的惨景了——那时，池塘里还铺满绿色水芹。本来应该是父子两人最温馨的一个团圆节，那是他唯一的孩子，是他在梅娘逝去之后的唯一希望，一个八岁的孩子，活波、天真也淘气，尤其善解人意——为了给爸爸做一道下酒菜，去池塘里钓青蛙，却永远长眠在那片郁郁葱葱的绿萍里，成了一个绿色的精灵。

雪芹不忍心将《石头记》的结局写成悲剧。

到底应该写成什么样的结局总是让人捉摸不定。

他再一次来到了退谷之中，他来寻找灵感，更是要接受神示。

他想在这个冬天完成《石头记》初稿。今年是乾隆二十七年（1762），自己48岁了，却已经变得老态龙钟，经常咳血，他担心自己熬不过这个冬天。他下意识地披紧了长衫——有一个盘扣掉了，总会有一丝凉风钻进来。

既然宝玉、黛玉是"木石前盟"，无论千回百转，历经多少磨难，结局都应该是不离不弃，生死相依，可是自己怎么也写不出这种感觉，雪芹很迷茫。

况且，宝玉、宝钗的"金玉良缘"与"木石前盟"的矛盾始终在笔下相互缠绕，理不出头绪。

他来到退谷，就是要再次面对"石上松"和"元宝石"，重新审视《石头记》中"宝黛钗"的创作原型。

其实，雪芹从没有把"创作原型"作为一个单纯的物件去看待。他觉得，"原型"之中必定存在着一种"元神"。这"元神"若隐若现，变幻莫测，让人捉摸不定。这"神"，经常戴着各种面具，经常变幻出许多不同的形象在你眼前出入，你务必认准之后，用心灵和智慧之塔一下子将它镇住，才能让它成为笔下不朽的艺术典型。这样，"形神"才真正"合一"，才会形成一个完整的艺术形象，才能揭示真实的灵性世界。

"石上松"和"元宝石"到底应该是一个什么样的艺术形象？

雪芹苦思冥想，还是一种似是而非的感觉。

潜藏在石头中的，潜藏在树木里的"元神"始终在考量着雪芹的精诚、执着和智慧。

他来到"石兄"身边，依旧背着书袋，将两只手交叉，笼在袖口，斜靠在元宝石上，仰望对面半山腰的"石上松"，苦思冥想，同时祈祷神示——他很快就浮想联翩起来。

他仰望着山坡上的"飞来石"，却始终无法与那"神瑛侍者"融为一体。

雪芹看着，想着，觉得那"飞来石"竟成了一种桎梏。是这石头禁锢了那松，禁锢了黛玉——而黛玉呢，正用那棵绛珠草体内蕴藏的最大力量，在努力挣脱"飞来石"的束缚——天长日久，这松的根竟将石头撑破，齐刷刷地裂开一道缝隙，逃出生天，就在眼前。

所以，那"石上松"并非昭示宝玉、黛玉的爱情与婚姻，那"飞来石"之中也绝不是"宝玉"的元神，而是一种阻碍，阻碍着黛玉的爱情与婚姻。

"飞来石，元宝石，此石非彼石也。"

本来，"飞来石"（石上松）与"元宝石"就是两块不同的石头，一块圆润融通，另一块棱角分明，高危嶙峋。

"石上松"包含的意象绝不是"木石前盟"——"元宝石"才是"木石前盟"中的主角——雪芹竟被那块"飞来石"蒙蔽了十余年，雪芹一直将这"妖孽之石"作为"木石前盟"中"宝玉"的原型去创作，怪不得在创作的时候，宝黛之间的心始终隔着一层隐形的墙，始终无法融合为一。多少年了，雪芹一直在心里质疑自己，这里一定另有隐情。

此次来到退谷，精诚之至，雪芹受到神示，果然顿悟。

尽管，雪芹不知道"飞来石"是何方妖孽，但他确定"元宝石"才是女娲娘娘补天炼就的五彩石！其形、其态、其神都能自然地与神瑛侍者联系在一起，毫不牵强。

雪芹的心里越来越明亮。

"石上松"中的"松"始终被一种恶势力束缚着，而且与"元宝石"隔着一道涧水——所以，"黛玉"经常是眼中含泪，直到哭累了睡去，醒来后又哭。而且，只能与宝玉隔水相望，隔空相望，靠着心灵感应，在退谷中互诉衷肠。他们之间，本没有相依相偎的宿缘，唯有相思相望而不相亲，只隔了一道浅浅的涧水，却变得遥不可及。他们只能精神相通，灵魂相牵，一旦融入现实，定将不堪一击，支离破碎——这才是"木石前盟"的真实内涵，这才是宝黛爱情的终局。

这种结局源于冥冥之中造化的安排。

这种造化的安排本是天机，这样的天机就藏在"元宝石"和"石上松"之中。今日，终于敌不住雪芹十几年如一日的苦心孤诣，终于在雪芹的虔诚和智慧中现出原形。

还有那金玉良缘……

雪芹有一种不祥的预感。

今天的退谷之行有如神助，雪芹欣喜得近乎疯癫了。

尽管"元宝石"与"石上松"互相凝望了 600 年，然而他们并不在同一个空间，一个坐落在山涧，一个悬生在半空。

而另一棵古树始终与"元宝石"相依相偎，风雨同舟。虽然灵魂各异，但他们活在同一个现实空间，感受着日月精华，幻化成人形，受警幻仙子的指引，来到了雪芹的笔下报号。

雪芹离开退谷的时候，一眼看见枯草里的一块石碑，上书：

水尽头

是王摩诘的"行至水穷处，坐看云起时"吗？这样的境界，古往今来，能有几人？水尽头，水尽头……

雪芹面色阴沉，喃喃自语，他要写一段"黛玉葬花"的场景，要写上：

愿奴胁下生双翼，随花飞到天尽头。天尽头，何处有香丘？一朝春尽红颜老，花落人亡两不知……

一切将尽了吗？

是"落了片白茫茫大地真干净"？

离开退谷之际，又是黄昏，夕阳最后一次为他在退谷中留下了最美的晚照。

# 十一

江离对"石上松"和"元宝石"这些创作原型的"考证"，结合自己的感悟，觉得自己找到了曹公创作时候的原型和依据，开始有些莫名的兴奋一可是，很快，江离的脑海里开始浮现曹公凝重的表情了。

曹公还是穿着那件单薄的长衫，背有些驼，站在黄叶村北门口的古井旁。

当江离觉得自己找到了"木石前盟"的历史渊源的时候，曹公的身体似乎挺直了一些，然后便皱着眉头冲着江离微微摇头。

这样的画面在江离的脑海中出现了多次，江离开始怀疑自己刚才的判断和分析了—他决定重新审视眼前的"石上松"和"元宝石"。

宝黛之间的爱情纠葛以及悲剧结局，究竟是源于什么？

前世的"木石前盟"本该是"情定三生"式的约定，本该在今生了结，可为什么又会打破"前盟"，甚至还生出一段"金玉良缘"？

仰望着"石上松"，江离的眼睛在日光中有些迷离。

那"石上松"，仿佛是一株"仙草"从天而降，从此便在石缝里生存。

尽管是"从天而降"，却并没有植入土中，甚至没有沾上一点世俗的尘埃——她的前世今生都是不食人间烟火的。

而"元宝石"呢，前世虽然也曾是准备补天之用的五彩神石，可是因为过剩而无用武之地，被弃于大荒山无稽崖——元宝石被弃于退谷，是坐落在泥土之中的，它的身体和灵魂打上了许多世俗的烙印，成了随波逐流的俗人和浊物了。

所以，他们注定是一种悲剧结局。

黛玉的眼泪和宝玉的纠结就在这里，前世与今生，身体与心灵，其中既有相通之处，也有矛盾的交织。

况且，"石上松"与"元宝石"隔水相望，隔空相望，唯余一条心灵和精神的纽带连在一起——"木石前盟"是精神领域的，是与现实分离的。所以，"木石前盟"只能在心灵世界永恒，在现实世界毁灭。这些，才是当年曹公心里的创作原型吧。

江离回首看着与"元宝石"相依相偎的那株古树，心里更加明亮起来。

尽管，他并不知道这株树的来历与典故，但至少，这株树深深扎根在泥土，充满了生活的气息，与"元宝石"一样，成为红尘世界的一员。因为，他们有着共同的现实基础，虽然千回百转，好事多磨，但一定会缔结为生活中的"金玉良缘"……

一阵风起，"石上松"舞动起来，江离分明看见一缕芳魂从石缝里飘出，缓慢而轻盈。仿佛依依不舍，对着"元宝石"轻挥衣袖，飘散而去。

昨宵庭外悲歌发，知是花魂与鸟魂。

花魂鸟魂总难留，鸟自无言花自羞。

愿奴胁下生双翼，随花飞到天尽天。

……

有人在轻声唱着《葬花吟》，缠绵、凄美、悠长。

"石上松"——被禁锢在石中六百年，那是黛玉的精魂。

今天，终于解开了魔咒，逃出生天。

江离感觉到了，也看见了黛玉正在安然飞升。

还是那株草儿，灵河岸边的绛珠？

但愿，不要再有来世。

轮回太苦。

一切缘于因果——我欲不悲，伤不得已。

红楼之谜，郁结于心，难解难排——这是贴在雪芹与江离额头的一道符咒，符咒不解，黛玉难以轮回，不得升天。

江离释然了，用他的执着与彻悟，找到了宝黛钗之间"金字塔"式的创作原型以及曹公真实的内心世界——这是一种力量，解除符咒，获得新生的力量。

他平生第一次看见黛玉，飘飞得那样轻盈；第一次看见黛玉在《梦幻曲》的缥缈中绽放自由的微笑。

"元宝石"呢，依然一动不动，或许是累了，他进入了乡梦，梦中正与曹公对弈。

## 十二

天很黑了，江离才从退谷回到住处。

他觉得很累很累，身体仿佛不再是自己的，灵魂好像也离开了自己。

他沉沉睡去。

恍惚中，他再次去了黄叶村，这次去是参加曹公的葬礼——一个新年的除夕夜，年仅48岁……

不知道是谁喊了一声："黛玉不行了，大家快去看看……"

江离匆忙赶过去，只看到黛玉的灵牌供在桌案中间。

只有几个宾客前来吊唁，隐约听到一些人说话。

梅娘也来参加黛玉的葬礼了，梨花带雨，好不伤感。

一个叫石兄的人哭得最为伤心。

奇怪的是著名影星陈晓旭也在其中，捂着胸口，眼泪在飞。

最让江离吃惊的是，自己的红颜知己也白衣素裙赶过来了，那是：

不寒。

不寒不知怎么来到自己身边的，她瑟瑟着，牵紧了江离的手。


（作者曾三度探访黄叶村，创作于2015年3月1日；2015年10月17日再次修改此文，增补了第十、十一章相关内容。这次增补，主要是参考了紫气微扬的修改意见，在此特别鸣谢）

墨血

## 一

“这是什么？……”

刚冲完凉，关了莲蓬头的珠儿一脸的茫然，继而很快觉得恶心起来。

珠儿一头乌黑的秀发在淋浴之后更加润泽发亮。她下意识地拂了一下耳边乱云飞渡的青丝，白皙纤细的臂膀像出水的莲藕，连她自己都想咬自己一口。

一滴“墨汁”突然出现在珠儿白嫩的肚皮上——珠儿从茫然到恶心，从恶心到恐怖不过一分钟的时间。

这到底是什么？是墨汁吗？不像，也像，还有一点的殷红，像血。沾一点在小指上，她小心翼翼地闻了闻，无任何气味。

这是什么？是油烟的黑灰？可这是卫生间，哪来的油烟？

珠儿的恐怖源于对卫生间每个角落的“搜索”——每一个角落都“地毯式搜索”过了，包括天花板和地砖。结果呢，蛛丝马迹都不曾发现。

这团脏东西到底是从哪里来的呢？

洗脸毛巾、浴巾、墙壁、面盆，包括面盆的支架上都检查过了，什么嫌疑都没有。

这滴“墨汁”真是“神来之笔”，刚好“点”在了珠儿美丽的肚脐眼上方——要是朱砂还好，算得上一颗“美人痣”，可偏偏是黑色，让自己一个小巧玲珑的女子变成了“蜘蛛精”。

那滴“墨汁”一样的东西洇得很快，毫无规则地四散开去，成了一只“八脚蜘蛛”，然后飞快地沿着脐眼向下“爬”去……

## 二

下了班，珠儿照例走过天桥，严格地说，是恹恹地踱过天桥。这里是京城的黄金地段，西三环。所谓东富西贵，这里自古散发着贵胄之气，国家外交部便坐落在这里。

天桥下面便是华普超市，珠儿像往常一样，乘着扶梯来到超市的地下二层餐厅用餐。

珠儿照旧要了一盘精致的荠菜水晶饺，要了一小盘很养生的老醋花生米。

今天的荠菜水晶饺索然无味，嚼着鲜嫩的荠菜竟然丝毫没有春天的味道，像一团干草，适合牛去吃。

一只水晶饺上沾了黑色的斑点，只有针尖大，若不是心细如发，根本发现不了。

针尖大的斑点在珠儿的瞳孔里被不断放大，一直变得和自己肚皮上的那只"八脚蜘蛛"一样大——她终于停下了筷子，吃不下去了。

记得昨天晚上淋浴之后，那神秘的"墨点"再次出现在珠儿的肚皮上，又迅速泅成狰狞的"八脚蜘蛛"。

这是珠儿第二次遇见"八脚蜘蛛"。

这一次，珠儿没有茫然，没有神秘，只有恐惧。

一种不祥的预感袭来，她像被突如其来的一只蜘蛛叮咬，本能地用莲蓬头喷出的水拼命冲洗肚皮，将那只恐怖的"八脚蜘蛛"冲走……

冲出狭小的淋浴室之后，心还是跳个不停，她把浴巾裹得紧紧的，这样方能感觉到一点安全。

一阵心悸之后，珠儿披着湿淋淋的头发，猫着腰，踮着脚，又拉开门进了淋浴室。

淋浴室还是淋浴室，见不到一点异象。

她把淋浴室从头到尾，从上到下，连地砖的缝隙都检查了一遍，仍然没找到丝毫的破绽。

那恐怖的"八脚蜘蛛"到底从哪里来的？

难道真的从天而降？

就是从天而降也应该有个降的过程，降的路线吧！

她想起了电影上一种黑色的蝙蝠，能致人死亡的吸血鬼。

她开始怀疑那"墨点"是一种病毒，比黑蝙蝠还恐怖的一种病毒，一种莫名的无药可医的病毒。

她的脑海里泛出几个神秘的黑色大字：

黑蜘蛛病毒
潜伏期 10 年
……

她用筷子轻轻地夹了一颗老醋里的花生米，手指一颤，终于没有夹住，掉到盘子外面去了。

珠儿继续夹菜。

"你看着我干吗？"

珠儿睁着杏眼，本能地保护着自己的隐私不受侵犯。

对面一个小女生停下了筷子，微张着嘴巴，怯怯地看着珠儿，露出惊讶不解的神情。

珠儿心里有些愠怒，她不希望别人窥视她的内心。

"你在吃我的菜……"

小女生弱弱地说。

珠儿静了一下心，像是做了一个短暂的梦，自己也哑然失笑了，连忙道歉。

"抱歉，我在想事情，怎么就夹了你的菜了。"

"这是我的老醋花生米，很养生的，来，你吃我的……"

珠儿很歉疚的语气反而让小女生不好意思起来。

自选餐厅就是这样，自己打了饭菜，自己找到条桌坐下。人多的时候，本来就不宽的条桌，对面会有人与你共用，两个人的托盘紧紧靠在一起。

尽管这样，也不会有人夹错菜，不会去夹对方的菜吃。

珠儿觉得今天的自己确实有些滑稽，都是被那只"八脚蜘蛛"闹的。

## 三

回到家里，半躺在沙发上，电视也没开，珠儿将一条毛巾斜遮在脸上，她眯起眼睛想安静一会儿。

似睡非睡，哥哥的影子在珠儿眼前晃动着，还是生前笑容可掬的样子。

在越战中牺牲的哥哥曾给她讲过一个神秘莫测而又耐人寻味的故事，尽管当时她只有 14 岁，她不知道那个故事的真正含义，哥哥也没有解释。

尽管好多年过去了，但那个故事并没有随着哥哥一起离去，经常在珠儿的梦境里出现——有时，闭上眼就会看见那幅画面，像电影蒙太奇一样展现在她的眼前，有声音，有色彩，还有动作。

哥哥是军人，也是珠儿唯一的亲人。

每次探亲，哥哥都把时间用来陪珠儿。

不知是哪个朝代了，政治和军事都处于大分裂时期，朝纲紊乱，庙堂不保；诸侯割据，烽火四起……

一场战事在崇山峻岭间蜿蜒展开。是的，珠儿对那片山岭，还有一处悬崖绝壁记忆犹新。

一位将军，面若严霜、眉如佩剑的将军。他和他的军队就在那片崇山峻岭中与敌鏖战，中军帐设在一个隐秘的幽谷里。

战事严峻，胜负起伏不定。将军愁眉不展，经常在月夜走出中军帐，挥剑击石长叹。说到这的时候，哥哥的脸色阴沉严峻，仿佛那将军就是他自己。

军灶离将军的中军帐有一些距离，那个厨子每次给将军做好了饭菜都要经过一处断崖。每当经过这里，厨子总要下意识地仰望断崖——山如斧削，壁立千仞，令人头晕目眩。尽管是在山谷，厨子照样有些恐高。

最让他恐惧的是断崖石壁那口悬棺——又黑又大的一口棺材被两条绳索悬挂在崖壁，仿佛在空中轻轻地晃动。

厨子总感觉那悬棺的绳索要断裂，要直冲下来，将自己罩在里面。每次端着饭菜经过这里，他都是两股战战，想快跑而不能。

更令他惊奇的是，每次端着饭菜路过这里，总会从天上落下一滴黑红的鲜血，刚好落在厨子端着的菜肴中。很快，这滴黑红的鲜血便四处泅开，渗透到菜肴中看不分明了。

厨子知道，这血，正是从那口悬棺中渗出的。

每天一滴，不多不少，而且都落在了将军的战饭中。

想起将军狼吞虎咽地吃着厨子送来的饭菜，珠儿心里就一阵恶心，有兜肚连肠呕吐的感觉。

那一滴黑红的血液，仿佛有阵阵腥臭隐隐泛起。

将军吃得津津有味，不住赞赏厨子的手艺。

在崇山峻岭中已经有十几场的大小战役，将军的军队屡战屡胜，捷报频传。

每次看着将军吃饭的时候，厨子阵阵心悸。他始终不敢言明，他也无法说清此事。他总觉得此事神秘莫测，预示着将要发生什么。

终于有一天，将军犯了疑，他要问个究竟，因为他熟悉厨子的手艺，以前的饭菜不是这个味道。

厨子战战兢兢地说完之后，将军如石雕般地伫立，无语。

将军一夜都在中军帐外遥望那口神秘的悬棺。

第二天的激烈鏖战中，将军战死，全军覆灭。

从此，那口神秘的悬棺也没有了踪迹。

## 四

讲完这个故事，哥哥总要拍拍珠儿的肩膀，让珠儿别怕。

后来，珠儿才知道，那不是故事，是哥哥的一个梦，一个让哥哥彻夜难眠的梦，哥哥最终还是决定将这个梦变成故事告诉自己唯一的亲人珠儿。

不久，哥哥就上了越战的前线，将鲜血洒在了那片陌生的土地上。

后来，珠儿经常梦见哥哥，梦见哥哥一身戎装，很英武的样子。

## 五

今天是清明节。

珠儿喜欢清明节，喜欢在这个日子去看望哥哥。

记得第一次去墓地的时候，珠儿很怕，怕那些突起的墓碑，鬼魅一样的墓碑。害怕着也思念着，思念着也害怕着。

后来，对哥哥的怀念战胜了对墓园的恐惧。清明节，成了珠儿最盼望的节日，那是她和哥哥相聚的日子。

珠儿捧着鲜花，提着一包祭品，独自来到了哥哥的墓碑前，她给哥哥带来了荠菜馅水晶饺，那是哥哥最爱吃的素馅饺子。

荠菜里有春天的味道，哥哥吃得出来。

珠儿抚摸着哥哥的墓碑，仿佛是小时候牵着哥哥的衣袖。

墓碑很高大，很伟岸，和生前的哥哥一样俊朗。

在泪光闪烁中，珠儿开始和哥哥说着很多陈年往事，像老酒一样醇香。

珠儿说起了那口悬棺的故事，说起了那一滴黑红的鲜血。

说起了悬棺滴出的墨血很像哥哥那枚军功章。

也说起了自己身上的那个墨点，像墨，也像血。

她问哥哥，那个像墨也像血一样的到底是什么。

起风了，珠儿将没有烧尽的冥币再次拨进火里。

## 六

　　从此，珠儿再没有遇到那个像血一样的墨点，那个"八脚蜘蛛"已经不知爬到哪里去了。

　　珠儿百思不解。

　　珠儿心有灵犀。

　　珠儿的心里很温暖。

2014 年 6 月 28 日

碧魂知春

# 一

至元十九年（1282）十二月初九。

燕京，柴市南郊特设的刑场。

三年囚禁，文天祥鬓发如银，蓬草一般，在朔风里漫卷。

漫长的等待，终于等来这一天，他只速求一死。

他面露沧桑沉郁之色，脸上掠过一丝笑意。

目光，依旧坚毅；步履，仍然顽强。只听得枷锁叮当，叩击祭台。

午时两刻，朔风的尖齿要撕裂每个看客。

阳光直射如剑，如紫电一般刺向文天祥的头颅，他有些晕眩。

祭旗的殷红、鬼头大刀的闪亮与呼啸的风、冬阳的光相映、交织，成为一片惨烈而凄美的背景——文天祥威武不屈的形象将在这样的背景下被定格。

倏然，一股暖流涌上心头，仿佛是血，沸腾至喉咙，虽然无法言语，却温暖、快意、无比慰藉。

孔曰成仁，孟曰取义；惟其义尽，所以仁至。读圣贤书，所学何事！而今而后，庶几无愧！

这是铭刻在自己心灵上的文字，这些文字伸出众多的触手，像杂乱的血管神经，将他的心脏层层围裹。

管仲不死，功名显于天下；天祥不死，将会遗臭于万年。

死亡，对于被俘的文天祥来说，无疑是一种奢望。

死亡，成全了自己对于大宋的碧血丹心；死亡，同样也成为一种无奈和遗恨。

他感自己生不逢时，叹大宋命途多舛。辽的威胁，金的入侵，只剩下半壁江山，而蒙古的铁骑又彻底踏碎了他最后的江南春梦。

临安，临安，临时苟安，真是一语成谶。


惶恐滩头说惶恐，零丁洋里叹零丁。


过零丁洋的时候，说不出的惶恐和孤零——而现在，他只是觉得有些累，累得不想再睁开那双战神般的双眼。心潮不再澎湃，热血停止沸腾，他将在大宋的怀抱里安然地睡去，与滔滔江水一同流走。

尽管，他有些不甘心。

午时三刻，鼙鼓索魂。

随着呐喊，一道白光，一腔热血，喷薄而出，祭台一片殷红。

天空血色，风沙飞起，日光迷离。

有两滴鲜血溅落远方，如一缕忠魂，飘逸而去。

第一滴，落在了远处的一块玲珑石上。

此石正是南朝梁代云光法师讲经时感动天地，落花如雨，落地所化之石。辗转流连，不知过了多少世纪，至南宋时期，剩得一枚，隐匿于柴市南郊。

那血滴遇石而入，瞬间在石上"画"出奇异花纹，或丹或碧，清晰可见。

另一滴血，随一阵飓风落于荒芜一隅，恰好沾在一株冬竹之上。那竹也从此变作血紫色，后人奇之，唤作"紫竹"。

历经几世，那枚玲珑石不知所终，紫竹枯绝。


二


根据百度图示，文丞相祠坐落在一个不起眼的胡同里。

文澜下了公交，连续问了两位"老北京"，七拐八拐，终于来到了"文丞相祠"——府学胡同 63 号。

祠堂的正门很窄，门开半扇，只容得一个人通过。门牌上方"文丞相祠"四个金字与蓝绿雕梁、灰瓦红墙相映，让狭小的一隅依然显出一种金碧辉煌来。

阳光很好，照在身上，闻到的是阳春的味道。

过了正门，是一处院落，寂静、整洁、安详。

院落虽是狭小，却让人感觉这里天地无限。

靠近院墙西北的角落，一株红玉兰寂寞独自开，无人自芬芳。

一朵朵红玉兰次第升起，如火炬般地燃放。文澜偶一回首，立于祠堂大门背面的"浩然之气"四个大字映入眼帘，与院内的红玉兰交相辉映，温暖而慰藉。

文澜立于红玉兰前，如痴如醉，似醒似睡，思绪万千。

瞬间，数朵红玉兰的花瓣层层开放，由小到大。初始，如鱼群戏水；继而，似战船连锁；很快，就形成了惊涛拍岸，百舸争流之势。

终于，花瓣全部开完，平铺着展开，像一场盛大的庆典拉开帷幕。花心铺着红色的地毯，呈梯形向远处延伸，一直通向云端一花瓣越来越远，天边的红云与地毯相接，像是一弯美丽的虹。

倏然间，一朵红玉兰声如裂帛，再如爆竹。随着声响，花瓣平展空中，仿佛偌大的王莲渐渐随风飘至……隐约间，巨型花瓣的四周有烟尘腾起，一团模糊的影子在眼前晃动——那是一哨人马，飞奔而至……不承想，那金戈铁马，踏破了花瓣，从云端跌落，入水无踪，如秋风扫落叶，轻盈而惨烈……

红玉兰的花瓣渗透红云，染透晚霞，江水如血。

文澜惊悸不已，忽然心痛，眼中有血泪滴入江水，化为一只啼鹃，哀鸣着振翅南飞……

文澜用力揉了揉眼睛，一树红玉兰在暖阳里惨然地微笑。

# 三

文澜生在江南。

他专业精湛，执着善思，在刑警队里曾用自己独到的思维和推理破获过好几宗疑难大案。

他耿介如石，不善人际。虽不甘碌碌，却一直与升职无缘，十几年如一日，依然是个普通的刑警。年复一年，已近不惑，名利之心彻底淡泊，再不想仕途发展之事。于是，业余的时间和精力多用于自己的兴趣爱好——文澜生性好古，尤喜考据，对历史古迹追根溯源的执着，简直到了茶饭不思的境界。

因为不久前的"一石一梦"，文澜竟由南疆奔赴北国。

那天，文澜在雨花石一条街淘得一枚拇指大小的心形玲珑石。

因为喜形于色，爱不释手，店主狡黠抬价，文澜忍痛用兜里仅有的五百元购得此石。

在别人看来，此石并无奇异之处。石体表面呈现的不过是几绺淡绿色的条纹，而且极不规则，至多也就是关于春波水纹的联想，算不上什么奇特的意象。

然而，在文澜的审美意识中，那分明是一片绿色的"精魂"在天国的春天里飘逸，永不停息的样子——流连着，眷顾着江南的一草一木。

后来，文澜将这枚雨花石轻轻沉到一个薄薄透明的玻璃缸里。隔着玻璃，他惊讶地发现，石上那片绿色的"精魂"竟化作了一股青青的剑气，将水底的雨花石包围起来……不一会儿，那片青青剑气越聚越浓，不断升腾，冲破水面，升空而凝，化作一口青龙宝剑，凌空而舞，剑光如雪片纷纷落下……

文澜的眼前呈现的是大唐剑圣裴旻将军一场绝世的剑舞——

掷剑如云，电光下射，走马如飞，左旋右抽，观者千百，无不惊栗。

文澜惊悸之余，耳际有人作歌：

观者如山色沮丧，天地为之久低昂。
霍如羿射九日落，矫如群帝骖龙翔。
来如雷霆收震怒，罢如江海凝清光……

在这片精魂中，文澜感受到了一种温暖和力量，这种温暖和力量化作一股浩然之气，在文澜的心中沸腾着、永恒着。

"浩浩乾坤立丰碑"，他没来由地想起了这句歌词。

自偶得那枚心形的玲珑石，文澜的心就被那片绿色的精魂牵挂着，被一种唯美、温暖和力量驱动着。

他曾连续三次做同一个梦。

梦见玲珑石的"绿魂"里隐隐藏着两句话，共十六个篆字：

莫失莫忘，教忠石坊。
不离不弃，灵德永仪。

文澜本是个寻根溯源的人——这两句话让他绞尽脑汁，甚至有些殚精竭虑了，还是百思不得其解。

他借助"百度"，也只是了解到在北京的"文丞相祠"里有一块"教忠坊"石匾额。

有一种力量招引着他，他决定北上。

在一个春光旖旎的日子，他毅然乘坐北上的列车——包里带着那枚裹了三层绒布的玲珑石。

## 四

晚上十一点半，由苏州开往北京的列车停靠在北京南站。

在如家快捷酒店草草洗漱之后，文澜便恹恹地躺下。

除了眼睛在外，文澜将身子都裹进雪白的被子里。

宾馆里雪白的被子总叫人想起太平间里的"盖尸布"，素净、安详，还有一丝恐怖和惨然。

将被子裹成了圆筒状，就像一口石棺，把自己入殓。

文澜的耳畔，隐隐有人唱起"死去何所道，托体同山阿"的挽歌。

文澜很累，微闭着眼，眼睛的余光延伸向雪白的天花板。

天花板边沿的线缝里有一个黝黑的小点，模糊不清。

是一只蚊子，还是一个斑点？或许，天花板上根本没有什么黑点，只是自己眼眸里的一点阴影，文澜似乎处在了一种无意识中。

文澜想把眼睛睁得大一点，可是眼皮里的神经仿佛已经死亡，丝毫不听使唤。眼皮越来越沉重，下垂到只露出一丝缝隙，一丝微弱的光绕过睫毛，拐进他的瞳仁。

那只"蚊子"逐渐清晰，而且变得大起来，足有小拇指大小。

很快，它蠕动着，速度渐渐快起来。

文澜很好奇，不由自主揭开被子，坐起来。然后，他下了床，穿上拖鞋——脚下有些飘飘然，下意识地跟着"蚊子"移动的轨迹，一起到了窗外……

窗外是草坪，因是夜晚，丝毫辨不出绿色，在微弱的灯光下显出一些斑驳。

文澜无心地踱着碎步，不经意间，他已经来到了一片幼林里，是竹林吗？好像是，又好像是灌木丛。

林子里好像有人窃窃自语，隐隐约约，是个女子的声音。

万籁俱寂，文澜终于听清了林子里的声音：

莫失莫忘，教忠石坊。
不离不弃，灵德永仪。

这两句话如此熟悉，让文澜倍感亲切，有些激动起来。

然而，刹那间的熟悉和亲切很快被一种神秘的恐惧所代替。

自己暂别江南来到北国，不就是因为这两句话吗？

像预言、谶语，也像诅咒的十六个字，一直在文澜的血液里躁动着，几乎要主宰他的灵魂。也像一片招魂幡，在不断地引导着文澜，天国或泥犁，何去何从？

在瑟瑟的春寒中，文澜的脑子里混沌一片。

虽然只是声音，文澜却能感觉到她的存在。

虽然有些害怕，文澜还是不由自主，忐忑地走进林子，要看个究竟。

文澜突然"哎呀"一声，那颗血红的心脏飞向天外：

借着透窗的灯光，在稀疏的竹叶间，一个纤弱的女子瑟瑟地立于一角。她长发遮面，一身素白长裙，尤其让文澜惊恐的是，女子的白裙之上，血污片片——应是年久的血渍，已经结痂，在微弱的光线下惨然可怖……

文澜吓出了一身冷汗，掀开雪白的被子坐了起来，望着窗外出神。

窗，没有关好，半掩着，猩红的窗幔在夜风里一起一伏，像沙场殷红的战旗。

五

文澜用相机拍下了围墙下的红玉兰，不甚满意。

不知是托相机的手不稳，还是红玉兰在风中摇曳不止。总之，相片上一副血肉模糊的样子。

文丞相祠堂的主体建筑是文公的享堂，享堂正中的神龛里供奉着文公雕像。文公一身官服，红蓝相间，云海翻腾。只见他正襟危坐，眉头紧锁，长髯垂胸，目光如炬。文公，双手持笏，一脸浩然，坐于天地之间，不知道过了多少世纪。

文公，身已化碧，丹心依旧——这里再现的是他心系庙堂的情景。

一种莫名的感受，文澜从文公的脸上读出了别样的亲切与慈祥，与自己仙逝的父亲十分神似。

享堂内的至高处，是"古谊忠肝"的匾额，悬于文公塑像之顶。偌大的楷书，笔力遒劲，气势恢弘，仿佛照亮天宇的日月星辰。

文公威武不屈，忠肝义胆，从中学学历史开始，文澜便以之为楷模。那时，常为其"臣心一片磁针石，不指南方不肯休"而热血沸腾，更为"从今别却江南路，化作啼鹃带血归"而唏嘘不已。

面对文公神位，文澜感慨之余，难抑情思，即兴赋诗一首，算是对文公的凭吊：


**古谊忠肝**

仰望文公祠，梦断崖山岭。
正气薰北草，忠魂指南心。
忧国多惶恐，思家少零丁。
忠肝并义胆，化作满天星。


佛殿、陵寝、祭堂等场所，文澜是从不摄影的。这首先是出于对某些习俗禁忌的遵守，再就是出于对这些"神圣之地"不可亵渎的崇敬。而这次，文澜竟连拍了三张文公享堂的相片，算是破了多年的规矩——他要将这里的一切带走，将其珍藏在自己心灵的相册里，像对待先辈一样，时刻用崇敬之心瞻仰和怀念。

文澜终于找到了"教忠坊"的石匾额,它被嵌在文公享堂左边墙壁里。

是谁潇洒挥毫写下了"教忠坊"三个飘逸而遒劲的大字?

黯淡剥损的石体历经了数百年的人世沧桑,让人产生莫名的怀旧与感念。恍惚间,有一张已经泛黄的旧相片在文澜的心里被翻开。相片上就有"教忠坊"的牌坊,很模糊——不一会儿,那旧相片渐变起来,褪了古旧的颜色,变得清晰、生动起来,呈现出昔日的金碧辉煌。

"自古亡国之臣未有如公之烈。"明朝中叶,朝廷已经将文公视为忠臣楷模,赐文公谥号忠烈,将文公就义处——柴市,定名为"教忠坊",同时建起了"文天祥祠",列入国家正祀,以此训导后学"位非文丞相之位,心存文丞相之心"。

"教忠坊"的牌坊高大厚重,气势宏伟,矗立在街道正中,将两边的围墙映衬得极为矮小,仿佛是为其鸣锣开道的仪仗。

"教忠坊"牌坊是皇家专用的规制,黄色的琉璃砌顶,朱红的廊柱立地,雕梁画栋,文采斐然,仿佛文公就义时的雄姿——

国破悲风起,临刑骨如山。

取义成仁后,丹心永指南。

踯躅文公享堂,木格漏窗洒进来的阳光照在文澜的身上。一种温暖和安详流遍全身,他竟有一种长眠在此的感动。他要陪伴这被暖阳照耀的小小的四合院,陪伴院子里殷红的玉兰,陪伴着文公不远的英灵。

心里骤然一热,鼻子一阵酸楚,有一颗晶莹的珠泪像一枚水晶勋章,悬挂在文澜的睫毛上——文澜的眼睛有些模糊了。倏然间,那"水晶勋章"清晰起来,而且变幻出一种奇异的色彩:水晶体里呈现出一缕淡绿色的条纹,像是春水的碧波……在文澜的意识流动中,那分明是一片绿色的"精魂"在天国的春天里飘逸,永不停息的样子。渐渐地,那"精魂"化作了一股朦胧的、青青的剑气,越聚越浓,冲破水面,不断升腾,又如雪片般纷纷落下……

渐渐地，"水晶勋章"变成了一个幽深的古洞，隐约有一线光亮，一直拉长，拉长……文澜穿过古洞，豁然开朗，那是一片广袤、荒凉、死一般寂静的疆场，战旗褴褛，寒鸦哀鸣，一片废墟。

吴宫花草埋幽径，晋代衣冠成古丘。

一种悲戚怀古之情油然而生，文澜心潮澎湃，他预感到有一口鲜血将从温热的喉咙中喷薄而出——那将是一轮新生的太阳。

## 六

享堂的前面是一条祭祀用的石径。

石径将享堂前面的空地分成两片。石径的左侧一角植一古树，就是那株正在次第开放的红玉兰，石径的右边是一个用青砖砌成的简陋花坛。

花坛里没有花，只有一丛竹子，大约是紫竹——竿竿紫黑，像凝固的血块。

这竹子是何时栽种，何人所植，大抵无法考据了。

紫竹，喜欢光明，也耐寒冷。

这丛紫竹，约有五六米高，本该是"玉树临风"的英姿，此时却垂垂老矣——它的身体向南前倾45度角——在文澜的眼里，分明就是一位瘦骨嶙峋的垂暮老人，银发稀疏，目光呆滞，伛偻着……

此番景象让文澜难以判别这丛竹子是否还有生命的体征。

紫竹的竿体毫无生命的血色，而且干枯皱褶，像是放在露天的标本。然而，大面积腐败的竹叶中偶尔可见一两片泛青的，似乎还有一丝生命的呼吸。

一阵风过，阳光下的竹影婆娑起来。那竹影渐渐扩大，分辨率极低，而文澜自己呢，正越来越小，小到七八岁的光景，就坐在那片竹影里……

文澜正被母亲抱着，呼吸急促，闭眼锁眉，满脸潮红。

母亲抱着发烧的自己，没有去乡村卫生院，而是去了当地最有灵验的"香头"（类似于当地的巫婆一类）家里。母亲知道，文澜一旦生病发烧，医生便无计可施的，打针吃药几乎无效，唯有借助"香头"来替他祈祷。

其实，每次在"香头"家里，文澜就站在屋内一角，看见"香头"在念念有词，看见母亲着急流泪的样子。他怀疑母亲怀里抱着的不是自己，只是一个褴褛。后来，就像被催眠一样，恍恍惚惚，迷迷糊糊就到了母亲的怀里，被母亲抱回家，耳朵里是母亲喃喃的声音：

"这孩子，连续好多天，高烧不退，打针吃药总不见效，一定是'落影'了，把他的'影'找回就会好起来的……"

文澜，凝视着眼前如血的紫竹。

他知道，影，是魂魄的一种。

这丛紫竹，昏沉沉的，正是一副"落影"的样子。

三魂七魄中的第二魂：影魂，你去哪儿了？

# 七

连接过厅和文公享堂的是东西两道围墙。

东围墙的墙壁内侧镶嵌的是大理石，黑色大理石与围墙几乎是同等长度。石上镌刻着"魏碑体"，那是文公生前留下的气吞山河的《正气歌》。

字如其人，文如其魂。

石壁上的《正气歌》流动起来，像一轮轮春水之波，此起彼伏。

每一行诗在波峰中涌起的时候，映照暖阳，波光粼粼，成为海面上凸起的一只只航船——

天地有正气，杂然赋流形。

下则为河岳，上则为日星。

这些诗句跳跃着，有的鼓瑟，有的吹箫，有的拨弦，又分明是一支训练有素的皇家乐队！金色的宫殿，乐曲雄壮，音符飞腾，与天外飞来的星星一起合唱，星空璀璨，宇内辉煌……

皇路当清夷，含和吐明庭。
时穷节乃见，一一垂丹青。

读到这里，文澜忽生莫名的感动，心中大恸。

时穷节乃见——时穷，是拷问忠义的刑具啊。"节"乃为人的根本，节就是"舍身成仁"，就是"舍生取义"，无节不足以为人。

这里有文公，也有历朝历代的忠义之士——文澜觉得自己也在其中，怦然心动间，随口吟道：

生死何足惜，愿为一浩然！

他看见了一些白色的挽联，其中有一些"文澜英雄千古""文澜死得其所"的字样。陆续有一些人进出，是来为自己送葬吗？

为严将军头，为嵇侍中血。
为张睢阳齿，为颜常山舌。
或为辽东帽，清操厉冰雪。
或为出师表，鬼神泣壮烈……

瞬间，石壁上的一行行文字又变成了一缕缕烟，从石壁上蒸腾出来，在文澜的眼前飘逸。很快，这一缕缕烟雾越来越浓，凝聚成暗淡苍白的一个个古人的脸……有的峨冠博带，立于朝堂；有的眉宇轩昂，秉笔直书；有的驾车驰骋，拔剑而起……他们如烟的形象，如雾的魂灵一直游往太空穹顶之上，文公双手持笏，着履步云，飘在前列……他不时回头，浊泪沧桑，凝望那丛枯萎的紫竹。

那石壁忽然裂缝，有紫黑色血液渗出，不断往下蔓延……

忽然，一缕缕烟雾变幻出飘带的形状，而且是碧绿与青蓝相间的飘带，有节律地在春天里飘逸——下意识地，文澜将其与自己包里玲珑石的图案连在了一起，简直一模一样。

只不过，一个在袖珍版的玲珑石上，一个在眼前无际的天空中。

物不类，魂相同。

文澜听见有一首悲壮的古曲响起，是从《正气歌》的石壁里隐隐逸出的，有古琴，有编钟，还有埙……

静立在夕阳中的文澜有些伤怀。

明年今日，这里的一切可否依旧？

自己还能再来吗？

很想再度来此陪伴文公。

文澜轻轻地掏出裹了三层绒布的玲珑石，生怕惊醒了它的春睡。

文澜仔细端详着玲珑石，像与一张熟悉的脸心语。

文澜端详着石上一缕缕绿色的水纹，不，是飘逸在春天的碧魂。

文澜依依不舍地将玲珑石埋在花坛里，埋在那丛枯朽的紫竹旁。

文澜一步一回头。


玉兰染血。

落霞殷红。


## 八


文澜太累了，回到江南，便长眠于碧绿的春草间。

他刚回到江南就遭遇了一宗特大持枪抢劫银行案。

五名歹徒被围困在山头的时候，双方呈胶着状态。

文澜孤身一人，进入险境，在救出人质的同时，身中七弹。

他的一腔热血洒在了那座无名的小山上。

弥留之际，文澜用只有自己听得见的微弱声音，证明了没有墓碑的一个普通生命的价值：

莫失莫忘，教忠石坊。

不离不弃，灵德永仪。

## 九

文澜走后的第二天，他的女儿便出生了。

孩子眉清目秀，出生时便被产科护士称为"小仙女"。

遵照文澜梦中所托，孩子取名"紫竹"。

2015 年 5 月 12 日

# 青帝的幺女

一

客厅里很静。

静谧也能让人产生一种凉爽的心理感觉，尤其是夏季。

两只高脚玻璃杯轻轻相碰，轻得可以用"触"来形容。

尽管很轻柔，两个人还是清晰地听见了一声清脆的微响，像是两只和田玉手镯触碰发出的，清脆之中蕴含着一种敦厚与绵长。

响声之后，两只红酒杯便定格在雅致的玻璃茶几上空。

杯子里加了冰块，那红酒宛若两块"雪山红玉"，凝固在杯子里，"空山凝云颓不流"了。

杯壁上有一缕"血痕"，漫无目的，任其蠕动式下滑，不由叫人想起"江娥啼竹素女愁"的句子。

今天，这个时刻，在寒漪的眼眸里是一幅别样的风景：冰雪消融，春天已至；弱水微漾，清澈空灵——她注视着眼前微微含笑的云石，睫毛动了一下，有些湿润。在她的心里，早已用温存和期盼织就了一幅柔美的绿锦，将眼前的一切覆盖，包括举杯未饮的云石。

整整五年了，只等这个时刻。

这是寒漪的香居，就在泰山脚下。

云石手里的红酒杯颤了一下，红酒跟着动起来——他有些迷惑，有些怀疑眼前的一切都是幻觉，仿佛只有内心的感动是真切的。他看见，有一颗血红的心脏就浸在红酒里，正在有节律地跳动，红酒里泛着一串串细腻的泡沫——他有一种失重的晕眩。

久旱逢甘露，不，是一场暴风雨。激情之后，两个人都畅汗淋漓。

因为默契，因为钟爱，也因为太过久远的期盼，灵与肉的结合便有了异样的感受。这种感受超越了感官刺激，超越了情欲满足，升华为一杯红酒，在审美与品味的涡流中激荡着，盘旋着。

两只高脚玻璃杯里残存的红酒像悬挂在门口的红灯笼，隐隐透出一些喜庆。

她的网名叫寒漪，很典雅很贵族的名字。这名字与她修长的身材、美丽的容貌和典雅的气质很契合，是一种名副其实的高贵。

云石的怀抱很敦厚，很宽阔，也很温暖，寒漪有一种躺在白云深处的感觉。阳光和煦，白云温暖，云石的呼吸像夏日凉爽的晚风。

寒漪又觉得自己是躺在了月亮船式的秋千上，在一种飘摇、浪漫的惬意中静静地睡着了——床头的香薰灯里，玫瑰精油的味道隐隐地飘逸。

算"他乡遇故知"吗？云石看着臂弯里进入梦乡的寒漪，心里升腾起一种积淀已久的感动。

相识是约定，相遇是重逢，世界从没有什么偶然。

现实是一个世界，网络也是一个世界，这没有什么不同，凡事莫不如此。

云石是个信缘的人，笃信。

二

天刚拂晓，云石就醒了。

手臂有些轻微的酸麻——他将手臂从她的脖子下面轻轻移出，寒漪香梦依旧。

云石细细打量着雅室里的一切。

最后，他的目光停留在靠近窗户的一幅卷轴画上。

这是屈原的《山鬼》，算是工笔，略带写意，技法很妙，表现很传神。

画中渲染的整体环境是在空旷、冷寂的山中，给人的感觉是一种不食人间烟火的寂寥。主形象是一位美丽的古典女子。她长发飘逸，步摇叮当；脖铃闪闪，玉颈颀长；袒胸露乳，赤臂轻扬。那微微点染的肚脐，犹如一枚朱砂，成了黄金分割点，在视觉上彰显着人体结构中的比例之美。

　　一袭素裙裹小蛮
　　一条白练舞香肩

　　她那飘逸之态，飞天之举，徜徉山水外，遨游天地间，展露的是女主人公"神性"的一面。然而，从她略显复杂的神情中却能捕捉到一丝殷殷期盼和幽幽怀思，隐隐透出"人性"的温情——很难察觉。

　　她的右臂半曲，扬起向天，手执一支羽毛，仿佛是凤凰的羽毛，像对着满月祈祷，像对着空谷诉说，又像在尽情享受山野的晚风。她的左臂自然搭于坐骑的后背——她的胯下是一匹威猛、健硕而有华彩的豹子——这更增添了该女子的神话色彩。

　　她且行且珍惜，边走边吟哦，云石仿佛听到了她的声音。其音温婉凄美，哀而不伤，在空旷幽谷的背景下，显出别一样的寂寞、神秘与诡异。

　　这不是什么神祇，而是鬼魅，是山鬼。

　　云石隐隐听得画中传来怯怯哀音：

　　画上的字幕开始滚动，每一个字都像跳跃的精灵，齐齐来到了云石的眼前：

　　若有人兮山之阿，被薜荔兮带女萝。
　　既含睇兮又宜笑，子慕予兮善窈窕。
　　乘赤豹兮从文狸，辛夷车兮结桂旗。
　　被石兰兮带杜衡，折芳馨兮遗所思。
　　……

　　"云，你在想什么，怎么醒得这么早？"

　　寒漪不知什么时候醒了，见云石出神，弱弱地问。

　　"哦，漪儿，没事，在欣赏那幅画呢！"

云石像从仙境下凡，大脑一下子清醒过来。

云石仔细打量着寒漪，像不认识似的。她那白皙而丰腴的臂膀，婀娜的腰肢，乱云飞渡的长发，加上宽松式露肩齐腰的素雅睡袍……无论是容颜、神情还是姿态，都与其十分神似，俨然就是画上的"山鬼"，他差点脱口而出。

"就差一只豹子。"

他还是情不自禁，说出了后半截的心里话。

"你说什么？"

寒漪心里发慌，看着云石怪怪的表情。

"哦，没什么，快准备起床吧，马上我们要去泰山，别太晚了！"

云石边掩饰着，边麻利地开始穿衣服。

## 三

*登泰山而小天下*

今天，寒漪和云石的泰山之旅却没有那么崇高和伟大，根本没有什么"征服""磨炼"之类的目标，只是一次普通的旅程。他们俩要寻找的是在泰山之旅中相依相偎、相亲相爱的美好感受，或许终身难忘。

古典、矜持、静若幽兰的寒漪穿上了旅行的运动服之后，竟然判若两人，似乎变得开朗、活泼、灵动了，人也娇小玲珑了些。

人们把登泰山比作登天，于是把登山路途也设计成了"一天门""二天门"（中天门）和"南天门"。到了"中天门"，据说离天就不远了。如果再攀上"十八盘"，穿过"南天门"，就是到"天上"了。据说"南天门"这面写的还是汉字，过了"南天门"写的就是"天书"了。

过了"南天门"，就是"天街"，顾名思义，天上的街市。

现在，已经越过了"中天门"，云石拉着寒漪的手继续向前攀爬。

沿途，碑刻、石刻随处可见。

石壁上的各种书法作品琳琅满目，行政官员、文化名流的题刻更是乱花迷眼，如庙堂祭器般地陈列着——自然，这些都未能吸引云石和寒漪的目光停留，他们是"春风得意马蹄疾"，要"一日看尽长安花"才好。此时此刻，他们最需要的是相依相偎的浪漫情怀——再说，那些题刻太多了，太滥了，人们就不以为然了。

尽管如此，沿途还是有一幅题刻吸引了他们的目光。他们情不自禁地停下了脚步，饶有兴趣地端详着、猜测着这幅作品隐含的真义。

这幅作品颇为怪异。书写之巧妙、包藏之丰富可见一斑。

这幅石刻像一个字谜：近看像松鼠，远看似玉兔，宛如在与游人逗乐。有的说是如果的"如"字，有的说是"如意"的草书，还有的说是"大好山河"的组合狂草等。

寒漪看了一会，拉着云石的衣角：

"你看，这应该是一个象形字，准确地说，是一个形象，不是一个字，它表达的是一种场景，一种仪态，一种造型。"

"嗯，冰雪聪明！"

当"冰雪聪明"这个词被男人说过若干遍之后，被赞美的女人依然受用无比。

"这到底是什么呢？你来说，快说……"

寒漪柔柔地将这幅石刻中包藏的含义"转交"给了云石，这种"转交"也是一份浓浓的爱意。她微笑着，她喜欢看着他引经据典，侃侃而谈，神采飞扬的样子——这是对心爱之人一种不着痕迹的激励。

她知道云石对中国绘画、书法是颇有些研究的。

她更知道，云石的"肚子里一定早就长出了毛竹"。

"好吧，我顺着你的思路，发挥一下！"

向来才思敏捷，口若悬河的云石在寒漪面前总是将声音放缓、放低，生怕自己一不小心流出的狂狷和傲气伤了寒漪。

"漪儿，你看啊，这分明是一只'惊鸿'，惊鸿一瞥，说的就是这样的影像。

"因为'惊',鸿雁在一瞬间形成的翮飞之态便彰显了巧妙的轻盈与柔美。石刻上最后一笔,正是惊鸿的动态之后划出的那道弧线——这个曼妙的弧圈,应是这幅作品的重点。'惊鸿'的头、尾和翅膀完全被虚化了,隐约在掠起的光晕中,给人一种扑朔迷离的神秘之美……"云石依据自己的审美感受,娓娓道来。

"独具慧眼,否掉了一个字,美出了一幅画!

"你的这个观点标新立异,值得玩味,回去好好琢磨琢磨,写一篇美学论文吧,一定会语惊四座的!"

对于云石的情感,寒漪是一分钦佩,二分崇拜,三分爱慕。

当然,寒漪的"冰雪聪明"也是名副其实的。她对于事物的审美评价经常是独特的、奇异的。而且,她的审美表达轻柔、温婉,让你如品香茶,并会让你一步一步从认同到惊讶再到"叹为观止"。

"漪儿,你还没说呢!

"知道你也有自己独特的审美感受,分享一下吧!"

云石绝不仅仅是出于礼仪,他是真心想从寒漪这里"偷一点师"。

这么多年,两个人一直惺惺相惜,痴情不减,与他们心的交流,灵的默契是有一定关联的。他们的艺术审美理想与彼此的感情一样,不断在融合,一直在升华。

寒漪也是如数家珍,说出了自己的审美感受。

# 四

在寒漪的眼里,这个石刻中的艺术形象是一个人。

而且是一个美女,确切一点,她看到的是一个女神。

寒漪的"心眼"正打开,那平滑的石壁已渐变成一幅宽大的屏幕,又像一面神奇的魔镜——水镜般的屏幕上笼罩着一层薄薄的雾气,在朦胧隐约之间,那个女神仿佛是屈原笔下的"湘夫人",且行且歌,幽怨怀伤:

袅袅兮秋风，洞庭波兮木叶下……

九嶷缤兮并迎，灵之来兮如云……

又像是"旦为朝云，暮为行雨"的巫山神女——瑶姬。

魔镜的雾气渐渐消退，欣赏与沉醉之余，寒漪细细端详，疑心那不是湘夫人的影像，也不是巫山神女。

是谁呢？

似曾相识。

远也近，疏也亲。

茫茫烟水间，幽幽故人情。

寒漪努力搜索记忆的引擎，几行启示语像深秋的落叶，飘然入怀——

仿佛兮若轻云之蔽月

飘飘兮若流风之回雪

远而望之，皎若太阳升朝霞

迫而察之，灼若芙蕖出渌波

……

宓妃？洛水之神？

闪念之间，一阵心惊肉跳，像失魂一般，寒漪心语凝滞，哽咽难言。

宓妃，手执一支彩羽，正御风而行。玉指轻弹，洛水扬波；彩羽回袖，洞庭波平。

那个奇异的弧圈，分明就是宓妃长长的裙幅，在晚风中飘出一圈圈美丽的弧线。在烟波浩渺间，闪烁着灵动之光。那宽大的裙幅，临水而飘，拂浪而行，如履蓝田碧玉之上。

如在水上，如在云端的宓妃，莲步轻盈，青丝飘逸，宛如"轻云之蔽月"。

回眸凝望，指水吟哦，素裙如练也如蝶，在晚风中去而复回地飘逸，又恰似"流风之回雪"。

如烟的素裙，寒漪的童年也曾有过，她穿成了白雪小公主。

那彩羽——好熟悉的一支孔雀毛，至今还在寒漪的记忆里珍藏着。

那是一支美丽的孔雀毛——那是孔雀开屏时才能看到的。羽毛正中有一只美丽的"大眼睛"，像一面紫铜镜，闪着耀眼的光芒。那孔雀毛，是一个晚秋，寒漪与父亲山行看红叶，偶然在一个幽谷里捡到的，寒漪爱不释手，视作生命。

回家之后，寒漪免不了炫耀。闪烁着大眼睛的妹妹跑过来，争着要将孔雀毛占为己有，几次三番，不依不饶——当天晚上，妹妹不见了。都说是因为孔雀毛的事赌气离家，在山里走失了，也不知遭遇了什么。家人从泰山的脚下开始，找到中天门，再找到南天门。多年寻找无果，父母茶饭不思，伤心欲绝，郁郁而逝。这些，都是因为那支美丽的孔雀毛——美丽得如同"鹤顶红"。

后来，那支美丽的孔雀毛在寒漪的书柜里也"不翼而飞"——至今都是个未解之谜——但孔雀毛上紫铜色的"大眼睛"与妹妹闪烁着泪光的大眼睛经常鬼魅一样，慢慢地合二为一，成为寒漪多年的梦魇。

宓妃、宓妃、洛水之神！

就是她，在寒漪的心眼里，这个奇异的符号就是宓妃！

诡异的符号、宓妃、羽毛、妹妹……

十年前，我那个可怜的妹妹，你在哪里？

关于这个奇异字符的解读，寒漪从浮想联翩到潸然泪下，十分动情，心中涌出万般的疼痛，她竟有些不能自持。

这样的解读，又像是一段冷艳、凄美的舞台独白，听完之后，云石傻了一般。

寒漪独特的思维与联想，还有那清凉、柔美、绮丽的语言表达几乎让云石成了一块卧于山涧的"醉漪石"——

他似懂非懂地读出了寒漪眼里的忧郁和怀伤。

# 五

"云，我们爬到前面那块平坦的地方歇会儿好不好？"

毕竟，寒漪是个女人，柔弱的体力有些不支，细细的呼吸很急促。

"好的，把包给我吧！"

云石不容分说，将寒漪肩上的女式小包包挎在了自己的肩上，尽管是那样不协调，甚至有些滑稽——云石依旧谈笑自若，眉宇间的狂狷之气隐隐透出，化作一条"入云龙"而去。

他拉紧了寒漪纤细的手，继续向前攀登。

寒漪心里一热，脚力坚强了些。

他们停下脚步，互相倚靠着，坐在路边的石栏下。

这里的地理位置很奇特，虽不是最高峰，也是个制高点。

"云，你看，西崖那块巨石，还有石头上面那个图案，真好玩儿，是什么啊？"

刚才，云石俯视崖下的时候，寒漪还依靠在他的怀里，半闭着眼睛养神。

当她睁开眼睛的时候，首先看到的是眼前不远处的一块巨石。

这块巨石，确切地说，不是"块"，是"座"，像座独立的小山，不知从哪里"飞"来的，横斜在路边。

巨石狰狞丑陋，旁边还有许多嶙峋怪石。

让寒漪好奇更惊讶的是石面上诡异的图案。

云石拉着寒漪站起来，一起来到巨石面前。云石好奇地盯着那图案，脑海中闪过一个个答案，但很快都被自己否定了。

很明显，这是一座镇石，位于西崖，像杭州镇压白蛇的雷峰塔。

这镇石与东崖连绵的山岭遥相呼应，形成了一种难以明言的态势，让人感觉到，这其中贯穿着一股强大的能量。

眼前的巨石上赫然刻着一些诡异的符号：

好像是拳头，从天而降，突然砸向一个纤弱的飘逸长发的小人。

那拳突出，夹带着飓风，小人应声而倒，径直向深渊坠下……

更叫人不解的是，巨石的正上方，有四个字的石刻：

永居九幽

云石忽然有一种不祥的预感。

他让寒漪不要靠近那块巨石，更不能倚着巨石照相。

他知道，这就是所谓的镇石，镇石之下应该有一个古远而神秘的故事。

你是何方神圣？

怎么会落得如此下场？

幽闭在暗无天日之所，你将要承受到何年？

云石忽然生出一种莫名的恻隐，怦然心动。

云石的心有些阴沉，表现在脸上，像结了一层霜花。

寒漪并不多问，她的"冰雪聪明"中有一种叫"善解人意"。

她故作轻松，若无其事地调节着气氛。

"云，你看，这个大石头还是个路标呢，我们是从大路十八盘去南天门方向，还是沿着这个大石头下面的小路过去？"

"走小路"——面对多选题，云石从来都是思路清晰，目标坚定，从没有什么模棱两可的"随便"或者"都可以"。

从这块巨大的镇石往下俯视，是崎岖的石阶，仿佛从云端垂下的一段天梯，在泰山的山腰飘飘悠悠。

云梯很陡，两个人颤巍巍地试着脚下的石阶，一步一步地往下挪着，仿佛是一根枯藤上的两个瓜蒌，在风里一荡一荡。一层层冷汗从额头不断渗出，他们不敢用手拂拭，滴答下来的汗珠就摔到了悬崖之下——他们第一次感受到了下山之难，觉得每一步都在接近地狱，仿佛冥界就在脚下。

终于到了一处安全之所。

"云，你看，刚才那块刻着诡异符号的巨石就在我们头顶！"寒漪猛一仰视，大叫起来。

云石向上看去，山如斧削，那块巨大的镇石仿佛是一顶"朝天冠"，虽然离得远变小了，但清晰可见——他们正是沿着那块巨石下的小径摸索着下来的。

向下看，依然是万丈深渊，山体陷入地面，幽谷中隐隐逸出一股煞气。

寒漪俨然感受到了，浑身发冷，依靠在云石的怀里，瑟缩着。

紧挨着他们的大石壁上，是一块巨大的摩崖刻碑——从高远处看去，仿佛一部偌大的"天书"屹立，而整座山体就是一个雄伟的书架。

这摩崖刻碑更像是一枚印章，清晰地印在山体上，不知经历了多少世纪。其威严和力量，就算是圣旨上的玉玺也无法与之比拟。

"天书"上的字迹风化严重，不甚清晰。或许是题诗，或许是经文——但在云石恍惚的意识里，碑上镌刻的却是"唵嘛呢叭咪吽"六字真言的大明咒——就像如来贴在五行山上的咒帖，可以用来镇压孙悟空。

这里，镇压的是什么呢？居然有两道镇符守在这里。

云石倒吸了一口凉气——被镇压者绝非等闲之物，它就在这山底。


## 六

靠近摩崖刻碑的山坡，隐约可见一洞口。洞虽不大，却深如黑色龙潭。云石坐在石阶上，目不转睛，盯着那洞口一怀里的寒漪显得十分疲乏，恹恹欲睡。

似睡非睡之间，寒漪觉得不舒服，屁股被石子硌得有些疼痛——醒来之后，她想和云石一起往回走，最好是坐缆车下山——她不想再往上爬了，她太累了。可是，云石却不知去哪里了，找了一圈，不见踪影，寒漪悻悻地一个人坐着缆车下山去了。

回到家中，寒漪有些百无聊赖。她伸出两臂，像壁虎一样趴在玻璃台板上，用下巴支撑着脑袋，目不转睛地盯着桌上的玻璃缸。

水体很清澈，还有两条水草横斜在玻璃缸里，加上几枚雨花石，俨然就是一个袖珍式的水底世界——那条弹涂鱼正伏在水草下，一动不动。

不一会儿，那条弹涂鱼开始缓缓移动，围绕着玻璃缸的四周。那种沉稳和淡定，在寒漪的眼里成了一种可爱的滑稽。最引人注目的是弹涂鱼的大脑袋，两个眼睛排在一起，凸出来眺望着，像两盏巡逻的探照灯。随着呼吸，它脑袋两边的腮帮子高高地鼓了起来，整个头部像戴了一个威武的金盔，难以击破。

突然之间，弹涂鱼似乎被什么激怒了。它爹开全身的护卫鳍，保护自己的同时也向对方示威。它的两个胸鳍充当了两只脚，凭借着胸鳍，它在水中，尤其在滩涂上跑得很快，速度堪比树上的小松鼠。它还能凭借两个胸鳍向前跳跃，比小青蛙跳得还高，那划出的弧线煞是好看。

最威武壮观的是它的背鳍，在水中完全张开。背鳍上面长有规则的蓝色斑点，就像一道天然的屏风上点染的水墨画。

弹涂鱼完全舒展的背鳍甚是威武，随着身体的扭动，寒漪眼中看到的是舞台上京剧中的武旦穆桂英的英姿——头戴紫金冠，上插雉鸡翎，身穿亮银甲，外罩素罗袍，脚蹬虎头战靴——尤其是她身后，插着八杆护背旗，旗上分别绣着狮、虎、豹、鹰等形象。

弹涂鱼舒展的背鳍甚是美丽，犹如孔雀开屏——没错，弹涂鱼的背鳍上真的多了一根孔雀毛——那是一支开屏的孔雀毛，羽毛正中有一只美丽的"大眼睛"，像一面紫铜镜，闪着耀眼的光芒。

突然之间，那羽毛上的"大眼睛"变成了泪光闪闪的妹妹……忧郁地看着寒漪，然后慢慢地移动着脚步，飘飞起来……最后，寒漪的眼睛里只剩那幅《山鬼》的卷轴画。

"妹妹……"

寒漪一阵心疼，大叫一声。

## 七

那洞口忽然摇动起来，将洞口杂草一一抖落。云石惊悸之余，竟发现那根本不是什么洞口，而是伪装的一条百年巨蟒。

一阵吸气，一阵阴冷，夹杂一阵狂飙般的腥风。匐然之间，它已吞噬人畜无数。有一布衣，身缠白布十八层，从崖壁一直滚向洞口，滚向巨蟒之口。

他不是佛徒，不是以身饲虎；他是勇士，他要舍命斩蛇。

无论人畜，凡被巨蟒果腹者，五分钟后必然为蟒液所化。

他被腥风卷起来，刹那间就被吸进了黑暗的蟒腹。在荆轲刺秦式的悲壮中，他麻利地抬起胳膊，翻转手腕，用尽全力将匕首刺向蟒腹……

那怪物疼痛，贴着地面，用力向前窜去——只听一声裂帛之音，匕首穿透蟒腹，插入地面。借着蟒的巨大冲力，活生生将巨蟒开膛破肚。瞬间，一阵腥臭，一片殷红。

说时迟，那时快，他已乘势滚出了蟒腹。此时，他身缠的十八层白布已经被化掉十七层。他尚未站稳，一阵晕眩，旋即倒地。

云石看得心惊肉跳。那倒地之人竟然又颤巍巍地站起，脚步竟然轻飘如云，诡异地朝着自己走来——惊悸之余，云石下意识地闭上了眼睛。

"云，你怎么啦，醒醒啊！"

隐约听到了寒漪的呼叫，云石睁开眼，后背已大汗淋漓，衣服黏在了身上。

"漪儿，我刚才梦见一条大蛇，后来被杀了……"

云石想站起来，只觉得浑身僵硬，腿脚酸麻，像一块懒散的顽石——石上刻着：

泰山石敢当

"云，我刚才在你怀里睡着了。醒来的时候，看见你倚在石阶的栏杆上，也睡得昏沉沉，怎么也叫不醒，急死我了……

"云，我好像梦游了。回到了家里，看见鱼缸里那条弹涂鱼，还有妹妹……是的，我看见妹妹了。开始还是小时候的样子，她手里拿着那支美丽的孔雀毛——后来，她身上的衣服变成了敦煌壁画上的飞天，轻柔而缥缈……她好像是从幽暗的深谷中慢慢升上来的，一直贴着崖壁向上飞去。

"这么多年了，我总觉得妹妹就在这山上。她被困在一个幽谷里，很孤单，很凄凉，不知道何时能够解脱……她总是拿着那支孔雀毛，好像在向我暗示着什么……"

寒漪幽幽地说，鼻子一酸。

"别多想了，漪儿，我知道你很想念她。就算是这样，也是阴阳两界的事，我们回去好好祈祷一下吧，但愿她的灵魂摆脱苦难，早日获得自由吧！"

云石只能这般无奈地劝慰着寒漪。

自从在寒漪的卧室里看到那幅《山鬼》的卷轴画，云石就有一种异样的感受。那位披散着长发，只在黑夜，只在幽谷才能出没的山鬼，总是在风里幽幽地吟哦。在清风冷月下，她的孤独，寂寞，满腹心言，都化作一股哀怨之气随着清冷的风飘散——第一次看画，云石就将山鬼的形象和寒漪的妹妹联系在了一起——尽管，云石还不知道寒漪有个妹妹叫回雪，更不知道回雪失踪的往事。

山鬼面容姣好，身姿曼妙，高贵典雅——这些，与身边的寒漪何其相似！但山鬼的眼睛里隐隐透出的却是恐惧和渴望——细细地回想之后，云石心头一热，竟伤感起来。

回雪，到底发生了什么事？

# 八

两个人心情沉郁，一路祈祷。

越过了中天门，南天门，步入天街，终于达到了泰山极顶——玉皇顶。

不去玉皇庙，不去碧霞祠，只去青帝宫——这是昨日的约定。

是有感于黄巢的"他年我若为青帝，报与桃花一处开"？

还是向往罗隐的"青帝固有心，时时动人意？"

剪不断，理还乱——当两个人在百度上搜寻泰山之顶的时候，竟不约而同选择了青帝宫——崇敬和憧憬同时在他们的心湖泛起波澜。

沿着向上的石阶，云石和寒漪进入了石砌的拱形门——那是万木簇拥，环境清幽的"敕修青帝宫"。

青帝宫位于泰山玉皇顶西南，创建无考。

青帝即太昊伏羲，五大天帝之一，即东方之神，主生。据《尚书纬》说：春为东帝，又为青帝。青帝主万物发生，位属东方，故祀于泰山。宋大中祥符元年（1008），宋真宗登泰山时，加封青帝为广生帝君，并撰刻碑记，赞颂青帝"节彼岱宗，奠兹东土，生育之地，灵仙之府"。

两个人进得主殿，不约而同跪倒在蒲团上。

《精灵之吻》的音乐隐隐响起，与大殿缭绕的香烟一起飘逸着。有一种虔诚与温馨的感觉，如同水波，流过心灵，在静默中趋向永恒。

凝视着青帝之神，一股暖流，一腔赤诚，一片希望在心中升腾。

心愿有异，情怀相同。

青帝，绿色的主宰，孕育百草万木的摇篮。

青帝，浩瀚无垠，只在你温柔的掌心；生机无限，尽在你慈祥的眼睛。

在殿前，云石与寒漪只是阶前两棵虔诚的弱草，相伴黄瓦红墙，无欲无求，每日用心在这里吟唱。

叩拜完毕，起身的时候，他们才注意到，青帝的身后还有两尊神像，而且是女神——她们并没有牌位，自然没有列名。

靠前的那尊女神，袅袅娜娜，虽是站立，却似飘逸，像行在碧水微澜之上——这让云石蓦地想起洛水宓妃，想起她"翩若惊鸿，婉若游龙"的神采。

寒漪专注于靠后的那尊女神，显得略小，格外娇弱——

那双眼睛像有一丝雾气，迷离之美，别具一格。

这眼神，似曾相似，竟让寒漪莫名地亲切起来。

没错！是回雪！

寒漪叫出声来，妹妹的影子瞬间在脑海中掠过，那握着孔雀毛的小手，还有那双恐惧和渴望的眼睛——只是，现在，她的眼中少了恐惧，多了温馨，还有一丝难以察觉的笑意。

就像那首钢琴曲《花的微笑》。

"回雪？"

云石顺着寒漪的目光看过去，将注意力集中在宓妃身后的那尊女神雕像上。凝视良久，没错，她就是寒漪卧室里卷轴画上的"山鬼"。她的容貌、表情和身姿都与"山鬼"相似。不，应该是与寒漪相似，形神兼备——云石从来没有见过回雪。

忽然，云石的眼前有一个影子飘过，像敦煌壁画上的飞天，轻柔而缥缈……像是从幽暗的深谷中缓缓升上来，贴着崖壁向上飞去——云石闻到了一种奇异的暗香，感觉有万千雨花落下，五彩缤纷，神光离合，而自己静立在花雨中，成了一块没有知觉的顽石。

一首稚嫩、纯真，饱含着少年情怀的诗歌在云石的脑海里清晰地浮现，同时有人在吟哦。那诗行，伴着音符，变幻着奇异的色彩和形状，在大殿里飘逸着——那是自己在读高中时忽有所感信笔而书的一首诗：

致青帝的幺女

每当那片多味的花瓣再度重现
孤鸿照水，在夕阳中独自翩跹
南国的金橘啊，北疆何日能有
秋之女神，点染肃杀已在眼前
叩问天之灵秀，与土地的精英
谁能织一条纽带，系一结同心
甜蜜的花瓣，在霜天凝结苍白
凋零的日子唯有那水中的倒影
期待重逢也憧憬那满庭的芬芳
蕊寒香冷蝶归去，你幽幽轻唱
深潭游鱼，筑巢在那日光水岸
飞絮漫天，入水化作缕缕荷香
……

## 九

傍晚。

回程。

山道弯弯。

再次路过那块造型奇异却直插云天的石头——"斩云剑"，云石无厘头地想起那条被斩杀的巨蟒。

入夜。

两人都有些疲乏，脱衣解带之后，寒漪很快就进入了梦乡。

云石睡不着，回想着白天泰山之旅中发生的一连串诡异的事情，尤其是那些似梦非梦的场景。

云石拿出耳机，手机里的《精灵之吻》悄悄地响起来。

云石习惯性地体验着天地间最原始的宁静……

音乐，加快了夜色深沉，加快了时空流逝的速度——又厚又软的云絮缓缓地汇集到了云石的身边。那是云，是精灵，也是天使，围在他的身边。随着乐曲吟唱，圣洁而温暖，神圣而庄严——云石渐渐没有了意识，任凭自己在云絮上飘浮。

音乐渐行渐远，精灵之吻慢慢消退。

云石正欲入睡，突如其来地，一段雪白、修长而美丽的裸体瞬间呈现在云石的眼前，继而，很快，贴进了云石的怀里。

事发突然，云石显然没有任何心理准备。云石出奇得冷静，没有丝毫的惊慌，淡定得像是一名编排节目的导演。仿佛是在排练场上，他只是在做示范动作与女主人公肌肤相亲——他既没有主动，也毫不回避，只是将投入怀抱的女体轻轻拢住，揽之入怀，轻轻抚摸，像雪，也像水……

在云石的感受中，俨然没有热血沸腾，没有原欲的冲动——随之而来，是一束清爽之气，流遍全身，循环不息。

一种温馨，渗透进每一个毛孔，化作闪闪烁烁的一叶白莲小舟，在自己血脉里随着血液蜿蜒向前——这种温馨，在他的神智中轻轻荡漾着。

他的每一个轻柔的动作，配合上眼神和气息，只是要让阴阳感应，琴瑟相谐，让灵与肉完美结合，缔造出天地中男女间最伟大的圣洁和唯美，就像法国热拉尔的《普塞克初吻》。

云石轻轻地抚摸着修长、丰满、美丽的裸体——是寒漪吗？

好像是，又好像不是。

在他的感觉中，这美丽的裸体似乎少了一些温度，确切的感受是，她的裸体的每个部位都是凉爽的，像秋水，像晨霜。尽管，在炎夏，这样的凉爽让人很受用，但云石还是感觉到了一丝不安。

他顺着她的腰肢下意识地向上抚摸，向上……

抚摸到白皙而修长的脖子了，再向上轻柔地摸去——云石的心一下子沉到了冰湖，寒噤不断，惊悸不已一裸体的脖子上端竟然没有头颅！

床的一边，一条巨蟒正吞噬着她美丽而惨白的脸。

云石下意识地坐起，扬臂成剑，一股剑气冲霄，巨蟒与女体皆无。

紧接着是一声巨大的裂帛之声——

云石惊醒过来，看了时钟，刚好午夜三点。

云石头痛欲裂。

他病了。

## 十

备了香火与供品。

寒漪来到山脚下一个不起眼的山坳里。

遥祭。

为了回雪。

也为了云石。

2015 年 7 月 1 日

# 最后的相片

# 一

江碧鸟逾白

山青花欲燃。

坐在甲板上的林楠，看着洁白的海鸥在碧绿的海面上划着一道道美丽的弧线，脑海里突然冒出这两句诗来，心海里泛起一道自恋的细波。

是的，他对自己的好记性向来很自负。

这两句诗，是小学五年级时背诵过的。

时隔30年了，他居然还能清晰地记得。

林楠是一家销售公司的副总，分管市场营销业务。

这次全国的"营销战役"中，林总的"兵团"大获全胜，位列"功勋榜"三甲之首。

按照惯例，他要亲率获奖人员去户外"潇洒一回"。

这也是兑现"战前"的激励方案——"海滨三日游"。

这样的活动，算是激励销售市场上得胜归来的"营销将士"，就像拿破仑筑起的"凯旋门"，旨在以彰其功。

因为大家都生活在内陆，看海算是一种奢望。

林楠是一个喜欢沉思的人。

林楠也是一个重情重义的人。

在刚刚履新时，很多人觉得他不够"营销"，像个"白衣秀士"，做个参谋或许还行，带兵打仗，让人担心。

但他的心里很明白。他一直以三国时期的陆逊自居。

一年之内，他便兑现了心中一直秘而未宣的誓言：

他既是一位能"白衣渡江"，巧取荆州的谋臣，也是一位"火烧连营"，能大败西蜀的悍将。

在市场的硝烟中，他处处展露的是"风火雷"的作风；而在战后，他喜怒不形于色，又成了罗丹刻刀下的"思想者"。

## 二

对于海，林楠有着一种莫名其妙的情结。

向往海，渴望海，崇拜海，心壁上也悬挂着海图腾。

海的澎湃，可以让他的血液在血管里汹涌起来。继而，全身心热血沸腾，从中获得一种崇高的力量，彰显一种阳刚之美！

但是，海又经常让他惊悸，不寒而栗。

林楠家里的洗手间不大，靠北的窗户上挂着卷轴窗帘——窗帘布上的画是喷绘的——那是一幅大海的画卷。海水很逼真，呈现的是深褐色，深不见底，让人发冷的那种颜色。

淋浴的时候，他每次拉下窗帘，也就拉下那幅画，同时也拉下那片深邃、神秘、寒冷的大海。哪里是画布，分明就是大海的伪装——掀开画布，果真是一片深海——林楠全身赤裸地站在了波涛汹涌的海岸。

心，忽然失重，心脏像被利刃切下一块，隐隐地流血，隐隐地疼痛。

他终于坚持不住，失足沉入那片深邃、神秘、褐色的海域，一直沉下去，一直沉下去……但始终沉不到底，沉不到底的惊悸让他更加恐惧。

海水堵住了他的七窍，有一种快要窒息的感觉。他喊不出，也动不了……在黑暗的水域中，他的身边突然出现一条凶猛的鲨鱼，露出尖齿，正狞笑着朝着他游过来——这更增加了他的恐惧，他将被鲨鱼的尖齿，一上一下，活锯开来……

他迅速地将窗帘拉上去，才觉得自己从那片深邃的恐怖中浮了上来——他大口喘着粗气，他确信自己已经获救，确信那只鲨鱼已经游走。

林楠伸出惊悸而略有些颤抖的手关闭了闸门，莲蓬头里的水流戛然而止，淋浴间只剩下袅袅升腾的水雾。

睡梦里，林楠也会时常被那片深邃、神秘的海域包围着。既有被蓝色净化的畅然，也有在褐色炼狱中的窒息。当然，这只是一种微妙的心理感受，没头没脑的梦境根本无法用言辞表达。

后来，他让妻子将那窗帘换了。

妻子很奇怪，虽然换了窗帘，却一直不知所以然。

新换的窗帘上画的是一些蓝色的小格子，但是在淋浴的时候，林楠还是看见那些蓝色的小格子慢慢洇开，混沌成了那片深邃、神秘、褐色的海域。

## 三

林楠喜欢与海合影，他的很多相片是"海影"。

在大海面前，林楠总是一副"忧国忧民"的样子。偶尔有一两张微显笑意的相片，细细看去，那笑意中却又隐含着难以察觉的诡异和神秘。

有个同事调侃说，这是一张珍贵无比的相片——这是一幅中国式男人的"蒙娜丽莎的微笑"。

## 四

林总端坐在甲板上，依然像个"思想者"。

身边是一堆喜欢胡闹的女人——此次业务竞赛，她们获得了"一等功臣"的勋章。她们完全有资格在林总身边胡闹，甚至可以肆无忌惮。

她们围着林总撒起娇来，她们像一朵朵调皮的浪花簇拥着林总。有的将下巴磕在了林总的肩上，有的用背靠在林总的背上，还有的直接坐在了他的腿上，摆出一种亲昵的造型。

有人不失时机地咔咔，用相机留下这些"珍贵"的纪念。

林总呢，只能用"难以招架"来形容了。他笑也不是，怒也不是，在半推半就中被"折服"了——林总认为是"折磨"的"折"。

林总知道，这就是"营销"，这就是"营销的氛围"，必须适应。

林总知道，在这样的场合，不能"假正经"，否则会伤了团队的积极性；更不能假清高，否则会削弱团队的战斗力。

面对这帮女人的"折磨"，林总从开始的"反感"，到"逆来顺受"，再到后来的"半推半就"，最终完成了性格和思想的蜕变——"来者不拒"。

林总沉着、稳重、潇洒，在他的"海影"中，有很多这样的相片，彰显着一个成熟男人的魅力。这些相片，让团队里很多女人仰慕不已。当然，团队中也不乏大胆泼辣的女人，找个理由冲上来拥抱一下，做个飞吻的动作，然后扬长而去。

面对这些"揩油"的动作，林总只能摇摇头，无奈地做出"蒙娜丽莎"般的微笑。

记得有一个营销团队打了一场"大胜仗"，公司的老总就在一群"娘子军"中开始跳"脱衣舞"，脱得只剩下一条裤衩了，还要装出一种快乐，一种不得不忍受的"快乐"。

营销嘛，就是这样，领导首先要融入团队。

营销界从来不乏"绯闻"，也无人在意"绯闻"。

任何一个行业，潜规则无处不在，不能太较真。

五

女人们闹够了，回到了各自的船舱。

林总又还原成了罗丹刻刀下的"思想者"。

江碧鸟逾白，山青花欲燃——看着洁白的海鸥划过的优美弧线，他痴痴地想。

他忽然觉得很累，有两个调皮的小天使从海天相接处飞过来，一下子跳到甲板上，继而又跳上他的眼帘，使劲把他的上眼皮往下拉——他太累了。

"秋季大决战"让他连续亢奋了三个月，就没睡过一个整觉。

他每天都是囫囵地小睡一下，然后就被梦里的那片深邃、神秘、褐色的海域惊醒，尽管没有鲨鱼的袭击，他还是心有余悸。

"大决战"期间，他被同事称为关汉卿笔下的"蒸不烂、煮不熟、捶不扁、炒不爆、响当当的一粒铜豌豆"。

而今天，他终于困得不行了，眼前都是黑暗，于是就在甲板的椅子上沉沉地睡去了。

## 六

回到公司以后，大家看海秋游的相片洗出来了。

那群女人手里拿着许多海上的"留影"，疯狂地调侃着相片上的人。

"咦，好奇怪哦，我们三个人的合影中，怎么没把我们的帅哥林总拍清楚。雅慧，记得当时是你拍的，你的水平太臭啦……"

一脸不悦，嘴能挂油瓶的是营销一部经理关冬冬，她是个很丰腴的女人，正在为相片的事喋喋不休。

被称作"雅慧"的是公司做后援服务的综合内勤人员，纤细而瘦弱。

雅慧拿过相片仔细打量：关经理和另一个团队女主管苏叶子在相片上搔首弄姿，一个把肘关节靠在林总的肩上，一个把头贴在林总的耳朵边，耳鬓厮磨的样子，很肉麻。相片上的两个女人很清晰，几根发丝乱了，微微地斜在额头都是那么清晰。

最叫人遗憾的是，林总拍得并不是很清晰，尤其是他身体的轮廓，包括头部的轮廓，仿佛是两个人重叠在了一起。但由于没有叠齐，于是产生了"重影"——很明显，身体的轮廓呈现出了"虚化"的迹象。

那光景，好像是水墨作画的时候，线条的轮廓从宣纸上慢慢洇开，那一缕墨魂从墨汁中逃走，只留下一丝淡淡的墨痕和一轮淡淡的水影。

雅慧的摄影技术很专业，是大家公认的。所以，每次出游都让她拍照。

"这个不赖我，你们看，关经理和苏经理在相片里拍得很清晰啊，怎么单单让林总的相片模糊了呢？"

雅慧据理力争。

"是不是你看到林帅哥的样子，激动了，手里的相机抖动了，才会造成图像模糊？"

苏叶子不失时机地补上一句，似乎很专业的样子。

"不会啊，要是我手发抖，你和关经理也应该是模糊的啊！怎么会林总一个人模糊？我可没有那么高的技术！"

雅慧一半在维护自己，一半在揶揄苏叶子。

……

回到家里，雅慧百思不得其解。

她拿出一摞相片，胡乱地翻阅着——她突然呆住了，惊讶得合不拢嘴，后脊梁倏地掠过一丝寒气，她不由得打了一个寒噤。

原来，凡是有林总的相片里，不管是单人照，还是合影，林总的轮廓都是模糊的——像是两个人影的叠加，但又没有完全对齐的"重影"——而相片里的其他人却是清晰的。

相片中，林总身体轮廓上的"边缘线"很模糊，好像是用水墨作画的时候，线条的轮廓从宣纸上慢慢泅开，一缕墨魂从墨汁中逃走，只留下一丝淡淡的墨痕和一轮淡淡的水影，尤其是雅慧偷拍的那张林总的背影——他趴在舷窗上看海，背影的轮廓模糊得仿佛一缕动态的轻烟升腾，像是要飘向天际，朝着海天相接处云游……

## 七

林总连续三天没来公司上班了，大家都有些想念，不停地念叨着。

林总太累了，尤其是连续三个月的"秋季大决战"，把他累坏了，是该好好地睡几天了。

第四天，一个噩耗传来，令人难以置信：

林总看海之后，回到家里便昏睡过去，整整三天，第四天的时候，便没有了呼吸。

他的妻子说，他在昏睡的三天中，恍恍惚惚间只说过一句话：

江碧鸟逾白
山青花欲燃

2014 年 5 月 19 日

紫蝶

# 一

应聘的简历寄出去约莫两周的时间，回复的信函便陆续寄了过来，足足有十五封。那些远方飞来的"鸿雁"落在了葛巾的办公桌上，被整齐地排在文件篮里，像仪仗队一般，随时接受着葛巾的"检阅"。

第一次生出离开这座城市的念头。想象着自己将背起行囊，渐行渐远，越过关山，独闯江湖的场景，葛巾有些激动和自豪，继而生出一些感慨，眼眶有些湿润了。

毕竟是背井离乡，葛巾想。

如何热爱，谈不上。至少，他并不反感生养他的这座城市。

和单位里的领导、同事相处也还算融洽——无来由的，无厘头的，他就想远离这座城市，越远越好。这并非他有什么四海为家的鸿鹄之志，他只想去一个陌生的地方，重新开始自己的生活。

无来由的远行之举，唯有用星座来解释了，葛巾是射手座的。

十多封的聘用信函来自十多个不同的城市。他最想去的城市是厦门——鼓浪屿情结是从他读小学的时候就有的。

那个从南京下放的"知青"——那个美丽的女老师，教他们唱《鼓浪屿之波》。葛巾唱得很投入，很动情，鼻子酸酸的。在似曾相识的感受中，他经常梦游鼓浪屿，梦游那个长着棕榈的蓝色小岛，环绕着美妙音乐的蓝色小岛。

有一封信来自厦门，给他的职位是一个机关的宣传干事，这与葛巾的专业很对口。

# 二

一连几日，葛巾都沉浸在即将远行的喜悦中。

与对方的沟通很顺利。葛巾将辞去现有的工作，独自远行在闽南的古道上。

恍恍惚惚中，他似乎已经踏上了征程。

奇怪的是他变小了，只有十四五岁的光景。他衣衫褴褛，光着脚，拉着一辆古老的平板车。前往闽南的路不是通衢，而是崎岖蜿蜒的山道。

车上坐着一个四五岁的小女孩。她圆圆的小脸，头发在风里凌乱着，松散的小辫子上系着一圈红色的头绳。她穿着对襟的小花褂，褂子上满是尘土，依稀辨得出上面细碎的小花——那是家乡最常见的葛藤花，一串串，像紫色的小蝴蝶。

她坐在平板车上，从裤管里伸出细小的腿。小脚上的圆口布鞋已破了一个洞，露出两个小小的脚趾头。

"哥哥，我饿了，我要回家……"

小女孩坐在颠簸的平板车上，两只小手紧紧地抓住平板车的扶手，有气无力地喃喃着。

葛巾没有妹妹，也从没听母亲说过此事。

那梦中的小女孩是谁？

葛巾努力回忆着，搜索着，搜索那个小女孩的影像。

## 三

小时候，老家的泥房子临水而居。

每到春天，水渠里就会春水荡漾，那是村里灌溉农田漫过来的水。

水里有很多小鲫鱼，在春水里绕着新生的芦笋穿梭。这个季节，总会有一群顽皮的孩子在这里"踏青"，拿着小棍子恶作剧地赶小蝌蚪。或者用小石片击水，打水漂儿玩，凌乱的脚印将青青芳草踏出一片狼藉。

泥墙根生长着一些不知名的野菜，还有一些藤蔓植物。

藤蔓植物有好多，葛巾都叫不出名字。

那一天，闲来无事。

葛巾搬了条小木凳在屋后的泥墙根晒太阳。

有一条青藤离他很近，就在他的腿边——青藤就缠绕在墙根的几束芦苇上，节节攀升。青藤零星地开出几串紫色的小花，像是几只落在花梗上的紫蝴蝶。青藤的叶呈心形，确切地说，更像一颗受伤的心——心形的两边都有缺口，让心不再圆满。

当人完全放松，不再想任何事的时候，心灵便如一个空洞。此时，意识便自由地奔放起来，像一杯倾倒的水，漫无目的，自由流向任何一个方向。这种意识，通过眼睛，首先流向离自己最近的地方。当遇到一个物体的时候，这眼中的意识流便会在这物体上停留下来，形成一段经历，或演绎一个故事。

葛巾最终将自己的下意识流向了青藤的根部，并且生出一些好奇来。

隐隐约约，他感觉到青藤的根部有什么秘密埋在土里。

他越发觉得有些神秘，他决定顺藤摸"瓜"。

当然，土里不会是瓜，是比瓜更神秘的东西。

葛巾分明记得课本上说过的一件事，那是鲁迅先生的《从百草园到三味书屋》里记载的：

有人说，何首乌根是有像人形的，吃了便可以成仙，我于是常常拔它起来，牵连不断地拔起来，也曾因此弄坏了泥墙，却从来没有见过有一块才艮像人样。

既然人形的何首乌吃了可以成仙，那何首乌自然就是有灵性的宝物。

这些有灵性的东西，被爷爷称为"活宝"。

爷爷说，它不仅可以变化为人形，而且可以到处"活动"，比土行孙还要活跃。今天在这个山坡，明天可能已经跑到那个山谷里去了。所以，当我们挖开泥土，看到有须有茎的何首乌，那一定是它睡着的时候。它若是醒来或者"活动"的时候，我们就是挖开泥土也找不到它，或许它已经变成一位身穿白纱裙的仙女在天上飘着了……

老师讲《从百草园到三味书屋》的时候，葛巾只记住了何首乌这个细节，并且一连几天都在浮想联翩。

想很多与何首乌相关的事物。

有时，他会在想，何仙姑或许也是何首乌变的。

# 四

葛巾的屁股从木凳上挪下来，蜷起一条腿，另一条腿半跪在地上，伸出两只黑黝黝的小手，麻利地扒开了草丛，让青藤的根部露出来。

长出青藤的那部分泥土明显有些突兀，像隆起的小山包。葛巾心里有些激动，小手像蝼蛄两只有力的前爪，开始飞快地扒土。很快，青藤根部一些黄褐色的须状物露出地面，其中有三四条较粗的根须更深地扎在地下——葛巾预感着，这根下面或许拖着一个"大家伙"。

葛巾从家里的灶台上拿来了锅铲，铲掉一层层的泥土，终于让那个大家伙露出头角——这就是何首乌？葛巾有些惊讶了，继而欣喜起来。他只在课本上听鲁迅说过此事。课本上的东西对他来说，始终很遥远，有些不食人间烟火。没想到，在家里的泥墙根居然找到了"传说"中的何首乌—那个吃了能成仙的"人"字形的宝物。

因为是宝物，也因为怕亵渎了仙灵。

葛巾像个"小考古"，小心翼翼地铲土，生怕自己不小心铲断了它的根须——那分明就是它的几根大动脉，割断了会害了它的命。

当周围的泥土全部清理干净的时候，那植物的根茎完全展现在眼前了——它的体形有些像人，身上生着许多棕色的细须。它的身体很瘦弱，像个骨瘦如柴的小女孩。

葛巾显得很亢奋。

何首乌，人形，成仙——这些内容一股脑儿冒了出来。他羡慕成仙，但他并不想成仙。不论如何，他发现了它，他找到了它——课本上遥远的传说就在眼前了。

他很想一铲子切断那几条大的根须，然后把它彻底挖上来，作为自己的战利品。但是，他犹豫了一下，没有挖，只是傻傻地看着。

忽然，他的眼前闪过一线白光，心猛地一惊。

那"人形宝物"躺在坑里，身上有一块白色的地方——那分明是自己刚才不小心，铲子的刃碰上去，铲掉的一块皮。葛巾心里一阵疼痛，仿佛自己雪白的肚皮上被人扎了一刀。

它流的血一定是白的，葛巾想。

后来，葛巾终于没有将那"人形宝物"挖走。

不仅没有挖走，葛巾还小心翼翼地将挖出的土都填了回去，算是恢复原状。从此，那个被他误伤的影像便一直徘徊在他的心头，挥之不去。

后来，父亲告诉葛巾，那不是何首乌，是葛根，地面上攀爬的藤蔓叫葛藤，那紫色的花串叫葛藤花。

## 五

煮熟的鸭子会飞了。

厦门那边的用人单位忽生变故，单方解除了葛巾即将入职的约定。

泼水难收，葛巾不可能再申请留在原单位，他只好选择了北京的一家企业，匆匆远行，在北京开始了新的生活。

葛巾依然恋恋不忘厦门，不忘鼓浪屿。

葛巾是在农村长大的，算是纯粹的农家子弟。

他从小就和诗文结下了不解之缘。那时，贫瘠的乡村实在无法给他提供良好的教育。他的启蒙老师是小人书，还是从别人那里借来的连环画册。后来，他到很远的地方读高中，他没有钱住校，做了"走读生"。母亲每天早上都会给他五毛钱吃午饭，他经常不吃，把钱积攒起来，买了很多古今中外的经典文学书籍阅读。记得他买的第一本书籍是人民文学出版社出版的《中国古代文学作品选读》，都是繁体的古文古诗词，他如获珍宝，爱不释手。那时候还没有网络，他课外阅读的老师只有两本字典，一本是《现代汉语词典》，一本是《古代汉语词典》。

读中学的时候，他就在国家级刊物《中国文萃》上发表了他的处女作《赶集》。村里人都说这孩子是天上的文曲星下凡。

葛巾在北京工作期间，开设了个人博客，撰写了很多诗文，网名叫"书蓝清居"。他的业余时间几乎都在自己的"书蓝清居"里度过，在他的心里，"书蓝清居"远胜过香山的双清别墅。

因为工作需要，他经常要到各个城市出差。

因为公司的分支机构很多，所以，他去过很多城市。

但福建他没有去过，公司一直没有在福建设立分支机构。

他很想去福建，去厦门，去鼓浪屿，可谓——

心有双丝网
中有千千结

厦门鼓浪屿那座蓝色的钢琴小岛，还有苍翠欲滴的鱼尾葵、棕榈树始终在向他招手。更让葛巾不能释怀的是梦中自己去厦门鼓浪屿的远途中，平板车上那个叫自己"哥哥"的小女孩。

## 六

除了"书蓝清居"外，葛巾还在网络上参加了很多文艺社团，他还在一些文艺网站做业余网络编辑。

"红杉树"是全国最大的文艺网站。葛巾注册之后，他的文字隔三岔五就会在版面"飘红"（精品文章的红色标志），就像读小学时老师颁发给他的"流动红旗"——那"流动红旗"就挂在墙上的"学习园地"里。

很快，葛巾被一个叫"秋叶红"的主编看中，从一个作者成为网站散文版的编辑。

后来，葛巾的工作越来越忙了，忙得无法上网处理编辑事务，他依依不舍地辞去了编辑职务。

后来，他在网易建了一个文艺圈子，名字叫"蓝色钢琴岛"。

葛巾正在"蓝色钢琴岛"里欣赏一篇篇美文。

忽然，电脑右下角有个小蝴蝶图标一闪一闪。

点开一看，是个叫"紫蝶"的人在加他为好友。

葛巾迟疑了一下，还是点了"同意"。

接下来的对话，让葛巾有些晕眩，继而浮想联翩起来。

紫蝶说，在"红杉树"文艺网站的时候，"书蓝清居"曾经在她的空间留了一个脚印，很特别的一个脚印，还有一首诗。于是，她就找到了"书蓝清居"的空间，看到了他登记的QQ号，就找过来了。

可是，葛巾实在不记得什么紫蝶，更不记得去过她的空间。

这也难怪，紫蝶说，她在"红杉树"注册之后，就没再去过。紫蝶再去"红杉树"的时候，已经隔了半年，这才发现"书蓝清居"的脚印——

还有一首咏茶的诗。

不知为什么，看见那个脚印，紫蝶的心里涌起了一种莫名的感动，一个脚印，早已胜过千言万语。

葛巾终于想起来了。

在"红杉树"那么久，他还从没有主动去过哪个作者的空间呢。

记得只有一次，看到一个作者发了一首写雨夜品茶的散文在版面，很细腻，很温馨。于是，就到她的空间看了一下。

时间太久了，葛巾早已记不清了。

葛巾没有记住她的名字，但对她散文里那首品茶的诗还是有深刻印象的：

无意捻入盏，澄澈展旗枪。

邂逅秋露碧，相约绿云香。

轻啜三春暖，缓咽满庭芳。

有茶无烦恼，何须借杜康。

当时，葛巾很是欣赏这几句诗。

他觉得"无意"一词，写出了一个曼妙女子，雨夜无眠，漫不经心地将茶叶用纤细的手指轻轻地捏出来的那个动态，很传神。

而当茶叶入水之后，慢慢舒展，如旗枪，在澄澈透明的水体中飘逸。

葛巾认为"邂逅"一词用得很有意境，茶叶与水不期而遇了，这里不是萍水相逢，而是茶水相逢。

"邂逅"这个词里包含着缘起，也暗含着缘尽，有些伤感的色彩。

因为作者泡的是绿茶，所以用"秋露碧"作比。

茶泡好了，那香气似乎都是绿色的，清香氤氲，像一丝丝"绿云"飘拂而过……

从"邂逅"到"相约"，从"无意"到"有心"，仿佛是前世的因果机缘，人与茶竟可以如此这般成为相知。

紫蝶喝的茶是碧螺春。

葛巾喝的茶是竹叶青。

葛巾有些感动，顺手写下了自己品茶时的感受与之分享：


竹叶婆娑映水镜，春到江南留画影。

一针碧舟行万里，几度陶冶出朗星。

情因纯粹生清雅，心为恬淡赋空灵。

润枯不变求静美，君子之仪显分明。


葛巾对自己的"一针碧舟行万里，几度陶冶出朗星"两句颇为得意。

"一针碧舟行万里"——竹叶青入水时是针形，故将"竹叶青"比作"一针碧舟"，写出了一针针竹叶青入水时飘逸的动态之美。"几度陶冶出朗星"——写的是竹叶青入水浸泡之后的状态，用"陶冶"暗示磨炼和洗礼对事物发生质变的重要性，用"朗星"来揭示竹叶青质变之后的成就，成为水中世界的一颗颗"朗朗之星"。

记得留完之后，葛巾就再没有收到那位作者的回复。


## 七


半年之久，葛巾早把此事忘却，却不曾想，今日这位紫蝶竟找上门来。

彼此双方竟然没有丝毫的陌生感，都觉得像是久别重逢的故人。

当互相讨论原因的时候，他们竟然说出了相同含义的理由。

葛巾问紫蝶：

"时隔这么久，你怎么会想起来找我？"

紫蝶顿了一下，发了一个很淘气的表情过来，接着说：

"茫茫人海，半年之久，唯有你在我的空间留下了脚印。"

紫蝶反过来问葛巾：

"'红杉树'有那么多人，你为什么要到我的空间来看我？"

葛巾一下子思维短路，是啊，芸芸众生，偶一回眸，便看见了她的存在。

葛巾还是很幽默地回复她：

"因为茶。"

"谢谢你欣赏我的'邂逅秋露碧，相约绿云香'，我也喜欢你的'一针碧舟行万里，几度陶冶出朗星'呢！"

紫蝶不失时机地接上话茬，她刚看到葛巾留在自己文章下面的诗。

看得出，紫蝶是个沉静而不乏热情的人，她对葛巾很是感激。

紫蝶主动要求帮助"书蓝清居"来打理"蓝色钢琴岛"，葛巾求之不得。

# 八

葛巾这几天有些神经衰弱。

他又开始做梦了，梦见自己来到了厦门，来到了鼓浪屿。

更让他惊奇的是，那个曾在梦中出现的叫他哥哥的小女孩站在鼓浪屿的一块大石上拼命地向他招手。她的上身满是尘土，那对襟小褂上绣着一串串紫色的小碎花，脚上的圆口布鞋坏了一个洞，露出两个小小的脚趾头……

葛巾不知道这预示着什么，但他知道，自己的鼓浪屿情结始终没有解开。他决定利用假期，去一趟厦门，去一趟鼓浪屿，尽管他也不清楚为什么要去，至少不是为了观光旅游。

葛巾乘坐的南方航空公司的客机在中午十二点准时到达厦门的高崎

机场。随着旅行团，葛巾坐上轮渡，终于来到了魂牵梦萦的鼓浪屿——蓝色的钢琴之岛。棕榈、椰子、鱼尾葵随处可见，海水有节奏地拍击着岛上的礁石。远处渔帆点点，与蔚蓝的海天相映衬，美轮美奂。每个角落都弹奏着理查德·克莱德曼的钢琴曲，是葛巾很熟悉的《午后的旅行》。

天气较热，中午大家自行歇息。

葛巾找了一块平整的石头斜躺下来，石头有一半被埋在黄土里。

葛巾想打个盹，可实在睡不着，满脑子那个小女孩的身影。

葛巾有些百无聊赖，开始打量着身边的一草一木。

他突然发现，石头底部生长着几根似曾相识的青藤。那心形的叶子，两边都有缺口，分明是一颗残缺的、受伤的心。青藤上绽开几串紫色的花簇，像几只紫色的蝴蝶落在藤梗上——儿时的回忆像潮水一般忽然淹没过来，没错，是何首乌！不，是葛根！自己曾经因为好奇，差点用铲子伤了它的性命！

那个躺在坑里的瘦弱的"人"字形的形象再次浮现在眼前。

这突如其来的发现，让葛巾惊愕不已。

父亲说过，和何首乌一样，葛根本是个灵物，年代久远了，它便会千变万化，能够幻化万形。而且，可以天上地下到处游走，若是挖到它，还能医治百病。

葛巾毕竟不是小孩子了，没有再去挖它。

葛巾早已长大，是对万物充满敬畏的一个文弱之人。

他似懂非懂，仿佛明白了什么，但是什么也说不出。

他虔诚地对着眼前的葛藤鞠了三个躬，也不知道代表了什么。

膜拜？祭祀？忏悔？祈祷？他也说不清。

站在石头上，太阳很温暖地照着他。

抬望眼，远眺蓝海，一碧万顷；举头看，日光已穿透云层。

他又听到了小时候自己吟唱的《鼓浪屿之波》的回声。

# 九

从鼓浪屿回来，已经是夜里十一点。

葛巾习惯性地打开电脑，点亮了 QQ 的头像。

紫蝶在线，好像还没睡。

葛巾是个很细致的人，甚至细致入微。

但有时候却又是个极为粗心的人，常犯一些常人不犯的低级错误。

看到紫蝶的头像，才忽然想起要了解一下她的个人信息。

相处了半年了，才想起来，连自己都哑然失笑。

葛巾迅速地点击了她的头像，看见了下面的几行文字：

昵称：紫蝶

账号：645441571

个人：女 27 岁 10 月 27 日　属鼠　天蝎座

所在地：中国　福建　厦门　鼓浪屿

葛巾突然把目光牢牢地聚焦在最后一行，他有些晕，像在梦中了。

2014 年 7 月 9 日

# 永思殿里的绿幽兰

一

槐花的家就在永思殿旁边。

这是一处简陋的小四合院。大一点的是主屋，本是父母住的，共两间，一间是卧室，一间算是客厅。主屋的左边是个小配屋，是用简易的木板和布帘子隔成的两间，是槐花住的，算是女孩子的"闺房"；右边的配屋是厨房。此外，就是一间堆放杂物的"小仓库"，砌在厨房和围墙的旁边。

父母去世以后，除了隔壁的王婶，院子里没有其他人来过。

此后，槐花更是心如止水，一个人木木地上班下班，像墙上的钟摆，很机械，很准时，周而复始，说不上快乐，也说不上忧郁。

整整二十年了，槐花一直随父母住在这里。

父母在北京景山公园里做一些杂务，主要是做清洁。算是照顾员工子女吧，高中毕业之后的槐花接过了父母的工作，依然是寿皇殿、观德殿、永思殿里的一些杂事。

每次做完清扫、拂尘、擦洗、整理等杂务之后，她便在殿里的神龛前发呆，脑子里一片空白，但觉得很受用。她心无旁骛，尽情享受着这里的一切。槐花很喜欢这里的皇家宫殿，很考究，很有品位；也喜欢这皇家园林的古典和气派；更喜欢这里的宁静和庄严。

寿皇殿面阔九间，分别供奉清朝八帝的"御容"。从东边数起，分别张挂着光绪、咸丰、嘉庆、雍正、康熙、乾隆、道光、同治八帝的圣像。

槐花敬拜最多的是居中的康熙帝圣容。

每次做完清洁之后，槐花都要在康熙爷的圣像前跪拜。每一次跪拜，她都两手伏地，将额头叩至蒲团上，长叩不起。当槐花慢慢直起腰，缓缓抬起头的时候，总要注视圣像很久，眼中闪烁着点点泪光。在恍惚中，眼前这位清癯的老人，分明就是槐花死去的爷爷，满眼的沧桑和忧虑，却依旧亲切，依然慈祥。槐花眨一下眼睛的瞬间，爷爷不见了，眼前端坐的依旧是身着金龙袍，脚蹬步云履，垂挂朝珠，文治武功鲜有匹敌的一代帝王。

于是，槐花由亲切转为敬畏，再由敬畏转为崇拜。

槐花每天都会出入寿皇殿。在她心里，殿内外的神龛、香炉、烛台、铜鹤、铜鹿、石龟、石狮都是活的。尽管它们不说话，不动作，但槐花的一举一动，一言一行都在它们眼里，都在它们心里。有它们相伴，槐花从不孤独，也未曾寂寞。相反，身心沉浸在袅袅的香烟里，时刻暖意融融。

槐花经常对着它们说话，或喃喃细语，或心里默念。

槐花也经常梦见它们，所不同的是，它们不像平时那样静默不动，而是在殿外的广场悠闲地徜徉着：铜鹤轻展翅膀，低飞一会儿就落在丹陛石阶上，伸长脖子长鸣几声。铜鹿是几步一回头，朝着寿皇门漫步而去。那石龟最慢，慢得几乎是在广场蠕动。还有就是，雕在寿皇殿台基上用于排水的螭首也摇晃着脑袋，一副可爱可怜的样子。

## 二

沿着寿皇殿的红墙向东走 100 米，便是永思殿了。

永思殿坐北朝南，面阔五间，是用昂贵的金丝楠木建成的。大殿雕梁画栋的美丽和皇家气派自不必说。

槐花每天有三分之一的时间在永思殿里。

虽然，永思殿相对开阔，但殿内的物件摆放却少得多。

永思殿里的光线异常暗弱，大白天都像暮色降临，不知缘于什么设计。殿的正厅摆放着一张宽大的石祭台，台上供着常用的石五供（中间是一个很大的石香炉，两边分别排放着两个石烛台和石花瓶）。祭台后面是一个很大的"棺床"——临时放置棺椁用的石台。

槐花听爷爷讲过，皇帝的棺材很大，几乎和棺床一样大，黑漆漆的，比人还高，大棺材里面还套着小棺材。皇上的陵墓还没有修好的时候，都是先把棺材停放在永思殿的棺床上的，然后还要让皇子皇孙在棺材旁边守灵。

正堂的两边各有两个侧间。

侧间里有一些皇家橱柜，橱柜里摆放着玉桃树，水晶葡萄，翡翠白菜等名贵的艺术品。

橱柜都是上好的香木做的，还配上了精致的铜锁，漂亮的木雕花纹。花纹图案上刻画的是一些有情节的故事，有中国传统的二十四孝故事，还有一些内容槐花看不懂。

除此以外，别无他物。永思殿的两个侧间显得很宽阔，甚至有些空旷。

永思殿的地面是皇家专用的"金砖墁地"，规格之高可见一斑。

面阔五间，进深三间，偌大的空间——槐花每次进来打扫、整理，总会被累得腰酸腿疼。

现在的棺床是空的，并没有棺材，只是一个高高的大平台。

平台的四周摆放着一盆盆葱郁的幽兰，仿佛是棺床四面凸起的绿色栏杆。因为殿里很暗，那盆景模糊而幽暗，像一颗颗披头散发的头颅。

槐花打小就害怕棺材，包括父亲的棺材。

槐花19岁那一年，也就是去年，父亲突然死了，原因不详。应该是清扫完大殿之后，坐在棺床西侧的地面上休息的时候突然去世的。父亲死得很安详，双手抱着扫帚，像抱着哭丧棒，一副守灵孝子的模样。

父亲死后，隔壁邻居王婶经常过来照看，她成了槐花唯一的亲人。

在槐花的意识中，棺材里收殓的不是尸体，而是鬼怪，或者说，尸体就是鬼怪。每当进入永思殿，槐花就会不寒而栗——那祭台、石五供，以及巨大的棺床映在眼里，怕在心头——在她的意识中，那石台上分明是有棺材的，又高又大，黑漆漆的，里面装满了神秘、玄怪和恐怖。

在棺床两侧拖地的时候，自己仿佛就是一个守灵人。

离棺床那么近，就是离棺材那么近，就是离鬼怪那么近。

即使为死去的父亲守灵，她的心里也惴惴不安，彻夜难眠。

阴阳两隔的世界，她不知道会发生些什么。

在槐花的眼里，绿幽兰是永思殿里唯一的风景。

第一次看到一盆盆绿幽兰，槐花会短暂地忘记这是停放棺材的地方，忘记这里的神秘、玄怪和恐怖，仿佛是一片温馨美丽的绿园。

三

入夜的时候，狂风大作，连墙壁都在颤动。

那暴风卷地而来，像一个巨大精怪，绿毛长舌，兴风作浪。它扬起铁臂，用碎石猛击槐花家的窗棂，仿佛随时要破窗而入，吸人精血，嚼碎骸骨。

槐花在床上瑟缩成了一团。

片刻，几道闪电，透过小窗，一声巨雷，响彻天宇。

暴雨紧随其后，畅汗淋漓。

关于雷电，槐花一直有着无法解开的情结。

记得在她8岁的时候，那一天"风雨欲来"。

阴雨连绵的天气，人们最担心的不是粮食，而是柴草。柴草湿了，无法点火，便无法做饭。母亲见乌云翻滚，便让槐花赶快去外边抱些干柴草到厨房里备用。

柴草垛离家里的厨房也就几十米远。槐花抱紧了柴草，脸和眼睛几乎都被柴草挡住了。槐花只能凭着记忆和感觉，深一脚浅一脚，跟跟跄跄往回走。没走几步，雨前的风猛地刮起来，卷起一阵阵尘烟，差点迷了槐花的眼。乌云就像泼墨一样，迅速汹开，又像一块黑色的灯芯绒，将天空遮得严严实实。这种黑暗，对一个独自在外的孩子来说，恐惧的心理是不言而喻的。紧接着，一道耀眼的闪电，仿佛不是照在天空，而是直接照在了槐花的身上，像鬼魅一样缠住了她。她终于吓得哭了起来，但怀里的柴草丝毫没有松动，只是加快了脚步，跌跌撞撞地往家里猛跑……

就在离家门口不到十米远的地方，一声巨雷，在槐花的头顶响起，好像是一把出鞘的利剑，直接劈向她的头颅。

只听花槐一声大叫，扔了柴草，双臂本能地抱住脑袋，一下子瘫倒在地，晕了过去。

事发突然，站在门口的母亲，眼见槐花倒下，却傻了一般。当母亲反应过来的时候，迅速地拿起灶台上的菜刀，对着狂风和雨点就扔了出去，应该是镇邪的一种做法吧。

过了一个多小时，槐花才慢慢苏醒过来，眼里布满了恐惧之色。

从此，槐花闻雷色变是常有的事。母亲不敢轻易提一个"雷"字，怕刺激槐花，引发她的心病。

小时候，槐花曾听母亲讲过一些关于"雷劈"的故事，听得似懂非懂。母亲说，凡是雨天响起炸雷，一定是劈着"东西"了。这"东西"的含义有些隐晦，估计是一种禁忌，直接说出来会不祥，或遭到什么报复之类。后来，槐花明白了，这"东西"是指人类之外的一些鬼怪、蛇精、狐仙等。

据说有一棵千年老树被雷劈断，还冒烟起火了。结果，人们从空了心的树洞中发现了一条小盆口粗的大蟒蛇，蛇头被雷劈烂了，身体也被烧得黑乎乎的。据说是这个蛇精犯了天条，罪孽深重，躲到树洞里，连老树也被牵连了。

在母亲的意识中，雷就是天神，就是天意，雷不会劈错对象的，一定有原因，一定有因果。

槐花被"雷劈"之后，就像变了一个人，原本活泼天真的一个孩子变得木讷起来，反应也迟钝了，还经常一个人自言自语说一些莫名其妙的话。母亲除了背地里偷偷地掉眼泪，就是不住地念"阿弥陀佛"。

槐花慢慢长大了，槐花对雷电的恐惧丝毫没有减弱。

听着窗外雷雨咆哮，守着那盏古色古香落满油渍的小青灯，槐花蜷缩在被窝里。也不知过了多久，她终于在一种揪心和恐惧的袭击中不知不觉睡着了。

天明时，槐花走出小耳房，见大院里的人们在指指点点，议论纷纷——昨夜，永思殿外的一棵七叶娑罗树被雷电劈开，血肉模糊，如同斩刑。另一棵古柏被连根拔起，重重摔倒，地面深陷下去，一片狼藉。

## 四

在永思殿西南角的一片空地上，有一棵唐槐。顾名思义，应该是在唐朝就有了，是千年古槐。

唐槐离槐花的小屋不远，打开门向西走，只需要两分钟便可来到树下。

这棵唐槐，有三十多米高，仰起头来，看得头晕。古槐树围足有 10 米，需五六个人牵手环抱。树老易空，古槐的主干已经朽空，树丁背阴的方向开裂，树缝像一扇天然形成的门，又像孕妇剖腹产之后一直没有缝合的伤口。钻进这扇"门"，里面是一个很深的树洞，洞内阴湿，光线很暗，可容得下三四个大人。

更奇妙的是，朽空的树洞中间又长出一株碗口粗的"小槐"，仿佛剖腹产之后，顺着刀口可以看见的那个婴儿。

人们称之为"槐中槐"，也有小孩子对着树旁边的牌子念成"鬼中鬼"。

幽暗深邃的古槐树洞很少有人进去，就连顽皮的孩子都不进去，那是大人的"警告"。大院里的人们每当走近这棵千年古槐，都是小心翼翼、恭恭敬敬的。每个人的内心都有着一个神秘的世界，都有着自己的图腾。

人们都说槐树最通灵，有树神，会保佑一方。也有人说槐树易招鬼，所以才会有"头不顶桑，脚不踏槐"的说法。

昨夜的巨雷，斩了七叶娑罗树，拔了千年古柏——这里的唐槐却安然无恙，这越发让人们对它加倍崇敬起来，甚至有人膜拜——树根下经常发现有人焚香的遗迹，树枝上经常被祈福的人系上红丝线。

人们相信这千年唐槐是有灵性的。

槐花出生的前一刻，母亲还坐在唐槐下乘凉。她忽然觉得肚子疼痛，被父亲迅速抱回屋里，不久便生下了槐花。

槐花的名字是父亲取的，想沾一点千年老槐的福气。这棵千年老槐算是看着槐花长大的。

# 五

母亲曾经请算命先生给槐花看过生辰八字。那个老头吞吞吐吐，说话很含糊。最后告诉父亲，让槐花改个名字，并让槐花不要去那棵古槐树下玩，更不要进那个树洞。

父亲当时不以为然，时间久了，早忘记此事。

直到发生了一件很蹊跷的事，他们才想起算命先生的话。

那年槐花12岁。

记得那天晚上，好奇的槐花进了一次古槐树洞。她回家告诉妈妈，说洞里很黑，很潮湿，洞里那棵小槐树突然不住地抖动，沙沙地响，她很害怕。妈妈嘴上说着"没事""孩子别怕"，心里却想起算命先生的话了。

就在当天夜里，槐花被惊吓了，几乎神经失常。

那是个夏夜，蚊子很多。槐花早早就进了粗纱蚊帐——既是躲避夏日蚊虫之法，也是"日落而息"的生活习惯。

大约是子时，听见一丝响动，槐花在惺忪中半开睡眼，她以为是梦。借着朦胧的月光，槐花看见对面的墙壁上有一团黑影。黑影很高，一直映到小屋的顶棚上。她的心猛地揪起来，紧紧掖住被单的一角，仿佛在无助中找到了一个护身符。

槐花分明看到了黑影在蠕动，是的，没错。那黑影正朝着她蚊帐的入口蠕动。这黑影动作之轻，仿佛树影在风里婆娑。黑影来袭，越来越近，马上就要掀开槐花的蚊帐……无助中的槐花，大气都不敢出，只能闭上眼睛等待厄运降临。

突然，槐花隐约听见有厮打的声音，仿佛两只耗子打架的动静。槐花惶惶地从被单里露出一只惊恐的眼睛，隔着蚊帐，借着微弱的月色，她分明看见墙上有三个黑影打成一团，像树影，像花影，又像是某种怪物的影子。屋里并没发现什么异样，不知道这影子是从哪里来的——那三个黑影一直在打斗，仿佛槐花平日打枣时的场景，那枣树被打得枝叶摇颤，枣花纷纷扬扬，秋枣乱蹦一地。

也不知哪来的勇气，槐花猛地坐起，用芭蕉扇狠狠地敲了一下床沿，用变了调的声音喊着：

"谁？"

此时的槐花已将被单揉成一团，紧紧攥着，挡在胸前，身体瑟瑟，像一枚飘落的秋叶，她听到了自己牙齿上下碰撞的声音。

那三个黑影分明也被槐花敲床的动作和变调的声音吓着了，猛地转身，从墙上跳下来，夺门而出。槐花听到了一阵轻微、仓皇、怪异的脚步声。

槐花裹着被单，三步两步，叫醒了隔壁屋里的父母。

一家三口一直尾随黑影远去的方向。

是尾随，不是尾追，一家都心有余悸，但又不甘心。

一路摸索着，绕过了镇山阁，一直尾随到了观德殿的红墙外。

三个黑影不翼而飞，踪影全无。

父母对视了一下，心照不宣。

他们环视周围——

观德门外是皇家的牡丹园。

槐花经常在牡丹园里浇花除草。

朝代更迭，物是人非，园子里的牡丹依然茂盛。在牡丹园东边的路旁，矗立着两个高大的黑影，威风凛凛，仿佛两尊顶盔挂甲的战神——没错，槐花想起来了，那是"二将军柏"，是两株千年古柏。这是康熙帝亲口赐封的"将军"。康熙帝经常在观德殿前观看皇子皇孙骑射，提倡忠勇神武，丹心取义，亮节成仁的精神。

树犹如此，人何以堪！康熙帝的良苦用心不言而喻。

站在树下，槐花仰望着"二将军柏"，一股敬慕的温暖袭上心头，一种从未有过的安全感在她的心里荡漾开来，那是她心里的保护神。

从此以后，每当忙完了寿皇殿、永思殿里的事务，槐花便会有意无意地来到牡丹园，来到"二将军柏"下小憩一会儿。尤其是心神不宁的时候——即使槐花默默不语，也会在"二将军柏"的身边感受到心灵的慰藉和温暖的力量。

这是寿皇殿之外，槐花心里第二个温暖的地方。

## 六

母亲生下槐花的时候，曾流血不止，患上了气血虚亏的后遗症。

母亲陪伴槐花到 15 岁便撒手人寰。

父母先后离世，槐花独自守着家里的小院子，孑然一身。

时隔多年，很多记忆逐渐模糊了。

## 七

槐花照例来到永思殿里，好几天没来做清洁了。

她用力地推开门，吱吱呀呀几声之后，槐花跨进了殿内。

今日的永思殿里格外阴森，光线似乎比平日更加阴郁黯淡。

槐花有些恍惚。

她隐隐听见有奏乐的声音从殿内传来，清脆的木鱼声听得很真切，敲得大殿里越发宁静——仿佛是超度亡魂的佛乐。

大殿里一改往日的冷清，祭台上的石五供前有人来焚过香，中间的石香炉中香烟袅袅，弥漫了整个大殿。闻着浓郁的香烟，槐花有些想咳嗽，但终于没有咳出声来。

奇怪的是，在正殿的棺床上，摆放着一具偌大的棺椁，黑漆漆的，透着一股檀香木的味道。平时这棺床是空的啊，怎么会这样？

槐花实在不记得这是谁的棺木，清朝的十代帝王早就下葬了。

这是谁的？

更奇怪的是，本来摆在棺床四周的绿幽兰竟然都摆在了棺椁的上面，一盆盆的，绿叶纷披，遮住了棺盖的边沿，像一只只藤状的触手，仿佛要抓住什么，但始终没有抓住，无力地倒垂下来——这让槐花想起了爷爷去世的时候，右手臂悬挂在床沿的样子。

这种奇异的摆放，槐花开始觉得很美丽，棺材不像棺材，倒像是一件木雕的艺术品。棺上的图案庄重古朴，还有棺盖上的绿幽兰，一种勾人魂魄的美丽，也成了对死者最美的映衬。

很快，槐花的心里就别扭起来，瞬间泛起一种莫名其妙的恐惧，深入骨髓的恐惧。

如果一种花美到了极致，就会变成一种恐怖吗？


槐花病了。

一连几天，昏睡不醒。

她记不得自己是如何走出永思殿的。

闭上眼睛，依然挥之不去。那棺盖上的绿幽兰，那一只只毛茸茸的触手，仿佛是从棺材里伸出来的，越伸越长，一直向槐花抓过来。

同时，绿毛触手还发出阴沉、悚然的声音：

"你和我一样，还不跟我走……

"你和我一样，快跟我走……"

"你是谁？"

"我怎么会跟你一样？"

"我是谁？"

"要我去哪里？"

"难道要去那檀香木的棺材里？"

槐花喃喃着，不知道自己在哪里了。

# 八

虽是服了些中药，依然不见好转，槐花时而清醒时而糊涂，一些诡异的自言自语让王婶毛骨悚然。

王婶给槐花请了一位"先生"。

这里的"先生"类似于通灵的巫师。

先生说，她的"真性（三魂七魄中的一种）"不在这里了，被一个精怪所摄，压在了永思殿东北的那口八角琉璃井中了。必须将其释放出来，她才能恢复常态。先生说，更严重的是，现在附在她身上的是个草木精灵，是个木胎。

必须将此木胎精灵"送走"，迎回她的"真性"。

但是这个木胎精灵不太愿意离开，与槐花的肉体有了一定的感情，很是依赖。

王婶听得六神无主，几乎被吓得灵魂出窍了，整个晚上都睡不着。

但她壮着胆子，还是按照"先生"的话，准备帮槐花做一些法事。

王婶先烧了一道符，然后带着槐花来到了皇家牡丹园，插香祭拜。

这是"请花神"，请皇家的花神牡丹王来消灾。

回到家里，槐花觉得神志清醒了一些。

当天夜里，槐花的梦里就出现了牡丹花神，眉清目秀，红袍锦带，气宇轩昂，端坐大堂，好像在发令。

"我要走了。

"我会走的……"

槐花喃喃梦呓。

有人要走了，就像自己要走一样，槐花的心里万般不舍，眼泪沁出了眼角，滚到了脖子下面。

槐花慢慢睁开眼睛，一缕晨光透进窗棂。

第二天，王婶又带着槐花祭拜了二将军柏，焚了香，做了祈祷，摆了供品，算是感激这两位一直在槐花身边的守护神。

第三天，按照"先生"的安排，王婶没有带槐花去，而是自己一个人到了永思殿西南角的千年老槐树下，瞅准一个无人的时候，在树干上贴上了一张无人认识的符——王婶心安许多，觉得这张镇帖就是钟馗的七星剑，可以斩杀一切恶鬼。

从此，老槐中的妖孽将永世不得翻身。


# 九


"先生"说的八角琉璃井到底在哪？

王婶找了半天，终于在幽深的草丛中找到了一口废弃的古井。

尽管破败不堪，却依然是皇家的风格——井口、井面都是用琉璃砌成的。

井早已干涸，井里黑乎乎的，井壁上生长着一些茂盛的杂草。

在琉璃井不远处，胡乱堆放着一些花盆。走近看去，花盆里栽种的是一些绿幽兰，已经蒙尘多年。这些兰草，虽泛绿色，却异常阴郁，给人幽僻清冷，不祥之感，仿佛一个个四处飘荡的绿幽灵。

"槐花在梦话里说起的棺材上的绿幽兰应该就是这里的。"

王婶幽幽地想。

那些绿幽兰总是想缠绕着她，要把她带走。

虽然都是草木精灵，也各有不同，一个在幽冥之地，一个在自然之境，何必攀扯？各自相安吧！

王婶用自己虔诚的心给予了这群绿幽灵最丰厚的祭祀。

是的，万物如此，除了祭祀，还有更好的办法吗？

王婶回到八角琉璃井。

王婶顺着琉璃井口往里张望，尽管什么也看不见，但王婶知道，她一定就在井里了，整整二十年了，你出来吧，好可怜的孩子。

想到这里，王婶鼻子一阵酸楚，眼泪婆娑。

王婶在井台上摆好了香烛，念念有词。

忽地，一阵风起，王婶打了个寒噤，心里痉挛了一下，一阵发冷。

阳光很暖。

王婶知道，她已经来了，就在自己的身后。

王婶的影子越拉越长，仿佛是一缕幽魂跟着她前行。

一只无形的小手紧紧牵住了王婶的衣角，再也不愿离开。

永思殿角的鸱吻掠过一阵白烟。

## 十

槐花还在梦中。

这个梦很温暖，很安逸。

清癯的康熙爷圣像还是那么慈祥。

槐花觉得康熙爷就在自己身边，从没离开过，还有那两位柏将军。

她来到了寿皇殿门前广场上。

铜鹤悠闲地展翅，悦耳长鸣；铜鹿仍是几步一回头，流连不已；石龟爬得最慢，爬到了槐花的脚边，低眉顺眼，亲昵可爱；雕在寿皇殿台基上用于排水的螭首忽然喷出水来，迎着日光，照得槐花睁不开眼睛……

牡丹园里，有一位穿红裙子的女子，手拿一朵绚丽的牡丹，像脚踏祥云，手执拂尘的仙子，飘然而至。忽然，从红衣女子的身后跑过来一个扎着羊角辫的小女孩，张开双臂，欢呼着向槐花跑过来。

槐花怕她摔倒，急忙迎上去，自己的脚下却一阵趔趄，摔倒在地——

槐花惊醒了，一身冷汗。

## 十一

一个月之后，永思殿棺床上的一盆盆绿幽兰被搬走了——它们很离奇地在同一天枯死了，一条条藤蔓和一片片叶子仿佛在一夜之间被烤成了焦黄的乱发。

棺床上空空的，什么也没有了。

那株千年唐槐形同槁木，处在生与死的边缘。

而它怀里的那株小槐却依然苍翠，给人一种生命的活力。

那块被孩子们念作"鬼中鬼"的牌子已经找不到了。

槐花改名字了，不再叫"槐花"，叫"牡丹"。

这也是那位"先生"的意思。

牡丹和以前的槐花一样，经常出入寿皇殿、永思殿，经常去看牡丹园里的牡丹，还有忠义庙旁边的两棵将军柏。

2014 年 10 月 14 日

**作者注：**

北京景山公园的寿皇殿一直闭锁，从未开放过，游客的脚步只能停留在寿皇殿高高的红墙之外。唯有站在景山之巅，依稀可以看见红墙内寿皇殿的概貌。

永思殿早已不存，无处可寻，只能按图索骥，根据地图知道它的大致方位。文中所有关于寿皇殿和永思殿的描写都是笔者的想象和推断，特此说明。

# 黄将军

# 一

周村的牛娃并不姓牛，原姓赵。他是个孤儿，是东家周老爷收留了他。从此，他与东家的大牯牛终日为伴，东家遂将他唤作"牛娃"。时间久了，周村的人都这样叫开了。

东家姓周，是周村有名的望族，言谈举止，颇有威仪。每日见面，牛娃自然要礼节性地、敬畏地叫上一声"周老爷"。

13岁的牛娃，瘦弱的小身板与庞大健硕的大牯牛，对比强烈，形成一对幽默滑稽的组合——每次他骑在牛背上，吹起苇叶笛的时候，早早出工的人们才会发现牛背上的牧童。那牯牛脚步"啪嗒啪嗒"，有些老态龙钟；牛娃抖着缰绳，吆喝着唱起"牛歌"，瘦小却也灵健——那情景，就像从大自然中剪切出来的一幅早春图。

转眼又是八月十五了。周村的人们都管中秋节叫八月半，中秋节是城里人的称呼。这一天，人们一定是忙忙碌碌的。

这一天的忙碌就是庆祝，这一天的庆祝也是祭祀，一种与祈祷相关的祭祀，只不过这种祭祀没有世俗的仪式，是心理上的，是隐含着的。这种祭祀成了一种情结，结在了内心隐秘之处，人们不易察觉或者自己不愿意承认罢了。

于是，周村的人们不论贫富，都一样地忙碌着，为八月半忙碌着，不忙意味着冷清，不忙意味着不祥。在这样的忙活中，村子里处处弥漫着大团圆的气息。

大清早，便可听见有人燃放炮仗的庆祝之声，尽管很稀疏。整个白天，除了忙碌着鸡鸭鱼蛋的美味佳肴之外，再就是盼着、念着外出远行之人能及时赶回，一起吃上"团圆饭"。到了晚上，自然要忙活"月亮"的事。做一块很夸张的大糖饼，也叫团圆饼，先供月。供月是心灵的祭祀，是神圣的祈祷，与佛家的"开光"类似。供月之后，全家每人分食，以求团圆吉祥，月圆人圆的吉祥。

这些事，自然和牛娃扯不上什么关系。在人们忙碌的气氛中，他依然有节奏地出门放牛。他与大牯牛渐渐远成了天空的风筝，逍遥且冷清，自由也寂寞。

丰盛的大团圆晚餐只属于周老爷的"家里人"，牛娃自然上不得桌台，牛娃不仅是"外人"，而且是"下人"。他依然是一个人在耳房里自我满足地吃着晚饭——在馒头咸菜之外，多了一份周家自制的腊肉干，算是节日的分享，牛娃吃得很香。

## 二

晚上的月亮很圆、很亮。

牛棚里有一张简陋的木床——牛娃愿意和老牛住在一起，这样，他不孤独。牛娃双膝跪在床上，两肘支在窗边，托着尖瘦的下巴，静静地看着月亮出神，仿佛一只傻傻的蟾蜍。

牛娃不知道什么是赏月，也实在琢磨不透周老爷一大家子的行为。花了那么多钞票，折腾了一个晚上，又是焚香，又是供果。不就是看看月亮吗？我也在看月亮啊，而且是同一个月亮。

牛娃笑了起来。

因为赏月，人们自然不会像平常那样早早入睡。

牛娃看了会儿月亮，没有什么异样的感觉，有些百无聊赖。

他穿上那件用旧棉絮套成的小秋袄，决定出去走一走。

离开了大牯牛，一个人走在月光中，有些孤独，却多了一份心无羁绊的酣畅。

这月光就是一塘秋水，牛娃就是雨后的小泥鳅。一会儿翻着筋斗，钻入泥里，一会儿又把脑袋浮出水面，静静看天……渐渐地，他这条小泥鳅开始变形，越变越大——他头戴紫金冠，身穿黄金甲，成了那只"跳出三界外，不在五行中"的美猴王。他上天宫，入地府，无拘无束，潇洒自如。

这灵猴居然是从泥鳅脱胎而来，牛娃心里哑然失笑，但他还是喜欢自己美猴王的样子——他的灵魂继续在月光下跳跃着，潇洒依旧，威仪不减。他大踏步地走在满月之下，牛娃觉得自己少了天真，多了睿智；少了桀骜不驯，多了英武深沉——那月光显然就是他的披挂，就是他的"亮银甲"，手里的那根木棍明明就是他掌中的虎头湛金枪一他本来就是一名古代的将军。

月光下，牛娃又下意识地摸摸腰间，心灵掠过一丝悸动。

平日放牛，牛娃时常从腰间做拔剑的动作，像梦一样。梦醒了，才发现，腰间根本没有剑。于是，一拍牛背，唱两句谁也听不懂的牛歌，既是自嘲，也是掩饰——他把身上的小秋袄披紧了些，将双手交叉插在袖筒里，觉得暖和了些，也觉得安全了些。

头顶的月光依旧，牛娃的步子依旧。

漫无目的地走着，不用问为什么，不用管去哪里，这样的感觉真好，这算是一种真境界了。

突然间，牛娃下意识地停下了脚步。

不知不觉中，牛娃踱到那片芦苇荡前。


三


这片芦苇荡很熟悉，牛娃每次放牛都会经过这里。

这片芦苇荡很陌生，牛娃从没有将牛带进过这片芦苇荡。

这片芦苇荡很邪乎，周村的人都这么说。

荡子并不邪乎，荡子里有个深潭才叫邪乎。

深潭位于芦苇荡的正中心，被几米高的芦苇荡包围着、掩盖着，好像"天池"。也有人走近过那深潭，那必须进入芦苇荡子，瞠着没过小腿的水路，摸索着走好远才能看见。

那深潭究竟有多深，无人知道。据说潭水是茶褐色的，透明度极低，水面从来都看不见小鱼小虾之类的水生物活动。看一眼深邃的潭水，立即心悸不已，让人产生恐水症。村里有人说，不论多么干旱的季节，潭水都从没有减少过，因为潭里潜伏着一条巨蟒。也有人说不是巨蟒，而是潜龙，据说有笆斗粗的腰身，那茶褐色的水体是它的保护色。

除了水路，还有一条旱路，是一些农夫长年累月在那里割草形成的。与其说是路，还不如说是一道弯曲狭窄的土堰。这土堰同样被稠密的芦苇丛包围着，踏着土堰也可以走到潭边。

路过深潭的人不少，但仅仅是经过而已，很少有人会驻足，更不会有人敢打潭里鱼虾的主意。

有位割草的老人说起苇荡里的深潭，说起过那次奇遇。

有一次，他割草晚了，收工的时候，已经是夜深人静。当他快要走近深潭的时候，荡子里就开始风生水起。先是芦苇在风中猛烈地起伏着，摩擦着，像是暗夜里阵阵诡异的脚步声。紧接着，便听见那个神秘的深潭里发出乒乒乓乓的跳水声，那声音之大，至少是一个大人从高处跳入水中的声音。跳水声至少持续了一袋烟的工夫才消失。

老人不敢顺着深潭往前走了，绕了好几个弯才回到家里。几个月过去了，他谈起此事还心有余悸。

也有人说可能是大鱼跳水，但没人相信。

这些事，牛娃都听人讲过，牛娃似信非信。

## 四

或许是天生的好奇心作怪，牛娃开始迈开双腿，乘着月光，踏上了通往深潭的旱路。

深秋的芦苇开始枯黄，一些率先凋零的苇叶已经铺在苇荡里，越积越厚。土堰上零星地散落着一些野草的枯茎，成熟的芦花在相互拥抱中点点地飘飞起来，给人一种心灵的温暖。

寂静的月夜，空旷的原野，只有牛娃瘦小的影子在天地之间晃动——

这让牛娃很满足，很兴奋，为自己一个人敢去深潭而自豪起来。此时，牛娃的双腿轻飘飘的，像那飘飞的一簇簇芦花。有一种声音在蛊惑着他，有一股神秘的力量在牵引着他，不断向前，欲罢不能。

钻进芦苇丛之后，踏着窄窄的土堰快步向前，两边的芦苇叶不时地拍打着牛娃的脸颊和眼睛。他时而用手推开，时而扭头躲避，一路蹒跚着。牛娃记不清拐了几道弯，约莫半个小时之后，他终于见到了曾让村里人谈之色变的深潭。

牛娃静了静心，呼出一口白气。月光下的潭水格外黝黑，水面波澜不惊，像古代的一面铜镜。四周高耸的芦苇像铁壁铜墙，拱卫着深潭，使之显得更加神秘莫测。

一阵秋风袭来，他突然想起割草老人所经历的怪事，他的兴奋骤减，禁不住打了个寒噤，身体一阵瑟缩。

人总是因相信而害怕，又总是因害怕而躲藏。喜欢暗夜的人，更多的是在寻求一种自我保护，这是内心获得安全的需要。在这皎洁的月光下，牛娃觉得自己无处藏身，赤裸裸地暴露在一片危险的境地。牛娃决定避开这明亮的月光，找个隐秘之所把自己藏起来——他预感深潭里将有什么事要发生。

他终于找到了离深潭较近的一处草垛，将自己深深地埋了进去，既安全又避风，还有些温暖。牛娃扒开眼前柔韧的小麦秸秆，留出一个洞口，让自己露出两只眼睛，像两只巡夜的探照灯，凝视着深潭的水面。

又一阵风过，潭水泛起涟漪，继而生出一些波澜。

# 五

漫长的等待中，牛娃有些困倦，眼睛有些迷糊。

突然，牛娃觉得芦苇荡里的风愈来愈烈，声音也变得凄厉，继而像是号叫。大半个月亮被埋进云层，就像自己的大半个身子埋进了麦秸垛一样，天空顿时暗淡下来。

牛娃听到了水面鼓浪的声音，仿佛要冲过土堰，朝着自己漫过来。

牛娃揉揉恐惧的眼睛，屏息凝神，不敢眨一下眼睛，唯恐放过水面上的任何一个细节。

没错，他确实听到了一声巨大的跳水声，紧接着又响了好几声，让牛娃的头皮有些发麻。

那不是跳水的声音，而是水面裂开的声音——循着那撕裂的脆响，牛娃看到了潭水像铜镜碎裂开来一样。紧接着，那潭水像被烧开了，沸腾起来，瞬间凸起一朵巨大的"莲花水座"，高出深潭几许。

牛娃差点叫出声来。

巨大的"莲花水座"仿佛定格在水面之上，幻境一般。

倏然之间，"莲花水座"中现出一张八仙桌，古色古香，雕花镂空，比周老爷家正堂那张还要精致。紧接着，四张八仙椅鱼贯而出，仿佛有一只隐身的暗手将椅子挪到了桌边。

那"莲花水座"仿佛是水浪形成的奇观，又像是天上的云团漫卷而成，如真如幻，不可捉摸。

牛娃还没回过神来，八仙桌上已经摆满了琳琅的果品，那些奇异的果子，牛娃从没有见过，周老爷家肯定是没有的。牛娃的魂魄好像离开了身体，开始游往一个神秘的故事传说中去了。

这个故事传说仿佛刚刚开始，又好像要结束了。

又一声跳水的巨响——这回是真的跳水声，一股巨大的水柱冲天而起，溅起水花落在四周的"芦苇墙"上，滴答地响。很快，水柱的水落尽，"柱子"赫然而出——不是什么柱子，而是一个人，一个巨人，足有一丈高。他头戴金盔，身穿金甲，脚蹬虎头战靴，有些像关帝庙里的"周仓"。

这位金甲神人面宽口阔，脸色蜡黄，与他的穿戴几乎是同一个颜色，尤其是他上唇的两根黄色的胡须——牛娃可以确定是两根，不是两绺。那两根黄色的胡须有节奏地扭动着，叫人想起鲶鱼嘴上的两根触须。

除了两根金色的胡须，就数他腰间悬挂的宝剑耀眼了。那剑虽未出鞘，却剑气逼人——牛娃在惊恐中竟有些神往了。

那金甲神人虽是生得怪异，万般丑陋，但其装束、气度以及那口金色宝剑足以让他威风凛凛了。牛娃的心里浮现的是"黄将军"三个字。

在惊恐之中，牛娃下意识地摸了摸腰间，但没有剑。尽管如此，牛娃闪过一丝拔剑而起的意念。奇怪的是，与此同时，那位金甲神人居然与牛娃的意念同步，拔剑而起，仗剑巡视着"莲花水座"四周。当他确信这里一切安全之后，方将宝剑入鞘。

不一会儿，金甲神人高高跃起，随着一声跳水的巨响，再次落入潭底，稍纵即逝。

潭水如初，"莲花水座"如初，座里的仙桌仙椅如初，桌上的果品如初。

牛娃一动不动，成了傻儿。

# 六

牛娃伏在麦秸垛里，依然一动不敢动。恍惚中，他像进入了一个时光隧道，是关于神话传说的时光隧道。

他不太相信刚才眼前发生的一幕。若说是梦幻，可自己并没有睡着，牛娃还掐了自己的胳膊。

其实，就算是一个梦，牛娃也不愿意说破，他愿意来到这种梦里，愿意活在这个梦里，因为这个梦只属于他一个人，因为他看到了人间从没有过的奇景，尽管有些惊心动魄。

他的腿麻了，想活动一下。

他下意识地定定眼神，看着眼前的深潭，生怕惊动了潭里的神异。

潭里升起的莲花水座还在，八仙桌椅和果品还在，隐隐约约，像在云端。

就在牛娃浮想联翩的时候，又是一阵风起，卷起了潭里的水浪。紧接着，潭水又是先前沸腾的样子，大量的水泡从潭底翻出水面，发出汩汩的响声。

牛娃的眼睛定神一般，心又提到了嗓子眼，两只手紧紧攥住秋袄的对襟。

在潭水剧烈的翻滚处，仿佛一团烟雾，袅袅升腾。

那烟雾瞬间凝固，有了质感，也有了形状。

牛娃刚眨一下眼睛的时候，潭水中升起的烟雾已经凝聚成了一个巨人，比先前那位更加高大威严。

这巨人不比先前的"黄将军"。他面如黑炭，头戴雁翅黑冠，阔口咧腮，钢牙似锯。他的装束不是甲胄，而是一袭宽大的黑袍。袍服上的刺绣，牛娃不认识。

他并没有佩剑一类的武器。

牛娃觉得他很像戏台上的文官，像县令、判官什么的，这里姑且就叫他"黑判官"。

"黑判官"缓缓登上了"莲花水座"，稳稳地在八仙桌旁的上首落座。他没有吃座上的果品，像是在等待什么人到来。他翘首凝望天上的月亮，仿佛也是在赏月。他忽然站起，念念有词，一挥手，随即口中喷出一股黑雾。那黑雾似一条黑龙，瞬间化作一柄利剑直冲云霄，刺向遮挡月亮的云层。瞬间，云开月出，亮如白昼。

黑判官回座。

他悠然自得，开始品尝桌上的果品。那情状，恐怖狰狞，那如锯齿般的钢牙发出碎骨的响声。

哪里是什么果品，牛娃分明看见，黑判官吃的是一只蟾蜍。

那丑陋而可怜的蟾蜍在黑判官的嘴里无力地挣扎着，两只后腿蹬了几下，最后只有脚蹼的神经在微微地颤动了。

眼前的情景，让牛娃的眼中浮现出嗜血的豺狼，弱肉强食之后，血肉模糊，遍地殷红，一片狼藉……

倏然间，牛娃冲动起来，一腔热血冲入脑门。

他麻利地抓起了身边带着棱角的石块，像猎豹般跃出麦秸垛，扬起铁臂，那尖石如同一枚飞镖呼啸着，向黑判官以及莲花水座飞去……

突然的惊吓，神秘的深潭訇然中开，几声霹雳般的巨响震破了牛娃的耳膜，水面呈现的巨大旋涡让牛娃呆若木鸡！

很快，深潭恢复了平静。

水面什么也没有了。

莲花水座、八仙桌、果品还有"黑判官"都烟消云散。

唯有四面芦苇依旧像铜墙铁壁拱卫着这片深深的潭水。

或许那些，本就不存在也未可知。

## 七

八月十六的早晨。

一位割草的老人，路过芦苇荡，看到了深潭里一片惊心动魄的景象。潭水殷红，一颗巨大的黄色鲶鱼头颅被斩断，浮在潭水之上，发出一股腥臭，老远都能闻得见。

那巨口阔腮之上，两条黄色的触须仿佛还有生命的迹象，一动一动，在水面摇摆。

而 13 岁的牛娃从此不再是牛娃了。

他不能再放牛了，周老爷说，他傻了，牛没傻。

再见牛娃的时候，他目光呆滞，疯言疯语，口角流涎，傻傻的如一只蟾蜍。

他经常在腰间做拔剑的动作，还要剑指众人，说自己是"黄将军"。

2014 年 1 月 22 日

望月

# 一

夏末秋初，太平县赵村。

"被害人到底有没有一个包袱？如果有，包袱里是否有钱财？如果有钱财，到底被谁拿走了？"

昨日还是万历朝正五品的建极殿大学士曲劲，今朝已被贬谪至太平县任七品知县。曲知县刚到任，便遇到一桩离奇的命案。看了卷宗之后，他把第一个疑点集中在"包袱"上。

卷宗描述的大概情节是：有一个远道客商，在村民赵老幺家借宿，赵老幺夫妻见财起意，借机在饭菜中下毒，将客商毒杀。之后，将客商的财物占为己有……

卷宗里提到客商背一个包袱，来到赵老幺家借宿。可是已经被收监的赵老幺抵死不承认有这样一个包袱。村里的里长作为证人，证明客商确实是背着一个包袱到赵家借宿的，而赵老幺则辩称里长陷害他，因为上次催缴公粮的事情，两人发生口角，还动了手。

如果是"谋财害命"，包袱则成了最关键的证物，否则"财"在哪里？没有"财"何谈"谋财害命"——里长和赵老幺的话都未必可信。

曲知县决定从"包袱"下手进行调查。

见到赵老幺的时候，曲知县印象深刻：老实巴交、唯唯诺诺，还有点窝窝囊囊的，满脸沧桑的种田人形象，曲知县有些失望。提审赵老幺的时候也证实了这一点，除了上述的特点外，还特别木讷和笨拙，属于三脚都踹不出一个"响屁"的人。知县软硬兼施，赵老幺从头至尾，带着哭腔，弱弱地不断重复一句"那个客商真的没有什么包袱，就是空着身子来我们家的"。

曲知县有些失望。

曲知县吩咐将赵老幺押下去，同两个衙役耳语了几句。

五天之后，赵老幺居然声泪俱下，边打自己的耳刮子，边承认自己和老婆昧着良心拿了客商的包袱，一共有纹银三十两。然而，赵老幺夫妻死活不承认杀人的事情。由此可见，人不可貌相，外在的表现最欺骗人。

自此，曲知县真是不得不高看赵老幺一眼了。

曲知县踌躇满志起来。

既然"谋财害命"已经解决了"财"的问题，第一个证物已经有了。那么，接下来，曲知县自然要攻克案子的第二个疑点——

赵老幺如何毒杀客商的，即"药证"。

## 二

在里长的引领下，曲知县亲临太平村，来到案发地点。

这里就是村民赵老幺的家里。

大家把目光集中在赵老幺家偏房的那张木床上。

光线虽有些昏暗，但床上的遗体和遗物还是赫然映现在曲知县的眼里，曲知县习惯性地向木床靠近一些。

现场还在，保存完好。之所以如此，是因为衙役实在无法取走所谓的"遗体遗物"——死者的衣裤干瘪地"贴"在床板上，衣裤里满是干涸的液体，牢牢凝固在床板上，衙役曾经扯过，扯不下来，只撕下几个布条。

还有，就是一些头发散乱地分布在黏糊糊的液体中，与干涸的液体早成一体了。

前任知县在现场查勘时就曾吃惊不小，血肉、骨骼什么都没有，用民间的说法，一个人完全化成水了。

曲知县断过很多杀人案。

无头案应该算是比较棘手的了。

可眼前的景象让曲知县猛吃了一惊，脊背掠过一阵阴冷，他不禁打了个寒噤。

曲知县取了一些凝固的液体，实在检验不出是何种剧毒。

或许剧毒就藏在民间，甚至就是一种什么植物也未可知，曲知县想。

唯一的办法就是撬开赵老幺的嘴。

## 三

在"肃静""威武"和"明镜高悬"的气氛中，再次堂审。

曲知县端坐，神色凛然，一拍惊堂木。

"堂下所跪何人？"

这不是明知故问，而是官场的一种威仪。

"草民赵老幺……叩见青天大老爷。"

赵老幺已经颤抖得不行，地面微微有些震动。

这里的"草民"当然不是自谦，也不是"草根"式的自嘲，而是一种尊卑的伦理。官为贵，民为贱，几千年了。称"青天大老爷"，则是一种诚惶诚恐的赞美，但更多的是堂下赵老幺的一种希望，希望坐堂的人能公正清廉，明察秋毫。

可是，对于赵老幺来说，这种希望太渺茫了——自己已经"谋财"了，再为"害命"辩解，谁会相信？

"赵老幺，你是如何毒杀客商，谋财害命的，从实招来？"

那时候，没人知道"有罪推定"这个法律术语。曲知县没觉得有什么不妥，赵老幺也不懂什么逻辑。

"大人，草民冤枉……草民没杀人啊！"

"没杀人？那个借宿的客商怎么会死在你家床上？"

曲知县义正词严，赵老幺哑口无言。

"是啊，那个借宿的客商怎么会死在我家床上？怎么没有死在曲知县家床上呢？怎么没有死在里长家的床上啊？"

赵老幺有些晕菜了。曲知县"言之有理"，可自己有没有理呢？他糊涂了。

让被告证明自己无罪，这个……怎么证明呢？那个时候可没有"谁主张，谁举证"的法律条文，逻辑上有点乱。

"呔，大胆狡猾的赵老幺，你是如何毒杀客商，谋财害命的？快从实招来！若是有丝毫隐瞒，大刑伺候！"

曲知县真动怒了，"有罪推定"竟是那样充满正义，八面威风。

"大人，草民冤枉，草民真的没杀人！草民也不知道他怎么死的……"

在曲知县看来，这个赵老幺是又臭又硬，准备抗拒到底了。

这也难怪啊，只要招认了，一定是斩立决，谁不怕死？顽抗到底或许还有一线生机。

"大胆恶徒，你是不见棺材不掉泪啊，你冤枉？客商的三十两纹银是谁拿去的？"

曲知县有力地反问，"谋财"自然就要"害命"。没办法，曲知县没学过逻辑学，也不懂辩证法。

赵老幺自知难逃一死了，两眼一闭，只能听天由命了。

## 四

赵老幺终于醒过来了，气若游丝。他受刑之后，遍体鳞伤，动一下都痛得钻心，他完全记不得自己的受刑过程了。

又是几次过堂，曲知县依然没有撬开赵老幺的嘴。

此时此刻，曲知县内心的煎熬远胜过赵老幺的皮肉之痛。

"不能放过一个坏人，更不能屈死一个好人。"

这是先师的遗训，本案的凶器是毒药，没有"药证"如何定罪？

是赵老幺嘴太硬？

还是自己在审案中忽略了什么重要细节？

他决定从头梳理，看看自己忽略了什么。

赵老幺被衙役搀扶着坐下，这次是在曲知县的后堂提审。

曲知县理智了很多，他要通过赵老幺的陈述来找到自己忽略的细节。

根据曲知县的要求，赵老幺努力地让自己清醒一些。他的记忆开始像一把小铁耙，他尽可能地回忆着，梳理着案发前后的每一个细节。

赵老幺努力回忆着：

也就是两天前，太阳已经落山，天快黑了，一个远道的客商前来问路。他四十多岁光景，背了个包袱，像是生意人。当时里长路过，确实看见了这个客商。

赵老幺告诉他，赵村离他要去的鲁镇还有三十余里，还有好几个小时的路程。见他面有难色，而且无精打采的样子，赵老幺热情留宿，并和他一起吃了晚饭，其间还喝了一点老白酒。

吃完了饭，客人说很累，赵老幺就安排他到偏房的那张木床睡了。

第二天早上，赵老幺喊客商吃早饭的时候，不应。进房间一看，便发现客商没了，化作一摊水了，只剩下那个沉甸甸的包袱放在床头。赵老幺一时财迷心窍，大着胆子提走了那个包袱，得到了纹银三十两。他和老婆一合计，就把纹银埋在自家后院的那棵臭椿树下了。然后，夫妻两人就找到里长，请他向县衙报案。

本来，赵老幺以为瞒天过海，拿了银两，神不知鬼不觉，没人知道。以为县衙审理的一定是杀人案，没想到先把自己贪取客商财物的事给扯了出来。本来夫妻俩有过约定，抵死不能承认贪财一事。没承想，曲知县略施小计，通过传播小道消息，将赵老幺已经招供的消息透给了狱卒，让赵老幺的老婆开始惊慌。消息还说，赵老幺把贪财一事的主谋都推给了他老婆，自己得了个"清白身子"。于是，在单独提审赵老幺老婆时，他老婆自然什么都招供了。

听完赵老幺的陈述，曲知县眉头一皱，心里沉思：

"看来，可以确定的是，这客商之死定与赵老幺提供的饭食有关，还有酒。

"酒里下了蒙汗药？不对，蒙汗药一般不会致死，只是让对方昏迷，然后下手取财。就算致死，也从没听说蒙汗药能让人尸骨无存的。

"难道饭菜里有毒？可赵老幺夫妻俩和客商是一起吃的晚饭（那时候还没有分餐制度），他们怎么没事？

"若是饭菜真的有毒？这是一种什么毒呢？如此厉害，竟让尸体变得无影无踪……"

曲知县有些晕，心烦意乱起来。

"还有就是，赵老幺为什么要杀人？

"仇杀？不太可能。他们素昧平生，而且是萍水相逢。

"是见财起意？可是，赵老幺当时并不知道客商的包袱里有银子。很少有人怀疑某人有钱就先杀人的。

"就算是赵老幺杀人，杀完之后完全可以埋尸或者毁尸灭迹啊？就算是尸体化成了水他也没有必要保留那样的现场，完全可以把现场清理得干干净净啊……"

曲知县觉得赵老幺杀人的动机不明朗。

"如果不是赵老幺杀人，会是谁呢？

"他老婆？……"

曲知县苦笑着摇摇头。

"难道……另有投毒者？"

曲知县有些殚精竭虑了，他真的需要好好思考一下，需要认真推断一下，别玷污了自己"小狄仁杰"的称号！

五

让衙役送走了赵老幺之后，回到后堂，曲知县有些食不甘味，寝不安席。

根据赵老幺陈述的案情，曲知县开始闭目回忆，他把赵老幺说的每一个细节都在脑海中回放了一遍。

他知道，自己一定忽略了其中的某个细节。

"饭菜里有毒的可能性最大，是饭菜中的剧毒毒死了客商。"

这是曲知县自始至终的判断。

"如果是赵老幺投毒……不对，刚才的推断几乎不可能了，他没有投毒的动机。

"如果不是赵老幺投毒，难道是食物中毒？

"可是……赵老幺夫妻俩和客人是一起吃的晚饭，他们怎么没事？

"这到底是怎么回事？"

曲知县从未这样焦虑过，神经紧绷得快要发疯了。

"呵呵……"

他突然诡异地笑了一下。

"难道不可以有这样一种可能吗？那就是，饭菜里，有的有毒，有的没毒，客商吃了有毒的饭菜，而赵老幺夫妻并没有吃……"

曲知县忽然眼前一亮，似乎有了一丝眉目。

如果真的是这样，就可以"顺藤摸瓜"，有毒的是什么菜呢？

他一拍脑门，觉得刚才提审时忽略了一个很重要的细节。

"来人啊，再次提审赵老幺！"

……

还是在曲知县的后堂。

"赵老幺，我来问你，你当时给客商吃的饭菜是什么，如实招来，若有不实，罪加一等！"

曲知县冷静了很多，他要从饭菜中理出头绪。

"回青天大老爷，小民做的主食是黍米饭，那个客商吃了一碗。他还喝了两盅老白酒，那酒是自家窖存的。小民家里穷，没钱买肉吃，只是做了一碗白菜炖豆腐，辣椒拌萝卜干。因为没有肉，觉得寒碜，就把养在缸里的一条大黄鳝杀了，用酱油葱姜红烧了，一大碗。"

"大黄鳝？"

曲知县自言自语念叨了一句，若有所思。

"哪来的大黄鳝？"

曲知县继续问。

"是小民钓到的。

"一个月前，小民去稻田拔稗子。回家的时候，走在水田的田埂上。突然看见水渠边上有一个很大的洞，洞口的水是深黑色的，看上去很深。根据小民的经验不是蛇就是黄鳝，而且很大。小民做了个记号，第二天便带了铁钩，穿上蚯蚓，在洞里引它上钩。小民费了好多周折才把它钓上来，是一条很大的黄鳝，足有两斤多。小人将黄鳝带回家，没舍得吃，想留着，万一来了客人，可以招待客人……"

赵老幺有些表现欲，很想什么都告诉曲知县。

"停——"

曲知县打断了他，继续问。

"黍米饭、老酒、炖豆腐、烧黄鳝——这些菜，你和你老婆，还有那位客人都吃了吗？"

"是的，都吃了……"

赵老幺脱口应答。

"想仔细点，不要遗漏一个细节！"

曲知县神情肃然，言辞铿锵。

"我想起来了，我们夫妻没吃黄鳝，其他的都吃了。"

"为什么不吃？"

"不怕老爷笑话，家里穷，本来就没有肉菜，怕不够吃，所以没动筷子，让客人管够……"

"哦……吃剩了吗？"

"回老爷，没有剩下，连最后的一点汤汁都让我倒给客人泡饭吃了。客人说，'很鲜美'，看见客人吃得好，我们夫妻心里很……那个。"赵老幺实在找不到一个合适的词来表达当时的心情，曲知县明白，就是心理得到了自我安慰。

曲知县忽然想起了什么，嘴角微微抽搐了一下，但终于没有说出来。

赵老幺接着耷拉下眼皮，弱弱地说：

"大人，我知道，小人现在是有口难辩，已经是个将死之人。死了死了，一了百了，可是，小人不想留个杀人犯的名声。否则，就是死了，到了地下，赵家祖先都不会认我的，会把我赶出祖茔，让我做个野鬼……只怪自己一时财迷心窍，见客商死了，乘机取走了他的包袱，得了三十两纹银，想想，真是活该啊……"

# 六

赵老幺被押回牢房。

曲知县倚靠在床，思索着赵老幺刚才的话。

他在想赵老幺说的那条黄鳝。

很小的时候，听母亲讲过一个毛骨悚然的故事。

说是有一种黄鳝叫作"望月鳝"，属于百年老鳝，每逢月圆之夜，它就会钻出洞穴，浮出水面，抬头看月，直到月落。据说，这是为了吸收月亮的精华，帮助自己修炼。这种鳝是不能吃的，如果吃了，人在两天内就会慢慢化为一摊血水，只剩下头发。所以，这种百年老鳝也叫"化骨鳝""化骨蛇"。它到底是属于鳝，还是属于蛇，谁也说不清。母亲还特别告诉他识别"望月鳝"的方法：一般的黄鳝，尾巴是扁的，而望月鳝的尾巴像蛇一样，是圆的；一般的黄鳝有两个鼻孔，而望月鳝只有一个鼻孔；一般的黄鳝眼睛非常小，几乎看不见，而望月鳝的眼睛很大，看人很阴森……

小时候，他总是把母亲的故事"当真"，毫不怀疑。钓到黄鳝的时候总要小心翼翼，看看是不是望月鳝。还常常做噩梦，梦见自己吃了望月鳝，慢慢化成了血水……醒来，吓出一身冷汗。

长大以后，他知道了望月鳝那些事都是传说而已。

"难道真的是它？"

可那明明是传说。

曲知县决定最后一次提审赵老幺。

他要弄清楚那条黄鳝尾巴的形状、眼睛、鼻孔……尽管他自己都觉得很可笑。

赵老幺的描述与传说中的"望月鳝"的特征丝毫不差：尾巴末梢确实不是扁的，而是圆的，赵老幺切刀的时候，记得真真切切，只是他没想那么多。那条黄鳝的眼睛确实比平时钓到的黄鳝的眼睛要大，脑袋上只有一个小孔，那是鼻孔。

曲知县有些惊呆了，他不相信这是真的，但他又不得不相信这是真的。

如果是真的，那么母亲所讲的望月鳝就不是传说。

什么是传说，传说就是没有亲眼见到，没有亲身经历过，就以为不是真的。时间越久，"传说"的成分越纯粹，虚构的成分越浓厚，尤其是上百年，甚至上千年没有遇到的那些事物——不是"传说"是什么呢？但是，如果在几十年或几百年后，我们忽然遇到了，亲身经历了，它便不再是"传说"了，我们便会相信这是真实的……

其实，世上本没有传说，只不过是我们还没有遇见而已。

什么时候遇见？几十年后？几百年后？甚至几千年后？

他忽然觉得连《山海经》里记载的也不是传说，而是一种不遇的存在。

既然如此，望月鳝的"望月"真的是在采月圆时的精华？真的是在修炼？包括它能"化骨"的本领也是"望月修炼"后的一种"神通"？这种神通远远超越了人类。当然，万不得已时，它才会使用这种与对手"同归于尽"的"神通"。

吃了望月鳝，自然化为水。

这没有什么不公平。

曲知县怪怪地想。

如果望月鳝没有被吃掉，继续望月修炼，会成为何种精灵？何方神圣？

忽然，几声沙哑的蛙鸣打断了曲知县幽幽的冥想。

自己明明是一个正在查案的堂堂知县，怎么想到"子不语怪力乱神"上去了，他哑然失笑。

曲知县呷了一口茶，抬头看了一眼窗外。

他都忘了今晚是阴历十五，挂在中天的月亮格外圆满，分外皎洁。

他的心也开始敞亮起来，明朗起来，就像窗外的明月。

明天基本就可以结案了，而且结的是千古奇案。想到这里，他捋了一下胡须，有些兴奋和得意。

## 七

但他心里还是有一点不安，总觉得缺了一点什么。

总觉得在明天判案的时候，缺少了一点什么，会让他底气不足。

缺少什么呢？他苦思冥想起来。

他披着衣服，在秋露微凉中踱着闲步出了庭院。

不知不觉，已经走了好远——这是曲知县的思考习惯。

脚下的路将通向哪里，既是无意识的，又是有意识的。

眼前是一个熟悉的小院子——没有篱笆也没有院门，严格地讲，也不是院子。只有两间茅屋子和一个小耳房。

他记起来了，这正是白天曾来过两次的赵老幺的家。

赵老幺夫妻被收监之后，没有人在家，院子里很寂静。

院子里有一口很大的水缸，那是赵老幺用来临时养鱼的——把他捕来的鱼虾、泥鳅都放在缸里养着。那条黄鳝也曾养在这缸里，他就是从这缸里把黄鳝抓出来杀了招待客人的。

想到那条黄鳝，曲知县心里一阵惊悸，浑身发冷。

他强作镇静，轻轻地咳了一声，下意识地朝那口缸走去——他知道，那口缸里没有鱼虾了，只有半缸清水，白天他也曾察看过。

当他走近那口缸的时候，他突然停下了脚步，脑袋像被棒击一般，有些麻木，一种恐惧的麻木。

他简直不敢相信自己的眼睛——半缸清水中，一条粗大的黄鳝清晰可见，正露出脑袋，虔诚地翘首望月……

望月鳍！

曲知县几乎脱口而出。

他下意识地回头望去，圆月中多了一丝神秘的阴影。

2013 年 8 月 30 日

涟漪

一

夕阳有约，正一步一步接近远山。

万道霞光，将苍山染成金色，也为天边的云朵镶嵌了一道美丽的金边。

暑气消退，凉风习习——每到傍晚，这座设计精美的小区公园自然就会陆续"流入"很多居民——就像一股澄澈清爽的洞水流进来，自然也流入了很多五彩斑斓、形态各异的"游鱼"。

水岸来得早，现在这里只有三两个纳凉的人。

水岸穿着大裤衩，趿着拖鞋，踱着闲步，来到了一片凹地。

这里是水岸最喜欢的地方。

这片凹地呈现"∽"形，很曼妙的造型。地面用各种形状的小石头铺砌而成，像个设计精巧的舞池。中间是个花坛，坛里的天目琼花已经凋谢，结出的青嫩润滑的小圆果子特别招人眼目。沿着凹壁，设计着一些弧形的松木长凳，刚好与凹壁吻合。长凳的"靠背"是一条条精致美丽的"竹笼卵石"，把背靠上去，凉爽而舒适。

水岸看见凹壁下的长凳，便生出一些倦乏。他洒脱不羁地躺在长凳上，拖鞋扔在一边。他什么也不想，像一具空空的瓜子壳，任凭耳机里班得瑞的《涟漪》在响——纯净、柔软得像罗春湖的水波。

凹壁处的设计真是别出心裁。

向里凹进去的部分不是用砖石砌成，也不是用香木装饰，而是用一只只深蓝的布袋子摞成的凹壁——袋子里装满了新鲜的泥土——更奇妙的是，每只蓝袋子上都排列着不规则的小孔，顺着小孔生出一些不知名的绿植来：一束束，错落有致，泛起春韵；参差不齐，尽显柔美！蓝袋与绿植，呈现的是蓝天下绿草地的色彩。那些绿植点缀着一些细小的黄花，像绿袍上刺绣的金星，倒挂下来柔柔地披在了水岸的身上——香气馥郁，温馨一片。

闭上眼睛，水岸很想睡去。

## 二

这就是"修仙椅"？

晨安心潮澎湃，绕着座椅似的巨石，瞻仰着、沉思着，舍不得离去。

用"巧夺天工"来形容一点不为过。

这块巨石的造型很像一张逍遥的座椅。

椅面平整而光滑。椅面两边凸起的部分即是天然的扶手，修仙时可以将手臂闲适地安放其上。下方的石阶便是修仙椅的踏脚板——自然、放松、怡然，这是道家修仙的根本。

修仙椅的"扶手"各有两个石孔，尽管尘封经年，但依然可以辨别出它的作用，那是插入立柱的地方，可以用来作为支撑顶棚的支架。

可见，即使遇上风霜雨雪天气，修仙者也照"修"不误。

更让晨安称奇的是那修仙椅的"椅背"，俨然是一片"心"形的屏风，显出一种虔诚和庄严来。远远看去，坐在修仙椅上之人，仿佛在身后长出了羽翼，展翅欲飞。绕到"椅背"后面，晨安才发现，"椅背"是空的，简直就是一尊天然的"心"形神龛——这神龛里应该是摆放香烛贡品之类，用来祭祀天地或山鬼之类。

晨安这样想着，还是不忍离去。

一定有人在这里修道成仙了。

是谁？

吕祖？钟离权？

晨安在心里虔诚地对着修仙椅摆上了心灵的供品，尽管，他并没有修仙的想法，只是一种虔诚的向往。

晨安还是不由自主地攀上了巨石，在修仙椅上安然地坐下来。他在感受着凤凰岭中那种原始的宁静，聆听着秋风飒飒和树叶沙沙的轻响——他惬意地闭上眼睛，在晚霞的光辉中开始了他的心灵旅程。

前方有一个小黑点，晨安努力地睁大眼睛，凝视着前方。

小黑点在动，朝着晨安这边缓缓地移动——越来越清晰了，晨安终于看清了，那小黑点是一个小木屋，坐落在一片废墟之中。

一个孤零零的小木屋，很苍老也很古朴。一眼看去，晨安就意识到，破败不堪的景象中隐藏着一串鲜为人知的历史密码。

小木屋像是处在无边的旷野中，又像是被淹没在漫漫的黄沙里。

晨安一点都不害怕，径直走了过去。

不是什么小木屋，是一座庙宇——"羽化观"三个大大的繁体隶书镌刻在庙宇飞檐下的匾额上。

道观虽小却也辉煌，终日香烟缭绕，求神问卜者络绎不绝。

陆续有几位道士在此观中修炼成仙的说法不胫而走，而且是"羽化而登仙"，不留一丝痕迹。那种悟道、入道、成道之后的"逍遥游"让众生仰慕不已——这也为道观增添了几分神圣。

"山不在高，有仙则名。"这样的"圣事"口口相传，许多香客前来顶礼膜拜，正是因为其中的灵验。

观里的"羽化殿"只许本观道人进出，外人不得入内。

那几位道人正是在此殿内羽化成仙的——这需要逐步节食，与辟谷功相配合——这是羽化前的准备。如此，方能身轻如燕，练就一身仙风道骨。

每次羽化修炼只能一人，而且都是从日落开始在蒲团上打坐，凝视着神龛中仙风道骨的吕祖，口中念念有词：

谨启蓬莱天仙子，纯心妙道吕真人。

誓佐踢师宣政化，巡游天下关武灵。

九转金丹方外道，一轮明月照蓬瀛。

朝游苍梧并北海，时游阆苑转昆仑。

……

据说，体重减到了六七十斤的时候，那修仙的道人则会有身体腾空的心灵感应——子夜时分，一阵清风从天窗进来，风中夹着一股神秘的力量，将在蒲团打坐的道人吸离地面，让道人飘飘欲仙，喜不自胜。如果将身子一纵，便可以飘离地面两三尺——这个时候就接近羽化了。

"羽化殿"结构复杂，尤其是殿堂上端，数丈之上，柱梁枋檩相互交错，形成曲折、深邃、隐秘的空间——完全可以藏匿数人而不觉……

然而，古庙年久，雕梁画栋的彩色早已不存。殿堂黯淡，蛛网纵横，尘封经年，无人敢攀。顶端设计复杂的藻井已被改为一扇高深的天窗，窗门在夜间都是打开的，便于羽化的道人飞出……

晨安也在蒲团上打坐，身着黑色的道袍，对着"羽化殿"供奉的吕祖，默念着《请吕真人咒》。

晨安心如水静，只有涟漪微漾，所念咒语也是不求甚解。

子夜时分，他丝毫未有身轻腾空的感觉。

重复则产生疲倦，就像重复唱一支儿歌哄孩子入睡。不知道念了多少遍咒语了，晨安在蒲团上闭目睡去——

忽然，一阵腥风拂面。晨安感觉到了，确实有一股力量在将自己朝着天窗吸引……晨安却没有丝毫的喜悦，心惊肉跳起来，感觉这"羽化殿"里潜伏着一种神秘诡异的杀机——晨安不敢朝天窗方向看去。幸亏自己体重不减。所以，这股腥风只能在殿里盘旋，却撼动不了自己。他顾不得道家体统，脱袍甩履，只剩下本来的大裤衩和汗背心，匆匆逃离。


三


水岸静静地躺着，躺在那些美丽的绿植"砌"成的屏风后面，也像古典的纱帐——"碧文圆顶"。

屏风前面是书案，淡绿色的信笺上，一首尚未写完的小诗，墨痕尚新：

　　绿魔方

　茵茵绿魔方，乾坤足下长。

　道法有自然，歧路何彷徨。


　　耳机里的《涟漪》在重复播放。水岸闭着眼，心湖却泛起细细的涟漪——一圈圈，周而复始，漾出无限……

　　水平如镜，不足以言静；唯有涟漪轻漾，方能将静之湖衬托到妙处。

　　心即水，水亦心——在《涟漪》轻漾的旋律中，水岸的心完全化为一泓清水，静静的如同空明澄澈的夜空。

　　长眠是什么？一种静心而已。

　　世界上并没有死亡，只不过是让纷沓、躁动、不安的心归入一种永恒的沉静。一个人真正静心的时候，可以听见天堂的声音，可以看见上帝的尊颜。


　　槐树叶，像鸟蛋，排列整齐真好看……


　　一个稚嫩的声音，好熟悉的一首儿歌。

　　临水的一棵歪脖子老槐，在一场秋雨过后，树叶上便有雨珠落下，一滴一滴。于无声处，湖水泛起涟漪，一圈一圈，煞是好看。

　　那涟漪，漾起无数个同心圆，不断向湖面的远处扩大，一直去了遥不可及的国度——那水天相接的地方是一片浅蓝，水天映照，水面自然也是蓝色，是一片半透明的水晶天。岸边，几棵婆娑的垂柳正温柔地拂水，穗子已经泛白的狗尾草在轻轻摇曳。浅水滩上，一束束菖蒲正"拔剑起舞"，百草随之伴舞以助兴。

　　绿萍覆盖，青苔漂浮，柳染翠，草丰茂，腾起团团绿雾，与浅蓝色的水天相映，幽雅之静，神秘之美，妙不可言。

　　水岸睁开眼睛，朝着那片水天看去——只有一片绿色空蒙。

　　记得小时候。在阳光下闭上眼睛，却能够看见一片暖暖的红云，红云中间是自己那双充满童真的眼睛，那样清晰和鲜明。而睁开眼睛，那些景象便消失了。

从此，闭上眼睛，水岸的心中便会出现一幅温暖的画卷。

水岸依旧闭上眼睛，看着天空。

从凹壁下的长椅一直向天空望去，仿佛是一束光形成的上下通道——略微倾斜的通道，大约呈 35 度角。通道高不可测，但光线并不昏暗，很是明丽。向上看去，通道越来越高，一直通向云端——而水岸却在最底下，像一只小蚂蚁被偌大的手电光束罩着—这束光里有一股强大的吸引力，让水岸这只小蚂蚁悬浮起来，然后顺着光束一直向上升去……

通道的边沿像是茵茵绿草，也像是一片翡翠，一条通向天堂的绿化带。他闻到了一种温暖的味道，弥漫着虔诚的馨香——他的身体薄如轻纱，与云一起飘浮上升，他乘坐的是一趟开往天堂的专列——列车号叫"晨安"，他看得很清楚。

水岸有些晕眩，却也快意。

在快意中蓦地生出一些忏悔来，一种莫名的忏悔之意。

沿途，他看到了一棵树，有人用刀将树皮割开，乳液般的树脂流出来，很快就变成了红黄相间的半透明琥珀体，散发着一股蜜蜡的香气。那琥珀里凝固着一只小鸟，不，一只有着淡黄色绒毛的小鸡雏。那琥珀分明就是一片湖水，让人惊悸的湖水——小鸡在水面恐惧地挣扎着，但双腿被一个泥丸包裹着，很快就沉入了水底——成了一个琥珀中的标本，美丽而惨淡。

水岸有些疑惑，心里的快意被一层阴郁笼罩。

忽然，一种沉重的负罪感让水岸浑身疼痛，就像那棵被割开的树，树的伤口里流出的不是乳香，只有眼泪——水岸有些胸闷，呼吸困难。

水岸咳了一声，就一下子从云端飘落下来，继续躺在墓穴里。

# 四

晨安有些慌不择路。

一阵晕眩，觉得自己的身体开始旋转起来，就像被鞭子抽打的陀螺，越转越快，直到成为一片模糊的影子——终于，晃动的影子开始慢下来，像一只纸飞机，缓缓降落在停机坪上——那不是什么停机坪，而是深谷，谷底是一片柔柔的翠绿的草甸子。

恍惚之后，晨安依稀记得，这是上方山上的那个"天坑"，直径70米，深达一百多米的"天坑"——而现在，自己就是躺在这"天坑"里。

怎么会落入天坑的？他记不起来了。

他微微睁开眼睛，环视了一下"天坑"的四壁：一层层、一排排是凸起的石棱，好像鲨鱼的尖齿。只要它的上下颌一合，便会将猎物咬碎，磨成齑粉。"天坑"四壁上凸起的一排排"牙齿"和凹进去的一道道"沟壑"呈现出的是一种螺旋状的痕迹，就像一个偌大的被挖空了的陀螺，更像魔鬼三角，在水流湍急的海面形成的一个巨大的旋涡——而晨安正是被一种莫名的力量吸进去继而被旋涡卷入海底，坠落在天坑谷底的。

在坑底，在深谷，向上望去，依然感觉到了自己有恐高症。

天坑好比是在山顶凿了一个偌大的洞，这个洞一直通到山的底部。

现在，晨安真正成了这座山峰的腹中之物，就像被吞食之后，留在了鲸的腹中——算是一种厚葬吧，与山同体，与山同在，与山同眠……晨安忽然欣慰起来，闭上眼睛——他忽然感觉自己崇高起来，躺在天坑坑底柔柔的草甸子上，宛如躺在棺底铺就的皇家锦缎之上，那是只有帝王可以享受的规格。

"当……"

就在晨安落入天坑坑底的一刹那，他的脑袋里响起了一声古朴、久远、浑厚的钟声，像是在宣告什么的诞生，又像是宣告什么的终结。

"钟，是那口钟……"

## 五

一声脆响，像小刀插入干枯的葫芦那种脆响，很真切。

水岸的世界一下子黯淡下来，阴郁与诡异将他笼罩着。

这脆响分明是从地底下发出来的，他看见了哥哥奇怪的表情，也听见了哥哥疑惑的声音：

"这里怎么会埋着葫芦？"

哪里是什么葫芦，分明就是姥爷的头盖骨——几十年了，变得像蛋壳一样薄。

一镐头下去，姥爷的头盖骨便被"钉"在了哥哥手里的镐头上——抽出镐头，姥爷的头盖骨上便呈现出一个不规则的窟窿。

"快，大家全都跪下……"

大家都愣了，阴郁的脸上都写着一种不祥和恐惧。

风水师急忙拿出纸钱，一边焚烧一边祷告——哥哥彻底傻在那里了。

很快，哥哥就恢复了常态，继续挖掘。哥哥是无神论者一在越战中，他是七班中唯一中弹后的幸存者。转业回家后，哥哥的一等军功章就收藏在东厢房一个箱子的最底层。

墓穴被彻底挖开了，没有棺木，只是一个简陋的蒲包，里面裹着的是姥爷的尸体——只剩下一些碎骨了。

那次迁葬，水岸还小，不知道这意味着什么，但心里的不祥之感一直沉淀着，像烧水的瓦罐底部越积越厚的水垢。

虽然，没有洪波涌起，但是，涟漪已经在少年的心里漾开，难以平静，一圈一圈，成为生命的年轮。

水岸虽然没有哀伤，却难以释怀。

不知道是因为哥哥，还是因为姥爷。

哥哥是个恪守孝悌、谨信亲仁的典范，他像父亲一样疼爱着水岸。

"原谅哥哥吧，姥爷……"

水岸几次梦醒，喃喃自语。

十年过去了——

哥哥早已作古。

自那次迁葬，哥哥便一病不起，十年梦魇，挥之不去。

哥哥经常梦见一只骷髅头做的容器，里面盛满了乳白色的人肉汤，有一种魔力驱使着，哥哥捧起那个骷髅头，一饮而尽——梦醒总是满目悲怆的泪水。

他跟水岸说，他很想念七班的战友。

哥哥就埋在离老家不远的林子里，头枕着朝阳，脚踏着河水，享受着泥土和花草的芬芳——哥哥最后一次闭上眼睛的时候，水岸心里却没有悲恸，一种莫名的慰藉，暖暖来袭……十年没有睡过一次好觉了，给哥哥一片宁静，好好安息吧！

或许，哥哥只是去旅行，路途有些遥远，但一定会回来……直到水岸亲自将哥哥安放在墓穴中，就像把自己安放在墓穴里一样。他的心里没有死亡的概念，不管哥哥躺在哪里，他的生命都是永恒的，就像墓穴周围那些无名的花草，生生不息，无人自芳。

水岸躺在公园小区的长椅上，闭着眼睛，心湖泛起的涟漪微漾着，慰藉，期盼，怀思，祈祷，唯独没有痛苦——哥哥的音容笑貌慢慢聚拢、组合，接着又散成了碎片，投射成了"半江瑟瑟半江红"的暮景——落霞之红与军帽上的红五星交相辉映。

精魂灿烂，若出其里。

这些，都将随着水岸心灵中泛起的涟漪奔向远方。

## 六

晨安想起来了，自己落入天坑应该与那口钟有关。

一入山门，便是有着"华山之险"的"云梯路"——全凭石阶旁边的铁索向上攀登。空山不见人，更无人语响。蹒跚在细雨蒙蒙的山林中、石径上，满山的空翠，幽冷、寒美、寂静、神秘。

钟楼，应该就在路标的前面，应该不远了，晨安总是这样安慰着自己。他是一个完美主义者——每次独自山行，从不遗漏山上的每一个景点。越是人迹罕至，令人望而却步的奇险处；越是某种禁忌，无人敢涉足之所，他越是充满好奇，孤身前往……

入得"兜率禅林"的山门之后，在寺中向一位煮茶的老者问路。

老者让晨安直接去西线云水洞的方向就可以下山了。

"东线的'钟楼'呢，不好玩吗？不可以去吗？"

"当然可以去，只是……

"那里无人问津，很少有人去的。"

老者不再劝阻。

晨安道了谢，脚步生风，好奇、探险之心战胜了一切。

"钟楼？山上没见到有什么完整的寺庙，怎么会有钟楼？"

晨安有些纳闷，愈加好奇。

"怎么越走越远，还是不见通往钟楼的路标？"

细雨，还是不紧不慢；脚步，依然稳健有力。

突然从前方蹒跚着走来一位拾荒的老人——这让晨安多少有些吃惊，因为脚下这条奇险的小路基本被废弃，几乎没有人迹。

老人主动询问，劝晨安往回走，说天气不好，别再往前走了。

晨安有些疑惑，问为什么，坚持要去钟楼。

老人说，年轻人，听我的，太阳还没有出来。阴雨天不要上山，更不要去钟楼的方向。

临走的时候，老人有些失望，更有些担心，长叹了一下。

晨安怎么也忘不掉老人那声叹息和奇怪的眼神。

再次翻上一个高坡。隐隐约约，他看见前面不远处有一个黯淡模糊的影子——那是一处荒废的建筑，被一些高大的树和杂草覆盖着——猛然，晨安的心被揪了起来，猛地打了一个寒噤，浑身发冷，汗毛爹开，眼眶炸裂一般地疼痛，一股子热血迅速地撞击着脑门……

冷静、冷静，不要自己吓自己。

晨安极力地调整自己的心态。

同时，放快脚步，迅速穿过那个被野草包围着的废弃石屋。

晨安还是忍不住回头，不知道是哪个朝代建的——红色的窗棂早已失了正色，残破不堪。尘封的门上贴了两张泛黄的封条一不是封条，应该是道教的符，晨安想起了"急急如律令"的话。石屋的周围是院墙，俱已倒塌，院墙只剩下残垣断壁——屋子里有什么，供的是什么，都无从知道，晨安只有一种强烈的恐惧。

这种恐惧不是来自内心，而是来自外在。晨安心里明白，来自那个神秘的石屋子——在途中，晨安曾见到几十处庵堂的废墟，有的是汉代的，有的是隋朝的。沧海桑田，昔日的繁华早已远去，留存下来的只有满目疮痍，但晨安只有怀古的情结和喟叹的心理，丝毫没有恐惧的心理。

唯独到了这里……

人的心就是第三只眼，它可以看见的，它一定看见了什么。

然后，把信息传递到了全身。

离石屋二十米远，是一个平台，就建在悬崖边上。

穿过石屋的晨安就坐在这个平台的石栏杆上，他深深地做了几次深呼吸。

平台上立着一个八角古亭，亭子横梁上用铁索系着一口锈迹斑斑的古钟。

钟楼安在？唯余古钟。

古钟之久，估计越过千年。

古钟之大，俨然庞然大物。

古钟之深，仿佛幽秘之洞。

晨安总觉得这个人迹罕至的悬崖边上发生过什么。

晨安隐隐约约地感觉到古钟下面藏着什么。

闻钟声，烦恼清，智慧长，菩提生……

可此时，晨安丝毫也不敢听钟声。

甚至，他深怕那古钟突然自动敲响……

这里是绝路，只能回头了。

当晨安再次经过石屋子的时候，又像先前一样，心紧了起来，浑身冷起来，激流般的血液拍打着脑袋的堤岸，石屋子里有万根钢针朝着自己齐射过来，扎进了晨安的每一个毛孔，钻心地疼痛。

晨安只记得，自己的脚步越来越快，有些慌不择路，十分狼狈。晨安正是这样跌入天坑的。

# 七

晨安根本不记得自己是如何逃出天坑的。

隐隐约约，有人递给他一条粗糙的古藤。

晨安慌不择路，来到了一个小区公园。

紧张与奔逃之后的疲惫，晨安很想睡去。

似曾相识的长凳上却躺着一个与自己相仿的人，一样的背心，一样的大裤衩。

还好，那个人翻身起来，毫无表情地瞟了一眼晨安，仿佛晨安并不存在，径自离去。

晨安借机躺下来。

"水岸，水岸……"

忽然梦醒，晨安叫起来。

梦中有个叫水岸的人来到他身边，说"哥哥来了"。

晨安问："哥哥是谁啊？"

水岸说："哥哥叫晨安。"

　　晨安细细打量长凳旁边的设计，精致的竹笼卵石成了他安全的靠背，凹壁上美丽的绿植和金星散发着无比的温馨——仿佛是一处三面开口的绿色墓穴。

　　这里的黎明很安静，伴随晨安的依然是那首轻柔、辽远、充满灵动又夹带一丝怀伤的乐曲——《涟漪》。

2015 年 8 月 25 日

猹与闰土

……深蓝的天空中挂着一轮金黄的圆月，下面是海边的沙地，都种着一望无际的碧绿的西瓜，其间有一个十一二岁的少年，项戴银圈，手捏一柄钢叉，向一匹猹尽力地刺去，那猹却将身一扭，反从他的胯下逃走了……

——鲁迅《故乡》

## 一

却说那猹虽逃得性命，却魂飞魄散，吓出一场病来，穴居洞中，整日半梦半醒。它的眼前总是闪烁着钢叉的银光，那个少年的影子成了它的梦魇。

一场生死劫过去之后，那猹咬牙立誓，决定不再光顾那片海边的沙地，它的心很痛，三分恐惧，二分委屈，一分郁闷——闰土，它要把这个名字钉在猹氏家族的耻辱柱上。

"咬了一个瓜，就是一钢叉，吓出一场病，只剩半条命，没有天理了。"

它愤愤地想。

"不就是咬几个瓜吗！不饿谁会吃，同情心到哪里去了？"

它总觉得自己和那个少年一样，都是天帝的子民，不该为了吃几个瓜而动起刀枪。

这猹曾经听闰土跟迅哥儿说：

"晚上我和爹管西瓜去，你也去。"

"管贼么？"

"不是。走路的人口渴了摘一个瓜吃，我们这里是不算偷的。要管的是獾猪，刺猬，猹。月亮底下，你听，啦啦的响了，猹在咬瓜了。你

便捏了胡叉，轻轻地走去

走路的人口渴了，偷瓜吃，他们视而不见；我们饿极了，咬几个瓜，便要动钢叉……这算不算种族歧视？

猗一直在想这个问题。

它忽然很想拥有一片瓜田，它也想对迅哥儿说：

獾猪，刺猬，猹饿了，吃几个瓜，不算偷的，要管的是人类之中的那些毛贼。你听，他们来偷瓜了，还开着小三车——我便捏了胡叉，轻轻地走过去，先把他们的轮胎扎爆，再对准他们的屁股……

它太想拥有一片瓜田了：

深蓝的天空中挂着一轮金黄的圆月，下边是海边的沙地，都种着一望无际的碧绿的西瓜。其间，有一匹英武矫健的猹，手捏一柄钢叉，向一位偷瓜的少年尽力刺去……

在半梦半醒的向往中，它的心理有些平衡了，于是沉沉睡去。

# 二

这一睡就是五十年。

它既是在沉睡，也是在修炼。

他终于修炼成人形：一个看上去挺地道的瓜农。

他的瓜田真的在海边的沙地上，在金黄的圆月之下。

他的瓜很甜，名字叫"猹蜜一号"，很受市场欢迎。

时过境迁，人世沧桑。

闰土刚六十出头——看上去却像一位风烛残年的老人，那位英俊少年的影像只在记忆的画里了。

闰土还在种瓜、看瓜、卖瓜。

卖瓜的时候，闰土只是象征性地照看一下"瓜摊"，基本是个"摆设"，具体的活都是儿子水生在忙活。

他的脸像一块苍老的榆树皮，也是鲁镇黄土地版图的缩影。

他的手像是枯朽的树枝，几乎看不出血肉。头发像冬天的蓬草，没有一点生气。

"闰土哥……"

闰土迟钝地回过头去，连身体也转动了一下，长长的烟袋杆下意识地磕在了西瓜上，洒出一点老烟的叶末。

背后一个中年男人，戴着毡帽，穿着背心，脖子上挂着白毛巾，看上去挺白净，有些像城里人，他正怯怯地望着闰土。

闰土皱起眉头，想了好一会儿，还是记不起这是谁。

"人老了，眼也花了，耳朵也背，请问您是……"

闰土只能试探着问他了。

"哦，闰土哥，我是猹呀……"

"哦，是百家姓里的那个'查（zha）'吧……"

闰土和迅哥儿在一起的时候，经常听学童背诵《百家姓》。

"哦，不是……嗯，也算是吧！"

看着闰土老态龙钟的样子，和五十年前那个勇猛、无情、可恶的少年怎么也联系不到一起。曾经用冷酷的钢叉刺向自己的事情仿佛与眼前的这位老人毫无干系——猹忽然动了恻隐之心，它决定装傻，顺着闰土的话，先不说破真相。

"哦，对对，是姓'查（zha）'——我曾在海边的沙地，在瓜田和您打过交道……"

猹不想完全撒谎，本来就是带着复仇的心理来的，想先奚落一下闰土，然后在必要时找个理由发生口角，将他的西瓜砸烂走人，所以，还是想提醒或暗示一下闰土。

可眼前这位风烛残年的老人，仿佛一棵百孔千疮的古树，根也开始烂了，枝也开始枯萎，残叶凋零了大半，更别说记忆了——他已经完全忘却了钢叉刺猹的那段公案。

"哦，查爷一定是我看瓜时的邻居了，那时好像有好几个大户在海边种瓜，我是东家的佣人，负责看瓜……"

闰土的眼睛混浊起来，口齿也不甚清楚，但他知道"爷"的概念，就像称迅哥儿为"老爷"一样。

在猹看来，眼前这位就是一个普通的老人，很沧桑很褴褛也很让人辛酸的老人。

贫困交加的生活本身就是一把无形的利刃，名字叫"断魂剑"，叫"削骨刀"。

少年闰土早被生活"断魂"，成了一段麻木呆滞的枯木。闰土曾经红润、有弹力的肌肉筋骨也早被生活剔除、挑断，终于形容枯槁了。

"哦，闰土哥，别叫我查爷，我也就是个种瓜的，叫我查老弟就好……"

猹有些辛酸，眼前这位就是一个普通的"老哥"，它再也找不到准备报复的那个对手了。它有些无名之火，它有些英雄寂寞——五十年的修炼和蜕变，五十年所受的痛苦煎熬终于幻化为人，终于有了复仇的机会一可是，对手却怎么也找不见了。

三

猹无法忘记当年那个"浑蛋式"的"小英雄"。想起他的一脸英气、矫健身姿以及锋利的钢叉，简直是又恨又爱。五十年的"闭关"，它自觉不自觉地在按照少年闰土的形象修炼自己。

当自己修炼成"少年闰土"之后，猹本以为可以与他"大战三百回合"，一洗五十年前被刺杀的耻辱。可是，眼前的闰土已经完全异化了，异化成了当年的自己，穷困潦倒，谨小慎微，逆来顺受——就像一个西瓜，被街上一群泼皮踢来踢去，还得赔着笑脸，叫着"爷"。

是因为老了吗？是因为钢叉没了吗？还是因为灵魂走了？

猹思考再三，可它想不通。

"闰土哥……

"今年的西瓜收成还好吧？"

猹之初，性本善，它突然想帮助闰土一把。

闰土用混浊嘶哑的声音断断续续地告诉猹，今年的收成不好，遭了水灾，瓜不甜，都被水泡烂了，不值钱，没几个人买，家里早就揭不开锅了。水生的小儿子，也就是闰土的孙子，因为患了天花无钱医治，就在昨天死去了，孩子的妈妈死活不让埋葬，干瘦的尸体至今还停放在小木床搭成的冷铺上。

说到这里，闰土的眼皮耷拉下来，干裂的嘴唇抽搐着。

猹再也忍不住了，从兜里掏出一串泛着油光的铜钱，迅速放进闰土长衫的兜里，又拿出一袋种子放在闰土的脚边，暖暖地说：

"闰土哥，今年我的瓜收成不错，这是我今天卖瓜挣的钱，你先拿着，渡过眼前的难关吧……

"这一包是我精心改良过的西瓜种子，叫作'猹蜜一号'。马上到了秋季，你还可以种上一季，秋瓜的买卖也是不错的。等你赚了钱，还我种子就可以了。"

闰土弯着弓一样的腰，惊愕得说不出话来，紧紧地握住了猹的双手，他有些眼泪婆娑了。

# 四

几颗浑浊的老泪从闰土的眼眶里掉下来，狠狠地砸在猹的手臂上。猹心里一惊，倏然掠过一种不祥的预感——五十年修炼的过程中，曾经刻在心上的一句咒语马上就要应验了，那便是——万不可沾染人的血泪。

大约只有短短几秒钟的时间，猗的心里开始堵塞，喉咙哽咽，四肢也动弹不得——眼睁睁地看着自己被"打回原形"：一只粗颈短尾，皮毛油滑的猗瘫坐在闰土的脚下。

闰土吃了一惊，也只是短短的几秒钟，老态龙钟的闰土忽然变得如猿猱般的矫健，麻利地从瓜摊旁寻得一柄胡叉，仿佛又回到了五十年前——在那深蓝的天空，金黄的圆月的映衬下，在一望无际碧绿的瓜地，那个手捏钢叉，项带银圈的英武少年复活了。

只见他三步两步，寒光一闪，向猗尽力刺去——嘴里叫着"快来啊，猗成了精了……"

一腔热血，喷薄而出，与西天的火烧云交相辉映，一片惨然的美丽。

那袋"猗蜜一号"的种子被染成了殷红，瞬间化作了一群绛紫色的小虫飞出，像一阵紫色的旋风，渐渐消失在天际……

天地间，一片苍茫。

2013 年 8 月 19 日

# 一枝奇花的诞生

## ——读承影落雪先生《佛眼》一书

懿玲珑

《佛眼》一书是国内第一部"性灵体"小说集，是"蓝岛文艺社"（http://www.landao-china.com）社长承影落雪先生呕心沥血之作。

"性灵体"小说是一种新型的文学体裁，由承影先生独创。2014年5月14日，承影先生《万象皆真性，风物尽通灵》一文发表，成为"性灵体"小说正式诞生的标志。随后，承影先生的《锦官》《桃源梦》《黄叶村》《碧魂知春》《青帝的幺女》等作品相继发表，"蓝岛文艺社"的紫气微扬、懿玲珑、若笺素心、如歌、晚晴等"性灵体"小说的爱好者与之遥相呼应，积极进行创作尝试，"性灵体"小说创作流派也应运而生。2016年3月，承影先生的长篇"性灵体"小说《佛眼》发表，成为国内"性灵体"小说创作的一座里程碑。

承影先生认为"人与万物皆有'形'（行）"，"人与万物皆有'心'（性）"，"万物之外皆有'灵'"。而"形"（行）"心（性）""灵"之间又是互为因果，相互转化，紧密联系的，即所谓"灵之所至，心必感之，行必趋之""心有所感，行有所为，灵有所动""形与心合，心与灵通，三者合一"。

当然，"性灵体"小说，并非聊斋式的鬼狐小说，不是《西游记》式的神魔小说，不是镜花缘式的奇遇记，不是表现灵异方面的神秘主义，更不是宣扬因果报应、灵魂轮回的宿命论。

"性灵体"小说首先是反映社会生活的小说，以社会生活为题材，为创作源头；其次，"性灵体"小说也是探索、揭示人与自然，人与万物之间神秘关系的小说。在创作的过程中，以深层次的心理挖潜、意识流动、脑力激荡、灵光捕捉为艺术表现手法，结合梦境暗示、吃语解码以及冥想神游等，使性灵体小说杂糅了社会小说、自然小说、心理小说、神秘小说的特质，从而使"性灵体"小说的内涵更加丰富，并能产生"生活之美、神秘之美、空灵之美、典雅之美、奇险之美"的艺术效果。

## 一、"性灵体"小说中的"神秘之美"

记得，第一次读承影先生的"性灵体"小说，时间是 2014 年 6 月，小说的名字叫《墨血》。

从艺术审美的角度去欣赏《墨血》，我们不难发现，"神秘之美"贯穿了作品的始终。那一滴像墨又像血的"神秘之物"到底是什么？

作品首先从女主人公珠儿沐浴写起：

一团拇指大小的"墨汁"在珠儿白嫩的肚皮上慢慢洇开——珠儿从茫然到恶心，从恶心到恐怖不过一分钟的时间。

这到底是什么？是墨汁吗？不像，也像，还有一点的殷红，像血。

……

每一个角落都"地毯式搜索"过了，包括天花板和地砖。结果呢，蛛丝马迹都不曾发现。

……

——《墨血》第一章

在狭小的浴室，珠儿连续两次遭遇"墨血"的"突袭"，内心之惊恐可想而知。是墨，还是血，还是墨、血之外的另一种恐怖之物？道听途说的神秘与未知，足以让人恐惧，如果这种神秘和未知就发生在自己身上呢？其惊悸和恐慌的程度更是可想而知——这一部分，是《墨血》中"神秘之美"的发轫之笔。

紧接着，写到珠儿闷闷不乐地来到地下餐厅用餐的场景：

......

一只水晶饺上沾了黑色的斑点，只有针尖大，如不是心细如发，根本发现不了。

针尖大的斑点在珠儿的瞳孔里被不断放大，一直变得和自己肚皮上的那只"八脚蜘蛛"一样大——她终于停下了筷子，吃不下去了。

......

——《墨血》第二章

通过这个细节，作者让珠儿内心深处潜藏的"墨血情结"再次浮现；通过珠儿的"意识流动"，将水晶饺上针尖大的黑点与"八脚蜘蛛"式的"墨血"进行了连接，《墨血》中的"神秘之美"至此进入了发展阶段，珠儿的烦恼、不安和恐惧也因此进入了"纠结期"。

水晶饺上真的有一个针尖大小的黑点吗？

或许，根本没有，那个小黑点只不过是一个"投影"，是珠儿对那滴神秘的"墨血"极度恐惧而产生的心理投影，是珠儿心情的产物。这样的心理描写，旨在"烘云托月"，将"墨血"涂上一层神秘的色彩，让"神秘之美"扣人心弦。

再往下读，关于"墨血"的恐怖和神秘在珠儿的"心海"呈现出巨大"暗涌"，让珠儿的神经渐近崩溃的边缘——

记得昨天晚上淋浴之后，那神秘的"墨点"再次出现在珠儿的肚皮上，又迅速泅成狰狞的"八脚蜘蛛"。

......

她开始怀疑那"墨点"是一种病毒，比黑蝙蝠还恐怖的一种病毒，一种莫名的无药可医的病毒。

她的脑海里泛出几个神秘的黑色大字：

黑蜘蛛病毒

潜伏期10年

......

——《墨血》第二章

从一滴黏液，到"墨汁"，到"血滴"，到"八脚蜘蛛"，再到"黑蜘蛛病毒"——这一系列的"心理意象"终于形成一团阴沉、浓郁的迷雾，笼罩了珠儿的全部身心，留给读者的审美感受愈发浓烈，"神秘之美"，呼之欲出。

珠儿心乱如麻，回到家里，沉沉睡去。

作者用"似睡非睡"的字眼，看似轻描淡写，实是别出心裁。作者要用"似睡非睡"将梦境与现实结合起来，将"悬棺里的墨血""将军战死"的故事与哥哥牺牲的过程结合起来——真如梦，梦也真；将军与哥哥，是历史的穿越，是心灵的感应，是结局的预示？这一切都随着哥哥的牺牲而成为神秘的宿命。

那一滴神秘的黏液，是墨、是血、是蜘蛛、是病毒……随着故事情节的发展，这个意象，已经与山崖上悬棺里的"墨血"合二为一：将军战饭里，每天一滴"墨血"，成为"幽谷之战"胜利的保证——这滴"墨血"，已经成为一种神秘的信号，胜利的信号！

由于天机泄露，战事逆转，将军战死，悬棺里的"墨血"终成千古谜案。

故事终结了，现实却开始了——哥哥一身戎装，奔赴越战疆场，不幸牺牲在故事里的那片断崖之下一而那传说中的"墨血"终于应验在哥哥的身上，成了一枚不朽的军功章。

作者围绕"墨血"，层层设计，一波三折，跌宕起伏，"墨血"的"神秘之美"在故事情节的发展中时隐时现，连接着珠儿的生活，连接着古老的传说，也连接着哥哥的英魂。

从一滴神秘的"黏液"联想到"墨汁""血滴""黑蜘蛛病毒"，再和"悬棺与将军""哥哥与军功章"等事件相连接……种种神秘的意象、神秘的情节，最终将揭秘的线索牵引到了清明节这个关键点上。

原来如此！

按照"清明"这个特定的时节倒推过去，一系列的谜团逐渐解开！

原来是清明节快到了，哥哥想念珠儿，牵挂珠儿——这才有了一滴神秘的"墨血"，让珠儿食不甘味，寝不安席。这滴"墨血"，是哥哥的灵魂，是哥哥的语言符号，最终唤起了珠儿的记忆——珠儿去墓地拜祭哥哥，哥哥的灵魂在珠儿的祭祀中安然入睡，而关于"墨血"的神秘现象终归于平静——哥哥，才是"墨血"出现的根源。这正是作者要表达的"性灵体"小说的重要理念——"灵之所至，心必感之，行必趋之"。

也许，是珠儿的极度思念，让哥哥的灵魂不得安息，以一滴"墨血"的方式来到了珠儿的身边——反过来，则体现了"心有所感，灵有所动，天人合一"的创作理念。

总之，这样的创作理念贯穿《墨血》全篇，九九连环一样，环环相扣，道道铺陈，让读者一步一步走进作者为我们精心设计的神秘氛围之中，给人一种独特的审美享受。


## 二、"性灵体"小说中的"空灵之美"

曾经与承影先生交流过，"性灵体"小说中的"空灵"有两层含义：

1. 空，指的是超越时空的概念，是心理上的时间和意识上的距离。

2. 灵，指的是自然万物的灵性，也指心与灵之间的神秘感应关系。

承影先生的另一部"性灵体"短篇《锦官》便是"空灵之美"的代表作。

在这篇小说里，先生融会了多种艺术手法，用其独到的唯美之笔，将主人公锦官与雪溪的一次旅行进行长卷式的铺展，神秘而诡异，惊险而仙灵。

小说一开始便有了一小段极为"空灵"的文字：

　　看着手里的雪莲果，不知怎么就想起了传说中的"人参果"来——那"人形"的果子，挂在枝头，在风里一晃一晃。

　　锦官手里的雪莲果也在摇晃着身体，像扭秧歌。慢慢地，雪莲果"晃"出了一个圆圆的小脑袋。接着，有两只小手从雪白的身体里伸出来，两只小脚蜷在那里，它还在赖床——明明就是冬天，在雪国里，一个刚睡醒的雪孩子：它蹬掉了雪绒被，先是在锦官的手心里蠕动着；然后，坐起来，揉揉眼，把手拢起来，放在嘴边轻轻地呵一下；现在，它开始舞蹈了，如雪的身体越来越轻盈，最后变成一阵雪白的轻烟——锦官分明看见雪莲果里有一缕雪白的惊魂脱胎而去，瞬间消融在雪溪白皙的皮肤上看不分明了。

——《锦官》第一章

　　这里对雪莲果的"惊魂"描写，极为"空灵"，与锦官微妙的心理变化相结合，隐隐折射出雪莲果与雪溪的某种渊源。

　　其次，便是小说中关于"麒麟""甘露""碧潭"等一系列事件的描写。通过作者着力铺陈，暗示了锦官与甘露，雪溪与碧潭之间充满灵性的微妙关系。尽管，有一些事件超乎寻常，无法用唯物的逻辑思维去判断，却又植根现实，带有浓郁的生活气息。"空灵"与"现实"双线并行，犹如两支神奇的画笔为我们描绘着情真意切，亦仙亦灵的唯美画卷。

　　直到小说的收尾部分——锦官坠崖，才将小说的"空灵之美"推向高潮。

　　他好像进入了一条时光隧道，看到了很多五彩的光影，听到了很多奇异的声音。他一直被隧道里的光圈包围着，牵引着，不由自主地向前奔跑着……随即，被卷进一个巨大的旋涡，在旋涡中螺旋形地起伏着……

　　突然，听到一阵星球碰撞爆炸的声音，震耳欲聋，锦官就什么也不知道了。

但锦官感觉得到，自己落在了五峰构成的莲花心里——落在了皇茶园，变成了一株茶树。自己正被蒙蒙细雨滋润着，被暖暖的秋阳照耀着，温暖、爽朗、惬意。

"雾钟你来看，这是谁啊？从哪里而来？"

一个轻柔曼妙的声音隐约飘至耳边。

锦官始终睁不开眼睛，只能感受着身边的一切。

"仙姑万福，我们也不认识，好像是个陌生人，不是蒙山人。"

听声音，那个叫雾钟的也是个女子，声音细柔如雾。

"甘露，你见过这个人吗？你救了他，一定知道这个人的来历吧！"

那个叫仙姑的继续询问。

"嗯，算是旧相识吧，他叫锦官，曾经是皇茶园里的护茶官，和那只白虎一直守护着我们七个姐妹。他对我特别关照，经常嘱咐园丁，让我得到了更多的呵护，享受了更多阳光雨露的滋润。"

"姐妹们都羡慕我一身银毫，说我是世外仙姝。其实，我肩披的这件雪白的鹤氅就是他馈赠我的最珍贵的礼物，我很感激他。"

那个叫甘露的女子的话让锦官似懂非懂，只觉得她的声音很甜美，让人如饮甘露。锦官的脑海里浮现出了大观园一群红楼儿女冬季赏雪的场景，其中披着雪白鹤氅的黛玉格外引人注目，莲步轻移，卓尔不群。

"咦，我见过他呀，还有一个女孩子呢？"

"飘雪，你见过他？"

仙姑问身边一位柔曼飘逸的女子。

"嗯，我认识他身边的那个女孩，她叫雪溪。她只知道我叫'碧潭'，还以为我是个美男子呢，嘻嘻。"

那个叫"飘雪"的女子说道。

"哦，看来'飘雪'，与'雪溪'，也有一段奇缘了。"

仙姑说到"飘雪"与"雪溪"的时候，锦官格外注意，但依然云里雾里。

"是啊，雪溪的根就扎在我家篱笆园子附近，根同土，花相依。秋来的时候，雪溪便开出一朵朵温暖的小葵花，把我们的篱笆都染成了金黄。我的花朵很小，就像一粒粒小雪珠，但与小葵花相依相伴，耳语不断，义同金兰，姐妹们都称我们是一对'金银知己'呢。"

说完，飘雪沉浸在一种美好的回忆中。

……

——《锦官》第九章

锦官的眼睛依然睁不开，但意识慢慢清晰起来，似乎明白了一些。

他想起雪溪受伤的脚，想起了雪溪在潭边用茶叶疗伤的场景。

他继续努力，想睁开眼睛。

终于，他看见了一束光。

尽管，日暮之光有些昏暗。

……

想到这里，锦官竟然一骨碌爬了起来。

这是一个荒芜的园子，位于蒙山北部的半山腰。

看光景，这里几乎没有别人来过，隐隐约约，石壁上镌刻着几个苍劲的古隶，锦官睁大眼睛，终于看清了：

千年茶树园

锦官环顾四周，园子里有七棵高大的茶树，看树下的标牌，分别是：

甘露、雾钟、雀舌、芽白、石花、玉叶、飘雪

这七棵千年茶树分明组成了北斗七星状，而"甘露"居于"斗柄"第一位，"飘雪"居于"斗身"的最后一位。

本有宿慧的锦官，似乎有些彻悟了。

他虔诚地对着"甘露"和"飘雪"深深地鞠了一躬，眼睛有些湿润。

——《锦官》第十章

因为坠崖，本无生还的希望，正是茶树仙子救了他——锦官轻度昏迷，渐渐醒来，意识还是模糊不清——作者匠心独运，设计这样一个"连接点"，由此向读者展现情节中的"空灵之美"。

锦官闭着眼睛，对于身边发生的一切，只闻其声，不见其人，似懂非懂，意识朦胧——正是因为如此，才合乎逻辑地将锦官与甘露，雪溪与碧潭之间的渊源娓娓道出，让锦官在心灵的感受中获得了顿悟——原来如此！

时空无序，纵横交织，茶仙的灵动就在这样的时空中自由飘逸。

锦官之心，茶仙之灵，"形与心合，心与灵通"，留在锦官内心的是一种神秘而唯美，质朴也空灵的感动——就像一幅"万象皆真性，风物尽通灵"的画卷，美轮美奂！这也正是作者用心灵的艺术之笔精心设计，留给读者的"空灵之美"！

### 三、"性灵体"小说中的"奇险之美"

"性灵体"小说中的"奇险之美"，是指读者在欣赏、思考、联想和心灵感受中得到了一种始料不及的美的形态，美的画面，美的内涵。这种审美结果不仅神秘、空灵，而且惊险——仿佛是在精神世界里"探险"之后，得到了意外的、神奇的、惊险的审美收获，这是另一种形式的审美愉悦。

"奇险之美"在承影先生的长篇性灵体小说《佛眼》中俯拾皆是，仿佛起起伏伏的波澜，让读者与主人公的心灵在探险的里程中不断地惊悸而颤动。

小说的第二十七章后半部分，主人公何图半夜在乌尤殿里启动了鬼王身后的"卍"形把手后，便进入了水世界（其实已与灵互通）。明明是在水里，他却依然能顺畅呼吸；他以为自己已经溺亡，却又有痛感——

他顺着"翡儿"和"方锦"远去的水路，再经过神秘莫测的"河中之河"，不仅见到了无比瑰丽的水下景色，还走进了极似屈原笔下湘夫人古朴静美的居所——"玉女房"。这不同寻常的一系列遭遇已是奇中之奇，但更令人惊讶的是，"玉女房"中只闻其声不见其人的"圣母"竟然知道何图在洞外的一举一动，并且通晓他的由来与去往。种种奇观，历历神异的情景，自然让读者产生了一种山重水复，峰回路转、柳暗花明的审美效果——这正是作者在艺术表现中的"奇险之美"！

小说第三十九章往后，关于主人公婳婳"神游洞庭湖""曲达玉女房"的情节，以及"青衣坛里的青衣女神""耒铀与昆仑镜""佛幽宫里的壁画""佛幽宫里的金鼎""金鼎里的大悲咒"等，可谓光怪陆离，"奇中之奇，险中之险，美中之美"。

……

这样的吟咏，仿佛是在念动一种真言。倏然间，将婳婳变小，变小，最后完全融进了那枚心形的水晶挂件里去了——那是何图赠予她的生日礼物"洞庭草青"。

慢慢地，小小的心形水晶挂件变得柔软起来，且逐渐蔓延开去，终于稀释成了一湖澄澈的秋水。

婳婳披着自己最喜欢的青色披风，亭亭玉立于洞庭湖畔。

是的，是洞庭湖，她确信——尽管，婳婳从来都没去过洞庭湖。

眼前铺开的一切，正是"洞庭草青"里的画卷。

……

一阵飓风来袭，湖底仿佛有一股巨大的暗涌，瞬间将湖面卷成了一朵美丽的"白莲"。状如"白莲"的"莲心"部分立刻深陷进去，形成了一个巨大的旋涡，仿佛是深不见底的"天坑"。

"莲心"的旋涡飞快地旋转，整个洞庭湖被越拉越长，最终形成了一条无边的水砌长廊——仿佛一直通向海底的"水晶宫"里去了。

婳婳不由自主，顺着这条水砌的长廊朝前走，脚步轻盈得像一尾跳波的小鱼。

不知走了多久，前面的长廊变幻出青绿色，由之前的"水晶长廊"过渡到"翡翠长廊"了。

……

——《佛眼》第四十四章之《洞庭奇遇》

两个人终于站在了第九层环形平台之上，像是被一层层环形的波浪簇拥着，被推到了浪尖之上——那两耳四足的雄伟巨鼎就坐落在第九层高台，仿佛九重天上耸起的高阁。

……

第九层环形平台的北端又耸起一列高高的台阶，一直通到巨鼎北端的沿口。抬头眺望，那一级级石阶仿佛是通天的"云中悬梯"——巨鼎之中一定藏着一个巨大的秘密，这段"悬梯"或许就是通向藏宝之所的专用通道了。

何图仿佛看见了当时熙熙攘攘的人流，他们进进出出，单挑双抬，踏上"悬梯"——

他们摇摇晃晃，正在这里搬运着大量的宝藏，将其藏匿在巨鼎中空的某个密室。

难道，有着千年传说的大佛藏宝之处就在巨鼎的腹中？

此时，婳婳显得十分激动，拉着何图爬上通往巨鼎的"悬梯"。

沿着"悬梯"，终于攀登至巨鼎的沿口。

两个人不由自主伸长了脖子，朝着宽广、深邃的鼎腹中空望去——

巨鼎中空，摆放着一张祭祀香案。香案两边摆放着对称的灯烛、香炉、净瓶、铜鹤、方尊、爵杯等祭器。除此以外，香案居中陈列一物特别耀眼——那是一部佛经长卷——向着案几的两端延伸开去，犹如一条日光照耀下的历史长河，波澜壮阔，远接云天。

……

那长卷平铺在祭桌之上，像一幅漫长的镇帖，也像一道从天而降的御旨——

那长卷密密麻麻，写满了经文。何图知道，这就是传说中用无数根金丝镶嵌而成的《大悲咒》，其中精湛的技艺足可用"巧夺天工"来比拟。长卷碧绿，经文深黄，交相辉映，整个金鼎中空都闪耀出金碧辉煌——它只在千年的传说之中，却从来无人见过其真容。

……

呆立在《大悲咒》经卷前，恍恍惚惚，何图和娓娓站在了那条佛光普照的灵河岸边，他们听到梵音阵阵、木鱼声声，看到佛香缭绕、雨花漫天……镶嵌在《大悲咒》里的每一行经文，都能活动自如，跳跃着、舞蹈着，掠起离合的神光。神光中无数个金甲神人，抡锤舞戟，从经卷里向外传送着一道道神奇的光圈，照耀着巨鼎中空的每一个角落。

——佛眼》第五十三章之《佛幽宫里的金鼎》

读完《佛眼》，用"钦佩"二字已不足以表达此刻的心情。承影先生宏大而奇妙的艺术构思，明暗、虚实线索的并行，诸多意象的交错与关联以及文中心理挖潜、意识流动、冥想神游、梦吃解码等多种艺术表现手法的综合运用，不得不让人产生一种震撼的力量——这其中，有先生极高的文学造诣，有先生超越的思想格局，更有先生心有灵犀的虔诚，也是先生与万物互通，与神异感应的结果。

关于承影先生的思想、人格与作品，仰之弥高，实难望其项背，用"飞来之思""生花之笔"来形容先生毫不为过。能跟随先生学习性灵体小说创作，实乃今生幸事。真心希望，在先生的引导下，会有更多的朋友喜爱上"性灵体"小说，并且一起加入到创作的行列中来，让"性灵体"小说发扬光大，成为祖国文艺百花园中一朵灿烂之花！

2016 年 7 月 8 日

（本文作者系"蓝岛文艺社"副社长）

# 后　记

　　"性灵体"小说的出现，其流程是这样的：先有了"性灵体"小说，后才有"性灵体"小说的创作理论。

　　2013年8月19日，我创作的短篇小说《猗与闰土》中便有"性灵体"的某些元素了，只是那时候自己的意识模糊，不甚清晰罢了。

　　2014年1月22日，我又创作了一部短篇小说《黄将军》。当晚9点36分将其发于自己的博客，翌日上午8点54分发表于"蓝海潮创造社（蓝岛文艺社的前身）"网站。

　　发表不久，文友"一瓢凉水爽"就在我小说下留言：

　　连读了好几遍！感觉写得非常美，的确引人，文中所要表达的主题也一直让我努力揣摩。我想，作者是不是想通过牛娃的种种经历，告诉人们要敬畏自然？……有空再来拜读一下！

　　我这样回复了他：

　　非常感谢凉水兄台细心、耐心阅读，也很敬佩兄弟勤于思考的品质。小说的主题一言难尽，这是我独创的"性灵体"小说，是初次尝试，等凉水兄弟有空时详细跟你分享，我或许会用文字诠释一下本文的写作意图，祝好，春节快乐！

　　从此，"性灵体"小说这个概念就被提出来了。

　　作为创立者，我决定将自己零星、碎片式的创作感受系统化、体系化，建立"性灵体"小说创作理论体系。

　　2014年5月14日，写成《万物皆真性，风物尽通灵》一文，算是"性灵体"小说创作的理论基础。对于有创作兴趣的作者来说，也算是有了一个创作方向，也有了一个创作指导依据。

后来，"性灵体"小说与我创立的"文影诗、新古典美文、意象虚化诗、音画散文诗剧"并称为国内文学领域的"五大新文体"，并一直倡导、指引着一些"志同道合者"从事创作实践，此举也为"蓝岛文艺社"的创作带来若干亮点。

"性灵体"小说"立论"以来，笔者便致力于"性灵体"短篇小说的创作，虽是苦心孤诣，却也乐此不疲。紧紧相随者有"蓝岛文艺社"的紫气微扬、懿玲珑、若笺素心、如歌、晚晴等重要成员。

在三年的探索中，笔者创作的"性灵体"短篇小说，在数量上有了一定的积累，创作技巧也在不断完善，于是有了创作一部"性灵体"长篇小说的计划。自2015年9月初开始，历时半年之久，终于完成了国内第一部"性灵体"长篇小说《佛眼》，第一稿完成的日期为2016年3月6日。在"蓝岛文艺社"同人的鼓励下，笔者的第二部长篇"性灵体"小说《金碧鹦鹉杯》已经开笔。

《佛眼》发表之后，颇受"蓝岛文艺社"会员好评，由此也很好地鼓励了我的心。于是，决定出版第一部"蓝岛系列丛书"，书名就叫《佛眼》，属于"性灵体"小说专辑。书中选录了13篇"性灵体"短篇小说和1部"性灵体"长篇小说。

"性灵体"小说究竟是什么？它的创作土壤在哪里？创作原则是什么？具有什么样的社会审美价值？这些问题都包罗在《万象皆真性，风物尽通灵》一文中，也散落在郁文姝所作的《序言》中，散落在紫气微扬所作的《性灵引航 沐浴佛光》中，散落在懿玲珑所作的《一枝奇花的诞生》中。

需要说明的是，长篇性灵体小说《佛眼》第四十三章，姮姮为何图写的生日诗《燃烧的江山》是借用了"蓝岛文艺社"编辑如歌的同名作品《燃烧的江山》——在这里，特向如歌表达诚挚的谢意！

《佛眼》（上、下册）在成书的过程之中，还得到了"蓝岛文艺社"

晚晴、水儿、如歌、傲雪红梅、一瓢凉水爽、夏天的雨燕、酒红冰蓝、潇潇如兰、真水无香等会员朋友的关心和鼓励；得到了"蓝岛文艺社"传统文艺专刊的井冈社长、若筱素心副社长、郁文姝总编辑的大力支持；得到了"蓝岛文艺社"新文学专刊的懿玲珑副社长、紫气微扬总编辑的大力协助。《佛眼》一书由郁文姝作序，紫气微扬和懿玲珑撰写解读美文，封面由厦门集美大学筱聆风精心设计，真水无香、紫气微扬用心校对，在这里一并提出感谢！

作者

2016 年 6 月 17 日